Gallmeister

AINSI VA LE MONDE

DU MÊME AUTEUR

Rattrape-le !, 2022
Au nom du Bien, 2019 ; totem n°169
Sans lendemain, 2018 ; totem n°119
L'Homme posthume, 2016
L'Enfer de Church Street, 2015 ; totem n°85

Jake Hinkson

AINSI VA LE MONDE

Roman

Traduit de l'américain
par Sophie Aslanides

Gallmeister

FICTION

Titre original: THE WAY OF THE WORLD

ISBN 978-2-35178-332-0
ISSN 1956-0982

Photo de l'auteur © Michelle Graves
Illustration de couverture © Aurélie Bert
Conception graphique : Aurélie Bert

Le monde est violent et mercuriel —
Il fera de vous ce qu'il veut.
TENNESSEE WILLIAMS

Pour Anne-Sophie,
la personne la plus courageuse que je connaisse.

PARTIE I : JEUDI

ALICE HARDY

I

Nous nous sommes écroulés devant son grand miroir en pied. Moi sur le plancher, Jason au-dessus de moi, sa poitrine velue se soulevant et s'abaissant contre mon dos. Nous sommes restés l'un contre l'autre quelques instants, jusqu'à ce qu'il se redresse pour se laisser tomber sur son lit. Pendant qu'il enlevait le préservatif avant de le jeter à la poubelle, je me suis relevée à mon tour ; mes seins et mes cuisses étaient rouges, comme brûlés par le soleil d'avoir frotté contre le polyuréthane. J'ai grimpé sur le lit à côté de lui. Laissant un espace entre nous, il a croisé les doigts sur son ventre couvert de poils. Nous avons tous les deux fixé le plafond. Pendant un moment, nous nous sommes contentés de reprendre notre souffle et d'essayer de trouver quelque chose à nous dire. Finalement, je me suis mise sur le flanc et j'ai déposé un baiser sur son épaule. Il m'a souri comme on le ferait à un inconnu croisé dans un train.

— Regarde ça, ai-je dit en pointant du doigt les taches rouges sur mes genoux. J'espère que ça ne laissera pas de marques.

— Hé, c'est toi qui m'as tiré jusqu'au sol.

— J'aime bien ce miroir.

Il a souri et a reporté son attention sur le plafond.

Je l'ai dévisagé.

— Quoi ? a-t-il dit sans me regarder.

— Je me demande juste à quoi tu penses.

Il a penché la tête, comme s'il cherchait à mieux voir ses pensées.

— Oh, à rien de spécial.

— Alors, la dernière chose, c'était quoi ? Quelle est la dernière pensée précise que tu as eue ?

— Je me suis dit : "J'ai sacrément hâte de m'occuper de ces nichons."

Je lui ai donné un petit coup de coude.

— C'est malin.

Il a haussé les épaules.

— Et toi, à quoi tu penses ?

Il s'en fichait, je le savais. Il me renvoyait simplement la question pour pouvoir cesser de parler.

Je me suis remise sur le dos et j'ai contemplé son plafond craquelé. Le plâtre était fissuré et fendu, la peinture s'écaillait entre de vieilles taches d'humidité. On aurait dit une carte topographique.

— Je ne sais pas, ai-je dit. Je m'inquiète un peu, je crois.

Je l'ai senti s'écarter légèrement de moi. Il s'est assis et a attrapé le gobelet d'eau en plastique posé sur sa table de nuit.

— Ah ouais…

— Mon fils. Il part à Los Angeles à l'automne, tu sais. Pour étudier le cinéma à l'USC. Du moins, c'est le projet.

— Mmm…

— Je m'inquiète qu'il parte si loin.

— Mmm.

Il s'est rallongé, en laissant encore quelques centimètres supplémentaires entre nous.

— C'est si loin… Pas seulement du point de vue géographique, mais… tu sais, culturel. Moral. Spirituel.

Il ne disait rien, alors je l'ai regardé pour m'assurer qu'il m'écoutait. Il a levé les sourcils l'air de dire *Et qu'est-ce que tu peux y faire ?* Le minimum absolu pour me faire savoir que techniquement, il était encore avec moi. Je ne pouvais pas m'en étonner. Je n'étais pas avec lui pour sa grande qualité d'écoute.

Mais je me suis sentie malgré tout obligée de poser la question :

— Hé ho, tu m'écoutes ?

— Oui.

— Alors ?

— Alors quoi ?

— Tu as quelque chose à dire ?

— Sur la distance morale et spirituelle entre ici et Los Angeles ? Non.

— Je veux juste m'assurer que tu écoutes.

Il s'est tourné et m'a regardée.

— Mmm.

Je me suis assise. J'ai plaqué le drap contre ma poitrine, soudain embarrassée par ma nudité.

— C'est quoi, ton problème, ce soir ?

Il s'est essuyé les yeux avec ses gros doigts et a bâillé.

— Tu n'avais pas l'air de trouver que j'avais un problème il y a cinq minutes.

— Eh bien, maintenant, j'essaie de te parler.

— Eh bien, c'est là que tu te trompes.

Il a posé les pieds par terre et a commencé à ramasser ses vêtements étalés sur le sol. Pas comme s'il était en colère. Il agissait comme s'il avait simplement décidé de se lever et de s'habiller, comme si je ne faisais pas partie de l'équation.

— Je me goure en partageant avec toi un élément de ma vie ?

— Un élément de cette partie de ta vie, ouais. Bon sang, je ne veux pas entendre parler de ton fils. Et surtout pas quand on est au pieu. C'est ça, tes confidences sur l'oreiller ? La prochaine fois, tu me parleras de ton mari.

Maintenant j'étais fâchée. Je me suis déplacée jusqu'au pied du lit, à bonne distance de lui mais de manière à pouvoir récupérer mes vêtements.

— "Je ne veux pas entendre parler de ton fils." Tu ne trouves pas que c'est dégueulasse de dire ça à quelqu'un ? Tu n'étais pas dans le même registre quand je suis arrivée. Tu m'as demandé comment s'était passée ma journée.

— Tu dis ça comme si tu découvrais que je t'ai menti. J'essayais d'être gentil, en te demandant comment ta journée s'était passée. Je ne te demandais pas de me parler de ta famille, merde.

J'ai enfilé mon soutien-gorge et l'ai agrafé.

— J'ai compris. Tu te fiches de ma famille. Et de moi.

— Tu veux que ta famille s'intéresse à moi ? a-t-il rétorqué. Tu comptes rentrer chez toi et leur parler de tout ce qu'on a fait ce soir ? Bien sûr que non. Ça bousillerait complètement ta vie s'ils apprenaient, pour nous, non ? Alors pourquoi essayer de…

— N'importe quoi, ai-je marmonné en enfilant ma jupe avant d'attraper mon chemisier.

Jason était complètement habillé, à part ses pieds nus. Appuyé contre le mur brut sans peinture dans son jean de travail et son T-shirt sale, il a soupiré.

— Écoute, Alice, tu n'es pas venue ici pour parler de ton fils. Tu n'es pas venue pour parler tout court. Tu es venue pour que quelqu'un te tire les cheveux en te baisant devant une glace. Tu es venue ici pour oublier que tu as un mari et un enfant. Alors ne fais pas semblant que c'est autre chose, à monter sur tes grands chevaux à propos des conversations qu'on n'a pas. Je t'ai donné exactement ce que tu voulais quand tu as franchi le seuil de mon appartement. Et maintenant que tu l'as eu, ne commence pas à te comporter comme si j'étais le dernier des salauds. C'est toi qui t'encanailles avec l'artisan du coin.

J'ai continué à m'habiller sans le regarder. Une fois que j'ai eu lacé mes bottines noires, je suis allée dans le salon et j'ai ramassé mon manteau qui gisait par terre.

Le vieux clébard de Jason, Spartacus, était assis devant la fenêtre et fixait la rue en bas. Il nous évitait toujours après qu'on avait couché ensemble, comme s'il se sentait impliqué dans notre transgression. Tandis que j'enfilais mon manteau et que je cherchais mon sac à main, le chien m'a lancé un coup d'œil par-dessus son épaule. Puis il s'est à nouveau tourné vers la fenêtre, comme s'il contemplait avec inquiétude une scène qui se passait dans la rue.

Jason m'a suivie jusqu'à la porte. Son regard était aussi vide que celui du chien.

— Tu pars, comme ça ? a-t-il lancé.

— À ton avis ?

— J'espère que tu ne crois pas que je vais te courir après.

— Oh, je sais que tu ne le feras pas, ai-je dit en déverrouillant la porte.

— Écoute…, a-t-il commencé, mais j'étais déjà sortie.

J'ai descendu l'escalier à pas sonores avant qu'il ait le temps de finir.

Comme il habitait au deuxième étage, il aurait pu me rattraper s'il avait essayé, mais il a tenu parole. Il ne m'a pas suivie.

J'ai pressé le pas sur le trottoir plongé dans la pénombre. Des flaques tremblantes de lumière blanche projetée par les réverbères ponctuaient le ruban noir qui se déroulait devant moi. Le temps avait été couvert et nuageux toute la journée et il n'y avait pas de lune.

Je secouai la tête. *Mais qu'est-ce qui s'est passé, tout à l'heure ? Tu lui as vraiment parlé de Tuck ? Le seul accessoire dans l'appartement de cet homme est un miroir en face de son lit, bon sang.* Pourtant je savais qui il était avant de mettre le pied dans sa chambre. Jason était peut-être un connard, mais il ne s'était jamais caché de ce qu'il voulait de moi. Et, surtout, c'était précisément ce que je voulais de lui. *Alors pourquoi essaies-tu tout à coup d'injecter de la dignité dans cette liaison à la con et sans avenir ?*

J'étais tellement déroutée et furieuse qu'il m'a fallu un moment pour me rendre compte que je ne savais pas où j'allais.

Je me suis arrêtée.

Je me suis retournée.

J'ai regardé autour de moi ; je n'arrivais pas à me souvenir où j'avais garé ma voiture.

Est-ce que je vais dans le mauvais sens ?

J'ai recommencé à marcher, plus vite cette fois, essayant de reconnaître les voitures alignées dans la rue, les façades des immeubles. Mais rien ne me paraissait familier. Quand je suis arrivée devant l'entrée d'une ruelle que j'étais certaine de ne pas avoir vue avant, je me suis arrêtée.

Merde. Je vais dans le mauvais sens. Je me suis garée plus haut dans la rue.

Au moment où j'ai fait volte-face, j'ai entendu quelqu'un dans la ruelle derrière moi.

Avant que j'aie le temps de le voir, il s'est jeté sur moi. Je suis tombée en avant, en hurlant. J'ai essayé de tendre la main pour atténuer la violence de ma chute, mais mon pouce s'est pris dans la bandoulière de mon sac et le trottoir est venu s'écraser contre moi. Tout en me débattant, j'ai réussi à me mettre à genoux.

— Non ! ai-je protesté. Arrêtez !

Je ne sais pas pourquoi j'ai dit ça. C'est sorti tout seul. *Non ! Arrêtez !*

Des doigts m'ont agrippé le crâne, ont attrapé une poignée de cheveux et m'ont brutalement tirée. Un bras épais s'est enroulé autour de mon cou et l'homme m'a entraînée dans la ruelle.

J'ai essayé de hurler mais mon cri est resté étouffé dans le creux de son bras.

Il m'a obligée à me mettre debout. J'ai vu trente-six chandelles. Mon sac à main, toujours en travers de ma poitrine, a cogné contre ma cuisse.

— Ne crie pas, sinon je te ferai très mal.

— Je vous en prie, ai-je supplié en essayant d'attraper mon sac. Tenez, prenez mon portefeuille.

— Je ne veux pas de ton portefeuille.

Mes yeux s'habituant progressivement à la lumière grise qui régnait dans l'allée, j'ai distingué mon agresseur pour la première fois. Il portait un jean et un sweat à capuche. Il était rasé de près, ses cheveux étaient coupés et propres. Il tenait contre mon cou un couteau de chasse avec une lame plus grande que ma main. Il s'est penché tellement près que je n'ai pu éviter son regard. Il me dévisageait comme s'il m'avait haïe toute sa vie.

— Je vous en prie, ne faites pas ça…

— La ferme.

Mon manteau était déboutonné. Il a attrapé mon chemisier et je me suis cramponnée à ses mains. Il a essayé de me l'arracher; je me suis débattue. J'étais moins faible qu'il ne s'y attendait, alors il a recommencé, avec plus de force. Mon chemisier s'est déchiré, mais il avait tiré tellement fort cette fois que mon bras, s'agitant dans tous les sens, a cogné sa main et il a lâché le couteau.

Il a juré et m'a mis un coup de poing dans le ventre. Je suis tombée à genoux, le souffle coupé. Il m'a insultée tout en cherchant son couteau à tâtons.

J'ai essayé de me mettre debout pour m'enfuir, et soudain j'ai entendu le bruit de la lame qui crissait sous ma semelle.

Il l'a entendu aussi. À l'instant où il s'est jeté sur moi pour essayer de me coller contre le mur, j'ai senti le bout de mes doigts effleurer le manche du couteau. Je l'ai attrapé, je l'ai brandi et je l'ai projeté en direction de son visage dans le noir. Il a poussé un cri et a reculé, et j'ai continué à agiter le couteau, fendant les ténèbres.

Il est tombé dans une flaque d'eau au milieu de la ruelle. J'ai réussi à me remettre debout en prenant appui sur le mur, sans cesser de gesticuler avec le couteau, certaine qu'il se jetterait de nouveau sur moi.

Mais il n'a rien fait. La silhouette sombre au sol gardait les mains serrées sur son cou alors même qu'il tentait de se lever. J'avais trop peur de courir parce que je craignais qu'il me saute dessus. Il se débattait, incapable de faire fonctionner ses jambes tout en maintenant ses mains collées contre sa gorge. J'étais tellement choquée et désorientée que j'ai cru un instant qu'il essayait de s'étouffer, presque comme s'il se livrait à une parodie de culpabilité et d'autoflagellation.

Il n'a réussi qu'à se hisser sur un genou, toujours dans la flaque, avant de tendre un bras pour prendre appui sur le sol, mais dès que sa main a lâché son cou, il a gargouillé et, pris de panique, il est tombé, ses mains tentant désespérément d'empêcher le sang de s'écouler de son corps.

J'avais le vertige. J'ai fermé les yeux pour m'efforcer de retrouver mon équilibre. Je me suis appuyée contre le mur, ses briques rugueuses solides contre mon dos. Quand j'ai rouvert les yeux, l'homme ne bougeait plus. Ses mains étaient toujours sur son cou ; j'entendais le sifflement mouillé de l'air qui sortait de sa bouche.

J'ai fini par me secouer, et j'ai remonté la ruelle pas à pas sans le quitter des yeux. Son corps était une lourde ombre noire sur le sol, mais j'avais peur qu'à l'instant où je me retournerais, il me saute dessus à nouveau.

J'ai continué à avancer lentement jusqu'au bout du mur, et je suis arrivée, chancelante, sur le trottoir. Le vent me giflait et agitait les cimes des arbres. D'un pas mal assuré, je suis repartie en direction de l'appartement de Jason au milieu des ombres oscillantes.

Derrière moi, un véhicule est entré dans la rue. Un gros SUV blanc et bleu, une voiture de patrouille de la police de Chicago. Instinctivement, mon bras s'est levé pour leur faire signe. Il me suffisait de me rendre visible en me rapprochant de la rue, mais je me suis ravisée. Je me suis figée dans le noir.

J'ai baissé mon bras et j'ai reculé pour éviter d'être vue.

La police ne s'est pas arrêtée, ne m'a pas vue, ni le corps recroquevillé dans la ruelle.

J'ai regardé la voiture. J'avais envie de crier, de la rappeler. Mais je suis restée là à trembler dans la pénombre jusqu'à ce qu'elle disparaisse, avalée par la nuit.

J'ai émergé de l'ombre. J'ai commencé à courir en direction de l'appartement. Soudain, tout en courant, je me suis rendu compte, épouvantée, que le couteau était toujours dans ma main. Je l'ai lâché comme un rat mort et je n'ai arrêté de courir qu'après m'être engouffrée dans l'immeuble.

2

— Ouiiiii, a braillé sa voix dans l'interphone.

— S'il te plaît, ouvre-moi, ai-je dit à mi-voix.

Ma respiration était laborieuse, mais je n'ai pas crié. J'ai parlé vite, mais je n'étais pas fébrile. Je n'ai pas fait ce choix de manière consciente. Je n'étais même pas encore en état de choc. Quelque chose me disait d'être discrète tant que je ne me trouvais pas dans l'appartement avec Jason et que je n'avais pas fermé la porte.

Il n'a pas réagi. La porte intérieure du hall a cliqueté, je l'ai poussée et je suis montée.

Il était sur le seuil, les bras croisés, avec un petit sourire satisfait. Il s'attendait probablement à des excuses, il espérait même peut-être une réconciliation au lit. Ou peut-être se préparait-il à un deuxième tour sur le même sujet de dispute.

Mais quand je suis arrivée sur le palier, sa posture a changé du tout au tout.

— Alice ?

Il s'est avancé vers moi et m'a prise par la main.

Je l'ai regardé d'un air hagard, je suis allée jusqu'au canapé et je me suis assise.

— Qu'est-ce qui s'est passé ?

J'ai ramené les pans de mon chemisier déchiré sur ma poitrine, et j'ai vu que mes mains étaient égratignées et rouges.

— Alice, qu'est-ce qui s'est passé ?

Il a regardé vers la fenêtre, comme si la réponse pouvait se trouver là, en suspension, de l'autre côté de la vitre.

J'ai fermé les yeux.

— Un homme m'a attaquée. Je suis allée… je crois que je me suis trompée de direction. Et je marchais et… il m'a sauté dessus.

— Oh là là, est-ce qu'il t'a…

Il n'a pas fini sa phrase. Il ne savait pas quoi dire d'autre, comment me demander si j'avais été violée.

J'ai secoué la tête.

— Il avait un couteau, on s'est battus. Le couteau est tombé et je l'ai ramassé. Je l'ai ramassé et je l'ai agité sous son nez. J'ai dû le toucher. Mais il faisait trop sombre.

— Il s'est enfui ?

— Non, il est tombé… c'est tout. Au milieu de la ruelle. Au bout d'un moment, il a arrêté de bouger, je me suis remise debout et je suis partie.

— Quoi ? Tu veux dire qu'il est toujours… là-bas ?

— Je crois, oui.

— Où ?

— Dans la ruelle. Là où ça s'est passé.

— Quelle ruelle ?

— Comment tu veux que je sache quelle ruelle, putain ? Je me suis pas arrêtée pour noter l'adresse.

J'ai lâché mon chemisier et je me suis pris la tête à deux mains.

Jason a inspiré un grand coup et s'est passé les mains dans les cheveux. Lentement, il a articulé :

— Tu es en train de dire que tu as tué ce type ?

J'ai baissé les yeux vers mes paumes. Je les avais égratignées en tombant et maintenant, la sensation était cuisante, comme si je les avais brûlées.

— J'ai besoin de désinfectant. Il faut que je me nettoie.

Je me suis regardée. Ma jupe était à l'envers, fendue d'un côté. À travers mes bas déchirés, je voyais mes genoux en sang.

Jason s'est agenouillé devant moi. Il m'a obligée à le regarder. J'avais l'impression de le regarder pour la première fois. Je ne l'avais jamais vu aussi troublé.

— Alice, il faut que tu me dises. Il faut que je sache. Est-ce que l'homme qui t'a agressée est mort ?

— Je l'ignore, ai-je dit calmement.

— Est-ce qu'il respirait encore quand tu es partie ?

— S'il ne respirait pas, je saurais qu'il est mort.

Il a ignoré cette objection, s'est levé et s'est frotté le visage.

— OK. Le type est vivant. À notre avis. On pense qu'il est vivant. OK. (Un hochement de tête.) Il faut qu'on appelle la police, une ambulance.

— Une ambulance ? Il a essayé de…

— Je sais, mais tu l'as poignardé. S'il est en train de se vider de son sang là, dehors, on ne peut pas juste dire aux flics qu'on a laissé courir en disant "Ben, ce connard l'avait bien cherché." Même si c'est le cas. Il faut qu'on appelle le 911.

J'ai gardé les yeux rivés sur mes paumes rouges.

— Non, attends. Attends. Il faut que je me remette les idées en place.

Je sentais un certain calme s'emparer de moi. D'une certaine manière, cela m'aidait que Jason n'ait pas la tranquille assurance qu'il montrait d'habitude. Cela m'obligeait à être celle qui gardait son sang-froid.

— OK, mais pendant que tu te remets les idées en place, ce salopard est peut-être en train de crever dans la ruelle.

— Je sais.

J'ai dégagé mes cheveux de mon visage.

— Il faut qu'on prenne le temps de réfléchir posément une seconde. Si on appelle la police… qu'est-ce qui va se passer ? Les policiers viennent, l'ambulance, puis les journalistes. Tout sort au grand jour. Les gens vont demander ce que je fabrique dans West Town à dix heures du soir. Greg va découvrir ce qu'il y a entre nous. *Tuck* l'apprendra aussi.

Penser à mon mari était déjà pénible mais en pensant à mon fils, j'ai failli fondre en larmes. Mon fils. Mon homme en devenir.

Une image s'est dessinée dans mon esprit : Greg rentrant de Wrigley Field, répondant à mon appel, son visage soudain sombre tandis que j'explique où je me trouve, ce qui s'est passé, Tuck qui le regarde, et qui chuchote : "Qu'est-ce qui se passe ? Est-ce que maman va bien ?"

— Ils ne doivent pas l'apprendre, ai-je dit. Pas comme ça. C'est tellement sordide, tellement affreux.

J'ai pensé à mes amis et aux gens de mon département qui me verraient aux informations du soir, qui téléchargeraient la vidéo en ligne pour pouvoir la revoir, s'interrogeant : *Pourquoi était-elle seule à West Town ? Où étaient Greg et Tuck ?*

— Prenons d'abord le temps de réfléchir aux conséquences d'un appel au 911.

Jason est allé jusqu'à la fenêtre et a regardé la rue, en bas.

— Tu l'as touché avec le couteau ? a-t-il demandé.

— Je ne sais pas. Je crois. Ça s'est passé vite et il faisait noir, et j'étais complètement paniquée. J'agitais le couteau, genre de grands mouvements devant moi, et c'est là qu'il est tombé. Je crois que je l'ai touché à la gorge. Ses mains étaient serrées sur son cou.

— Alors peut-être qu'il est déjà mort.

— Est-ce que les… la police peut comprendre que c'était moi, si on le laisse là ?

Jason a levé les bras.

— Qu'est-ce que j'en sais ? Dans *Les Experts*, ils découvrent tout à partir d'une mèche de cheveux et d'une goutte de sang.

— Cet homme m'a agressée.

Alors que j'énonçais cette phrase, mes mains râpées ont commencé à trembler. Je les ai frottées l'une contre l'autre comme si j'avais froid.

— C'est moi la victime dans cette histoire.

— Bien sûr.

— Il s'est jeté sur moi dans une ruelle avec un couteau.

— Mais je le sais, bon sang.

— Alors si… si je l'ai tué en situation de légitime défense, c'est moralement justifiable. Non ?

— Bien sûr. Absolument.

— D'accord. Alors pourquoi devrais-je… Si je n'ai rien fait de mal, pourquoi ce serait à *moi* de payer ? Si je n'informe personne, c'est *mon* affaire. C'est entre moi et… et cet homme, là dehors. Il a fait son choix. Il a choisi d'agresser une inconnue dans une ruelle. Pourquoi devrais-je payer pour son choix à lui ?

Jason s'est penché, comme s'il se penchait réellement sur la question. Finalement, il a hoché la tête.

— Tu ne devrais pas.

— Si je l'ai tué…

Tué. Le mot lui-même était tellement choquant. J'avais peut-être mis fin à la vie de quelqu'un. Cette pensée a failli provoquer un court-circuit dans mon cerveau. Je gardais les yeux rivés sur mes mains.

Puis Jason a dit :

— Il faut qu'on sache s'il est vivant.

— Quoi ?

— Il faut qu'on sache. S'il est vivant, on doit appeler les secours. On ne peut pas le laisser mourir là. Poignarder un agresseur dans une ruelle, c'est de la légitime défense. Le laisser se vider de son sang pour que personne n'apprenne que tu as une liaison… c'est autre chose. Il faut qu'on aille vérifier.

Il a attrapé ses chaussettes qui traînaient par terre et est allé chercher ses chaussures posées sur un chiffon sale à côté de la porte d'entrée. Spartacus l'a suivi, imaginant certainement qu'ils allaient sortir se promener. Jason l'a emmené dans la chambre avant de fermer la porte.

— Je ne retourne pas là-bas, ai-je dit.

— Je ne sais pas où il se trouve, Alice. Il faut que tu me montres. Je te rappelle que je fais ça pour toi.

Je n'ai pas bougé. Soudain, j'ai pensé à autre chose.

— Le couteau.

Il a levé la tête en finissant de lacer ses chaussures.

— Quoi, le couteau ?

Puis il a ouvert la bouche.

— Tu l'as laissé là-bas ?

— Oui, je l'ai lâché, il est tombé.

— Il y a tes empreintes…

— Oh mon Dieu. Mon Dieu.

Il a hoché la tête et a attrapé son manteau.

— Allons-y. Je sais que tu as peur. J'ai peur aussi. Mais il n'y a aucun danger. On sera ensemble. On va s'en sortir. (Il m'a tendu la main.) Allez, viens. Ça va bien se passer. Le type est blessé. Au moins.

Je ne savais pas laquelle des possibilités m'effrayait le plus.

La première chose que j'ai remarquée, c'était qu'il ne se passait rien. Tandis que nous marchions en direction de la ruelle, des nuages noirs ont voilé le ciel nocturne et le vent, maintenant chargé d'une odeur de pluie, faisait voleter un sac en plastique. De temps en temps, une voiture filait à toute allure dans une rue voisine. Mais en dehors de cela, rien. Pas de voiture de police, pas d'ambulance, pas de badauds attroupés.

Et pas de couteau.

— Où est-ce que tu l'as laissé tomber ?

Nous nous sommes arrêtés dans une flaque tremblante de lumière blanche.

— Ici, je crois.

Je ne pouvais pas en être sûre, mais je me rappelais le moment où ma main s'était ouverte pour lâcher le couteau sur le trottoir. Je me rappelais la fente dans le béton à côté de l'endroit où il avait atterri.

— Je crois qu'il est tombé ici, près de cette fissure.

J'ai retenu les pans de mon chemisier déchiré avec ma main gauche et avec la droite, j'ai montré du doigt.

Jason a allumé la torche de son téléphone et a scruté la pénombre. Rien.

Une voiture s'est approchée. Jason a coupé la torche. La voiture est passée. Une femme avec trois enfants. Aucun d'eux ne nous a accordé la moindre attention.

— Tu es sûre que c'était ici ?

J'ai tendu un index droit devant nous.

— Voilà la ruelle.

Il m'a prise par la main et a rallumé la torche tandis que nous nous dirigions vers la ruelle. La lumière de son téléphone était faible et vaguement bleue dans le noir, mais en nous approchant, nous avons vu tous les deux qu'il n'y avait rien dans la ruelle. Il y avait la flaque. De vieux sacs en papier de fast-food formant des amas trempés. Des graviers à l'endroit où le bord du trottoir s'était décomposé après la dernière grosse tempête de neige. Mais aucun homme couché sur le sol, mort ou pas.

Jason a brandi le téléphone en l'air pour essayer de voir plus loin dans la ruelle. Mais le faisceau n'était pas assez puissant et il n'y avait rien à voir, de toute manière.

L'homme avait disparu.

Le ciel a commencé à crachoter des gouttes de pluie dans la nuit, une ou deux à la fois. Le sol était décoloré, mais dans le noir, il était difficile de distinguer des traces de sang.

— Tu es sûre que c'est cette ruelle ?

— Oui. Du moins… Oui, j'en suis sûre.

Il a coupé sa torche. Une goutte a atterri sur mon visage.

Nous sommes repartis en direction de l'appartement tandis qu'une pluie de plus en plus intense crépitait sur le trottoir.

— Qu'est-ce que ça signifie ? ai-je dit.

Il a ouvert la porte de son immeuble.

— Il faut qu'on trouve quelque chose à te mettre. Tu ne peux pas rentrer chez toi comme ça.

Nous avons gravi l'escalier en silence. Puis je suis allée dans la salle de bains pour me nettoyer pendant qu'il cherchait des vêtements à me prêter. Mais après avoir fermé la porte et m'être assise sur le couvercle des toilettes pour enlever mes chaussures et mes bas, je me suis figée et j'ai fixé les carreaux hexagonaux au sol. Une alternance de blanc et noir. En les regardant, je ne pensais à rien du tout.

Soudain, des coups frappés à la porte m'ont sortie de mon hébétude.

— Ça va ?

— Ouais. Une seconde, j'arrive.

— Ça fait un moment que tu es là-dedans… t'es sûre que ça va ?

Je me suis rendu compte que je n'avais aucune idée du temps que j'avais passé à fixer le carrelage, laissant mon esprit se reconstituer.

— J'ai dit, une seconde.

— OK. Quand tu seras prête. J'ai un truc pour toi.

Je me suis lavé les mains et les genoux, et quand je suis sortie, il m'a donné un sweat-shirt des Blackhawks. C'était un modèle femme, rose bonbon et blanc.

— Ma sœur l'a laissé la dernière fois qu'elle est venue. Je le lui avais acheté quand on était allés à un match et elle l'a oublié.

Ça ressemblait beaucoup à un mensonge, mais en l'occurrence, je m'en fichais.

Je l'ai enfilé et suis allée m'asseoir sur le canapé.

Jason m'a suivie.

— Alors, a-t-il fait, qu'est-ce qui s'est passé là-bas, à ton avis ? Il s'est remis debout et il est parti ?

J'ai levé mes paumes égratignées vers le ciel dans le geste universel signifiant *Je ne sais pas.*

Il s'est assis sur l'accoudoir et m'a dévisagée. J'ai perçu qu'il était redevenu calme. Plus calme que je ne l'avais jamais vu.

— Alors… permets-moi de te poser une question, a-t-il repris. Et il faut juste que je la pose au moins une fois, histoire de ne pas avoir l'impression plus tard d'être un vrai salaud. Tu n'aurais pas par hasard… inventé toute cette histoire de “je me suis fait agresser dans une ruelle” ?

J'ai écarquillé les yeux. Je lui ai tendu mes paumes.

— Mais putain ! Est-ce que ça ressemble à une histoire inventée ? Pourquoi j'aurais inventé un truc pareil ?

Il a haussé les épaules.

— Pour pouvoir revenir.

Je me suis mise debout et je me suis dirigée vers la porte.

— Est-ce que tu veux bien m'accompagner jusqu'à ma voiture, s'il te plaît ? Je ne peux pas m'engager dans ce truc-là avec toi maintenant. Il faut que je rentre.

— Écoute, ne te fâche pas, il fallait que je te pose la question.

— Il fallait que tu demandes si j'ai inventé le fait d'avoir failli être violée et tuée dans une ruelle ? Pour pouvoir revenir ici ensuite et faire quoi ? Te reparler ?

— Non, mais pour que je sois de ton côté, peut-être…

Je l'ai fusillé du regard sans rien dire jusqu'à ce qu'il finisse par hausser de nouveau les épaules.

— OK, putain, OK.

Il m'a suivie dans l'escalier puis dans la nuit sans un mot. L'air était devenu chaud avec l'approche de la pluie.

Nous sommes allés directement à ma voiture un peu plus loin dans la rue. Elle était encore plus près que dans mon souvenir.

— Écoute, a dit Jason, se rendant compte visiblement qu'il fallait qu'il dise *quelque chose*. J'imagine que le gars a récupéré suffisamment pour se remettre debout, ramasser son couteau et se barrer d'ici. C'est une bonne chose pour toi. Cela signifie que tu es… tu vois bien, que tu n'es pas coupable, quoi.

J'ai déverrouillé ma portière et au moment de monter dans ma voiture, je me suis retournée.

— Si j'avais inventé tout ça, si j'étais assez *tarée* pour faire un truc pareil, d'où venait le putain de sang sur mon chemisier ? Dans ton esprit, quand tu as imaginé ce scénario où j'ai inventé une agression, comment est-ce que je me suis retrouvée avec un genou en vrac, des mains égratignées et des vêtements pleins de sang ?

— Alice…

— Non, dis-moi.

Il a haussé les épaules.

— Bon… enfin… Et c'est uniquement parce que tu m'obliges à te répondre, OK, pas parce que je le pense réellement. Mais tu aurais pu… tu vois, tu aurais pu te jeter par terre. Ce serait ton sang, alors, celui de tes mains et de tes genoux… Quelque chose comme ça.

Je n'ai pas su répondre à ça. Vraiment. Sans ajouter un mot, j'ai rassemblé ce qui restait de ma dignité éraflée et tabassée, je suis montée dans ma voiture et je suis rentrée chez moi.

3

Sur le trajet du retour, le tonnerre a retenti une fois, comme pour obtenir l'attention de tout le monde, puis le ciel s'est effondré. La pluie s'est déversée des nuages noirs, illuminés par des éclairs blancs, et même avec mes essuie-glaces à la vitesse maximale, mon pare-brise donnait l'impression d'être sous l'eau au moment où je suis arrivée dans ma rue. Puis, aussi vite qu'elle avait commencé, la pluie s'est épuisée. Le temps que j'entre dans mon garage, l'orage était terminé. Et quand la porte du garage s'est refermée derrière moi, la nuit avait retrouvé son calme.

Greg et Tuck n'étaient pas encore revenus et la cuisine était silencieuse et paisible, mais les morceaux minuscules de notre vie – les mots sur le réfrigérateur, les prospectus et les factures sur l'îlot central, les vestes accrochées aux patères – me cernaient de toutes parts. J'ai failli être soudain submergée, mais j'ai pris une grande inspiration et je me suis forcée à bouger.

J'ai emporté mon paquet de vêtements abîmés dans la salle de bains et je me suis déshabillée. Sous la douche, je me suis lavée, avec une eau tellement bouillante que ma peau a pris une couleur rose. J'ai savonné mes mains et mes genoux blessés avant de les rincer, puis je me suis lavé les cheveux.

Une fois sortie de la douche, je me suis enveloppée dans un drap de bain et j'ai examiné mes vêtements. Mes bas étaient arrachés aux genoux. Ma jupe était déchirée sur le côté. Le chemisier avait perdu deux boutons, et un troisième pendait, à moitié arraché.

Sur les bas au niveau des genoux, il y avait du sang, dont j'étais pratiquement certaine qu'il était le mien, et sur mon chemisier, des éclaboussures de sang, dont j'étais pratiquement certaine que ce n'était pas le mien. Les vêtements étaient compromettants, mais pour quel fait m'incriminaient-ils ? Mon agresseur inconnu s'était apparemment remis debout et était parti, en veillant à récupérer son couteau au passage.

Dans la cuisine, j'ai sorti la poubelle de son logement sous l'évier. Elle était à moitié pleine de marc de café, de coquilles d'œuf et de papiers gras. Il y avait aussi un gobelet en plastique qui aurait dû partir au recyclage. Je l'ai retiré. Quelqu'un dans cette maison était apparemment allé au Taco Bell aujourd'hui. J'ai mis le gobelet en plastique dans le bon récipient, avant de fourrer mes vêtements au fond du sac. Je l'ai fermé et je l'ai posé à côté de la porte.

J'ai mis un pansement sur mon genou et je suis retournée dans ma chambre. J'ai jeté le sweat-shirt des Blackhawks sur le lit, j'ai rapidement enfilé un jean et un pull en V de couleur verte. J'ai ramassé le sweat que Jason m'avait donné pour rentrer chez moi et je l'ai emporté dans la buanderie. À dire vrai, j'aurais pu le laisser par terre au milieu de la pièce sans que ni mon mari ni mon fils ne le remarquent

– d'abord, parce qu'aucun d'entre eux ne venait jamais ici de son propre chef, et ensuite, parce qu'aucun d'eux ne prêtait jamais attention à ce que je portais. J'ai plié le sweat et je l'ai glissé au milieu d'autres vêtements. Il avait autant de chances d'être découvert par ma famille que l'Arche d'alliance.

Je suis sortie de la buanderie et soudain, j'ai marqué un temps d'arrêt. Pourquoi gardais-je ce vêtement ? Pour le rendre à Jason ? Voulais-je vraiment le revoir après ce qui s'était passé ce soir ?

J'ai écarté la question et attrapé le sac-poubelle contenant mes vêtements abîmés. Je l'ai emporté dehors et l'ai enfoui tout au fond de notre container sur le trottoir.

Une fois rentrée, je me suis enfin assise sur le canapé et lentement, j'ai pris une longue, profonde inspiration. La pièce s'est mise à pencher et à tourner ; la réalité se reconfigurait autour de moi. J'ai fermé les yeux. Quand je les ai rouverts, j'ai essayé de retrouver mes repères, mais c'était difficile parce que tout dans ma maison me semblait soudain étranger et bizarre. Un plaid mauve et des coussins aux couleurs mal assorties entassés au bout du canapé. Des chaussettes abandonnées sous l'ottomane. De vieux DVD de documentaires de Ken Burns empilés à côté du téléviseur. Des étagères couvertes de livres, les miens sur la religion et la politique, ceux de Greg sur le base-ball et les mathématiques.

Mon regard a fini par s'arrêter sur les photos de famille accrochées au mur, celles que j'avais disposées comme un arbre généalogique – les deux paires de grands-parents en bas, Greg et moi au milieu, puis des photos de notre fils à différents âges en éventail au-dessus, avec de la place au-dessus de lui pour sa future famille.

Mais tandis que je contemplais ma maison, mes objets, tout me paraissait très étrange, très artificiel, comme une mise en scène chez IKEA. Je n'avais aucun souvenir des livres que j'avais lus. Même les photos de ma famille, celles de mon visage, semblaient artificielles, comme les photos génériques de mannequins dans les cadres qu'on achetait dans les magasins.

La seule chose qui me paraissait réelle était le désordre sur la table basse. La pile d'interros écrites que je devais encore corriger pour mon cours sur Religion et Genre, et un verre plein de glaçons fondus qui avait fait une marque ronde sur la table. J'avais tout abandonné quand j'avais reçu le SMS de Jason, des heures auparavant.

Si t'es seule ce soir, avait-il écrit, *pourquoi tu viens pas chez moi ?*

Maintenant, j'étais assise là, au milieu de ma maison, parmi les traces incongrues de ma vie quotidienne, et je frissonnais. Je devais serrer mes mains l'une contre l'autre pour les empêcher de trembler.

J'essayais encore de me calmer quand j'ai vu les phares de Greg passer devant les fenêtres. Je me suis raisonnée.

Sois calme. Sois normale.

Ils se sont garés dans l'allée et sont passés par le garage. Tuck est entré le premier à grandes enjambées. Il portait la nouvelle casquette édition spéciale des Cooperstown Cubs qu'il avait achetée la semaine précédente. Elle était noire avec un motif brodé blanc, et il l'adorait parce qu'elle allait bien avec son T-shirt *Eraserhead*, mais Greg l'avait taquiné en disant qu'il ressemblait à un supporter des White Sox.

Il m'a fait coucou en traversant le salon. Il avait déjà son portable dans la main, prêt à monter dans sa chambre pour parler en FaceTime avec sa petite amie Julia.

— Alors, l'ai-je interpellé, comment ça s'est passé ?

— Les Cubs ont perdu.

— Oh. Dommage. Hé, viens une seconde parler à ta bonne vieille mère.

Il a soupiré, mais sachant qu'il était inutile de protester, il est venu me rejoindre et s'est avachi à côté de moi un instant, en gardant un œil sur son portable.

— Alors, ils ont perdu ?

— Les Brewers leur ont mis une sacrée branlée, 0-4.

— Désolée pour eux. Est-ce qu'au moins tu as passé un bon moment ?

— Ouais. (Il a levé les yeux de son téléphone et a souri.) Papa a renversé sa bière, et le gars a refusé de lui remplir son verre une deuxième fois gratuitement.

On entendait Greg qui fermait la porte du garage et réactivait l'alarme.

— Tu as essayé d'avoir un deuxième verre sans payer ? lui ai-je lancé. Qu'est-ce qui te faisait croire qu'ils feraient une chose pareille ?

Il est arrivé, avec son éternelle casquette des Cubs bleu délavé qu'il portait depuis notre rencontre à la fac.

— Je l'ai renversé sous le nez du type, a-t-il répondu. Bon, il n'a pas vu le moment exact où c'est arrivé, mais j'étais à moins de deux mètres du comptoir. C'était juste pour faire chier.

Tuck a ri et a esquissé un mouvement pour se lever, pressé d'appeler Julia. Comme nous ne sommes pas la famille la plus démonstrative qui soit, il a paru surpris quand je l'ai attrapé et que je l'ai serré fort contre moi. Il m'a tapoté l'épaule, poliment plus que gentiment. En dehors de quelques touffes ambitieuses de poils rêches, sa mâchoire était lisse et glabre. J'ai déposé un baiser sur sa joue.

— Ça vient d'où, ça ? a-t-il demandé.

— Juste un cadeau bonus parce que je t'aime, ai-je dit en m'éclaircissant la voix.

Il a souri et a secoué la tête comme si j'étais d'une étrangeté insondable. Il a serré ma main en se levant.

— Eh bien, merci pour le cadeau bonus.

Et je l'ai regardé traverser le salon et monter l'escalier. Mon Tuck. Mon fils. Mon homme en devenir.

Greg s'est assis sur le canapé à côté de moi et a jeté sa feuille de scores sur la table basse. Il m'a regardée.

— Tu pleures ?

J'ai essuyé une larme.

— J'ai entendu dire que les Cubs avaient perdu.

Il a souri et a posé les pieds sur la table basse, savourant le soulagement de ne pas avoir à échanger sur mes émotions.

— Ouais, je sais que ça te brise le cœur.

— Comment c'était, ce moment privilégié entre père et fils ?

Il a désigné la place vide au bout du canapé.

— Clairement, il ne supporte pas de s'éloigner de moi. (Il a jeté sa casquette sur la feuille de scores et s'est gratté la tête.) Et toi ? Qu'est-ce que t'as fait ce soir ?

J'ai pris une grande inspiration.

— Glandouillé, surtout. J'ai regardé *The Good Place.*

Il a remarqué ma tenue.

— Tu t'es changée ?

— Tu sais ce qui m'est arrivé ? Je sortais la poubelle et je suis tombée devant la maison. Je me suis bien éraflé le genou. J'ai bousillé mes bas. Et je me suis râpé les mains.

Je lui ai montré mes paumes.

— Qu'est-ce qui t'a soudain donné envie de sortir la poubelle ?

— Qu'est-ce que tu entends par là ?

— Ça fait vingt ans que tu n'as pas sorti la poubelle, Alice.

C'était un peu exagéré, mais seulement un peu. Je demandais généralement à Greg ou à Tuck de le faire.

— Elle puait.

Il a hoché la tête et a jeté un œil du côté de mes copies pas corrigées et du verre plein d'eau sur la table. Il a ramassé le verre et a essuyé le rond laissé sur le plateau en chêne.

Il s'est levé en disant :

— Tu devais être vraiment absorbée par ta série.

Et il a emporté le verre à la cuisine.

Et voilà. Apparemment, pour ce qu'il en voyait, je paraissais normale. Un peu à fleur de peau, peut-être, mais avec le départ imminent de Tuck pour la fac, j'étais plus émotive, ces derniers temps. Pas de quoi en faire un plat.

Greg est monté à l'étage pour se préparer à aller au lit. J'entendais Tuck, soudain redynamisé par un désir ardent de converser, en train de parler à Julia dans sa chambre. Et je suis restée en bas, la même femme, pour autant que mes hommes le sachent, que celle qu'ils avaient laissée à la maison plus tôt ce soir-là.

Cette nuit-là, tandis que mon mari et mon fils dormaient, j'ai regardé fixement les rideaux fermés sur les fenêtres de la chambre.

Mes paumes me picotaient toujours et dans mon genou, la douleur était lancinante. J'étais encore fâchée contre

Jason. J'étais encore écœurée d'être allée chez lui, pour commencer.

Mais surtout, j'étais en état de choc. Mon esprit luttait pour accepter ce qui s'était passé. Les douleurs dont mon corps était perclus étaient indéniables, mais la chose elle-même – le fait – paraissait *impossible*.

Un inconnu m'avait agressée dans la rue.

J'avais toujours considéré le monde comme un lieu terrifiant. Je traversais des rues pour éviter des hommes, faisais semblant d'être au milieu d'une conversation téléphonique quand je passais à côté d'inconnus sur le trottoir, je tenais mes clés comme une arme prête à crever des yeux quand je retournais à ma voiture la nuit.

Mais je me consolais avec des faits et des statistiques, avec la certitude avérée que les agressions par des inconnus étaient relativement rares. Je me consolais avec la très faible probabilité qu'un homme bondisse des ténèbres pour m'agresser.

Mais maintenant que cela s'était produit, je ne parvenais absolument pas à comprendre *pourquoi* il avait fait cela. Des réponses s'étaient présentées, bien entendu. La misogynie. Une maladie. Une psychose. Mais il s'agissait seulement d'explications psychologiques, d'hypothèses intellectuelles. Elles ne fournissaient pas vraiment de réponses. Peut-être que je voulais juste savoir *pourquoi moi*. Mais il n'y avait pas de réponse à cette question-là non plus. Pourquoi *pas* moi, après tout. "Il fait lever son soleil sur les méchants et sur les bons, et il fait pleuvoir sur les justes et sur les injustes", disaient les Écritures. Parole d'évangile, mais qui ne m'aidait pas plus que les explications psychologiques.

“Je ne veux pas de ton portefeuille”, avait-il dit. Et ensuite, il avait essayé de m’arracher mes vêtements.

Quand cela était arrivé, je ne savais pas quelles étaient ses intentions. Jason pensait que l’homme s’apprêtait à me violer, mais si c’était le cas, je ne crois pas qu’il se serait arrêté là.

Est-ce que tu vas t’autoriser à le penser ? me suis-je demandé dans le noir. *Il te regardait comme s’il voulait te tuer.*

Mais tu ne le sais pas. Peut-être qu’il allait…

Non ! Arrête ! Arrête et reprends tes esprits. Cesse de penser à tout ce qui aurait pu arriver. Tu es ici, maintenant, en sécurité dans ton lit, entourée de ta famille, et les portes sont toutes fermées à clé.

Mais où est-il allé ?

Je croyais l’avoir tué.

Et s’il t’avait suivie jusqu’à la maison ?

Cette idée m’a fait sortir du lit pour aller vérifier si l’alarme était bien activée et si toutes les portes et les fenêtres étaient bien fermées. J’ai même jeté un coup d’œil dans la chambre de Tuck pour m’assurer que tout allait bien.

Puis je me suis remise au lit et j’ai essayé de me calmer.

Je me suis tournée vers mon mari. Il était couché sur le côté, dos à moi, en train de rêver. Il voyageait toujours loin en rêve, voyait plein de choses et plein de gens, à une exception près. Il m’a dit un jour qu’il ne rêvait presque jamais de moi. Presque jamais.

“Peut-être que tu as assez de moi dans le monde réel”, l’avais-je taquiné.

Il y avait réfléchi un moment avant de dire : “Ou peut-être que, concernant mes sentiments pour toi, il n’y a pas la moindre équivoque.”

Je rêvais rarement, mais quand c'était le cas, je rêvais toujours de lui. Je ne lui ai pas répondu que peut-être que mes sentiments étaient moins univoques que les siens.

J'ai passé un bras autour de ses larges épaules.

— Je suis désolée, Greg, ai-je chuchoté tout bas, ma voix à peine plus sonore qu'un souffle.

Mais mon mari ne m'a pas entendue. Il est resté couché à côté de moi comme une grande tour écroulée, effondrée et sourde à ce monde, parcourant ses mondes de rêve sans moi.

PARTIE 2 : JEUDI

OWEN PALL

4

LA première chose que j'ai faite ce matin-là, c'est foirer dans les grandes largeurs. J'étais en train de coller un traceur GPS sur le bas de caisse d'une El Camino ancienne de 1967 quand le propriétaire de la voiture, un videur de boîte de nuit au cou de taureau appelé Josip Vukov, est soudain sorti de sa maison. J'étais encore accroupi sur un genou quand je l'ai entendu grommeler :

— Mais putain…

J'ai levé les yeux et j'ai vu foncer sur moi un grand type en survêtement en velours d'une chatoyante couleur bronze et baskets blanches Gucci flambant neuves.

— Oh, salut, est-ce que…

J'étais sur le point de lui balancer un gros bobard sur le fait que je regardais sa voiture. *Hé, c'est le modèle de 1967 ? Mon vieux en avait une. Vous avez dû dépenser une fortune pour la restaurer.* Quelque chose dans ce goût-là. Mais je n'en ai pas eu l'occasion. Avant que je puisse dire un mot de plus, Vukov m'est tombé dessus comme une avalanche.

Sous le déluge de coups, tout ce que je pouvais faire c'était me protéger la tête et essayer de me tortiller pour me dégager. J'ai réussi à m'éloigner juste assez pour balancer un coup de pied vers le haut. Quand ma chaussure a atteint ses couilles, il est parti en arrière, et je me suis retourné sur le ventre.

Je me suis rapidement remis debout et j'ai vu le traceur par terre sous l'El Camino. Je me suis précipité pour le récupérer, mais au moment où je tendais le bras, Vukov m'a écrasé le crâne contre l'aile de sa voiture avec son genou.

Ma vision s'est brouillée pendant une seconde comme un téléviseur mal réglé. Mes oreilles ont été transpercées par une détonation, puis par un sifflement assourdissant.

Je ne sais pas ce que Vukov aurait fait ensuite si les flics n'avaient pas débarqué, mais je ne pense pas qu'il ait eu l'intention de m'aider à me relever. Quand les lumières bleues ont commencé à clignoter, il s'est contenté de jurer et de brailler quelque chose en serbo-croate en direction de sa maison. La porte s'est refermée avec fracas et j'ai eu l'impression qu'on cachait quelque chose, qu'on le balançait aux toilettes ou qu'on l'expédiait par la porte de derrière.

Vukov a levé les bras en l'air.

Je me suis appuyé dos contre la roue arrière de l'El Camino. Toutes les trois ou quatre secondes des taches violettes surgissaient devant mes yeux. J'avais l'impression de sentir mon cerveau gigoter dans ma tête.

— Ne saigne pas sur ma voiture, connard, m'a dit Vukov, le regard toujours fixé sur les gyrophares.

— Désolé, ai-je dit en m'écartant de sa voiture.

Ce faisant, j'ai discrètement glissé le traceur GPS dans ma poche.

Je ne suis pas tenu en grande estime par les hommes et les femmes de la police de Chicago, mais au moins, je connaissais les flics qui étaient arrivés pour interrompre le passage à tabac. L'agent Styrczula a mis Vukov à l'arrière de sa voiture pour l'interroger, pendant que l'agent Karras m'emmenait vers la mienne pour prendre ma déposition.

Il a calé ses pouces dans son gilet pare-balle.

— Alors, Owen, dit-il. Qu'est-ce qui se passe ?

— Je bosse, ai-je dit en frottant mon crâne endolori.

— Tu travailles en te faisant tabasser ?

Karras était plus petit et plus âgé que son équipier, avec un teint olivâtre, des tempes grisonnantes et des avant-bras couverts d'épais poils noirs. Il avait aussi la lèvre supérieure déformée suite à une réparation peu soignée après qu'il avait été frappé au visage avec un tabouret de bar par un ivrogne. L'incident remontait à longtemps, mais la lèvre ne fonctionnait plus tout à fait bien. Chaque fois qu'il souriait, on avait l'impression qu'il allait cracher.

— C'est comme ça que je gagne ma vie, ai-je dit.

— Pas très enviable, comme vie.

— Nous sommes d'accord.

— Alors, qu'est-ce qui se passe ici ?

— Boulot de surveillance.

Il a jeté un coup d'œil aux voisins postés sur leur perron en train de nous mater.

— En toute discrétion, on dirait.

L'agent Styrczula est arrivé d'un pas tranquille. Même s'il était né et avait grandi à Chicago, Styrczula ressemblait à un de ces péquenauds qui m'entouraient quand je vivais dans l'Arkansas. Grand, large d'épaules, un torse puissant. Son visage était blanc comme une feuille de papier sauf aux endroits où il était tellement rose qu'on aurait dit qu'il avait été piqué par des abeilles.

— Alors, il se passe quoi, Pall ? D'après M. Vukov, tu essayais de lui voler sa voiture.

— J'ai l'air d'un voleur de voitures, d'après toi ?

— Non, un petit maître-chanteur, plutôt, a dit Styrczula. Tu serais capable de faire chanter ta propre mère. Si tu tiens à savoir comment je te vois.

— Est-ce que j'ai jamais été arrêté pour chantage ?

— On n'a jamais arrêté le Zodiaque non plus. Ce n'est pas pour ça qu'il n'est pas un meurtrier.

Je me suis tourné vers Karras pour qu'il m'aide d'une façon quelconque.

Karras a demandé à son coéquipier :

— Vukov veut porter plainte ?

— Croyez-le ou non, M. Vukov ne souhaite pas impliquer davantage le département de la police de Chicago dans ce conflit.

Karras a haussé les épaules.

— J'imagine qu'il se dit qu'il a fait comprendre son point de vue par d'autres moyens.

Je me suis éclairci la voix.

— Écoutez, bien qu'il m'ait agressé sans qu'il y ait eu la moindre provocation de ma part, je suis prêt à laisser courir moi aussi. Aucune raison que vous vous tapiez plus de paperasses que nécessaire.

Karras a commenté :

— C'est bien aimable de ta part.

Styrczula m'a regardé en plissant les yeux.

— Il a dit que tu bidouillais quelque chose sur sa voiture. Un GPS, c'est ça ?

J'ai sorti le traceur de ma poche et le leur ai montré.

Styrczula a souri.

— Je le savais.

Karras a désigné Vukov d'un pouce tendu par-dessus son épaule.

— Tu sais qu'il a des liens avec la bande de Glavaš ?

Oh, mon Dieu.

— Euh… non. Non, je l'ignorais. Je croyais qu'il était videur dans une boîte de nuit.

— Oh, je suis sûr qu'il a vidé des gens à la pelle, a dit Karras.

— Rien que ses baskets coûtent probablement dans les cinq cents dollars, a dit Styrczula. Aucune idée du budget pour restaurer cette El Camino. Tu crois qu'il a financé ça en expulsant des ivrognes d'une boîte de nuit ?

J'ai tâté mes orbites. L'une d'elles semblait déjà enflée.

— Super, ai-je dit. Alors peut-être que c'est *vous* qui devriez le surveiller.

À peine ai-je fini ma phrase que j'ai compris. J'ai regardé autour de moi. Plus loin sur la rue se trouvait une vieille camionnette blanche qui portait sur le flanc une inscription un peu effacée qui disait SIMPSON'S QUALITY VACUUMS. J'ai hoché la tête. Elle était piquetée de taches rouges de rouille comme des marques d'acné et avait l'air d'une poubelle, mais j'étais prêt à parier qu'il y avait des gars à l'arrière avec des oreillettes les yeux rivés sur des écrans de contrôle.

Je me suis tourné vers les flics.

— Voilà comment vous avez fait pour arriver si vite, ai-je dit. Les Fédéraux vous ont appelés.

Aucun d'eux n'a répondu à ça, mais Karras a demandé :

— Alors, qui t'a demandé de suivre un homme de main croate ?

— Les gars, je ne peux pas vous dire pour qui je travaille.

Karras a jeté un coup d'œil du côté de la maison de Vukov, où son épouse, une femme au visage effrayé appelée Vesna, nous regardait par la fenêtre. Me regardait. Quand le flic l'a vue, elle a brusquement tiré le rideau.

— Oh mon Dieu, a-t-il fait. Dis-moi que ce n'est pas encore une histoire de femme trompée.

Je n'ai pas répondu et les flics ont échangé des regards pleins de mépris.

— Mais quel connard…, a grommelé Styrczula.

Karras m'a demandé :

— Tu n'as pas appris la leçon de Buzz ?

J'ai baissé les yeux comme si j'étais en train de me faire sermonner par un adulte.

Styrczula a secoué la tête et a demandé à son équipier :

— Qu'est-ce que tu veux faire, Lou ?

— Va faire sortir l'autre abruti de la voiture. Je me débarrasse de celui-ci.

Styrczula est parti.

Karras s'est tourné vers moi.

— Tu sais, tu as fait chier beaucoup de gens aujourd'hui, gamin. Et pas seulement le *batinaš* là-bas qui t'a fichu une trempe. Tu as fait foirer une surveillance fédérale – tu fais arrêter le gars pour agression avant qu'ils puissent le suivre jusqu'à l'endroit où il est censé aller aujourd'hui – et ils vont te couper les couilles.

— Comment j'étais censé savoir ?

— C'est ce que tu as dit à propos de Buzz : "Comment j'étais censé savoir ?" Peut-être que tu pourrais commencer par ne pas prendre des affaires matrimoniales glauques.

— Je me démène, comme tout le monde, mec. Et est-ce que tu peux arrêter de m'appeler "gamin" ? J'ai trente-six ans, putain.

— Hé, pour moi, tu es toujours le gamin boutonneux qui balayait le bureau de Dean. Mais bon, je vieillis, Dean a passé l'arme à gauche et tu as trente-six ans. C'est ton bureau, désormais, et tu es un grand garçon. Fais-en ce que tu veux. Il faut bien manger. Mais toi et moi savons tous les deux que lorsque Dean faisait tourner la boutique, il se tenait à distance des chantages à l'adultère.

— Eh bien, je ne suis pas Dean.

— Enfin, a soupiré Karras. Un point sur lequel nous sommes d'accord.

J'ai sorti mes clés de voiture de ma poche.

— Quelques mots en guise d'adieu ? ai-je demandé.

Le flic s'est penché si près de mon visage que je distinguais les contours piquetés de blanc de ses cicatrices, aux endroits où des points de suture avaient autrefois recousu la lèvre supérieure déformée.

— Ouais, a-t-il fait, tu peux affirmer tant que tu veux que tu es innocent, mais je sais comment fonctionne l'arnaque en deux temps dans les rackets de divorces. La femme te paie pour suivre son mari, mais une fois que tu as les images compromettantes de lui en train de sauter la baby-sitter ou une autre, tu lui proposes de les lui vendre à un prix gonflé. Il paie et tu dis à la femme que t'as trouvé que dalle. Du coup, tu empoches le fric qu'elle t'a donné au départ plus ce que tu as extorqué au mari.

— J'ai jamais été…

— Non, t'as jamais été pris en flagrant délit. Pas encore, du moins. Mais c'est juste une question de temps. Un de ces jours, tu vas merder et t'auras une accusation d'extorsion sur le dos. Mais avant de partir, écoute-moi bien : n'essaie pas d'entourlouper *ce type-là*. (Du pouce, il a désigné Vukov dans la voiture.) Je n'ai aucune envie de ramasser les bouts de ta cervelle sur le trottoir.

Ma chemise ayant été déchirée dans la bataille, j'étais en route vers mon appartement pour me changer quand mon portable a vibré.

Vesna Vukov, en FaceTime.

Je me suis garé à côté d'une borne d'incendie pour lui répondre. Son visage mince, pointu est apparu sur mon écran. Elle avait la main sur la bouche et ses cheveux blond filasse pendaient sur ses oreilles comme de vieilles tentures.

Quand elle m'a vu, elle a ôté la main de sa bouche.

— Est-ce que ça va ?

— Il est toujours là ?

— Non, il est allé au club, il avait un rendez-vous.

— Vous ne m'aviez pas dit que c'était un putain de gangster.

— Je vous avais prévenu qu'il était mauvais.

— Vous ne m'avez pas dit que c'était un *putain de gangster*.

— C'est important ? Il faut que je divorce. C'est un type mauvais. Il faut que je m'éloigne de lui avant qu'il me tue pour un rien.

— Ouais, eh bien, moi, il faut que je m'éloigne de lui avant qu'il me tue parce que j'ai essayé de le surveiller.

— Vous avez dit que vous m'aideriez.

— Faux. J'ai dit que je ferais un boulot pour vous. Je ne suis pas conseiller matrimonial, Vesna. Je ne suis ni un flic, ni un chevalier dans son armure étincelante. Vous comprenez ? Si vous voulez un sauveur, adressez-vous au Bon Dieu. Je ne fais rien sans être payé et je ne me fais pas payer assez pour me mettre en danger.

— Il faut que j'obtienne la garde de mes enfants.

— Eh bien, je suggère que vous preniez un avocat.

— Qu'est-ce que vous êtes en train de me dire ? Que vous ne travaillez plus pour moi ?

— Exact. Vous commencez à comprendre. Je ne travaille plus pour vous.

— Vous êtes un lâche, a-t-elle dit. Vous êtes un putain de…

J'ai rangé mon portable. Pourquoi écouter la suite ? J'étais peut-être un lâche, mais au moins, je serais un lâche avec deux rotules intactes.

J'étais rentré pour me changer et ouvrir le bureau, mais j'ai fini par prendre quatre Advil avant de me mettre au lit et d'y rester toute la journée.

À six heures, mon réveil a sonné. Je n'avais pas envie de me lever, mais en dehors du dossier Vukov désormais abandonné, je n'avais qu'une seule autre affaire au programme.

Un autre boulot de surveillance matrimoniale, que Dieu me vienne en aide.

J'avais encore l'impression que mon crâne était un œuf craquelé, mais je me suis quand même rapproché du bord du lit. Je me suis assis et mis des claques pour me réveiller.

— Sors du lit, mec. La seule chose pire que la pauvreté, c'est la mort.

5

Ce soir-là Ronnie Dunlap a quitté sa maison à sept heures, exactement comme sa femme me l'avait dit. Ronnie et Heidi habitaient à Portage Park, un pavillon couleur champagne dans une rue résidentielle calme bordée de maisons similaires et de pelouses vertes ombragées. Quand la porte du garage de Ronnie s'est ouverte et qu'il a reculé dans la ruelle derrière chez lui, j'étais garé à l'autre extrémité, attendant qu'il parte. J'ai attendu jusqu'à ce qu'il tourne à gauche à l'autre bout, et ensuite, je l'ai suivi.

En passant devant le garage des Dunlap, j'ai vu que les lumières étaient allumées dans la maison, mais je n'ai aperçu personne à l'intérieur. Ronnie sortait seul, laissant Heidi à la maison pour garder Tobi, leur fille.

Les Dunlap étaient propriétaires de leur jolie maison en brique à Portage Park. Ils n'étaient pas de simples locataires. Ronnie Dunlap avait trente-cinq ans. Heidi, trente-deux. Tobi, douze. Ronnie était secouriste, Heidi était orthophoniste. En dehors de cela, tout ce que je savais des Dunlap était qu'ils étaient mariés depuis treize ans et que Heidi pensait que Ronnie la trompait.

J'ai suivi la voiture de Dunlap, une Ford Taurus grise de 2018 avec une bosse sur le pare-chocs, alors qu'elle quittait leur quartier. Quand il a pris Milwaukee Avenue, je suis resté quelques voitures derrière lui ; nous roulions tranquillement. À Logan Square, il a ralenti et s'est garé sur le parking devant El Cid, un restaurant mexicain. J'ai continué ma route, puis j'ai fait demi-tour et je me suis garé près du carrefour suivant pour pouvoir l'observer.

Il est sorti de sa voiture, a payé son parking et il est entré dans le restaurant.

J'ai trouvé une place moi aussi et je suis passé à pied devant le restaurant. En jetant un coup d'œil à travers les baies vitrées, je ne l'ai pas vu parmi les clients, mais je savais que l'établissement avait également une terrasse derrière. Il ne faisait pas vraiment assez chaud encore pour manger dehors, mais les gens de Chicago ont une définition flexible de “assez chaud”, alors je savais que je devais aller vérifier s'il était là-bas.

Une étroite allée bétonnée et peinte d'une vive couleur verte longeait le restaurant. Au bout, une pancarte annonçait BIENVENUE AU MEXIQUE ! Dans le patio, sous des guirlandes de fanions mexicains colorés, assis à des tables en fer forgé à côté de braséros à gaz de deux mètres de haut qui tournaient à plein régime, les clients mangeaient des enchiladas et buvaient des margaritas. Et effectivement, au fond, à côté d'une haute palissade en bois, Ronnie Dunlap était assis à une table, seul, et mangeait des chips qu'il trempait dans des sauces tout en parcourant la carte des yeux.

Une serveuse s'est approchée et m'a demandé si je voulais dîner.

— Je cherche ma femme, ai-je dit. Peut-être qu'elle est dans la salle devant.

Je suis reparti à ma voiture pour attendre et voir si quelqu'un venait rejoindre Dunlap, mais les seuls nouveaux venus arrivaient en groupes. Au bout d'un moment, Dunlap est sorti du restaurant, toujours seul.

Il s'est dirigé vers sa voiture, y est monté et il est parti.

Je ne me suis pas empressé de démarrer et de partir en trombe sur ses talons. Je prenais mon temps. Je ne voulais pas attirer l'attention sur moi et il n'y avait aucune raison de se presser. Après le désastre Vukov ce matin-là, je n'étais pas d'humeur à lui coller un GPS. En plus, je connaissais sa voiture et j'avais une bonne visibilité sur lui, alors je me suis contenté de le suivre, à l'ancienne.

— Où est-ce qu'on va, crétin ? ai-je demandé.

Pendant plus d'une heure, on s'est juste baladés. Il ne m'a pas fallu longtemps pour comprendre qu'on n'allait pas vers une destination précise. On décrivait une sorte de cercle par les rues autour de Logan Square jusqu'à la zone qui entourait Humboldt Park. Nous sommes passés devant le terrain de football, le terrain de base-ball, le hangar à bateaux, et les étangs, sans nous arrêter ni ralentir pour leur accorder la moindre attention. Pendant une seconde, je me suis inquiété : peut-être qu'il essayait de voir s'il était suivi. Mais ce n'était pas ça. Le type faisait simplement une balade en voiture.

Pendant que je le suivais, je ne cessais de changer de position sur mon siège. J'avais mal aux reins à la suite des coups que m'avait infligés Vukov. Peut-être que je m'étais froissé quelque chose.

J'ai secoué la tête. Quelle foirade. En une matinée, j'avais réussi à casser les pieds à une famille de criminels de la ville, au FBI, au département de la police de Chicago et à une femme au foyer croate.

Aucun d'eux ne serait facilement prêt à me pardonner, mais c'était la police de Chicago qui me préoccupait le plus. Ils me détestaient déjà. Peu de temps après que j'avais hérité l'affaire de Dean, j'avais pris un boulot de surveillance d'un époux qui avait mal tourné. Karras avait raison de dire que Dean avait toujours soigneusement évité le racket adultère, mais quand j'avais repris le bureau, je m'étais dit que j'élargirais ma clientèle. Un de mes premiers clients était un agent immobilier qui pensait que sa femme le trompait. J'avais suivi l'épouse, je l'avais filmée en train de baiser avec un type au Heart O' Chicago Motel pendant une de ses pauses de midi, et j'avais ensuite donné l'enregistrement au mari. Deux jours plus tard, ce dernier avait suivi sa femme jusqu'au motel en question et avait abattu la femme et l'amant.

Tel quel, le désastre était déjà considérable, mais il s'est avéré que le jeune amant qui gisait nu sur le sol du Heart O' Chicago Motel était un enquêteur de la police appelé Anthony "Buzz" Bazzano. Quand les flics ont découvert ce qui s'était passé, ils ont essayé de me faire retirer ma licence. J'ai réussi à la garder en demandant l'appui de gens au bureau des licences qui avaient connu et aimé Dean, mais rien n'a pu éviter que mon affaire s'écroule du jour au lendemain. Les amis de Buzz dans la police ont commenté longuement dans la presse mon incompétence et mon attrait pour le sordide. Certains clients m'ont lâché. J'ai perdu tous mes contrats de sécurité à long terme. Et, le pire, j'ai perdu tous mes contacts dans la police. Plus d'aide de la part des flics, plus d'informations confidentielles, plus de recommandations pour des missions de sécurité ou d'investigation.

L'ironie de tout ça, c'était que les seuls boulots que j'arrivais à avoir étaient de la surveillance matrimoniale. Les époux adultères étaient mon gagne-pain. Et oui, les flics avaient raison ; parfois, quand j'obtenais de bonnes photos, si je pensais que je pouvais obtenir un meilleur prix de la part du coupable plutôt que de mon client, je les lui vendais en contrepartie de mon silence. Pourquoi pas ? La loi appellerait ça de l'extorsion ou du chantage. Moi, j'appelle ça donner aux gens ce qu'ils veulent. C'est seulement une question de qui veut davantage.

Comme cet idiot. Je n'étais pas encore certain de ce que Dunlap voulait, ou de ce qu'il serait prêt à payer pour l'avoir. Il ne cessait de décrire la même boucle, et je continuais à le suivre – deux types qui tournent en rond. Il n'y avait pas de présence notable de prostituées sur les trottoirs dans ce quartier, alors je ne pensais pas qu'il cherchait quelqu'un pour une passe. Peut-être qu'il tuait le temps en attendant l'heure d'un rendez-vous, peut-être avec quelqu'un qui habitait par ici. Il roulait, me disais-je, comme un homme se tournerait les pouces. Toujours le même itinéraire, encore et encore.

Mais ensuite, j'ai réalisé que le cercle se réduisait. Nous roulions toujours en cercles, mais leur diamètre diminuait, comme un faucon tournoyant dans le ciel tout en se rapprochant de l'instant où il fondra sur sa proie.

Puis il s'est mis à agir différemment. Le soleil s'était couché depuis des heures, et nous tournions dans la nuit quand soudain il s'est engagé dans West Augusta Boulevard et s'est garé. Une minute plus tard, je l'ai dépassé et j'ai bifurqué dans la rue suivante et me suis arrêté à côté d'une bouche à incendie.

Sur le siège passager, j'avais une sacoche contenant tout mon matériel de surveillance : des traceurs GPS, des mini-caméras sans fil, des pinces, des crochets, mon ordinateur ultrarésistant. J'ai sorti mon caméscope 4k avec infrarouge, et je suis revenu sur mes pas en courant. J'ai passé la tête au coin du bâtiment. Sur cette portion d'Augusta, il y avait surtout de petits immeubles d'habitations. La plupart de deux étages, peut-être six ou neuf appartements par unité. J'ai filmé Dunlap en train de sortir de sa voiture. Il a inspecté son coffre, pour s'assurer qu'il était prêt – déverrouillé mais pas grand ouvert. Ensuite, il est resté sur le trottoir un moment entre deux immeubles, en regardant autour de lui. Il portait le même jean et les mêmes baskets qu'avant, mais il avait enfilé un sweat à capuche gris. Il est allé jusqu'à la ruelle la plus proche, entre un immeuble et une rangée de garages, s'y est engouffré et a disparu.

Eh bien, voilà qui est étrange.

Il me restait à décider si je voulais le suivre. Il était peut-être allé au bout de la ruelle et entré quelque part par une porte de derrière, pour monter dans un appartement ou s'introduire dans un garage. Mais il avait examiné son coffre de voiture pour s'assurer qu'il était déverrouillé, je supposais donc qu'il allait revenir pour y charger quelque chose.

Néanmoins, depuis qu'il était entré dans la ruelle, je n'avais pas entendu de bruits de pas s'éloigner. Je n'avais pas entendu de porte s'ouvrir. Pas de voix. Rien.

Alors, j'ai attendu. Je ne quittais pas l'immeuble des yeux. Seules les lumières des deux appartements du dernier étage étaient allumées. En dehors du bruit des voitures qui passaient dans la rue voisine, Humboldt Drive, la nuit était silencieuse.

Puis, plus loin devant, j'ai entendu une porte claquer.

6

Je ne crois pas que la femme l'ait vu. La nuit était nuageuse, sans lune et le ciel était un plafond noir bas. Comme l'un des réverbères était éteint, l'homme appuyé contre le mur dans la ruelle n'était rien de plus qu'une ombre indissociable de la mosaïque qui composait la pénombre. La femme était distraite, de toute manière. Elle est arrivée d'un pas vif sur le trottoir, la tête baissée, le sac battant contre sa cuisse, les bras serrés autour de la poitrine. Elle tapait des pieds comme si elle était trop furieuse pour prêter la moindre attention à quoi que ce soit.

Je crois qu'elle n'a même pas vu Dunlap quand il lui a sauté dessus. Avant qu'elle ait le temps de comprendre ce qui se passait, il l'a cognée. Elle a poussé un cri quand elle est tombée sur le sol à quatre pattes, mais ensuite il s'est mis à califourchon sur elle, lui a passé un bras autour du cou et l'a entraînée avec lui dans la ruelle.

Le vent agitait la cime des arbres. Des voitures circulaient sur Humboldt.

J'ai fait un pas, puis je me suis arrêté. Mes mains tremblaient, mais je n'ai pas baissé la caméra.

Il y avait beaucoup d'argent à se faire, là. Pas quelques milliers de dollars soutirés à un époux infidèle. Qu'est-ce que cet homme serait prêt à payer pour que ceci ne s'ébruite pas ? J'ai repensé à la jolie maison en brique à Portage Park. Quelle valeur résiduelle pourrait-il en tirer ? Il allait devoir débourser. Il n'aurait pas le choix. Je l'avais filmé en train de se garer, de préparer la voiture, de se faufiler dans la ruelle, d'attraper la femme et de l'entraîner dans la pénombre – et quand il émergerait de la ruelle, avec la femme ou sans elle, j'aurais les images aussi. Il paierait *forcément*.

Puis quelque chose a bougé dans la pénombre.

J'ai failli en tomber à la renverse quand j'ai constaté que c'était la femme qui sortait, vacillante, et apparaissait dans la lumière d'un lampadaire. Elle s'extrayait de la ruelle, un pas lourd après l'autre, avec dans la main un couteau. Sa poitrine se soulevait à intervalles réguliers. Elle ne regardait pas le couteau, semblait ignorer qu'elle le tenait.

Elle a commencé à remonter la rue en trébuchant, mais soudain elle s'est arrêtée et s'est enfoncée dans l'ombre. L'espace d'un instant, j'ai cru qu'elle m'avait vu. Mais non. Ce n'était pas de moi qu'elle se cachait. Une voiture de patrouille de la police de Chicago arrivait lentement dans la rue derrière nous. Si elle était arrivée trois minutes plus tôt, les flics auraient interrompu l'incident.

Pendant un moment, l'air nocturne fut saturé de possibilités. Tout ce que la femme avait à faire, c'était interpeller les flics. Je me suis tendu. S'ils s'arrêtaient, j'aurais tout perdu. Peut-être que je pourrais vendre les images aux médias, mais est-ce que je voulais vraiment qu'elle soit diffusée, cette preuve que j'étais resté planqué dans l'ombre, sans bouger ? Non, à la seconde où ils s'arrêteraient, les images que j'aurais filmées ne vaudraient plus rien, et pire, me nuiraient.

C'est là que la chose la plus incroyable s'est produite. Au lieu de faire signe aux flics, la femme s'est cachée dans la pénombre, exactement comme son agresseur l'avait fait quelques minutes auparavant.

Elle n'a pas bougé. Je n'ai pas bougé. Et les flics ont poursuivi leur route, sans avoir la moindre idée de ce qui se tramait dans les ruelles et les ombres à quelques mètres d'eux.

Après leur départ, la femme est réapparue. Elle a fait deux pas, s'est arrêtée et a lâché le couteau. Puis elle s'est mise à courir.

J'avais tout filmé, mais maintenant, je ne savais pas quoi faire.

Je l'ai suivie des yeux et j'ai repéré l'immeuble dans lequel elle s'est engouffrée – précisément celui qu'elle avait quitté quelques minutes plus tôt – et là, j'ai pris une grande inspiration. Des deux côtés de la rue, j'ai examiné les fenêtres des appartements. La plupart étaient noires, certaines étaient éclairées. Mais je n'ai pas vu de visages pressés contre la vitre, ni de téléphones portables en train de filmer ce qui se passait en bas, dans la rue.

Je suis allé jusqu'à la ruelle au pas de course. Là, en tas sur le sol, se trouvait Ronnie Dunlap.

J'ai rallumé la caméra infrarouge et je l'ai filmé là, avec son sweat-shirt trempé de sang, une grande tache cramoisie qui partait de son cou et descendait sur sa poitrine. Des taches de sang, déjà noir dans la saleté et la poussière, étaient visibles sur le béton autour de lui. C'était à peu près ce à quoi je m'attendais, à l'exception d'une chose.

Le fils de pute était encore vivant. Il se tenait la gorge, et lançait des regards à droite et à gauche pour tenter d'éviter la caméra.

J'ai couru jusqu'à sa voiture et j'ai regardé dans le coffre. À l'intérieur, un sac mortuaire, fermeture à glissière ouverte, béant, prêt à recevoir un corps.

Le fils de pute.

J'ai filmé, sans cesser de hocher la tête.

Le fils de pute.

J'ai regardé autour. Les rues vides. Pas le temps. Que devais-je faire ? Je pouvais laisser Ronnie mourir, et ensuite, voir si je pouvais faire payer la femme qui lui avait tranché la gorge et l'avait laissé là. Visiblement, elle ne voulait pas que la police s'en mêle. Pourquoi ? Est-ce que Ronnie et elle se connaissaient ? Était-ce la raison pour laquelle elle n'avait pas intercepté les flics quand elle en avait l'occasion ? Qu'est-ce qu'*elle* serait prête à payer pour empêcher que cette histoire sorte ?

J'ai regardé le type couché par terre. *Attends une minute, pourquoi le laisser mourir ?* S'il mourait, il ne m'était plus d'aucune utilité. Un homme mort ne paie pas. D'autre part, s'il survivait, je pourrais obtenir de l'argent de lui *et* de la femme. Aucun des deux ne voudrait que cet incident soit diffusé. Ils paieraient tous les deux.

Je n'avais absolument pas le temps de réfléchir aux implications de tout ceci. J'ai juste sauté sur l'occasion qui se présentait.

J'ai refermé le coffre et je me suis précipité auprès de Ronnie Dunlap.

— Ronnie, vous m'entendez ?

Il a hoché la tête, pâle et tremblant.

J'ai tendu le bras et j'ai tiré l'épaisse capuche de son sweat pour la lui fourrer dans la main.

— Restez là et appuyez bien sur votre gorge avec ça, lui ai-je dit.

Il fallait que j'agisse vite. Une voiture pouvait entrer dans la ruelle à tout moment ou quelqu'un du quartier pouvait sortir faire une balade nocturne, et toute cette affaire exploserait. Les flics et les journalistes débarqueraient, et ce serait la fin de l'histoire pour moi.

Tandis qu'il maintenait la pression sur sa gorge sanguinolente, je l'ai hissé en position debout. Je n'avais jamais eu à porter un homme adulte. C'était plus difficile que prévu.

— Aidez-moi, lui ai-je grogné à l'oreille. Servez-vous de vos jambes.

Je l'ai hissé sur la banquette arrière. J'ai dû pousser ses pieds pour les faire entrer et pouvoir fermer la portière.

— Les clés sont dans la voiture ? ai-je demandé.

Ses yeux, écarquillés et exorbités par la terreur et l'incompréhension, me fixaient. Sa tête a esquissé un oui.

J'ai récupéré le couteau et sauté dans la voiture.

J'ai sorti mon portable et déroulé la liste de mes contacts. J'avais une liste intitulée RESSOURCES. Tout le monde sur cette liste avait une dette importante envers moi.

J'ai appuyé sur Lorenzo Muñoz.

— Quoi ? a aboyé Lorenzo en guise de salut.

— J'ai un mec blessé que j'ai besoin que tu rafistoles. C'est une urgence. Retrouve-moi…

— Owen Pall, bon Dieu. Qu'est-ce que tu… ? Quel genre d'urgence ?

— Blessure à la gorge. Saignement abondant. Il y a cinquante pour cent de chances qu'il soit mort d'ici que je te rejoigne.

— Putain ! Mais emmène-le aux urgences !

— Si je pouvais l'emmener aux urgences, Lorenzo, je ne serais pas en train de t'appeler et d'interrompre ta soirée. Mes excuses à ta famille, d'ailleurs.

Ça lui a cloué le bec, et en dehors de sa respiration poussive, la ligne est restée silencieuse un moment.

Finalement, il a dit :

— Où es-tu ?

— À cinq minutes de ton cabinet, peut-être moins si j'ai de la chance avec les feux. Je sais que tu habites tout près, alors vas-y tout de suite et on s'y retrouve. Ne me fais pas attendre. Si ce type meurt parce que tu mets trop de temps à lacer tes chaussures, on aura un problème plus grave encore à gérer.

Le centre médical Illinois Immediate Care est un de ces établissements sans rendez-vous spécialisé dans les soins destinés aux gens qui ont une assurance merdique. Muñoz m'a aidé à amener Ronnie Dunlap par la porte de service et nous l'avons allongé sur une table d'examen à côté d'un chariot plein de matériel.

Tandis que Muñoz marmonnait des jurons et essayait de rafistoler l'homme blafard et tremblant, Dunlap n'émettait pas le moindre son. Il avait les yeux fermés et restait parfaitement immobile. Peut-être qu'il essayait de se concentrer sur le fait de rester en vie. Peut-être qu'il espérait mourir. Difficile à dire.

— Qu'est-ce qui lui est arrivé ? a demandé Muñoz.

— Sa gorge est tranchée. C'est important de savoir comment ?

— Ça m'aiderait peut-être de savoir ce qui s'est passé.

— Et il aimerait peut-être savoir pourquoi tu l'aides. Il vaut mieux pour vous deux que vous ne sachiez rien l'un de l'autre.

Muñoz s'est interrompu et m'a regardé.

J'ai ignoré son regard d'acier.

— Contente-toi de te concentrer sur ce que tu es en train de faire, ai-je dit.

Par-dessus son épaule, j'ai regardé Dunlap.

— Putain, il a l'air mal en point.

Muñoz a repris ses sutures et ses pansements.

— La blessure n'est pas profonde. La personne qui a fait ça a manqué la carotide. Dans le cas contraire, il serait déjà mort.

— Alors, il survivra ?

— Je ne sais pas, a marmonné Muñoz. Ce n'est plus vraiment ma spécialité. Le plus souvent, je bande des chevilles foulées et je prescris des antidiarrhéiques.

Je me suis adressé au patient.

— Je parie que c'est rassurant, hein ?

Dunlap a gardé les yeux fermés.

— Hé, vieux, lui a dit Muñoz tout en découpant la manche de son sweat-shirt avec de gros ciseaux à pansements. Vous m'entendez ? Quel est votre groupe sanguin ?

Dunlap a articulé la lettre B puis a croisé deux doigts tremblants.

— B+ ?

Hochement de tête.

Muñoz est allé chercher du sang dans un meuble de stockage réfrigéré au fond.

— Nous avons un stock très limité de poches de sang pour les cas spéciaux, a-t-il dit en revenant avec une poche de 350 millilitres. Je ne sais pas comment je vais expliquer qu'il en manque une.

— Tu trouveras quelque chose, ai-je dit.

— Une fois que je l'aurais recousu, il faudra que tu l'emmènes.

— Il devrait se reposer, non ? Est-ce qu'il peut être déplacé ?

— Je m'en fous qu'il puisse être bougé ou pas, mec. Il faut qu'il dégage d'ici et que j'aie le temps de tout ranger avant que mon équipe arrive demain matin.

— Quelques heures de repos, et ensuite, je l'emmène. (Je me suis dirigé vers la porte.) Je reviens.

Il s'est retourné brusquement.

— Qu'est-ce que tu entends par "je reviens", bordel ? Tu vas nulle part, mec.

Je suis retourné auprès de lui.

— Détends-toi, Lorenzo. Il faut que j'y aille. J'ai des trucs hyper urgents à régler. Je reviens, peut-être d'ici deux ou trois heures.

Il s'est apprêté à m'opposer une objection mais j'ai secoué la tête.

— Écoute-moi. Je reviens, peut-être dans une heure ou deux, ou dans dix minutes. Mais il faut que j'y aille, là. Tu fais de ton mieux pour lui, et quoi qu'il arrive, je serai revenu pour l'emmener avant l'heure de l'ouverture. Ensuite, on sera partis et tu n'entendras plus jamais parler de moi.

Muñoz a pris une grande inspiration. Il a fini par acquiescer. C'était aussi bien qu'il ne continue pas à discuter. Le pauvre bougre n'avait pas franchement le choix.

J'ai laissé la voiture de Dunlap au coin de la ruelle où je l'avais trouvée et je suis retourné au pas de course à la mienne. De l'endroit où elle était garée, je voyais la porte d'entrée de l'immeuble où la femme s'était engouffrée tout à l'heure. Seules quelques lumières étaient allumées, dont une au deuxième étage.

Emmener Dunlap chez Muñoz, l'installer, puis revenir ici m'avait pris presque une demi-heure. Plus de temps qu'il n'en fallait pour qu'elle appelle la police et pour que la police réagisse, mais les trottoirs étaient toujours déserts, silencieux et plongés dans la pénombre. Le seul changement était que l'atmosphère s'était réchauffée. La pluie arrivait.

Au bout de quelques minutes, la femme est sortie. Cette fois, un homme l'accompagnait. J'avais la caméra prête, et j'ai pris le temps d'examiner la femme. Petite quarantaine, cheveux bruns et longs, le manteau bien serré contre sa poitrine mince. Sa jupe et ses bas étaient déchirés, et bien que je ne puisse voir exactement ce qu'elle portait en dessous, j'ai cru apercevoir un sweat-shirt de sport sous l'encolure de son manteau. L'homme avait son âge, ou était peut-être un peu plus jeune.

Ils formaient un drôle de couple. Mal assorti. Lui portait un jean, un T-shirt, des grosses chaussures de chantier. Il était bâti comme un couvreur, les bras puissants et les épaules larges. Malgré ce qui s'était passé ici ce soir, il marchait d'un pas sautillant, comme si sa bonne humeur pouvait encore être préservée. La femme, par contre, avait l'air bouleversée. Je pouvais presque la voir trembler. Et pourtant, il y avait autre chose chez elle. La manière dont elle se tenait, comme si elle se cramponnait à sa dignité de toutes les forces qui lui restaient.

Ils sont partis dans la direction opposée de celle de la ruelle et au bout d'un moment se sont arrêtés à côté d'une voiture sous un lampadaire, quasiment au bout du pâté de maisons. Je les ai filmés en train de se parler, mais je voulais surtout les regarder. Ils étaient trop loin pour que je puisse comprendre ce qu'ils se disaient, mais à en croire la froideur de leur langage corporel, ils semblaient être en pleine dispute. Puis la femme est montée dans sa voiture et elle est partie, et l'homme s'est dirigé d'un pas tranquille vers son immeuble. Voilà qui semblait confirmer la théorie qui s'était échafaudée dans mon esprit depuis le moment où je l'avais vue se cacher de la voiture de police.

Elle est mariée.

J'ai démarré et je l'ai suivie jusqu'au bout de la rue. Il s'est mis à pleuvoir. Il n'y avait pas beaucoup de circulation, mais une fois que la pluie a commencé à tomber, je pouvais rester derrière elle sans me faire repérer. On a pris la I-90 puis elle s'est dirigée vers la banlieue. À Evanston, elle s'est engagée dans un joli petit quartier. Quand elle a ralenti pour entrer dans le garage d'une maison en brique à étage, j'ai continué ma route. À la rue suivante, j'ai fait demi-tour et je suis passé à petite vitesse devant sa maison. La porte du garage était en train de se baisser. J'ai noté deux détails. Un : bien que le garage soit assez grand pour deux véhicules, il n'y en avait pas d'autre. Deux : elle se tenait le flanc.

Blessée dans la bagarre, peut-être ? Ou peut-être qu'elle a coincé ses vêtements déchirés sous son bras, dans son manteau ?

Je me suis arrêté au coin de la rue, d'où j'avais une vue sur les fenêtres de devant de sa maison. J'avais sa plaque d'immatriculation et son adresse. Je pouvais découvrir le reste plus tard, je voulais vraiment voir ce qu'elle allait faire.

Il semblait n'y avoir personne d'autre dans la maison. Elle a allumé toutes les lumières et a disparu pendant un moment. Pour se nettoyer, ai-je supposé. Puis elle est sortie en tenant un sac en plastique et elle est allée jusqu'à la poubelle posée sur le trottoir. Elle a fourré le sac tout au fond du container. J'ai failli éclater de rire. N'importe quelle personne qui la regarderait, même quelqu'un qui n'aurait pas la moindre idée de ce qu'elle avait fait, aurait trouvé bizarre qu'elle sorte des cartons de la poubelle pour pouvoir mettre ce sac encore plus au fond. Mais j'étais le seul à la regarder. J'avais des images nettes d'elle en pleine action, même dans le noir. Les rues d'Evanston, pour inspirer la sécurité à ses habitants de la classe moyenne, sont bien éclairées.

Elle est retournée à l'intérieur, et je l'ai vue s'asseoir sur son canapé. Pour se remettre les idées en place, je suppose.

Peu de temps après, sa famille est rentrée. Un garçon dégingandé, apparemment lycéen, qui ressemblait vaguement à sa mère. Et un homme avec un peu de ventre, et des lunettes. Ils portaient tous les deux un T-shirt et une casquette des Cubs.

Voilà ce qu'elle protégeait, la raison pour laquelle elle avait laissé l'homme pour mort dans la ruelle et qu'elle s'était planquée quand les flics étaient passés.

Sa famille. Sa vie.

Voilà la raison pour laquelle elle serait prête à payer beaucoup d'argent.

Plus tard, quand ils se sont couchés, je suis parti. La nuit avait été longue et il restait encore beaucoup à faire. Mais avant de partir, je suis sorti de la voiture, je suis allé jusqu'à la poubelle devant chez elle et j'ai récupéré le sac qu'elle y avait mis.

7

MUÑOZ m'a accueilli à la porte du cabinet avec son portable à la main.

— Ma femme m'envoie un message toutes les cinq minutes pour savoir où je suis, putain.

Sans répondre, j'ai traversé les salles du fond plongées dans le noir jusqu'à la seule pièce violemment éclairée dont la porte était ouverte.

Dunlap était allongé sur le dos avec un épais pansement blanc scotché autour du cou. Il avait les bras le long du corps et un petit morceau de coton était collé au creux de son bras, à l'endroit où il avait reçu la transfusion. Ses yeux étaient fermés et il paraissait ne pas respirer.

J'ai pris une grande inspiration et j'étais sur le point de dire quelque chose quand j'ai vu son ventre monter et descendre. Il a ouvert les yeux, a penché la tête juste assez pour pouvoir me voir, puis il les a refermés.

Muñoz était à côté de moi, fébrile.

— OK, mec. Je l'ai recousu. Alors dégage-le d'ici maintenant.

— Est-ce qu'il va s'en sortir ?

Muñoz a ouvert les mains dans un geste impuissant.

— Je ne sais pas, mec. Comme je t'ai dit, ce n'est pas trop mon rayon.

J'ai levé la main.

— C'est pratiquement fini, Lorenzo. Respire un bon coup et parle-moi en médecin pendant cinq secondes. Décris-moi l'état de ton patient.

Il a soupiré et s'est frotté le visage.

— Bon. Je peux te dire qu'il n'est pas en détresse respiratoire. C'est bon signe. J'ai commencé par stabiliser les voies aériennes et ça a l'air de tenir pour l'instant. L'œsophage n'est pas touché, et pour autant que je puisse le dire, les principaux vaisseaux sanguins ont l'air intacts. Donc, je pense qu'il est hors de danger. Le gros des dégâts, c'est sur le larynx et le cartilage. Il va avoir du mal à parler et à déglutir. Il faut qu'il voie un chirurgien ORL dès que possible. Il peut y avoir des caillots, des complications au niveau des ligaments, des dégâts irrémédiables sur sa voix, toutes sortes de répercussions. En plus, je ne sais pas si mes sutures sont correctes. J'ai fait du mieux que je pouvais avec ce que j'avais, mais je n'ai jamais fait de suture d'urgence sur une blessure à la gorge.

— Il a l'air sédaté.

— Je lui ai mis du fentanyl. C'est un autre truc sur lequel je vais devoir rendre des comptes, au fait. La disparition de ces doses va être remarquée. On n'a pas des tonnes de médicaments ici.

— J'imagine qu'il aura un mal de chien demain matin.

— Je crois, oui, a dit Muñoz en croisant les bras pour me signifier que la consultation était terminée et que la douleur de Dunlap demain matin n'était pas son problème.

— OK. Aide-moi à le mettre dans la voiture.

Muñoz et moi avons installé Dunlap dans un fauteuil roulant. Le gars était pratiquement inerte, un gros sac de chair et d'os. On a fini par réussir à l'installer sur ma banquette arrière.

— Ce n'est pas la même voiture, a dit Muñoz en refermant la portière. Pas la même que celle dans laquelle tu l'as amené.

Je n'ai pas répondu et j'ai contourné le véhicule jusqu'à la portière du conducteur.

Son portable a vibré, il a jeté un œil sur l'écran et a secoué la tête.

— Merci pour ton aide, lui ai-je dit. Rentre auprès de ta femme.

— Ouais. Ce n'était pas de *l'aide*. Je t'ai payé ce que je te devais, OK ? Je ne te dois absolument plus rien. Tu as dit que je ne te reverrais plus après ça, et j'y compte bien. Je me fiche de savoir qui se prend une balle, un coup de couteau ou je ne sais quoi d'autre. Tu n'obtiendras plus le moindre sparadrap de ma part.

J'ai seulement acquiescé et j'ai démarré, le laissant planté là avec son portable, à réfléchir au mensonge qu'il allait raconter à sa femme.

Dunlap n'a pas fait un bruit pendant que je le ramenais chez lui. Je n'étais pas inquiet pour lui, pourtant. Muñoz était bien meilleur qu'il le disait. Il avait été le plus jeune chirurgien vasculaire à être reconnu par le conseil de l'ordre dans l'histoire de la Californie avant de flinguer sa vie et sa carrière à cause de son addiction au jeu qui lui coûtait jusqu'à quinze mille dollars par jour. Quand le fait qu'il pratiquait des thrombectomies inutiles pour "résorber" des caillots inexistants afin de payer ses dettes de jeu a été révélé, il a perdu son droit d'exercer en Californie et il a été envoyé en prison. Une fois sorti, il a changé de nom, a déménagé et a obtenu l'autorisation d'exercer à Chicago. Il s'est marié et a pris le boulot merdique au centre médical, mais il mentait à sa femme et à ses enfants sur son passé, négligeant de mentionner sa vie d'avant, dans laquelle il avait aussi une première femme et une fille de dix-neuf ans qui vivaient toujours en Californie. J'avais découvert ce secret complètement par accident quand j'avais été engagé comme sous-traitant pour établir le passé d'un type qui avait monté une escroquerie contre le syndicat des plombiers. Le type était venu au centre médical de Muñoz pour faire traiter sa fausse pathologie, et bien que Muñoz se soit contenté de lui prescrire innocemment du Naproxen pour sa douleur au dos, j'avais fouiné dans les références du médecin, et de fil en aiguille j'avais tout mis au jour. Voilà pourquoi nous étions dans cette situation où il avait une dette envers moi pour que je n'ébruite pas la chose.

Je me suis félicité d'avoir eu la bonne idée de ne pas faire chanter Muñoz à l'époque. Ce choix avait été plus rentable qu'une extorsion, surtout que je savais que son secret ne pourrait pas rester un secret indéfiniment. La nature humaine est parfois bizarre : un homme aussi intelligent que Lorenzo Muñoz qui a la naïveté de croire qu'on pouvait encore de nos jours avoir de vrais secrets. Nous avons tous collectivement franchi cette limite il y a bien longtemps, sans retour en arrière possible.

Quand je suis arrivé chez Ronnie Dunlap, j'ai emprunté l'allée derrière la maison et je me suis garé devant la porte de son garage avant d'envoyer un SMS à sa femme. Elle est sortie deux minutes plus tard, dans une longue chemise de nuit ornée de canards endormis et un jean qu'elle avait dû enfiler en vitesse.

— Oh, mon Dieu, dit-elle. Qu'est-ce qui lui est arrivé ?

— Aidez-moi à le rentrer dans la maison.

Dunlap était réveillé et pouvait bouger les jambes, mais il était vacillant et n'avait aucune idée de l'endroit où il se trouvait. Il fallait que je le soutienne et que je l'oriente dans la bonne direction. Une fois à l'intérieur, Heidi nous a fait traverser la cuisine jusqu'au couloir. J'ai remarqué une porte de chambre ouverte qui donnait sur le devant, mais elle m'a dirigé vers la chambre du fond.

— Il dort là-bas d'habitude, a-t-elle dit en se mordant la lèvre. S'il vous plaît, pas de bruit. Je ne veux pas réveiller Tobi. (Puis elle lui a demandé :) Est-ce que ça va, Ronnie ? Tu vas bien ?

Dunlap, encore passablement dans le cirage, ne lui a pas répondu ; je l'ai traîné dans la chambre du fond. La pièce avait tout le caractère impersonnel d'une chambre d'amis, même si on avait l'impression aussi que Ronnie y dormait tout le temps, vu le lit défait et les vêtements entassés dans un coin.

Une fois que je l'ai posé sur le lit, Heidi s'est penchée sur lui, sans le toucher.

— Ronnie ? Est-ce que… ? (Elle s'est tournée vers moi, inquiète, effrayée.) Sa gorge. Qu'est-il arrivé à sa gorge ?

Je me suis frotté le dos, encore douloureux après les coups que j'avais reçus ce matin-là, et qui me faisait encore plus mal après tout ce poids que j'avais soulevé cette nuit. J'espérais vraiment ne pas me réveiller avec un muscle froissé.

— Il a eu des ennuis.

— Des ennuis ? Avec qui ?

J'ai jeté un coup d'œil à Ronnie. Dès qu'il avait été allongé sur le matelas, il avait replongé dans l'inconscience. Heidi attendait que je lui réponde. J'avais déjà décidé de ne rien lui dire. Si elle découvrait que son mari était un psychopathe embusqué dans des ruelles, son premier instinct serait de se précipiter chez les flics, pas de me donner de l'argent.

— Je ne sais pas, ai-je dit à Heidi. Je l'ai trouvé à Humboldt Park. Quand je l'ai découvert, il était allongé sur le sol à côté de sa voiture, blessé grièvement. À la gorge. Je l'ai fait voir par un médecin.

— Oh mon Dieu.

Elle l'a regardé, notant les pansements neufs. Puis elle s'est retournée vers moi.

— Je ne comprends pas. Avez-vous appelé la police ? Pourquoi n'est-il pas à l'hôpital ?

— Je ne sais pas vraiment ce qu'il trafiquait ce soir, madame Dunlap. Il pourrait bien s'agir de quelque chose d'illégal. Jusqu'à ce qu'on sache avec certitude, peut-être qu'on ne devrait pas impliquer la police.

Oui, *quelque chose d'illégal* était juste assez vague pour être effrayant, mais pas assez effrayant pour provoquer de la panique chez elle. *Quelque chose d'illégal* pouvait signifier des prostituées ou de la drogue, pouvait signifier un million de choses avant d'arriver à *Vous êtes mariée à un psychopathe*. Je me suis frotté le dos.

— Maintenez-le un peu relevé, mais laissez-le dormir. Il faut que j'y aille. Je n'ai pas encore fini ma nuit.

Je suis parti vers ma voiture mais elle m'a suivi et m'a arrêtée au moment où je franchissais le portail à côté du garage. On est restés dans l'allée derrière sa maison, et par-dessus son épaule, je voyais la longue rangée de garages individuels identiques, de jardins plongés dans le noir, et de maisons endormies tout le long de la rue. La nuit était silencieuse et fraîche.

— S'il vous plaît, dites-moi ce qui s'est passé.

— Nous en parlerons demain, Heidi, ai-je répondu. Je ne sais même pas vraiment quoi vous dire. J'en saurai davantage demain.

— Mais…

— Est-ce que vous m'avez vraiment embauché parce que vous soupçonniez que Ronnie vous trompait ?

Elle est restée là, les yeux écarquillés, ce qui était à peu près ce à quoi je m'attendais.

— On parlera demain, ai-je dit, et je me suis dirigé vers ma voiture.

Elle a regardé ma Honda.

— Attendez, où est sa voiture ?

— À l'endroit où il l'a laissée, ai-je répondu. (Je me suis retourné.) Au fait, il ne sait pas qui je suis. Il ne sait pas que je le suivais. Il serait peut-être préférable de ne rien lui dire pour l'instant.

En partant, j'ai jeté un coup d'œil dans le rétroviseur. Je l'ai vue plantée là dans l'allée, de plus en plus petite dans la nuit jusqu'à ce que j'atteigne la rue, et là, elle a complètement disparu.

8

Si je devais extorquer de l'argent à ces gens, il fallait savoir à qui j'avais affaire, alors j'ai passé le reste de la nuit dans mon bureau à boire du café et à faire des recherches. Les lumières étaient toutes éteintes dans la boutique, à l'exception du petit panneau au néon SOLUTIONS DE SÉCURITÉ que je laissais allumé 24 heures sur 24, 7 jours sur 7. J'ai pris l'album studio enregistré par Judy Garland en 1957, *Alone*, dans la collection de disques de Dean et je l'ai mis sur sa vieille platine Murphy dans le coin à côté de la machine à café. À partir de là, je n'ai quitté l'ordinateur que pour retourner le disque et me resservir du café, avant de reprendre mes recherches.

J'ai commencé avec l'assaillant. Comme tout le monde, sa vie était dispersée en petites informations éparses sur le web, attendant d'être ramassées comme on ramasse des détritus au bord de la route. Ronald Dunlap était né à Chicago. Il avait grandi dans les quartiers du North Side, il avait été scolarisé là-bas, avait décroché un boulot là-bas, s'était marié là-bas. Quand il avait épousé Heidi Markham, il avait vingt-deux ans, elle, dix-neuf. Trente-cinq ans aujourd'hui, il avait une fille de douze ans, et il était secouriste depuis onze ans. D'après les registres du cadastre, la maison était au nom de Heidi. Apparemment, les précédents propriétaires étaient ses parents, alors j'ai supposé qu'elle en avait hérité. Cela pourrait compliquer la situation d'un point de vue financier, mais convaincre Heidi d'emprunter de l'argent en hypothéquant la maison serait le problème de Ronnie, pas le mien.

Plus déroutant, mes recherches préliminaires n'ont mis au jour aucun casier judiciaire pour Ronnie. Je l'avais vérifié par curiosité. Ce que j'ai découvert, eh bien, c'est… rien. Pas d'historique de violences, pas d'arrestation avec des putes, pas d'arrestation pour harcèlement. Pas la moindre arrestation. Ce n'était pas un problème, bien entendu. Les images de l'agression de ce soir suffisaient. Mais c'était bizarre de ne pas trouver le moindre écart de conduite.

Bon, ce que j'ai découvert était beaucoup mieux.

Il y a quelques mois, Dunlap et son coéquipier avaient sauvé un bébé après un épouvantable accident de voiture. Le *Tribune* et le *Sun-Times* avaient publié des articles, et j'ai exhumé un reportage télé montrant la voiture en flammes, ainsi qu'une brève interview de Dunlap – pâle, en sueur et incapable de s'exprimer – et de son exubérant coéquipier le lendemain de l'incident. La mère de l'enfant avait péri dans l'incendie, mais les journalistes avaient rapidement qualifié les deux hommes de héros qui s'étaient courageusement jetés dans le brasier pour sauver le bébé. Il y avait même eu un bref reportage deux jours plus tard dans lequel le maire, debout à côté du commissaire des sapeurs-pompiers, avait appelé Dunlap et son équipier “des vrais héros de Chicago”.

Donc, j'avais des images d'un authentique "héros de Chicago" essayant de poignarder une femme dans une ruelle. Magnifique. Cette affaire se présentait de mieux en mieux. *Ronnie, Heidi et toi, vous feriez bien d'appeler la banque et de leur demander quand vous pourriez obtenir un rendez-vous.*

Je me suis levé, je me suis resservi un café, j'ai retourné Judy, et j'ai décidé de m'intéresser à la victime. Elle s'appelait Alice Hardy. J'aurais pu l'identifier à partir de son adresse ou sa plaque d'immatriculation, mais je l'ai trouvée encore plus vite sur une publicité pour une nouvelle carte de crédit dans sa poubelle.

La première chose que j'avais faite avait été de fouiller le sac-poubelle. J'avais mis la main sur son chemisier, sa jupe et ses bas déchirés. Tous étaient tachés de sang. Des éclaboussures de minuscules gouttes sur le chemisier, cinq taches plus grandes sur la jupe et une épaisse tache croûteuse sur le genou droit du collant. Le sang sur le collant était probablement le sien, provenant de sa chute, mais celui qui souillait le chemisier et la jupe était très certainement celui de Dunlap.

Le reste du sac contenait des ordures ménagères. Des coquilles d'œuf et du marc de café, des papiers gras de Taco Bell. Il y avait aussi des prospectus envoyés par courrier. L'offre d'une carte de crédit à Alice. Une annonce pour une entreprise d'espaces verts. Les ordures normales de la vie d'une famille conventionnelle de la classe moyenne.

J'ai mis les vêtements dans trois sacs distincts et je les ai enfermés dans le coffre-fort à côté du couteau de Dunlap et du sac mortuaire roulé.

À partir de là, le reste est apparu facilement avec une recherche Google. Le premier élément qui est sorti a été la page des enseignants du département de théologie de l'université St Ignatius ici à Chicago, qui comportait une photographie professionnelle, son CV et son emploi du temps. Le *professeur* Alice Hardy, donc. J'ai reconstitué le reste en poursuivant mes recherches. Elle était née le 4 mars 1978 à Schuyler, dans le Nebraska. Major de sa promotion de lycée en 1996. Quatre ans à l'université du Missouri, avec une licence en études religieuses. Puis un master en théologie, suivi d'un doctorat en théologie biblique, les deux à l'université St Ignatius.

D'après ce que je comprenais, elle semblait s'être révélée pendant qu'elle était à St Ignatius. Non seulement elle y avait fait ses études, mais elle s'était mariée à un collègue appelé Greg Babbitt. Ils devaient adorer cette fac parce qu'ils y enseignaient encore tous les deux. Babbitt était directeur du département de mathématiques et statistiques, tandis qu'Alice Hardy enseignait au département de théologie. Sur le site de leur université, j'ai déniché une liste de leurs dernières publications. Je ne comprenais rien à leur contenu – elle avait publié un article dont le titre prometteur était "Cadres cognitifs de la rédemption dans les Évangiles synoptiques" et lui avait pondu un truc intitulé "*Principia Mathematica* revisités", mais tous les éléments ensemble faisaient d'Alice Hardy et son mari l'incarnation du couple d'intellos coincés.

Alors, que faisiez-vous dans cette rue ce soir, professeur Hardy ? Elle essayait de se libérer de la vie de l'esprit, peut-être. Cela allait lui coûter cher. Pas aussi cher qu'à Ronnie. Il paierait plus. Mais elle paierait quelque chose, j'en étais certain.

J'ai fouillé dans les bases de données accessibles en ligne et n'ai pas trouvé la moindre mention d'interactions avec la justice pour Alice Hardy ni son mari. Il n'y avait apparemment pas d'antécédents de maltraitance, pas de dossier de divorce. Ce qui m'a fait m'interroger sur l'histoire qu'elle racontait sur les réseaux sociaux.

J'avais un faux compte sur toutes les plateformes de réseaux sociaux imaginables, alors j'ai passé un moment à farfouiller, pour voir si je pouvais établir des liens entre mes sujets. J'avais besoin de savoir si Ronnie et Alice se connaissaient, si l'agression avait un caractère personnel, mais je n'ai pas trouvé le moindre recoupement entre eux, leurs conjoints ou leurs enfants. Ils semblaient tous évoluer dans des cercles complètement différents. La fille de Ronnie était sur TikTok et le fils d'Alice postait des critiques de films sur Letterboxd, mais aucun des adultes n'avait une présence en ligne particulièrement remarquable.

Bien sûr, je n'avais pas le temps de fouiller de manière exhaustive tous les réseaux sociaux et les applications de rencontres pour voir si Ronnie ou Alice trompaient gaillardement leur conjoint ou utilisaient des alias ou des faux comptes. Cela nécessiterait du temps. Il y a beaucoup d'endroits permettant de se cacher de son conjoint sur Internet. Selon toutes les apparences, cependant, ils ne se connaissaient pas. Ce qui signifiait que la cible de l'agression dans la ruelle avait très probablement été choisie au hasard.

Je savais que Ronnie paierait pour que l'agression ne soit pas divulguée. Il n'avait pas le choix. Alice Hardy, c'était un peu plus compliqué. Il fallait que je la gère avec plus de délicatesse. Si je l'effrayais trop, elle pouvait encore se décomposer et courir voir les flics. Il fallait que je lui dise que je connaissais la vérité. Que je savais qu'elle trompait son mari avec un type qui vivait à Humboldt Park. Que je savais qu'elle avait presque tué un homme ce soir. Que je savais qu'elle avait caché tout cela à la police. Que j'avais même des images d'elle en train d'essayer de se débarrasser des preuves. J'avais besoin de lui dire que l'histoire qu'elle racontait au monde – l'universitaire reconnue, heureuse en ménage, avec un fils qu'elle adorait, et une belle et grande maison en banlieue – était en grand danger. Il fallait que je lui fasse savoir que son bonheur était menacé, tout en lui vendant la solution au problème.

J'étais sur le point de poursuivre quand je suis tombé sur une photo d'Alice. J'ai été pris par surprise. Parmi toutes les photos de son mari et de son fils sur ses réseaux sociaux, elle n'avait posté qu'une seule photo d'elle, prise sur le vif.

Je ne l'avais pas vraiment regardée avant. Je ne l'avais vue que de loin ou en infrarouge ou sur le minuscule portrait sur la page de son département. Je ne l'avais pas *vraiment* regardée.

Soudain, elle me parut familière.

Elle posait derrière son fils adolescent, ses bras autour des épaules du garçon qui était penché en avant, et ils riaient tous les deux. On avait l'impression qu'il la portait sur son dos. Ou était-ce elle qui le tenait ? Je ne parvenais pas à savoir.

J'ai changé de page, puis je me suis arrêté. Je suis revenu en arrière.

Alice avec son fils.

Là, j'ai compris. C'était manifeste.

Elle ressemblait à ma mère.

Je suis resté là, la bouche ouverte.

Bien sûr, Alice Hardy et ma mère n'avaient presque rien en commun. Alice était professeur, avait une vie de famille stable. Elle avait une carrière, de l'argent, elle était respectée. Ma mère n'avait jamais rien eu de semblable.

Elles ne se ressemblaient même pas physiquement. Elles avaient toutes les deux de grands yeux, j'imagine, mais c'était le contour de la bouche d'Alice Hardy, son sourire hésitant un peu triste, qui m'a fait penser à ma mère. C'était le sourire d'une femme effrayée par son propre bonheur.

À quatre heures du matin, j'ai chargé les images de l'agression. J'ai laissé Judy Garland se reposer et j'ai mis en route le scanner de la police. Il crachotait toutes les cinq secondes, pour dépêcher des agents sur différentes scènes :

"Coups de feu dans une soirée sur South Loomis, cinq personnes blessées."

"Nouveau-né abandonné sur le parking du Jewel-Osco à Andersonville."

J'ai copié le film sur mon ordinateur, mis en plein écran et appuyé sur play. Ça a commencé avec Ronnie Dunlap qui sortait furtivement de sa voiture. Sur le film infrarouge du caméscope, Ronnie Dunlap était parfois flou, mais c'était indiscutablement lui. En train de vérifier l'ouverture du coffre. De regarder autour de lui. De disparaître dans la ruelle.

Le scanner a crépité :

"Bagarre à mains nues entre quatre individus en état d'ivresse à côté de Wrigley Field."

"Coups de feu tirés sur South Eberhardt, deux blessés."

Sur l'écran, Alice Hardy est apparue soudain, marchant d'un pas pressé sur le trottoir, éclairée à intervalles réguliers sous les lampadaires. Elle s'arrête et regarde autour d'elle.

Serait-elle perdue ? Elle repart, mais elle semble toujours hésitante. Puis elle passe devant la ruelle.

Son assaillant sort de l'ombre d'un bond comme un chat de jungle.

Il la frappe et elle tombe par terre.

Tandis que je regardais l'écran, que je regardais Alice Hardy à quatre pattes, mon estomac s'est serré.

J'ai fait marche arrière, mis sur pause et j'ai fixé l'écran.

Quand j'avais filmé la scène quelques heures auparavant, j'avais été trop pris par l'action pour *voir* vraiment ce que je voyais maintenant. Maintenant, je ne pouvais pas l'ignorer.

La douleur sur son visage était terrible, vive, caractéristique. La peur animale. L'horreur, qui percute en un instant, dans le temps qu'il lui a fallu pour toucher le sol, qu'un acte d'une violence inéluctable était sur le point d'être perpétré sur elle, qu'il avait en fait déjà commencé. C'était comme regarder quelqu'un en train de se noyer.

Les yeux rivés sur l'image, je voyais mon faible reflet sur l'écran, translucide et creusé, superposé sur le visage figé, terrifié d'Alice Hardy.

Le scanner a émis d'autres mises à jour. Des ivrognes, des bagarres, des accidents de voiture, des coups de feu. Toutes sortes de désordres et de tragédies.

Mais rien sur une femme agressée à Humboldt Park. Rien sur le fait qu'elle ait poignardé son assaillant. Avec chaque heure qui passait, il devenait de moins en moins probable qu'Alice Hardy fasse exploser sa vie tranquille et confortable en déclarant l'agression à la police.

J'étais encore le seul qui savait ce qui s'était passé. Je suis resté là à réfléchir à cela pendant une minute, observant mon visage se dissoudre dans le sien sur l'écran.

Arrivé au matin, j'étais assez épuisé. Mes yeux étaient secs, et j'étais sur le point de faire une overdose de café. Je savais que je devais cesser de taper sur le clavier quand mes doigts ne pouvaient s'empêcher de tressauter.

J'ai tout fermé et je suis retourné dans la boutique. J'étais censé ouvrir dans quelques heures, mais j'ai accroché l'ancienne pancarte de Dean dans la vitrine, celle d'un limier de dessin animé coiffé d'un Borsalino qui brandissait un panneau sur lequel on pouvait lire : DÉSOLÉ, ON EST SUR UNE AFFAIRE. APPELEZ-NOUS OU REVENEZ NOUS VOIR.

J'ai vérifié que la porte était bien verrouillée et je suis monté dans mon appartement pour prendre un peu de repos. J'étais encore en train de m'habituer à me sentir chez moi dans cet appartement. Ça avait été chez Dean pendant tout le temps où il possédait l'entreprise. Après sa mort, j'avais récupéré mes affaires de Belle Plaine et je m'étais installé. Alors, oui, maintenant, j'y étais chez moi, et depuis quelques années.

Mais l'odeur de Dean était encore présente partout. La vieille odeur de cigarette dans le salon, celle du gras de bacon dans la cuisine. Il lui ressemblait aussi beaucoup. Je n'avais rien changé, tout comme en bas, dans la boutique et le bureau. J'avais ajouté quelques objets à moi, bien entendu. J'avais changé le téléviseur, connecté à un Roku pour pouvoir regarder des vidéos en streaming. Et les vêtements dans le placard étaient les miens. Mais la plupart des autres objets – les affiches de cinéma encadrées, les livres sur les étagères, les rangées de vidéos VHS et les classeurs pleins de DVD et de CD – étaient à Dean. À croire que le vieil entasseur compulsif était toujours vivant.

Je suis allé dans la chambre et je me suis écroulé sur mon lit. C'était la seule pièce où j'avais enlevé tout signe de la présence de Dean. J'avais rapporté mon lit, et j'avais vidé la pièce avant de la repeindre en blanc. Maintenant, il n'y avait que des murs blancs nus, un plafond blanc nu, et des stores blancs sur les fenêtres. Même la porte du placard était blanche. Je suppose que certaines personnes trouveraient ça lugubre, peut-être aussi froid qu'une chambre dans un asile. Mais je l'aimais bien. Pour moi, c'était une toile vierge. J'aimais bien m'y coucher le soir et projeter mes pensées sur les murs.

Maintenant j'avais envie de dormir, de faire cesser le défilé perpétuel de cette image : Alice Hardy à quatre pattes, l'horreur absolue peinte sur son visage.

Le fait de penser à Alice me troublait, alors j'ai essayé de passer à autre chose. N'importe quoi d'autre pour m'aider à m'endormir. Le problème était que les seules pensées qui m'occupaient l'esprit concernaient Dean, et ma mère, et l'Arkansas. Rien de tout cela ne m'a aidé.

Je n'ai pas réussi à m'endormir.

PARTIE 3 : VENDREDI

ALICE HARDY

9

Je me suis réveillée au milieu d'une chute vertigineuse, essayant de hurler.

J'ai tendu les bras pour me raccrocher à quelque chose, n'importe quoi, mais mes mains n'ont trouvé que la place vide où Greg était quelques minutes auparavant. Je suis retombée sur mon oreiller, haletante, la tête tremblante.

Bien. C'est le matin. J'entendais la douche couler dans notre salle de bains.

J'ai presque fermé les yeux, mais je me suis ravisée et j'ai attrapé mon téléphone. J'avais l'intuition affreuse que j'aurais un message ce matin.

De l'homme dans la ruelle ? De Jason ? De la police ?

Mais je n'avais pas de message.

J'ai reposé le portable sur l'oreiller et repoussé les draps avec mes pieds. La douleur dans mon genou s'est alors réveillée. Il était un peu enflé, et la peau était tellement marquée qu'on aurait dit que j'avais trempé ma rotule dans de la peinture violette et bleue la veille. Je me suis assise et j'ai posé les pieds par terre, avant de plier plusieurs fois ma jambe pour voir si l'articulation fonctionnait toujours. Même si elle était douloureuse, je pouvais la bouger.

Toujours assise au bord du lit, le genou meurtri, j'ai parcouru les dernières nouvelles de Chicago sur mon portable. Il y avait un article sur de nouveaux appartements grand luxe disponibles à River North. Sur les Cubs qui s'étaient fait laminer par les Brewers. Et trois nouveaux fils sur des fusillades dans le South Side, toutes liées à des gangs ou à du trafic de drogue.

Mais rien sur une agression au couteau hier soir sur West Augusta Boulevard. Rien sur une agression au couteau en ville.

Qu'est-ce que cela signifiait ? J'étais certaine d'avoir touché cet homme, je lui avais peut-être tranché la gorge. Même s'il avait pu partir tout seul, il aurait forcément cherché une aide médicale.

L'eau dans la douche a cessé de couler, et quelques instants plus tard, Greg a émergé de la salle de bains, une serviette autour des reins.

— Bon sang, ton genou.

— Ouais. Je t'ai dit, je suis tombée.

— Tu ne m'as pas dit que tu t'étais abîmée à ce point.

— Je suis censée te faire un rapport détaillé chaque fois que je tombe ?

Je ne sais pas pourquoi j'ai réagi comme ça, ni pourquoi la phrase est sortie avec autant d'agressivité, mais Greg s'est contenté de froncer les sourcils ; il a enlevé la serviette pour s'habiller. Pendant un moment, il est resté tout nu à ouvrir la commode pour y prendre ses vêtements, les cheveux dégoulinants et les poils sur sa petite bedaine tout collés.

Une fois qu'il a eu fini de s'habiller, il a demandé d'une voix prudente :

— Ça va aller, ton genou ? Tu ne veux pas aller voir Lavan ?

— Je n'ai pas besoin de médecin. C'est seulement un hématome.

Il a hoché la tête en boutonnant sa chemise avant de la rentrer dans son pantalon.

— Tant mieux.

Une fois qu'il est descendu, je me suis levée et j'ai écouté les bruits que Tuck et lui faisaient en bas pour se préparer. Ils seraient bientôt partis. Greg s'en irait le premier parce qu'il donnait cours tôt aujourd'hui et Tuck le suivrait de près pour aller avec Julia en voiture au lycée. Le fait d'être seule à la maison le matin était généralement quelque chose que j'appréciais. J'aimais bien traîner avec ma tasse de café, écouter NPR et parcourir les titres du *New York Times* sur mon portable. Mais ce matin, je redoutais cette solitude. Elle me faisait peur.

Je suis descendue. Ils étaient tous deux assis à la table de la cuisine, Greg en train de siroter son café en lisant un article sur le site d'actualités sportives Bleacher Report, Tuck pas encore complètement réveillé qui mangeait ses céréales.

— Maman, a-t-il dit, j'en ai marre des céréales.

Je me suis servi un café.

— Prends un Pop Tart.

— J'en ai marre aussi des Pop Tarts. Je veux des œufs au bacon.

D'un mouvement de la tête, j'ai désigné le réfrigérateur.

— Telle est la beauté du libre arbitre. Si tu veux des œufs au bacon, tu n'as qu'à t'en préparer.

— Ouais, mais je viens juste de me réveiller…

— Eh bien, c'est tout le problème du libre arbitre.

— Je pensais que tu en ferais ce matin.

— Voilà que je suis une mauvaise mère parce que je ne t'ai pas préparé ton petit déjeuner ce matin ?

J'ai posé avec brusquerie ma tasse sur le comptoir. J'étais agacée, alors j'y ai mis un peu de force, mais ce faisant j'ai cogné contre le bord de l'évier et la tasse s'est cassée en mille morceaux. Nous avons tous sursauté.

— M'enfin… Alice ? a fait Greg.

On aurait dit que je venais de coller une gifle à Tuck.

— Je suis désolée, je ne l'ai pas fait exprès.

Tuck me dévisageait, interloqué.

— Je suis désolée, ai-je répété. (Je lui ai montré mon genou.) Je suis seulement contrariée par ce que je me suis fait mal à la jambe hier soir. Je ne devrais pas passer ma mauvaise humeur sur vous.

Il a regardé mon genou enflé, marbré, et a dit :

— Est-ce que ça va ?

J'ai enjambé les débris de la tasse et la flaque de café et je l'ai serré dans mes bras, avant de me pencher pour déposer un baiser sur le sommet de sa tête.

— Oui, ça va aller. Je suis désolée de t'avoir répondu si brusquement. C'était injuste.

Tuck s'est libéré de mon étreinte et, d'un hochement de tête, m'a fait savoir qu'il comprenait, mais pas assez pour m'accorder le moindre pardon. Hier soir, il avait paru légèrement gêné devant la manifestation physique de mon affection, maintenant il paraissait viscéralement offensé. Il a jeté un coup d'œil par la fenêtre.

— Julia est là, a-t-il annoncé. Faut que j'y aille. Tu veux que je nettoie le café ?

— Non, mon chéri, dis-je d'une voix un peu étranglée. J'ai cassé la tasse, je nettoierai les dégâts.

Il s'est levé et a attrapé son sac de cours. Après son départ, Greg, qui me dévisageait avec autant d'inquiétude que d'agacement, a dit :

— C'était quoi, ça ?

— Tout va bien.

Il a secoué la tête.

— C'est encore une de ces situations où tu dis que tout va bien mais où je suis censé savoir que rien ne va ?

Je l'ai fixé. Quand une de nos conversations commençait par un méta-commentaire sur mes talents de communicatrice, je savais que j'étais fichue. J'ai décidé d'éviter ça.

— Je suis juste… j'ai mal au genou et je suis en retard. Je n'ai pas corrigé mes interros hier soir, alors je suis à la bourre. Il faut que je me bouge et que je me prépare. Je suis juste d'une humeur massacrante.

Greg a acquiescé, acceptant ma réponse. J'ignore s'il m'a crue mais peu m'importait. Nous avions il y a longtemps adopté un schéma dans lequel il ne gérait pas mes émotions à moins que je l'y oblige. Puisque je venais de lui offrir une échappatoire sur un plateau, il l'avait saisie.

Il s'est levé et a pris son manteau et son sac dans l'entrée.

— OK, a-t-il dit. Mets de la glace sur ton genou et essaie de ne pas t'appuyer dessus aujourd'hui. Et appelle Lavan si besoin. Ne t'entête pas.

J'ai promis que je n'hésiterais pas, lui ai fait au revoir de la main, puis je suis allée à la fenêtre pour le regarder sortir du garage en marche arrière et descendre la rue.

Une fois seule, j'ai inspecté la maison en clopinant et vérifié à nouveau toutes les serrures. J'ai regardé par les fenêtres pour voir s'il y avait quelqu'un dehors en train de m'observer.

Tout ce que j'ai vu, c'est notre rue paisible. La poubelle ne se trouvait plus au bout de notre allée, ce qui signifiait que soit Greg soit Tuck l'avait rentrée ce matin, après le passage des éboueurs. Je suis allée jeter un coup d'œil dans le garage, et effectivement, le container était contre le mur. J'ai vérifié qu'il était vide, et bien entendu, c'était le cas. Je le savais, mais j'avais une peur terrible que le sac contenant mes vêtements déchirés soit tombé tout au fond, et qu'il serve bientôt comme preuve de ce qui s'était passé hier soir. Pire encore était la pensée que, peut-être, j'aurais dû garder ces vêtements, juste au cas où.

J'ai sauté le petit déjeuner. Je ne pouvais pas manger, et j'étais sûre que le café ne ferait qu'irriter mon estomac et me rendre plus fébrile. J'avais plutôt besoin de me calmer. Après avoir jeté les débris de ma tasse et avoir épongé le café par terre, j'ai pris une douche et je me suis préparée à partir au boulot. J'ai mis dans mon sac mes livres, mes notes et les interros pas corrigées. Quand j'ai été prête, mes mains tremblaient tellement fort que j'ai lâché mes clés.

Je ne peux pas.

J'ai fermé les yeux et pris une grande inspiration. Il me fallait quelque chose pour me remettre d'aplomb.

Je ne suis pas une grande amatrice d'alcool. Je bois volontiers un verre de vin quand on sort au restaurant, mais à moins d'avoir une bouteille entamée après un dîner chez nous, il n'y avait généralement pas d'alcool que j'appréciais à la maison. Ce matin-là, tout ce que nous avions sous la main, c'était quelques Daisy Cutters pour Greg dans le réfrigérateur et le fond d'une bouteille de Woodford Reserve dans le placard.

J'ai bu une gorgée de bourbon, directement au goulot. Elle est descendue doucement, mais quand elle est arrivée à ma poitrine, j'ai été obligée de fermer fort les yeux et de serrer les dents. Sur mon estomac vide, ça m'a fait tourner la tête, et j'ai été obligée de me cramponner au plan de travail.

Quand j'ai eu retrouvé mon équilibre, j'ai examiné le Woodford pour me rassurer : personne ne remarquerait qu'il manquait une gorgée. Puis j'ai remis la bouteille dans le placard.

Que lui est-il arrivé ?

J'ai roulé vers l'université en silence. Pas de radio, ni l'un de mes podcasts habituels. Il me fallait du silence, de l'espace pour réfléchir.

Qu'était-il arrivé à l'homme dans la ruelle ? Pourquoi n'y avait-il pas de mention dans les informations locales d'une attaque au couteau à Chicago hier soir ?

Peut-être était-il allé dans un hôpital en banlieue ? J'ai essayé de m'en convaincre parce que la chose qui m'effrayait vraiment, c'était que l'homme ait réussi à se relever assez longtemps pour bouger, mais qu'il soit mort après, dans sa voiture ou chez lui. Peut-être qu'on ne l'avait pas encore trouvé, tout simplement.

Mon Dieu, ne pense pas à ça. Il va probablement bien. Il s'est levé et il est parti. Tu n'as tué personne hier soir. Cette pensée est absurde. Tu t'es fait agresser par un salopard. Tu devrais gérer ce fait-là, pas te torturer à l'idée que tu l'as blessé. J'espère bien que tu l'as blessé, ce fils de pute.

L'aspect le plus irréel sur l'expérience du traumatisme, c'est que le reste du monde ne remarque rien. J'avais l'impression que mon cerveau était sur le point de sortir de mon crâne tant il vibrait, mais à côté de moi aux feux, les gens dans leur voiture croquaient dans un petit déjeuner qu'ils tenaient dans un sac en papier, ou chantaient avec la musique, ou regardaient devant eux, impassibles. Personne ne me remarquait, encore moins n'identifiait qu'il y avait quelque chose qui clochait chez moi. Mon trajet jusqu'à St Ignatius était le même que d'habitude. Je suis passée devant le supermarché Whole Foods, j'ai fait attention à bien ralentir au niveau des radars sur Peterson Avenue, j'ai tourné à côté du Heart O' Chicago Motel, et je suis arrivée à la fac à l'heure habituelle. J'ai quitté le parking et traversé le campus en clopinant ; tout paraissait normal. Même moi. Je portais une de mes tenues classiques d'enseignante – pantalon large marron et chemisier gris foncé avec une veste gris clair. J'avais mon sac plein de livres et de copies sur l'épaule. Juste un professeur lambda qui se dirigeait vers sa salle de cours.

Mais la douleur dans mon genou irradiait le long de ma jambe à chaque pas, et pire encore, chaque accès douloureux me rappelait les événements de la nuit dernière.

Mon seul cours ce jour-là était Sémiotique et interprétation biblique. Quand je suis arrivée dans la salle, quelques étudiants attendaient déjà. La plupart d'entre eux, les yeux rivés sur leur portable, ont à peine levé la tête quand je suis entrée. Une fille, toujours en retard dans son travail, avait le texte du jour, *The Genesis of Secrecy*, de Frank Kermode, ouvert sur son bureau, essayant fébrilement de retenir autant que possible avant l'interrogation que je faisais à chaque séance.

J'ai salué tout le monde d'un bonjour et je me suis assise au bureau devant eux. J'avais encore deux minutes avant de commencer mon cours ; j'ai sorti mon exemplaire du livre, mes notes et j'ai essayé de lancer mon esprit, de me rappeler ce dont nous étions censés parler aujourd'hui. Mais c'était inutile. Mon esprit était vide. Je me suis dit que j'allais juste leur donner l'interrogation écrite puis m'appuyer sur mes notes pour le cours magistral. *Désolée, les jeunes, votre professeur ne peut pas être là aujourd'hui.*

Pendant le devoir, tandis que les étudiants gribouillaient leur réponse à la question : "D'après Kermode, pourquoi l'Évangile selon saint Marc présente-t-il le rôle messianique de Jésus comme un secret à ne pas divulguer au public ?" Je suis restée au pupitre et j'ai discrètement exploré l'application d'informations WGN à la recherche d'un contenu sur une agression au couteau la veille. Peut-être quelque chose en banlieue ? Peut-être un corps non identifié qui pourrait être mon assaillant ?

Mais il n'y avait rien. C'était comme si cela n'était jamais arrivé.

Quand j'ai fini par abandonner ces recherches inutiles et levé les yeux de mon portable, j'ai découvert que toute la classe me dévisageait, le stylo en l'air. Ils avaient terminé depuis un bon moment.

Après le cours, j'ai rejoint mon bureau à pas lents et j'ai essayé de noter les interrogations écrites. Même dans les meilleurs moments, découvrir les hypothèses foireuses et les coups de bluffs désespérés qui parfois passaient pour des réponses chez mes étudiants constituait une épreuve ardue, mais aujourd'hui, j'en étais parfaitement incapable. Je n'arrivais pas à cesser de penser à ce qui s'était passé hier soir. Et ce n'était pas seulement l'agression qui me rendait malade d'inquiétude.

J'étais mal quand je pensais à Jason. Ce que j'avais fait avec lui était stupide, imprudent. Peut-être pire. Peut-être impardonnable.

Je m'étais trouvé des excuses, bien entendu. J'en avais voulu à Greg d'être distant, d'être préoccupé par l'inévitable équation qu'il avait dans la tête. Je me disais qu'il était trop mal à l'aise dans notre vie, trop mal à l'aise avec moi. "Concernant mes sentiments pour toi, il n'y a pas la moindre équivoque", avait-il dit. Je m'étais demandé si c'était juste une autre manière de dire qu'il ne pensait vraiment pas du tout à moi. Dans son esprit, j'étais là, à côté de lui, à l'aider à élever notre enfant et à préparer le dîner. Il n'y avait là aucune raison de penser à moi, finalement.

Mais le confort douillet dans lequel nous vivions n'était pas le seul plaisir du monde. "Tu viens ici pour que quelqu'un te tire les cheveux en te baisant." Voilà ce que m'avait dit Jason hier soir avant que je parte.

J'avais connu ce genre de passion autrefois avec Greg. À nos débuts, on faisait l'amour constamment. Mais comme le feu a besoin d'oxygène, la passion a besoin de désir, elle a besoin d'espace pour brûler. Dans un mariage, tout l'espace disponible se remplit. Se remplit. Avec les innombrables détails de la vie. Nous avions un fils à élever, des étudiants à qui enseigner, des copies à corriger, des réunions auxquelles assister, des articles académiques à écrire. Greg était un bon partenaire dans la gestion des détails de notre vie commune. Moi à la cuisine, lui à la vaisselle. Je supervisais les rendez-vous médicaux, il coordonnait les candidatures à l'université. On se soutenait et on s'offrait le confort d'une famille et l'espace pour avoir chacun sa carrière.

Mais non, nous n'avions pas couché ensemble depuis un moment, et quand nous couchions ensemble, ce n'était certainement pas sur le plancher devant un miroir.

Comme avec Jason.

Jason…

J'étais toujours écœurée de ce qu'il avait dit après l'agression hier soir, mais maintenant, un autre élément me revenait. L'agression avait eu lieu dans son quartier. Peut-être avait-il entendu quelque chose qui ne se trouvait pas encore en ligne. Peut-être était-il retourné dans la ruelle, avait-il vu du sang, vu autre chose. Il avait peut-être de nouvelles informations qui n'étaient pas encore publiées.

J'ai attrapé mon portable et je l'ai appelé.

Je suis tombée sur sa messagerie. Sa voix, raide, formelle, disant "Jason Brennan", suivie d'une voix féminine générée par ordinateur "n'est pas disponible. Veuillez laisser un message".

J'ai raccroché.

Mon bureau était situé au premier étage de Loyola Hall, et quand je partais déjeuner, je passais généralement par le bureau principal, et en chemin, je saluais d'un geste la secrétaire ou toute personne dont la porte était ouverte. Mais là, tout de suite, je ne voulais voir personne dans l'établissement, alors j'ai rassemblé mes affaires et je suis sortie par-derrière.

J'étais censée déjeuner, puis assurer ma permanence, c'est-à-dire recevoir des étudiants pour commenter leurs dissertations avec eux. Mais dès que j'ai mis le pied dehors, j'ai su que je ne reviendrais pas aujourd'hui. J'en étais incapable.

10

Je suis allée en voiture jusque chez Jason et j'ai trouvé une place où me garer devant son immeuble. L'ironie de la chose ne m'a pas échappé. Si cette place avait été disponible hier soir, rien ne serait arrivé. Quelques mètres de béton vide.

Je n'ai vu son pick-up nulle part ; je suis quand même entrée dans le hall et j'ai sonné. En vain.

Je suis retournée dehors et j'ai regardé vers le haut, vers sa fenêtre tout en l'appelant avec mon portable.

Pas de réponse, mais je voyais Spartacus qui m'observait avec ses vieux yeux fatigués aux paupières tombantes.

Quand j'ai entendu la messagerie de Jason, j'ai dit :

— C'est moi. Je voudrais te parler. Je suis devant chez toi. Est-ce que tu peux me rappeler, s'il te plaît ?

J'ai raccroché et j'ai descendu Augusta, vers le parc, et j'ai retrouvé la ruelle où j'avais été agressée. Elle me paraissait plus petite qu'hier soir, où elle m'avait semblé aussi grande et vide qu'un trou noir. Maintenant, elle n'était plus qu'une étroite bande de béton criblée de trous entre le mur de brique d'un immeuble et le mur de brique d'un petit garage.

Le garage était accolé au jardin de derrière d'un autre immeuble d'habitation. Tout avait l'air minuscule et tassé.

Je ne sais pas ce que j'espérais voir. Des signes de lutte, peut-être. Quelque chose de signifiant dans une ruelle. Il y avait de nombreuses taches sombres par terre, mais comme on pouvait s'y attendre, le sol était sale – recouvert de terre, de graviers, de bouts de caoutchouc noirci calcifiés et de mégots de cigarettes – alors, à l'œil nu, il était difficile de savoir si les taches noires étaient du sang ou si elles faisaient seulement partie de la crasse ambiante. Je m'étais plus ou moins demandé si je ne récupérerais pas le couteau, me disant que je l'avais peut-être lâché dans la ruelle plutôt que dans la rue comme dans mon souvenir. Mais non. Tout ce que j'ai trouvé, c'était une ruelle sale on ne pouvait plus ordinaire.

J'ai consulté mon portable. Pas d'appel de Jason.

Je suis repartie vers ma voiture et en chemin, je suis passée devant une Ford Taurus grise avec une bosse sur le pare-chocs, garée à côté de la ruelle.

Je savais où Jason travaillait ce jour-là. Enfin, je savais généralement où il travaillait. Il m'avait dit qu'il était sur un chantier à Portage Park près de l'école primaire. Je n'étais pas absolument sûre de l'endroit exact, mais le GPS m'a emmenée à l'école et de là, j'ai roulé dans le quartier jusqu'à ce que je repère son pick-up devant une petite maison à un étage dans une rue de maisons toutes identiques.

Il avait un gros F-150 rouge vif avec un panneau magnétique sur la portière qu'il pouvait mettre ou enlever à sa guise. Au-dessus d'un numéro de téléphone et d'un site web, on pouvait lire :

CARRELAGE BRENNAN
MATÉRIAUX DE QUALITÉ – PRIX RAISONNABLES
POSE IMPECCABLE

Je suis allée jusqu'à la porte d'entrée et j'ai frappé. J'entendais de la musique à l'intérieur. Old Crow Medicine Show, son groupe préféré. J'ai frappé plus fort. Personne n'est venu ouvrir. J'ai sonné. Même avec la musique, il entendrait forcément la sonnette.

J'ai essayé d'ouvrir la porte. Elle n'était pas fermée à clé. Je suis entrée et je suis arrivée dans un grand salon. La maison était pleine de souvenirs de la guerre de Sécession et de bric-à-brac. Des petites figurines d'Abraham Lincoln et Robert E. Lee, une vitrine dans laquelle étaient exposées des balles anciennes accrochée au mur, un bulletin de recrutement dans le 45e d'infanterie de l'Illinois encadré, des étagères couvertes de livres. Je ne me suis pas arrêtée pour examiner les livres, mais du coin de l'œil, j'ai noté la présence des trois volumes de l'*Histoire de la guerre de Sécession* par Bruce Catton que j'avais achetés à mon père pour Noël une année.

Il n'y avait personne, mais la musique provenait de l'étage.

— Jason ?

La musique s'est arrêtée et j'ai entendu crier :

— Ouais ?

J'ai monté une volée de marches décorée de vieilles photos de famille et d'affichettes encadrées annonçant un débat entre Abraham Lincoln et Stephen Douglas, et j'ai découvert Jason qui passait la tête par la porte entrouverte d'une chambre. Ses vêtements de travail étaient trempés de sueur, sous sa ceinture garnie d'outils, et son visage exprimait son étonnement.

— Mais qu'est-ce que tu fous ici ?

— Salut, ai-je dit, regrettant soudain d'être venue. Qu'est-ce que tu fais ?

— Je pose le carrelage d'une putain de salle de bains. À ton avis ? Pourquoi tu débarques dans la maison de ces gens ?

— Tu ne répondais pas au téléphone. J'ai essayé trois ou quatre fois.

Il a essuyé la sueur qui lui coulait dans les yeux avec le dos de sa main.

— Je *bosse*, Alice.

J'ai regardé derrière lui dans la chambre à coucher. Je ne sais pas pourquoi. Je ne m'attendais pas franchement à voir une femme allongée sur le dos les jambes en l'air, mais il fallait que je vérifie, quand même. Après tout, n'était-ce pas ainsi que ça avait commencé pour nous ?

Mais il n'y avait personne d'autre. La chambre était meublée d'antiquités, dont un lit à baldaquin avec un édredon à fleurs tout gonflé et un cache-sommier rose à volants. La porte donnant sur la salle de bains attenante était ouverte, et je distinguais le carrelage en cours de pose.

Il a remarqué que je regardais partout et a frotté sa mâchoire mal rasée.

— S'il te plaît, ne me dis pas que tu es venue ici pour voir si je te… trompais.

— On est seuls ?

— Oui, tout le monde est au boulot.

— Je suis venue te voir à cause de ce qui s'est passé hier soir. J'ai besoin d'en parler à quelqu'un.

— Ça ne pouvait pas attendre ?

Soudain, j'ai cru que j'allais exploser.

— Non, ai-je hurlé. Je suis en train de devenir folle. Un homme a failli me *tuer* hier soir. Je suis censée reprendre le cours de ma vie comme ça, comme si rien ne s'était passé ?

— Bon sang… (Il m'a dévisagée.) Calme-toi, OK. Je sais que tu as eu peur mais…

— Le type avait un *couteau*. S'il ne l'avait pas lâché pendant qu'on se battait, je pense que je ne serais plus vivante aujourd'hui. Est-ce que tu te rends compte ?

Il a fermé les yeux, s'est frotté l'arête du nez.

— Écoute, je suis désolé de ce qui est arrivé. Vraiment. Je t'assure. C'est dégueulasse. Si j'avais ce type devant moi, je lui défoncerais le crâne pour toi. Je te le promets. Mais tu vas bien. OK ? Tu es vivante. Tu n'es pas blessée, d'accord ? Comment va ton genou ?

— Il me fait mal. Très mal.

— Mais ça va aller, pas vrai ? Tu marches.

J'avais les coins des yeux humides. Je les ai essuyés du dos de la main.

— Ouais, ai-je dit. T'as raison.

— Je crois qu'il faut que tu te dises : Bon, tout bien considéré, j'ai plutôt de la chance. Non ?

— Oui, Jason. T'as raison.

— Il n'y a pas de problème, alors.

— J'y suis retournée aujourd'hui, ai-je dit.

Il a écarquillé les yeux.

— Retournée où ?

— Dans la ruelle.

— Sérieux ?

— Ouais, je suis allée voir si tu étais chez toi, et ensuite, je suis allée jeter un coup d'œil dans la ruelle.

— Tu as trouvé des indices ?

Le ton sur lequel il l'a dit, le mot qu'il a choisi – *indices*, comme si on était dans un épisode d'*Arabesque* – m'ont pétrifiée.

— Non. Le type a tout bonnement disparu. (Je l'ai dévisagé.) J'imagine que je devrais tout simplement oublier l'incident.

— Je veux dire... je crois que tu devrais essayer de le mettre derrière toi. Quoi qu'il lui soit arrivé, ce n'est pas ton problème, d'accord ?

— Si on ne tient pas compte du traumatisme, alors je suppose que oui.

Il a souri.

— Tu es encore fâchée contre moi. C'est toujours bon signe. (Il a sorti son portable de sa poche arrière et a jeté un coup d'œil à l'heure.) Écoute, il faut que je retourne au boulot. Je peux t'appeler dans quelques jours, pour voir comment ça va ?

Son ton indiquait assez clairement qu'il ne me rappellerait jamais.

— Pourquoi tu te donnerais cette peine ? ai-je dit.

— Arrête un peu. Je t'appellerai.

— Je ne veux pas que tu m'appelles. Même si ce qui s'est passé est affreux, je préférerais gérer ça seule plutôt que d'avoir à en reparler avec toi. Tu t'es bien fait comprendre hier soir, avant même que l'agression ait lieu, en gros, tu as eu tout ce que tu voulais de moi.

Son sourire a disparu. Il a accroché ses pouces dans son ceinturon et pris une longue inspiration.

— Merde, Alice, puisqu'on se sépare, alors allons-y et appelons les choses par leur nom, OK ? Tu peux te comporter comme si c'était moi qui me servais de toi, mais c'est toi qui es venue chez moi hier soir. Et tu ne t'es pas pointée ici pour parler littérature non plus.

— Qu'est-ce que tu veux dire ?

— Je veux dire que tu m'envoies un message seulement quand t'as des états d'âme, quand tu veux t'encanailler, t'éclater. Et honnêtement, ça me donne pas une bonne image de moi. Alors vas-y, sors d'ici et laisse-moi bosser. Il y a une tour d'ivoire quelque part qui t'appelle.

Il a désigné la porte.

— Je te raccompagne.

Nous sommes descendus, silencieux comme deux inconnus.

Quand nous sommes sortis, je me suis retournée.

— J'ai vraiment été agressée, ai-je dit, à peine capable d'énoncer les mots. Je veux juste que tu le saches. Peu importe ce qui s'est passé entre nous. Un homme a essayé de me tuer hier soir et tu t'es comporté comme si j'étais folle ou que je mentais.

Il était sur le point de répondre, mais les mots sont restés coincés dans sa bouche. Il a fait la moue et a hoché la tête. Finalement, il a dit :

— Ça va aller.

Je ne savais pas quoi dire de plus. J'ai tourné les talons.

Tandis que je rejoignais la rue, il a fermé la porte d'entrée. J'ai entendu sa musique avant même d'arriver à ma voiture.

11

— CETTE ville est brutale, a dit Megan. Chicago te brise le cœur en un temps record.

— Oh, je sais, a dit Todd, en gesticulant avec son verre au milieu des invités dans mon salon.

De notre enceinte Bluetooth s'échappaient les notes douces de l'album *Chet Baker Live In Paris* pendant qu'une bonne douzaine d'universitaires, en petits groupes, sirotaient des cocktails en discutant.

— Il suffit de voir ce paysage urbain dystopique, un enfer.

Megan a souri en entendant cela, mais elle n'était pas du genre à se laisser détourner de son sujet favori, la terreur de la vie à Chicagoland. Elle venait d'une famille de banquiers établie dans une banlieue texane, et bien qu'elle vive ici depuis neuf ans, elle ne s'était jamais vraiment adaptée.

— Eh bien, sans vouloir chipoter, *ici*, ce n'est pas Chicago. Ici, ça ne compte pas. Evanston n'est pas très différent de Plano ou d'une autre banlieue. Mais la situation est différente dès qu'on prend la Red Line.

Todd a bu une gorgée et a haussé les épaules.

— Oh, allez, Megan. (Ils étaient sortis un soir ensemble, il y a cinq ans, et maintenant, il lui parlait toujours comme s'ils étaient un vieux couple marié.) Chicago a ses quartiers durs, évidemment. Il y a des millions de gens, après tout. Mais tu vis et tu travailles dans le North Side, bon sang. Ce n'est pas si effrayant que ça. Tu es juste contrariée parce qu'un jour, tu as vu un sans-abri se dégorger le poireau. Tu ne t'en es jamais remise.

— Eh bien, je suis désolée si je trouve que quelqu'un qui… *se touche* au milieu d'un train bondé, c'est choquant, a dit Megan. (Elle s'est tournée vers moi.) Alice, c'est toi l'experte, qu'est-ce que tu en penses ?

— Attends, pourquoi je serais l'experte ?

— Parce que de nous trois, c'est toi qui vis ici depuis le plus longtemps, dit-elle.

Puis elle a ri et a posé sa main sur mon avant-bras.

— Tu croyais que je voulais dire…

Todd a ri.

— Alice Hardy, la reine de l'outrage à la pudeur.

J'ai jeté un regard autour de la pièce, cherchant Greg. Il était près de la fenêtre, un verre à la main, en train de parler avec des gens du département d'anglais. En dehors de quelques conjoints, tout le monde était membre du corps enseignant de St Ignatius. Megan enseignait le français dans le département de langues et littératures modernes. Todd était professeur de biologie. La plupart des départements étaient représentés, soit réunis par groupes dans mon salon, soit en train de resservir des verres dans ma cuisine.

J'avais oublié que le cocktail mensuel de la fac devait avoir lieu chez nous ce soir, jusqu'à ce que je rentre pour trouver Greg en plein préparatifs. Je l'avais supplié de l'annuler, invoquant que j'étais trop fatiguée, mais cela n'avait mené qu'à une dispute. Il n'est pas question d'annuler si peu de temps avant, a-t-il dit. Par ailleurs, c'était moi qui avais proposé que le cocktail se déroule chez nous ce mois-ci. Ce n'était certainement pas son idée.

— Mais c'est vrai, a repris Todd. Tu es à Chicago depuis plus longtemps que la plupart d'entre nous, n'est-ce pas ?

— Depuis la fac, ai-je dit en regardant le fond de mon verre. Toute ma vie d'adulte, en fait.

— Tu dois avoir un avis assez clair sur la question.

J'ai fait tourner les glaçons qui flottaient dans mon verre.

— Eh bien, dis-je. C'est chez moi, à défaut d'un autre endroit. Je l'aime et je la défends, mais c'est une ville dure. Les hivers longs et les taux de criminalité élevés sont des réalités. Et pas seulement dans le South Side.

J'ai senti un trémolo dans ma voix, alors j'ai bu une gorgée.

— Si vous ne faites pas attention, cet endroit vous brise le cœur un peu plus chaque jour.

— Ne me parlez pas des hivers, a dit Megan.

Todd s'est empressé de le faire, et tandis qu'ils se plaignaient du temps, j'ai jeté à nouveau un coup d'œil vers Greg, espérant qu'il viendrait me sauver.

Mais il ne me voyait pas car il était en grande conversation avec une enseignante d'écriture créative appelée Paola Nomura. Paola était moitié italienne, moitié japonaise – jolie, petite, vingt-huit ans. À peine sortie de la fac, elle avait publié deux nouvelles assez remarquées dans le *New Yorker*, ce qui l'avait aidée à signer un contrat d'édition et à obtenir un poste au département d'anglais à St Ignatius. Elle était environnée d'une petite aura de célébrité littéraire, et chaque fois que Greg était à proximité d'elle, il semblait quelque peu fasciné. Comme il ne remarquait pas souvent les gens, j'étais frappée par l'intérêt qu'il lui témoignait.

Greg et Paola parlaient avec Larry Barst, qui enseignait aussi au département d'anglais. Aucune aura ne rayonnait autour de Larry. Il avait, avant même la naissance de Paola, publié un livre sur une obscure théorie littéraire sorti dans l'indifférence générale, et depuis, il n'avait pas fait grand-chose d'autre que boire. Tout le monde savait qu'il buvait trop de bourbon dans ces cocktails et qu'il se lançait alors d'une voix pâteuse dans des diatribes sur le fait que les hommes blancs n'avaient plus le droit d'avoir des opinions.

Greg a dit quelque chose qui a fait rire Paola et Larry. Puis Larry a constaté que son verre était vide et s'est dirigé vers la cuisine. Et Greg s'est retrouvé seul avec la jolie jeune autrice.

Je me suis excusée de quitter le grand débat sur Chicago entre Megan et Todd pour aller rejoindre mon mari, mais Shantell Porter-Hodges, la directrice du département de théologie, m'a arrêtée au milieu de la pièce.

Elle tenait un verre d'eau, ce qui n'était pas surprenant, puisqu'elle semblait ne jamais boire autre chose que de l'eau. Mince et svelte, cette femme végane courait des marathons pendant son temps libre. Alors que son enseignement était centré sur l'intersection entre l'ascétisme et la diaspora africaine, son intérêt pour le sujet de l'autodiscipline rigoureuse n'était pas purement académique.

Elle s'est mise à tripoter un de ses anneaux à l'oreille, un tic qui revenait quand elle était ennuyée.

— Larry est venu dans la cuisine, a-t-elle dit comme pour expliquer sa présence dans le salon.

— Ah, ai-je dit, eh bien, c'en est fait de nos stocks d'alcool.

Elle a répondu par un sourire poli, bien que je la connaisse suffisamment pour savoir qu'elle n'était pas amusée par l'alcoolisme de Larry. Certaines personnes le trouvaient drôle, jusqu'à un certain point. D'autres y voyaient un personnage tragique. Shantell, qui n'avait aucune pitié pour ses faiblesses personnelles ni ses grandes envolées d'autoapitoiement, ne le supportait pas.

— Tu vas bien ? a-t-elle demandé.

— Pourquoi ?

— J'ai remarqué que tu boitais.

— Ah oui…

Mon genou me faisait toujours mal, mais j'avais déjà avalé deux ou trois verres bien tassés et la douleur, qui se réveillait violemment par moments, était presque agréable au milieu de la torpeur créée par la vodka.

— Je suis tombée hier soir. Une mauvaise chute.

— Oh non, je suis désolée. Qu'est-ce qui s'est passé ?

Nous n'avions pas vraiment une relation personnelle, mais soudain, j'avais envie de me pencher vers elle et de lui confier : *Je trompe Greg depuis un moment et hier soir j'ai failli être assassinée en retournant à ma voiture.*

— Oh rien. J'ai trébuché en sortant la poubelle.

Pour changer de sujet, j'ai désigné le coin du salon.

— Todd et Megan parlaient de la fois où elle a vu le sans-abri en train de se masturber.

— Encore ? a fait Shantell, en secouant la tête. Grands dieux. Elle aborde le sujet à chaque soirée. C'est le plus célèbre acte d'onanisme depuis Onan.

— Cette fois, cela faisait partie d'une discussion plus large sur les maux sociaux qui sévissent à Chicago.

Shantell a jeté un coup d'œil vers mon verre presque vide.

— Tiens donc…, a-t-elle marmonné.

Elle a lissé son sourcil fin et long du bout d'un index.

— Eh bien, c'est rassurant de savoir que les maux sociaux de Chicago font l'objet de réflexions quelque part.

Larry est sorti de la cuisine en tenant deux verres. Il s'est approché et m'en a tendu un.

— Vodka tonic avec citron vert, pour notre hôtesse, a-t-il dit. J'ai remarqué que tu commençais à être à court.

— Oh, merci.

Il a lancé un regard en biais à Shantell.

— Tu ne bois pas ?

Tandis qu'elle lui expliquait, pour la énième fois, qu'elle ne buvait pas d'alcool, j'ai entendu Greg et Paola rire derrière moi. J'ai regardé par-dessus mon épaule. Clement, un des collègues de Greg au département de mathématiques, les avait rejoints. La jeune et jolie autrice et les deux mathématiciens de plus de quarante-cinq ans s'esclaffaient littéralement, et Paola a tendu les mains pour leur toucher le bras. *Oh, les gars.*

Shantell écoutait, avec toute la patience dont elle était capable, Larry qui lui décrivait une boisson aux fruits qu'elle aimerait peut-être parce que, pensait-il, c'était le genre de chose qu'une fille pourrait aimer.

— Et tu es végane, c'est ça ? Il y a du fruit dedans. Les végans peuvent manger des fruits, n'est-ce pas ?

Megan était toujours avec Todd, mais deux ou trois autres personnes de St Ignatius s'étaient jointe à eux et la conversation n'était plus la même. Elle disait :

— Eh bien, en Europe, ils affrontent leur histoire, ils luttent avec elle. Chez nous, on en fait des autocollants à coller au cul des voitures et des parcs d'attractions. Si on ne peut pas mettre quelque chose sur un T-shirt et le vendre, on ne s'en occupe tout simplement pas. Nous ne sommes pas une culture qui se fonde sur la réalité, vous savez.

Et ça continuait, et ça continuait. Les gens parlaient, discutaient, plaisantaient. J'ai pensé à l'homme qui s'était jeté sur moi dans la ruelle, ses doigts qui me griffaient, me brûlaient le cuir chevelu. J'avais envie de m'enfuir de la pièce en courant et en hurlant.

J'ai vidé mon verre cul sec.

— Ouah, a fait Larry en se moquant. Et on dit que je bois beaucoup.

Il a ri, se tournant vers Shantell pour l'inviter à rire avec lui. Elle s'est contentée de le dévisager.

— Tu bois vraiment beaucoup, Larry, ai-je dit.

— Eh bien, a-t-il fait avec un clin d'œil, si tu continues à descendre la vodka comme ça, tu vas finir avec la même réputation que moi.

— Pas tant que je ne me serai pas chié dessus, ai-je répondu.

Il y avait environ sept mois, Larry avait été arrêté pour alcoolémie au volant, et sur le trajet vers le commissariat, il avait perdu connaissance sur la banquette arrière de la voiture de patrouille et avait déféqué dans son pantalon. Tout le monde était au courant parce que Todd était allé le sortir de garde à vue, et Todd était un concierge.

Mais bien entendu, on n'en parlait généralement pas en public, dans une soirée d'universitaires, sous le nez rougeaud de Larry.

Son sourire a disparu. Shantell et lui m'ont dévisagée. Autour de nous, tout semblait bouger avec une lenteur géologique, jusqu'à ce que tout s'arrête net, et j'ai compris que j'avais parlé assez fort et clair pour que presque tout le monde dans la pièce ait entendu.

J'ai regardé du côté de Greg, qui ne souriait plus. Il s'est approché – pour faire quoi, je l'ignore. Pour m'éloigner, lancer une plaisanterie et essayer de faire oublier ce que j'avais dit, peut-être. Mais avec tous mes amis et collègues qui me regardaient, bouche bée, je ne lui en ai pas donné l'occasion. Je suis partie.

Pas en courant, mais d'un pas résolu. Je me suis empressée de monter. Tuck était chez Julia, bien sûr, alors l'étage était calme et silencieux, comme dans une maison vide. Je suis allée dans ma chambre et j'ai fermé la porte, mais je venais à peine de m'asseoir sur le lit que la porte s'est ouverte et Greg est entré.

— Mais… enfin, Alice ? Tu es ivre ?

— J'ai un peu trop bu, oui. Oui, je crois bien.

— Super. Tu as été d'une humeur de chien toute la journée. Et maintenant, tu te bourres la gueule à la soirée de la fac et tu insultes Larry devant tout le monde. C'est super, vraiment super.

— Comme si Larry n'était pas saoul.

Greg a enlevé ses lunettes et s'est frotté le visage. En remettant ses lunettes, il a dit :

— Eh bien, je crois que tu as réussi l'exploit impressionnant de le coiffer au poteau cette fois.

— Tu veux bien redescendre, s'il te plaît ? Comporte-toi comme si rien ne s'était passé. J'ai un peu trop bu et j'ai dit un truc méchant à Larry. Ce n'est pas si grave que ça.

— Tu redescends avec moi ?

— Je ne peux pas.

— Il le faut. Autrement, ça va devenir grave. On préférerait qu'ils n'en parlent pas. Tu veux devenir le grand sujet des ragots de la fac ?

— Greg, je ne peux pas redescendre maintenant. Dis-leur que je ne me sens pas très bien. Tourne la chose en plaisanterie. Plus tu restes ici, plus la situation devient gênante en bas.

Avec un soupir, il est allé jusqu'à la porte, mais il s'est arrêté avant de la toucher. Il m'a regardée et a demandé :

— Mais qu'est-ce qui se passe ?

Je l'ai dévisagé. Je devais ravaler les mots que j'avais envie de dire. Comment pouvais-je lui dire ? Comme ça, avec tout le monde en bas ? À ce moment-là, je n'ai pas pu m'empêcher de souhaiter qu'il m'ait trompée, lui aussi. Ce serait tellement plus facile de lui parler s'il avait sauté Paola ou s'il avait eu une amourette minable de quinqua avec une jolie doctorante. J'ai dû m'imposer de ne pas lui en vouloir pour sa fidélité. Je me serais sentie tellement moins coupable, tellement moins seule, s'il m'avait trompée. Mais je savais que ce n'était pas le cas. Je le savais avec la même certitude que je savais que sa fidélité n'était pas fondée sur une dévotion démesurée pour nos vœux de mariage, non plus. Il était simplement trop occupé pour avoir une liaison. Depuis longtemps il se focalisait sur les choses qui l'intéressaient – les maths, le base-ball, notre fils – et il n'avait pas l'énergie ni l'envie de faire de la place pour une chose aussi dévorante qu'une liaison. Je suis sûre que l'idée ne lui était même jamais venue. Il était fiable comme un roc, et tout aussi imaginatif.

— Il faut que je m'allonge un peu, ai-je dit. Trop de vodka.

Il a secoué la tête mais sans rien ajouter. Il est redescendu à la soirée pour faire bonne figure devant nos amis.

Je ne suis pas redescendue ce soir-là. J'ai entendu les gens commencer à partir. Tuck est rentré, a salué tout le monde avant de se réfugier dans sa chambre. Finalement, après le départ des invités, Greg a rangé un peu, verrouillé les portes, mis l'alarme et il est monté se coucher. Il est resté là à me regarder tandis que je faisais semblant de dormir, puis il est allé dans notre salle de bains pour se laver les dents.

Quand il s'est glissé dans le lit à côté de moi, il ne m'a pas touchée.

Il est resté un moment allongé sur le dos, puis il a dit :

— Alice.

Je n'ai pas répondu.

— Alice, je sais que tu es réveillée.

— Comment tu sais que je suis réveillée ?

— Parce que je dors à côté de toi depuis vingt ans. Je sais quand tu fais semblant.

Je n'ai pas bougé, couchée sur le côté, serrant mon oreiller. Mais j'ai souri.

Très doucement, il a dit :

— Qu'est-ce qui se passe ?

— Je suis un imposteur.

— Quoi ?

— Je ne suis pas ce que les gens croient que je suis. Je suis une grande simulatrice. Je fais semblant d'être une espèce d'intellectuelle. D'être une épouse et une mère bourge.

— Je n'ai aucune idée de ce que tu veux dire.

— Je sais bien.
— Ne me cherche pas, Alice.
— Je ne te cherche pas. Je dis juste que tu ne viens pas du fin fond du Nebraska. Ton père ne réparait pas des voitures et ta mère ne travaillait pas au Walmart.
Il a ri.
— Serais-tu sur le point de me servir une interprétation de *Working Class Hero* ?
— Là, qui cherche l'autre ?
Il a soupiré.
— Écoute, je ne sais pas d'où ça sort, tout ça, mais tu as autant le droit que n'importe qui d'accueillir un cocktail du département de St Ignatius. C'est tout ce que je dis. Quant à être une épouse et une mère, eh bien… tu l'es. Personne n'essaie de t'enlever ça.
J'ai fermé les yeux très fort.
— Ouais.
— Qu'est-ce qui a déclenché tout ça ?
— On ne pourrait pas juste dormir ? Je n'ai pas vraiment envie d'en parler.
Il n'a pas répondu.
— D'accord ? ai-je fait.
Il a soupiré. Le simple fait de se trouver dans une confrontation émotionnelle était difficile pour lui, mais être celui qui en entretenait une était carrément impossible. Il s'est mis sur le côté, m'a tourné le dos.
— OK. Mais tôt ou tard, tu vas devoir me parler, Alice.
Je n'ai pas répondu et il s'est endormi, mais même à ce moment-là, je savais qu'il avait raison. La seule question était de savoir si je deviendrais folle avant.

PARTIE 4 : VENDREDI

OWEN PALL

12

Pendant ma première année de lycée, ma mère a été arrêtée lors d'une descente qui a fait la une du journal du comté. Nous changions constamment de lieu de vie, d'une ville à l'autre des Ozarks, depuis ma naissance ; moi traînant derrière elle, un sac à dos plein de livres de cours et de jouets sur l'épaule, tandis que maman courait devant avec une valise pleine de nos vêtements, à peine deux pas devant moi essayant de trouver une combine pour qu'on ait un toit sur la tête.

Quand elle s'est fait arrêter cette première fois, nous vivions dans une maison avec un couple d'ivrognes appelés Jim et Bunny. Jim était un ancien marine qui vivait d'une pension allouée après qu'un morceau de shrapnel lui avait perforé la colonne vertébrale au Vietnam. Tous les matins, son premier geste était d'ouvrir une canette de Coors et il buvait toute la journée jusqu'au coucher, sirotant ses bières à travers une vieille paille Burger King sale. Il disait que ça protégeait ses dents. Tout en buvant, il bossait sur une lettre d'information trimestrielle qu'il publiait sur le siège de Waco appelée *The Missing Door*. Sa femme Bunny était la seule dans la maison qui avait un emploi stable. Elle était caissière au Piggy Wiggly, là où maman l'avait rencontrée. Le soir, Bunny rentrait à la maison et se saoulait au vin blanc bon marché tout en expliquant qu'il fallait qu'elle arrête de boire. Je ne peux pas dire que Jim et Bunny ont jamais entrepris de m'apprendre quoi que ce soit, mais en les observant j'ai quand même appris que tout le monde se voile la face.

Le temps où maman et moi avons habité avec Jim et Bunny, j'ai essayé de ne pas être dans leurs pattes. Je lisais beaucoup, surtout des livres que nous empruntions à la bibliothèque. Où que nous vivions, maman s'assurait toujours que nous ayons des cartes de bibliothèques. Elle était une grande lectrice – elle s'achetait le nouveau Sue Grafton ou Robert B. Parker le jour de leur sortie – mais très souvent elle me déposait à la bibliothèque et m'y laissait pour aller quelque part à la recherche d'un homme ou d'un emploi. J'aimais le calme apaisant de la bibliothèque. J'y restais assis et je lisais de vieux romans de *Star Trek* jusqu'à ce qu'elle revienne me chercher. Souvent, elle n'était pas revenue quand la bibliothèque fermait, alors je prenais deux ou trois livres et je rentrais seul chez Jim et Bunny.

Puis maman s'est fait arrêter. La police a fait une descente dans un taudis sur la route 110 et a confisqué un paquet d'héroïne et d'armes à feu. Le gars qui habitait là-bas était une espèce de bouseux qui se la jouait *Scarface*, mais les flics ont également arrêté quelques junkies sur place. Le journal a identifié maman par son nom et a écrit :

"Geraldine Pall, une femme du coin, a été découverte inconsciente sur le sol de la chambre du fond avec une aiguille plantée dans le bras."

L'article n'était pas signé, alors je ne connais pas le nom du journaliste qui a écrit cette ligne, mais elle m'a poursuivi toute ma vie. Ils devaient être fiers d'eux d'avoir inclus un détail aussi brutal, aussi saisissant. *Geraldine Palm a été découverte inconsciente sur le sol de la chambre du fond avec une aiguille plantée dans le bras.* Cette image de ma mère est marquée au fer rouge dans mon esprit.

Maman a été absente pendant un bon moment après ça, mais quand elle est revenue, elle était plutôt en forme. Elle avait pris du poids et sa peau était bien plus saine. Elle m'a enlacé dès qu'elle m'a vu, et après le dîner, elle s'est assise tout près de moi sur le canapé, son bras passé dans le mien. Nous partagions le même lit depuis que nous nous étions installés chez Jim et Bunny, et le plus souvent elle serrait un oreiller contre elle, tournée vers le mur, mais ce soir-là elle a dormi tout contre moi, ses bras autour de moi. Elle a pleuré un peu, puis elle a chuchoté qu'elle m'aimait, qu'elle était tellement désolée, et dans un souffle, qu'elle avait trouvé une nouvelle force dans Jésus-Christ.

Le truc de Jésus m'a vraiment pris par surprise. Maman ne s'était jamais préoccupée de religion. Dans un de ses grands moments de lucidité, elle m'avait un jour dit :

— Ne donne jamais un dollar à un pasteur. Un miracle pour lequel tu dois payer ne peut pas avoir grand-chose d'un miracle.

Mais c'était avant qu'elle soit arrêtée. Maintenant, cette même femme faisait dépendre sa sobriété – son avenir, mon avenir, notre vie – du genre de personnes dont elle se moquait autrefois.

Pendant un temps, ça a dû fonctionner. Nous avons commencé à fréquenter une petite église baptiste qui était tout près de chez Jim et Bunny. Le pasteur, le frère Conrad Miles, était un type replet, au visage rose, avec une femme replète et trois enfants replets. Ils nous ont accueillis, maman et moi, à bras ouverts, venant nous chercher pour le service quand notre voiture refusait de démarrer, et nous invitant à dîner une fois par semaine. Tout allait bien, jusqu'à ce que maman se fasse à nouveau arrêter.

Ils l'ont surprise dans le pick-up d'un gars sur le parking du rodéo en train d'échanger du sexe contre de l'héroïne. Un juge du comté à l'œil triste a écouté patiemment ses demandes de pardon, ainsi qu'un témoignage poignant de Frère Conrad attestant de la foi de maman dans le Seigneur. Ensuite, il l'a condamnée à treize mois de prison.

Frère Conrad et sa famille m'ont accueilli en l'absence de maman. C'était une période troublante, d'être ainsi séparé d'elle et d'habiter avec cette nouvelle famille bizarre. Les Miles priaient avant chaque repas, ne buvaient pas une goutte d'alcool, et ne regardaient jamais la télévision sauf le sport parce qu'ils considéraient tout le reste comme bassement matériel. Je n'avais jamais vu personne comme eux.

À la maison, quand il n'était pas au temple, Frère Conrad avait une bonne relation avec sa femme et ses fils. Il était sévère mais doux, un homme de règles qui aimait aussi rire, et il nous transmettait à tous le sentiment puissant que Dieu regardait toujours.

Mais un jour, Dieu a détourné Son regard de moi. Je suis rentré et j'ai trouvé Frère Conrad assis dans le salon, une expression étrange sur le visage. Sa femme était au travail et ses fils étaient tous à l'orchestre ou à l'entraînement de football. Je n'avais pas la moindre activité de loisirs, bien sûr, donc je rentrais chez les Miles, avec la clé qu'ils m'avaient confiée.

Frère Miles m'attendait. Je suppose qu'il se haïssait pour ce qu'il s'apprêtait à faire parce qu'il donnait l'impression d'être assis là depuis des heures à pleurer. Il a dit qu'il avait quelque chose à me montrer dans sa chambre, et c'est là que ça s'est passé, que ça se passerait toujours, après l'école, avant le retour de sa famille, dans le lit où il dormait avec sa femme toutes les nuits. Je ne disais rien, je ne réagissais pas. Je restais allongé là et je le laissais faire ce qu'il voulait avec mon corps. Les deux ou trois premières fois, il a paru bouleversé après, en m'obligeant à jurer le secret, me disant que nous devions protéger sa femme et ses fils. Je ne répondais pas grand-chose à ça, en dehors d'accepter de garder le silence. Je savais que si je disais quoi que ce soit, cela détruirait sa vie, sa famille, et ensuite, où irais-je ? Après l'arrestation de maman, Jim et Bunny m'avaient clairement fait comprendre qu'ils n'avaient aucune intention de m'élever. Frère Conrad semblait le savoir aussi, et au bout d'un moment, il a cessé de s'excuser pour ce qu'il faisait. Il le faisait, point. C'était comme si mon corps était quelque chose que je lui devais, comme un loyer.

Et cela a duré pendant un temps. Ce fut mon initiation à une vie entière à garder des secrets. Je recevais des lettres tristes de maman disant que je lui manquais, Sœur Miles et ses fils me traitaient comme leur projet spécial, et Frère Miles me sautait quand il n'y avait personne. Je lisais les lettres de ma mère mais je ne lui répondais pas. Que pouvais-je lui dire ? Je faisais profil bas et j'essayais d'éviter le pasteur en allant à la bibliothèque après l'école. J'y restais et je relisais les mêmes romans de *Star Trek* et je comptais les minutes jusqu'à être certain que toute la famille Miles serait à la maison. Parfois, ça fonctionnait, parfois non.

Cela a duré presque une année entière.

Puis, un jour est apparu Dean. J'étais à la bibliothèque après les cours comme d'habitude et il m'avait suivi. Je ne l'avais pas vu, bien sûr, mais il m'a arrêté au moment où j'allais entrer.

— Excuse-moi, a-t-il dit. Tu es Owen ? Owen Pall ?

Il ressemblait à un prof de maths de lycée. Grand, dégingandé, il avait des cheveux gris courts et d'épais sourcils noirs. Il portait un jean froissé et de vieilles Nike blanches, avec une chemise blanche sous un pull en V marron. Il ne présentait rien de remarquable tant qu'on ne l'avait pas regardé dans les yeux. Il avait des lunettes à monture noire, aux verres épais et sales, qui dataient de son passage chez les marines des décennies auparavant, et derrière ses verres ses yeux étaient gonflés, très bleus et tragiques. J'en arriverais à connaître ces yeux mieux que ceux de n'importe qui, et ils ne changeraient jamais : comme s'il était sur le point d'informer quelqu'un que leur bien-aimé était décédé.

Mais il n'était pas là pour me dire que quelqu'un était mort. Il s'est présenté et m'a tendu une carte de visite. J'avais seize ans ; personne ne m'avait jamais donné une carte de visite avant. Sur celle-ci, j'ai lu :

SOLUTIONS DE SÉCURITÉ
DEAN WORRELL, PROPRIÉTAIRE
CONSULTATIONS, ÉVALUATIONS ET ENQUÊTES PRIVÉES

Je l'ai regardée puis j'ai levé la tête.

— Il y a un endroit où on pourrait parler ? a-t-il demandé.

J'ai haussé les épaules.

On s'est assis sur un banc devant la bibliothèque.

— J'ai cru comprendre que tu habitais avec Conrad Miles.

— Ouais.

— Parce que ta mère est en prison.

J'ai haussé les épaules.

— Cela fait combien de temps que tu habites chez les Miles ?

— Je ne sais pas. Quelques mois.

— Presque une année, je dirais.

— Peut-être, presque un an.

Il a hoché la tête. Doucement, il a dit :

— Je suis ici parce que j'ai été engagé par quelqu'un d'autre qui habitait chez M. Miles. Un jeune homme d'environ ton âge. Est-ce que tu as entendu parler d'un jeune qui s'appelle Howie Baker ?

J'ai secoué la tête.

— Il a habité avec la famille Miles alors qu'il traversait une période difficile il y a quelques années. C'était à Murphysboro, dans l'Illinois. Ses parents divorçaient. Son père était parti avec une autre femme, et sa mère a fait une grosse dépression ; elle a dû être hospitalisée et la famille Miles a pris Howie chez elle.

J'ai dévisagé cet homme aux yeux tristes et j'ai aperçu le contour d'un paquet de cigarettes sous son pull-over. Je crois que j'avais déjà compris où il voulait en venir, ce qu'il voulait dire, pourquoi il était là. Mais je le regardais *lui*, m'interrogeant sur cet inconnu qui était arrivé en ville pour mettre au jour un secret que je gardais depuis un an.

— Tu es content d'habiter avec M. Miles ? a-t-il demandé.

— On l'appelle Frère Miles, ai-je répondu.

— C'est ça. Frère Miles. Tu es content d'habiter avec lui ?

En attendant une réponse, il restait assis, une jambe croisée sur l'autre, une main posée entre nous sur le banc.

J'ai jeté un coup d'œil vers sa main et j'ai écarquillé les yeux. Il lui manquait un doigt. L'annulaire.

J'ai dû tressaillir, parce qu'il m'a dit :

— Je l'ai perdu au Vietnam. Un salopard me l'a arraché avec une balle.

Il a tendu la main pour que je la voie de plus près. Son annulaire avait complètement disparu ; il ne restait pas une phalange.

— On était au beau milieu d'une fusillade, et j'ai tendu la main pour prendre la radio et appeler des renforts. J'ai senti comme un bourdon qui me piquait la main. Quand je l'ai retirée, elle n'avait plus que quatre doigts. Tu veux que je te dise le plus bizarre ?

— Oui.

— Si on avait gardé le doigt, ils auraient pu le recoller. Mais on était dans la merde jusqu'au cou ce jour-là, alors je n'ai pas eu le temps de le chercher. J'ai été obligé de le laisser sur place. Tu y crois ? Mon doigt décharné est probablement toujours là-bas en train de tremper dans une de leurs fichues rizières.

J'ai su à ce moment-là, assis sur ce banc, que c'était l'homme le plus incroyable que j'avais jamais rencontré.

— À propos de Frère Miles…, a-t-il repris.

— Est-ce qu'il a agressé ce jeune Howie aussi ?

Dean s'est immobilisé. Il a dû se redresser bien droit pour ne pas tomber. Mais il n'a pas cessé de me dévisager avec ces yeux tragiques.

— Oui. Je crois bien. Ainsi que d'autres garçons.

J'ai secoué la tête.

— Sale fils de pute, ai-je dit.

Le monde de Frère Conrad s'est brisé très rapidement. Après que j'ai donné mon témoignage à Dean, la police est venue me voir. Quand Frère Conrad s'est fait arrêter, je suis allé habiter avec Jim et Bunny, qui n'étaient pas heureux que je revienne mais avaient l'impression qu'ils n'avaient pas le choix.

— Jusqu'à ce que tu trouves un autre endroit où accrocher ton chapeau, m'a dit Jim, suggérant lourdement que je devrais activement chercher un autre logement pour mon chapeau.

Frère Conrad est sorti en conditionnelle et a pris un avocat, mais sa femme était déjà partie avec leurs garçons pour s'installer chez ses parents. Il lui a assuré qu'il avait été tourmenté et piégé par le diable, mais pour une raison mystérieuse, elle lui en voulait encore. Elle a décidé qu'elle ne pouvait pas rester en ville, surtout lorsque tout le monde a appris ce qui s'était passé. Frère Conrad a dû ressentir la même chose, parce que peu de temps après, il a collé le canon d'un fusil de chasse de calibre 12 sous son menton et a expédié son esprit tourmenté jusqu'au plafond de sa chambre.

Puis maman est revenue.

Elle avait l'air d'avoir dix ans de plus que quand elle était partie. La peau pendait, lâche, sur son corps comme une robe trop grande pour elle.

On a dormi dans le même lit à nouveau, et elle a pleuré, et pleuré à cause de ce qui s'était passé, me disant que si le pasteur ne s'était pas donné la mort, elle l'aurait tué pour moi.

Quand elle a fini par s'endormir, je suis resté allongé à côté d'elle en fixant le plafond. Je savais que je devais partir, je devais m'éloigner. Je l'aimais mais je ne pouvais pas rester avec elle. Je ne pouvais pas l'aider ni m'occuper d'elle, et je ne pouvais certainement pas compter sur elle pour m'aider. Il y a des gens, soit on doit les quitter, soit on doit mourir pour eux.

Puis je me suis rappelé quelque chose.

Je suis sorti du lit en catimini et j'ai fouillé dans mon portefeuille sur le bureau jusqu'à retrouver la carte.

SOLUTIONS DE SÉCURITÉ
DEAN WORRELL, PROPRIÉTAIRE
CONSULTATIONS, ÉVALUATIONS ET ENQUÊTES PRIVÉES

En bas, il y avait un numéro de téléphone et une adresse.
À Chicago.

Je n'ai pas dit à maman que je partais. Je lui ai laissé un mot sur le bureau, comme si nous étions des amants dans une vieille chanson country. Je lui ai dit qu'on me proposait un emploi dans l'Illinois. Je lui ai dit qu'elle n'avait aucune raison de s'inquiéter pour moi, et je lui ai dit que je l'aimais. Seule la dernière phrase était vraie.

Un copain d'école – une connaissance, plutôt, juste un gars à côté de qui j'étais assis en cours d'algèbre – m'a emmené jusqu'à Little Rock, et avec tout l'argent que j'avais, j'ai acheté un billet de Greyhound pour Chicago.

Quand j'ai débarqué devant le local de Solutions de Sécurité, j'étais sale, sans un sou et affamé. De quoi je devais avoir l'air pour le vieux monsieur ? D'un chien errant qui l'avait suivi jusque chez lui, je suppose.

Il était assis dans la boutique, essayant d'expliquer l'intrigue du *Grand Sommeil* à deux de ses copains flics. Quand je suis entré, mes yeux aussi rouges que ceux d'un basset, il a viré les flics et m'a emmené dans l'arrière-boutique.

Il m'a désigné son fauteuil.

— Assieds-toi.

Je me suis assis.

— Tu sens la frite graisseuse et le pet de la veille, a-t-il dit.

J'ai hoché la tête.

— Quand as-tu mangé pour la dernière fois ?

— Avant-hier.

Il s'est assis sur un carton et s'est frotté la nuque. Des années plus tard, il m'a dit ce qu'il avait pensé à ce moment-là. Il se disait : *Ce garçon est foutu à moins que je fasse quelque chose.* Quel avenir avais-je, autrement ? La prostitution, peut-être. La drogue, certainement. Une maltraitance d'une forme ou une autre. Il savait que soit il me prenait sous son aile, soit il me jetait dans un monde qui avait déjà prouvé qu'il était plus que prêt à me dévorer.

J'ai essayé de respirer normalement tandis qu'il restait là, à contempler le sol sale de son bureau.

Puis il a levé la tête.

— Est-ce que tu sais manier un balai ?

Il m'appelait le Kid. Évidemment. Forcément. Il avait une véritable passion pour les vieux pulps américains, et maintenant il avait un acolyte en chair et en os. J'étais le Kid, Bucky, Tonto, Robin.

Au début, je balayais les sols, chargeais et déchargeais de la marchandise pour les vitrines, et je surveillais la boutique quand il travaillait en extérieur. Mais il n'a pas fallu longtemps à Dean pour m'initier à la partie enquêtes de son travail. Ce vieux bonhomme adorait son activité de détective. Il aimait tout, depuis les journées interminables jusqu'aux manœuvres discrètes en passant par les clients d'une moralité douteuse. Il était impatient de m'apprendre tout ce qu'il savait : comment suivre quelqu'un ("La première règle est de ne jamais essayer d'éviter de se faire repérer. On finit par attirer l'attention sur soi quand on cherche à se planquer chaque fois que l'autre se retourne.") ; pourquoi on doit éviter les histoires de divorces.

— Les gens divorcent parce que leur mariage est un échec, m'a-t-il dit, mais un mariage raté n'est jamais la faute d'une seule personne, jamais. La seule raison pour laquelle l'un des deux fait appel à un détective, c'est qu'il veut mettre l'échec sur le dos de quelqu'un d'autre. Ce qui fait du détective le complice d'un mensonge. Mauvais plan. Dieu sait que je l'ai appris à mes dépens.

— Tu faisais des divorces ?

— Oui. Je croyais que j'aidais les gens. Il s'avère que j'aidais seulement les gens à se faire baiser.

— On dit que le chemin de l'enfer est pavé de bonnes intentions.

— Ouais, c'est ce qu'on dit, a répondu Dean, mais les mauvaises intentions t'y amèneront tout aussi vite. Par contre, une chose importante à garder en tête : le chemin de l'enfer est à double sens. On a toujours la possibilité de faire demi-tour avant d'arriver à destination.

Pendant des années, maman m'a harcelé pour que je vienne la voir. Je lui disais que j'avais du boulot, ce qui était juste une excuse mais avait au moins la vertu d'être vrai. Malgré tout, elle ne cessait de me culpabiliser.

— Tu ne peux pas dégager un week-end pour descendre voir ta pauvre mère abandonnée ? demandait-elle.

— Tu pourrais monter, toi, maman, je disais.

— Oh, je ne peux pas venir à Chicago. C'est dix heures de route. Et toute cette circulation, cette criminalité effroyable. Les trains et tous ces gratte-ciel. Tu m'imagines là-bas ?

En réalité, je ne l'y voyais pas du tout.

— Je ne sais pas comment tu as fait pour survivre là-bas, a-t-elle dit.

— Eh ben, tant que c'est pas fini, on y croit. Peut-être que je ne survivrai pas à long terme.

— Oh mon chéri, a-t-elle dit en émettant un rire rauque de grosse fumeuse. À long terme, aucun de nous ne survit *nulle part*.

Je n'ai pas su quoi répondre à ça, alors nous n'avons pas poursuivi.

Et la situation est demeurée ainsi, elle en Arkansas et moi à Chicago, jusqu'à ce que j'aie trente ans.

Quand les cigarettes ont fini par avoir la peau de Dean, maman m'a fait la surprise de venir à l'enterrement. Ils s'étaient toujours tenus à une distance respectable l'un de l'autre, Dean et maman, aucun ne voulant envahir le territoire de l'autre, mais tandis que son cercueil était descendu dans la terre, elle est restée à côté de moi sans cesser de pleurer. Elle n'avait pourtant jamais rencontré Dean.

Elle est restée avec moi deux jours après ça, et quand est venu le matin où elle devait repartir dans l'Arkansas, j'ai transporté ses bagages jusqu'à la voiture. Le soleil n'était pas encore levé et le ciel était gris comme du granit. J'ai attendu avec elle pendant qu'elle fumait une cigarette. Quand elle l'a eu finie, elle a jeté le mégot et m'a serré dans ses bras.

— Je suis désolée, a-t-elle dit dans mon cou. Je sais ce que Dean représentait pour toi.

— Il m'a sauvé la vie.

Elle a hoché la tête, toussé et m'a lâché, tout en tamponnant les larmes aux coins de ses yeux.

— Je sais bien. (Elle s'est éclairci la voix.) Je suis désolée… Désolée de t'avoir abandonné.

— Tu ne m'as pas abandonné.

— Si, a-t-elle dit. C'est pour ça que je ne t'en veux pas de m'avoir abandonnée après. J'ai compris que tu devais le faire. (Elle a toussé et s'est tapoté la poitrine.) Je voulais juste m'excuser. Je suis désolée d'avoir été une mauvaise mère.

— Tu n'as pas été une mauvaise mère.

La vérité était en réalité plus compliquée que ça, mais la version simple paraissait rassurante.

Mais ma mère ne faisait pas dans le rassurant. Elle a levé les yeux au ciel.

— Ouais, a-t-elle dit, bien sûr.

Elle est morte un peu plus d'un an après Dean. Elle travaillait depuis quelques années comme caissière au Walmart et quelqu'un au magasin m'a appelé pour me dire que maman s'était écroulée devant sa caisse ce matin-là et qu'elle avait été transportée d'urgence à l'hôpital. Elle était en réanimation.

J'ai fait le voyage dans la nuit, mais le temps que j'arrive, elle était décédée.

“Accident cryptogénique”, m'a dit le médecin. Ils ne savaient pas exactement ce qui l'avait causé, mais pas besoin d'un diplôme en médecine pour savoir qu'elle se tuait à petit feu depuis ses seize ans.

Je suis resté là-bas juste assez longtemps pour l'enterrer. Elle avait moins de cent dollars sur son compte, alors j'ai dû payer tous les frais. Sur sa pierre tombale, j'ai fait graver son nom et les dates. Je voulais ajouter quelque chose de gentil comme “mère bien-aimée” en bas, mais ils facturaient à la lettre et c'était trop coûteux, alors j'ai opté pour “maman”, tout simplement. En l'occurrence, la tombe et les funérailles m'ont mis sur la paille. Je ne connaissais pas une seule des personnes présentes à l'enterrement. Juste après, je suis remonté dans ma voiture et je suis rentré à Chicago.

13

Le chemin de l'enfer est à double sens.

Je me suis réveillé trempé de sueur. Je n'avais pas réussi à dormir plus de dix minutes d'affilée et j'ai passé mes quelques heures au lit à m'entortiller dans les draps, mon esprit bondissant entre les souvenirs de ma mère et des cauchemars semi-éveillés d'Alice Hardy.

Tu peux toujours faire demi-tour avant d'arriver à destination.

Je me suis levé, j'ai pris une douche, je me suis habillé. Dans la bouche, j'avais un goût de diluant pour peinture. J'ai bu trois verres d'eau pour essayer de me débarrasser de l'amertume.

Puis je suis allé chez Alice Hardy. J'avais récupéré son emploi du temps sur le site de St Ignatius la veille au soir, alors je savais qu'elle donnait un cours intitulé Sémiotique et interprétation biblique à neuf heures et demie.

Je suis arrivé dans son quartier et je me suis garé au bout de la rue au moment où son fils sortait avec son sac à dos sur l'épaule. Il est monté dans une Honda conduite par une jolie blonde. Quelques minutes plus tard, Greg Babbitt est parti au boulot.

En regardant sa voiture disparaître au bout de la rue, j'ai su que c'était le bon moment. Je pouvais descendre de ma voiture, marcher jusqu'à la porte d'entrée et frapper. *Bonjour, professeur Hardy. J'ai des images de l'altercation d'hier soir, dont je suppose que vous voulez la tenir secrète. Ce film vous montre en train de sortir de l'appartement d'un autre homme, de vous cacher de la police après une agression, et de tenter de détruire des preuves de l'agression.*

N'était-ce pas la raison de ma présence ici ?

J'ai un peu gigoté sur mon siège. J'avais encore mal au dos, mais maintenant, j'avais aussi mal à la tête. J'ai fermé les yeux.

Le chemin de l'enfer est à double sens.

Je n'arrivais pas à sortir de la voiture.

Putain de merde.

Hier soir, tout avait semblé s'éclaircir. Mettre la pression à Alice et Ronnie pour voir ce que je pouvais leur soutirer.

Et là, je n'arrivais même pas à sortir de cette putain de voiture. J'avais la nausée. J'avais eu cette conversation avec assez de personnes – des hommes, des femmes, des maris et des femmes, des pères et des mères –, je connaissais la chanson. Le pincement de culpabilité ne m'était pas inconnu, celui qu'on ressent quand on s'approche de quelqu'un pour lui dire qu'il va devoir payer pour votre silence. Mais maintenant, l'idée d'essayer de faire chanter cette femme me dégoûtait de moi-même. Je n'avais pas imaginé que j'étais encore capable de ça. Un pincement de culpabilité. Forcément. Ça fait partie du jeu. Mais là, c'était autre chose.

C'était de la honte.

Quoi, tu as regardé son compte Instagram et tu as vu une photo d'elle avec son gamin, alors tout à coup, c'est une vraie personne ? Ou c'est le fait d'avoir regardé les images de l'agression en sachant que tu es resté planqué comme un salopard sans rien faire pour l'arrêter ?

Eh bien, oui. C'était ça. La nuit dernière, tout ce que j'avais vu, c'étaient les dollars qui clignotaient. Désormais, dans la lumière crue du matin, en manque de sommeil et de petit déjeuner, je n'arrivais pas à m'extraire de cette putain de voiture, aller jusqu'à la maison et sonner à la porte. Je ne pourrais pas regarder son visage en essayant de la faire chanter.

Apparemment, après toutes les saloperies que j'avais faites dans ma vie, j'avais des limites.

Quel drôle de moment pour les découvrir.

Et si tu la laissais tranquille ? Cette femme a déjà eu la pire soirée de sa vie, et si tu évitais de débarquer comme un salopard pour la rendre pire encore ?

Je me posais encore cette question lorsque la porte du garage s'est ouverte à nouveau, et Alice Hardy a reculé dans l'allée.

Alors quoi, tu la laisses partir ? Tu fais demi-tour et tu rentres à la maison ?

Elle est passée à côté de moi. J'aurais dû détourner la tête, ou baisser les yeux, peut-être faire semblant de régler la radio. C'est comme ça qu'on gère, d'habitude, quand la personne qu'on suit regarde soudain derrière son épaule. On feint une indifférence tranquille, naturelle.

Je l'ai regardée droit dans les yeux. Elle ne m'a pas vu, ne m'a pas prêté la moindre attention. Elle semblait crispée et inquiète, concentrée sur quelque chose ou quelqu'un de lointain. Je me suis demandé si je la voyais maintenant d'une manière que personne d'autre ne partageait. C'était comme si j'avais la connaissance exclusive d'une partie de sa vie ignorée de tous, même de sa famille. Ce que je voyais, c'était une personne qui avait l'air traumatisée, encore sidérée par ce qui lui était arrivé.

Je l'ai suivie.

Suivre quelqu'un à Chicago est facile, parce qu'on ne peut pas se perdre dans cette ville. Malgré le chaos qui règne dans les rues, les voies de circulation sont disposées selon un schéma qui est aussi logique qu'un échiquier. Puisque j'étais presque sûr de savoir où on allait, cela rendait la filature encore plus aisée. Nous n'avons pas eu le moindre incident pendant notre trajet pour St Ignatius. La circulation n'était pas trop dense, et je maintenais une certaine distance entre nous. Quand nous sommes arrivés à destination, je me suis dit qu'elle allait se garer dans le parking de l'université. Effectivement, elle s'est arrêtée devant la barrière juste le temps que sa plaque minéralogique soit reconnue par le détecteur. Je suis arrivé une minute plus tard et j'ai pris un ticket pour les non-abonnés.

Puis je l'ai suivie le long des rampes. La tâche était délicate. Il n'y avait plus d'autres voitures entre nous, et elle roulait au pas, cherchant une place. Je l'ai laissée me distancer.

Elle a fini par trouver une place au niveau 5. Je suis passé alors qu'elle était encore assise dans sa voiture et je suis monté au niveau supérieur. Je me suis arrêté, je suis sorti de ma voiture et jc suis allé au bout de la rangée, pour guetter le bruit de sa portière, de l'alarme, le bruit de ses pieds. Quand je les ai entendus, j'ai jeté un coup d'œil et je l'ai aperçue. Alice Hardy, à côté de sa voiture, ajustant la bandoulière de son sac sur son épaule, avant de glisser ses clés dans la poche de son manteau et de se diriger vers l'ascenseur.

Elle est entrée dans la cabine, les portes se sont fermées et elle a disparu.

OK, donc, elle était arrivée sans encombre au boulot.

Et maintenant quoi, le petit génie ? Tu vas t'inscrire à des cours ?

En repartant vers ma voiture, j'ai appelé Heidi.

— Comment va Ronnie ce matin ? ai-je demandé.

À sa voix, on avait l'impression qu'elle ne s'était pas couchée.

— Il dort.

— Est-ce qu'il a repris connaissance ?

— À peine, il a juste ouvert les yeux, regardé autour de lui, et il s'est rendormi.

Je lui ai dit que je devais la laisser mais que je la rappellerais plus tard. Elle a essayé de protester, de me bombarder de questions sur les événements d'hier soir, mais je lui ai répété que je la contacterais dès que possible et j'ai raccroché. C'était grossier, et je suis sûr qu'elle était en train de devenir dingue, mais je n'aurais aucune réponse à lui apporter tant que je n'avais pas parlé à son mari. Et je ne savais pas très bien jusqu'où je voulais me dévoiler devant Ronnie.

Néanmoins, une chose me semblait claire. Lui soutirer de l'argent maintenant était hors de question. Je n'avais pas aidé Alice hier soir quand j'en avais eu l'occasion. Je ne pouvais pas me retourner aujourd'hui et tirer un profit de ce que Ronnie avait fait. Je devais abandonner tous les plans que j'élaborais depuis quinze heures.

Je suis resté un moment dans ma voiture. À réfléchir. À peser les options que j'avais.

Je pourrais me contenter d'envoyer la vidéo aux flics. Cela réglerait le sort de Ronnie. Mais cela exposerait Alice. Ma vidéo d'elle serait diffusée partout aux infos avant demain matin. Ce serait pire que de la faire chanter. D'autre part, même si j'envoyais la vidéo de manière anonyme, je savais que les flics parviendraient à remonter jusqu'à moi. Et si ça se savait que c'était moi qui l'avais faite, je serais anéanti. Cette vidéo n'était pas seulement une preuve d'un délit commis par quelqu'un d'autre, elle m'incriminait directement et signifiait la fin de la carrière de la personne qui tenait la caméra.

J'ai envisagé de la détruire. De la faire disparaître. Mais alors, qu'arriverait-il à Ronnie ? *Tu le laisses récupérer jusqu'à ce qu'il soit à nouveau prêt à se planquer dans une autre ruelle ?*

J'ai soupiré. *T'as raison, Dean, le chemin de l'enfer est à double sens. Mais une fois que tu fais demi-tour et que tu repars, tu dois monter la colline.* Comment pouvais-je choper Ronnie sans utiliser la vidéo, sans révéler la présence d'Alice ?

Ensuite, presque comme si le vieux bonhomme me répondait, j'ai eu une idée.

Et si tu faisais un vrai boulot d'investigation ? Pas de la surveillance, pas du traçage. Une véritable enquête.

Dean disait toujours qu'un détective est juste un type qui ne peut pas lâcher l'affaire. Je n'avais pas pensé à cela depuis longtemps. J'avais été trop occupé à planquer des traceurs GPS et à prendre des photos compromettantes.

Mais il y avait bien quelque chose à propos d'hier soir qui continuait à me titiller. Le coffre ouvert de Ronnie, déjà. Le sac mortuaire à l'intérieur. C'était la preuve d'une espèce de plan, la preuve de quelque chose qui allait au-delà d'une impulsion soudaine d'agresser un autre être humain. Où projetait-il de l'emmener ? Si le viol ou le meurtre était l'objectif, pourquoi l'emmener quelque part ? Cela ne faisait qu'ajouter au risque de se faire arrêter. S'il prenait le risque de la mettre dans le coffre de sa voiture, avait-il d'autres projets pour elle ?

Il y avait autre chose qui me titillait.

Ronnie avait trente-cinq ans. D'après mes recherches, je savais qu'il n'avait pas de casier judiciaire. Pas d'arrestations pour harcèlement, agression sexuelle ni achat d'actes sexuels. Aucun des indices révélateurs qu'on identifie, disséminés dans le passé d'un psychopathe une fois qu'il se fait arrêter. Je ne m'étais pas attardé là-dessus jusqu'à maintenant, mais plus j'y pensais, plus ça me semblait bizarre. Généralement, les gars ne se mettent pas tout à coup, à trente ans passés, à fourrer des femmes dans des sacs mortuaires. Cela n'arrive presque jamais. Alors, où se trouvait la piste ? Je sentais que je ratais quelque chose quelque part.

Réfléchis, bon sang. Tu as étudié le criminel, tu as étudié la victime. À quel autre endroit peux-tu chercher ?

Et l'acte lui-même ? Est-ce que la police cherchait un pervers inconnu qui se planquait dans les ruelles armé d'un couteau ? Y avait-il eu une série de disparitions qui faisaient déjà l'objet d'enquêtes ?

Pour le découvrir, Dean aurait tout simplement appelé les flics qu'il connaissait, leur aurait demandé sur quoi ils travaillaient, aurait fouiné jusqu'à dénicher quelque chose. En ce qui me concernait, c'était exclu. Je ne pouvais pas obtenir de la plupart des flics que je connaissais qu'ils me parlent, encore moins qu'ils m'aident sur une affaire. J'allais être obligé de bosser sans eux.

Heureusement j'avais Internet, le cadeau de Dieu aux hommes qui n'ont pas d'amis. Je suis retourné au bureau pour voir ce que je pouvais découvrir.

Tout en roulant, je ressentais un étrange soulagement. Je n'avais rien fait de honteux ce matin. Maintenant, j'étais en route pour le boulot, pour faire du vrai boulot, pour la première fois depuis bien longtemps.

Je monte la colline, Dean. Je monte.

Mon projet de passer le reste de la journée sur Internet a changé dès que je me suis garé devant le bureau.

La femme de Ronnie m'attendait.

14

Elle était devant, le visage collé contre la vitre entre ses mains en coupe, essayant de voir ce qui se passait à l'intérieur. Elle avait enfilé à la hâte un jean et un T-shirt uni vert. Elle n'était pas maquillée. Elle s'était lavé les cheveux mais elle les avait laissé sécher à l'air et ils frisottaient, indisciplinés. Elle ressemblait franchement, me suis-je dit, à une sans-abri.

J'ai ouvert la porte et l'ai précédée à l'intérieur. Pendant que je coupais l'alarme, elle a regardé autour d'elle, visiblement ahurie. Les gens ne savent jamais à quoi s'attendre quand ils arrivent ici. Dean a en fait monté trois entreprises qui avaient le même pas de porte. La première comprenait les activités d'enquête et de conseil en sécurité, tout ce qui relevait de la profession de détective privé, qui était intégralement gérée depuis le bureau du fond. La deuxième activité était la vente d'équipement de surveillance comme des drones et des caméras espionnes, présentés dans de grands meubles vitrés installés près des vitrines pour attirer les clients. Le troisième pôle était l'Official Chicago Museum of Private Investigation, qui n'occupait qu'un coin du magasin, avec des objets de collection provenant de vieux films, d'émissions de radio et de télévision, ainsi que des objets d'époque comme un insigne Pinkerton datant de 1922 et une micro-caméra de 1946 de la taille d'un paquet de cigarettes. Le prix de la visite du musée était censé être de cinq dollars, mais Dean ne s'était jamais résolu à le réclamer. Nous nous étions contentés de laisser les amateurs jeter un œil à la collection, avant d'essayer de leur vendre un T-shirt ou un badge estampillé Solutions de Sécurité.

— C'est la première fois que vous venez ? ai-je demandé à Heidi.

Je connaissais la réponse, mais cela me semblait être une entrée en matière décontractée.

— Euh… oui. On a communiqué seulement par téléphone.

Quand j'ai allumé les lumières, un enregistrement de grands moments de la radio d'autrefois – Howard Duff dans *Les Aventures de Sam Spade* et Sydney Greenstreet dans *Nero Wolfe* – a commencé à résonner. Heidi a levé les yeux vers une affiche accrochée au mur, celle du film avec Mike Hammer de 1953, *J'aurai ta peau*, qui annonçait VIOLENCE ENTRE HOMME ET FEMME EN 3D, et je voyais bien qu'elle se demandait si elle n'avait pas embauché un cinglé. Une fois, j'avais essayé de dire à Dean que l'ambiance dans le magasin n'était pas assez professionnelle, mais il m'avait soufflé sa fumée de cigarette à la figure.

— On n'en a rien à foutre, de l'ambiance.

Heidi a dit :

— Est-ce que… est-ce qu'on peut parler ?

— Oui. Vous voulez venir dans mon bureau ?

J'ai fermé la porte à clé et accroché la pancarte DÉSOLÉ, ON EST SUR UNE AFFAIRE sur la vitre.

— Je viens à peine d'ouvrir et je referme déjà, ai-je dit avec un sourire. À ce rythme, je ne ferai jamais fortune. (Je l'ai emmenée dans le bureau derrière.) Il faut que j'embauche quelqu'un pour tenir la boutique quand je suis à l'extérieur à jouer les détectives, mais je ne trouve pas le temps de le faire.

Le bureau ne ressemblait pas à ce à quoi les gens s'attendaient non plus. J'imagine qu'ils pensaient à un de ces endroits tirés des films policiers affichés aux murs. Un grand bureau devant une fenêtre, une enseigne au néon clignotante, peut-être un meuble de classement avec une bouteille de scotch planquée dedans.

En réalité, c'était plutôt une pièce de stockage. Des marchandises destinées à la boutique de matériel d'espionnage entassées jusqu'au plafond. Des boîtes à archives avec la date manuscrite tellement pleines de documents que des bouts de papier en dépassaient. Les dates remontaient à des décennies.

J'avais quand même un bureau. Il était calé dans un coin, couvert de documents et de catalogues d'armes à feu. Mon ordinateur portable, une de ces machines tout-terrain conçues pour les chantiers, était perché sur une pile de papiers. À côté il y avait le coffre-fort, la cafetière, le vieux tourne-disque de Dean et sa collection de vinyles.

J'ai poussé quelques cartons de bombes anti-agressions Wildfire Pepper Spray et de caméras miniatures Sleuth Gear posés sur une chaise pliante près du bureau et je l'ai invitée à s'asseoir. Puis j'ai pris place à mon bureau.

— Alors, madame Dunlap, comment va Ronnie aujourd'hui ?

Elle se tordait les mains. D'une voix tremblante, elle a dit :

— Il est… sa gorge. Elle a été entaillée. Elle a été entaillée hier soir. Il n'arrive pas à parler, il ne peut pas dire un mot. Il est obligé d'écrire sur un bloc-notes.

— Ses points de suture tiennent ? Il boit, il mange ?

— Il refuse d'essayer la nourriture solide, et j'ai peur de lui en donner. Il boit de la soupe à la tomate et du bouillon de poule à la paille. Et de l'eau. J'écrase les cachets d'antidouleur et je les mélange à l'eau. C'est comme ça qu'il les prend.

— Très bien.

— Il faut qu'il voie un médecin mais il refuse. Il m'a dit de lui prendre des soupes et des trucs, des pansements, du désinfectant. Mais pas de médecin. Pas d'hôpital. Son ancien équipier d'ambulance, Erik, est secouriste. Il est le seul en qui Ronnie a confiance. Il est censé passer aujourd'hui.

Elle a cessé de se tordre les mains et pour la première fois, j'ai aperçu une étincelle dans son regard. Elle avait l'air furieuse. C'était chouette de voir un peu de vie chez elle.

— Je me fous de ce qu'il dit, je l'emmènerais bien voir un médecin, sauf que vous avez dit qu'il avait peut-être commis quelque chose d'illégal hier soir quand c'est arrivé. Et comme je vous paie pour que *vous me disiez des choses*, je ne comprends pas pourquoi vous refusez de me raconter ce qui s'est passé.

J'ai marmonné un peu, essayant de faire quelques rapides calculs. Si je lui disais toute la vérité, elle pourrait ficher en l'air tout mon plan, aller parler à la police ou à la presse trop tôt.

Elle a insisté :

— Dites-moi juste une chose, a-t-il essayé de se tuer ?

J'ai écarquillé les yeux et me suis penché en avant.

— Vu comme vous posez la question, on dirait qu'il a déjà essayé dans le passé.

— Deux fois. Du moins, deux fois à ma connaissance. Il y a peut-être eu d'autres tentatives. On ne sait jamais, avec Ronnie. Mais je sais qu'une fois, il a essayé quand il était adolescent. À peine adolescent. Treize ans. Il a avalé un produit de nettoyage que sa mère gardait sous le lavabo de la salle de bains. Il a atterri à l'hôpital. L'autre fois, c'était il y a peut-être un an.

— Que s'est-il passé ?

— Une overdose. Tobi et moi n'étions pas là. C'est Erik qui l'a trouvé.

— Son employeur ne l'a pas forcé à se mettre en congé maladie après ça ? En exigeant qu'il fasse une thérapie ?

Heidi a fermé la bouche. Elle a fermé les yeux. Puis elle s'est mordu la lèvre, en fermant les yeux plus fort tandis que quelques larmes coulaient le long de ses joues. Au bout d'un moment, elle a expiré profondément et a essuyé les larmes sur son menton. Elle a ouvert les yeux et m'a regardé.

— Erik m'a convaincue de n'en parler à personne. Disant que Ronnie perdrait son boulot si quelqu'un l'apprenait. Ronnie est censé voir un thérapeute, mais comment je saurais s'il va toujours à ses rendez-vous ? Et quand il y va, qui sait de quoi ils parlent ? Il ne me dit jamais rien. Il prétend que c'est sa vie privée. Tout est toujours privé, avec Ronnie.

— Et…

— Non, m'a-t-elle interrompu. Dites-moi ce qui s'est passé hier soir. Est-ce qu'il s'est fait ça tout seul ?

J'ai pris une grande inspiration. Je ne voulais pas parler à Heidi de l'agression parce que j'ignorais encore ce qu'elle allait faire. J'ai finalement décidé de lui livrer une partie de la vérité.

— Je l'ai suivi de chez vous jusqu'à un restaurant. Il a dîné, seul. Ensuite il s'est baladé en voiture pendant un bon moment. Je l'ai perdu de vue un temps, et quand j'ai repéré sa voiture, il était garé. Près de Humboldt Park, par là. Je l'ai trouvé par terre dans une ruelle, tout seul, la gorge entaillée. Le couteau était à côté de lui.

— Est-ce qu'il… est-ce que, selon vous, il s'est fait ça tout seul ?

— Sa voiture était garée à l'entrée de la ruelle, le coffre entrouvert, et à l'intérieur, il y avait un sac mortuaire.

J'ai guetté sa réaction en entendant cette information.

— Un sac mortuaire ? (Elle a secoué la tête.) Qu'est-ce que vous racontez ? Mais putain, c'est quoi ce bordel ?

J'ai tourné mes paumes vers le ciel.

Elle s'est passé les mains dans les cheveux. Voilà pourquoi elle était si décoiffée.

— Peut-être qu'il s'est fait mal ? Et qu'il prévoyait de se coucher dans le sac mortuaire ? Ou…

Elle a de nouveau secoué la tête.

— Ce serait autre chose ?

Je me suis approché. Je sentais que l'idée avait germé dans sa tête, et qu'elle essayait de sortir. Il fallait juste que je donne un petit coup de pouce.

— Comme quoi, Heidi ? À quoi pensez-vous ?

Elle s'est redressée sur sa chaise. Ses yeux étaient d'un bleu délavé, comme le fond d'une piscine vide.

— Peut-être… (Elle a ouvert les mains.) Que Dieu me pardonne, mais… (Elle a secoué la tête et pris une grande inspiration.) Il faut que je vous dise, monsieur Pall.

— OK.

— J'ai trouvé… des trucs pornographiques vraiment affreux sur son ordinateur un jour. Des trucs violents. Des fantasmes de viols, de meurtres. J'étais tellement flippée, furieuse et effrayée.

— Est-ce que vous lui en avez parlé ?

— Oui, mais il a botté en touche. Comme toujours. (Elle s'est mise à tirer sur les extrémités de ses cheveux défaits, arrachant des touffes une par une.) Je ne suis pas quelqu'un de fort, monsieur Pall. Peut-être que vous l'avez déjà compris. Il a dit que c'était juste un site web sur lequel il était tombé. Que ça ne voulait rien dire. Il a quand même accepté qu'on fasse une thérapie de couple ensemble et qu'on en parle.

— Il y est allé avec vous ?

— Ça n'a pas duré. Il a raconté à la thérapeute ce qu'il m'avait expliqué – que c'était une erreur, que ça ne voulait rien dire – et ensuite, il s'est fermé comme une huître. Il est *insondable* quand il le veut.

Elle a secoué la tête et a de nouveau passé ses doigts dans ses cheveux en bataille.

— Mais si vous avez trouvé un sac mortuaire dans le coffre de sa voiture… mon Dieu, peut-être qu'il essayait vraiment de… de faire quelque chose…

— Comme quoi ?

— Peut-être qu'il a agressé quelqu'un avec le couteau, pour le mettre ensuite dans le sac mortuaire. Oh mon Dieu. Mais peut-être que dans la bagarre, c'est l'autre qui l'a blessé. Est-ce que ce serait possible ?

— C'est ce que j'ai pensé.

J'ai marqué une pause comme si je réfléchissais à cette possibilité. Mais ce à quoi je réfléchissais vraiment, c'était que tout ceci prenait une meilleure tournure que je l'aurais espéré. Si je maintenais l'histoire selon laquelle j'avais trouvé Ronnie dans la ruelle, Heidi allait m'embaucher pour enquêter. Si je pouvais découvrir un indice quelconque qu'il avait déjà commis ce genre d'acte avant, nous pourrions le dénoncer à la police sans mêler Alice Hardy à l'histoire, et sans m'impliquer comme un spectateur opportuniste coupable de non-assistance à personne en danger. Et grâce à toute cette histoire, je pourrais gagner une réputation toute neuve.

Heidi mâchonnait sa lèvre inférieure, parvenant à la conclusion à laquelle je voulais qu'elle arrive. Peut-être que son mari était un psychopathe violent. Peut-être que *quelqu'un* devrait enquêter.

Mais elle est allée soudain beaucoup trop loin.

— Alors, peut-être qu'on devrait aller voir la police ensemble maintenant. Si Ronnie est… est ce genre de personne, s'il est dangereux, nous devrions appeler la police. Ils le mettront en garde à vue, et feront une enquête. C'est leur rôle, non ?

— Eh bien…

— Quand même, un *sac mortuaire*… Mon Dieu…

Heidi a enfoui son visage dans ses mains.

— Mon Dieu.

Elle est restée comme ça un petit moment, sans pleurer, voûtée, le visage dans les mains. Quand elle a relevé la tête, elle a lancé :

— Qu'est-ce que vous êtes en train de me raconter sur mon mari ? Qu'il est une espèce de…

Elle n'arrivait même pas à finir sa phrase.

— Honnêtement, je ne sais pas, Heidi. C'est ce que je veux découvrir.

Elle s'est frotté la nuque.

— Ces derniers temps, il sortait de plus en plus, il restait dehors tard le soir sans explication valable. C'est pour ça que je vous ai engagé, parce que je soupçonnais qu'il se passait quelque chose. Mon Dieu, j'espérais juste qu'il s'agissait d'une autre femme.

Soudain, elle s'est arrêtée, et j'ai regardé son visage tandis qu'elle réalisait que les paroles qu'elle venait de prononcer étaient vraies.

— Au fond de moi, je priais pour qu'il me trompe, a-t-elle dit. Quel genre de femme ça fait de moi, des pensées comme ça ?

— J'exerce ce métier depuis un bon moment, Heidi, et je n'ai jamais été engagé par quelqu'un qui était heureux en ménage. Même dans les mariages heureux, les gens sont parfois infidèles, mais dans un mariage heureux, on peut aller voir la personne et lui demander : "Est-ce que tu me trompes ?" On peut en parler, parfois on peut même résoudre le conflit. On engage un détective seulement quand on ne peut plus avoir une conversation honnête avec son conjoint. Ce problème-là est plus grand que l'infidélité. Je vous révèle des secrets professionnels, mais quand quelqu'un engage un type comme moi, le mariage est pratiquement fichu, de toute manière.

Elle n'a entendu qu'à moitié ce que je disais parce qu'elle était encore sous le coup de l'émotion d'avoir envisagé que la vérité concernant son mari était peut-être encore pire que ce qu'elle avait craint.

— Si vous avez vraiment vu ce que vous dites avoir vu hier soir, alors peut-être qu'il a déjà fait ça avant.

— Je me suis dit la même chose. C'est pourquoi je voudrais que vous me permettiez de poursuivre mon enquête, de continuer à chercher pour voir ce que je peux trouver.

— Mais pourquoi ne pas aller voir la police tout de suite ?

— Parce que nous n'avons pas de preuve que Ronnie ait commis le moindre délit. Sans preuve, la police ne fera rien. Ils ne vont pas consacrer du temps et des ressources à une enquête sans preuve d'un délit. Découvrons ce qu'il en est avant d'y mêler la police. Et écoutez-moi, ce que vous devez comprendre, c'est qu'une fois que les flics s'en mêlent, on n'a plus la main sur rien. Il vaut mieux ne pas découvrir la vérité de la bouche d'une bande de flics, avec une nuée de journalistes sur votre perron, et toute la circulation dans votre rue bloquée par des voitures de patrouille et des camions de la télévision. Il vaut mieux découvrir la vérité avant tout le monde, pour savoir à quoi vous attendre. Donnez-moi simplement quelques jours. Si je découvre quelque chose, alors nous irons en parler à la police. Je connais des flics en qui on peut avoir confiance ; on pourra aller les voir.

Elle a réfléchi.

Au bout d'un moment, j'ai dit :

— Vous voulez pouvoir dire un jour la vérité à votre fille, non ?

Elle a regardé ses mains.

— Bien sûr.

— Alors, laissez-moi découvrir le fin mot de l'histoire. Quelle qu'elle soit.

Elle a levé les yeux vers moi.

— Et vous, alors ? Qu'est-ce que vous allez en tirer ?

— Je veux que le mérite m'en revienne, Heidi. Je vais être franc avec vous. Les flics de cette ville pensent que je ne vaux guère mieux qu'un voyeur. S'il y a une affaire plus importante là-dessous, je veux que tout le monde sache qui l'a élucidée. Si je dois regarder un crétin de la police de Chicago se faire offrir l'affaire sur un plateau d'argent et s'attribuer tout le mérite, je me jetterai dans la Chicago River. C'est *mon* affaire. Elle pourrait changer le cours de ma carrière.

J'ai dit tout ça juste pour la convaincre, mais à la seconde où je l'ai dit, j'ai réalisé que c'était vrai.

Elle a réfléchi, mais je voyais bien qu'elle pensait surtout à ce qu'elle allait dire à sa fille.

— OK, a-t-elle acquiescé. Je peux attendre quelques jours.

— Bien.

— Mais pendant ce temps-là, je ne peux pas rester avec Ronnie. Je ne peux pas permettre que Tobi s'approche de lui. S'il est suicidaire ou… s'il est *ça*. Quelle que soit cette autre possibilité. On ne peut pas rester à la maison. (Elle a secoué la tête, convaincue.) Non, bien sûr que non. Je vais rentrer et préparer des affaires pour Tobi et moi. Ensuite j'irai la récupérer à l'école.

— Vous avez un endroit où aller ?

— Chez ma sœur et sa femme. Je sais qu'elles nous accueilleront si c'est seulement pour quelques jours.

— Elles habitent où ?

— Andersonville.

— OK. Je vais vous accompagner chez vous.

— J'apprécierais. Je ne veux pas me trouver seule avec Ronnie. Je veux dire, il est trop faible pour bouger, et bien trop faible pour faire mal à quiconque, mais je me sentirais plus en sécurité s'il y avait quelqu'un avec moi.

— Bien sûr. Vous voulez bien m'attendre dans la boutique un instant ? Il faut que je ferme.

— OK, a-t-elle dit en se levant avant de sortir, encore sous le choc.

Dès qu'elle a tourné les talons, j'ai ouvert le coffre et j'ai sorti une arme. J'ai choisi le petit Sig P365 et son holster discret. Je ne pensais pas en avoir besoin, et je n'étais pas vraiment bon tireur, mais je l'ai pris, juste au cas où. En l'accrochant à ma ceinture, au creux de mes reins, je me suis rappelé une autre chose que Dean m'avait dite un jour : "Je n'ai jamais eu à tirer sur personne depuis que je fais ce boulot. Mais j'ai obligé pas mal de gens à s'arrêter pour réfléchir à leur avenir."

15

Il y avait un vieux pick-up Dodge rouge passé garé devant la maison des Dunlap quand on y est arrivés. Tout en traversant la pelouse, Heidi l'a désigné d'un signe de tête.

— C'est le pick-up d'Erik.

À l'intérieur, Ronnie Dunlap était allongé en pyjama dans sa chambre au fond de la maison. Penché sur lui se trouvait un homme affûté d'allure militaire, plus jeune que Ronnie de quelques années. Il s'est redressé, droit comme un i, et nous a dévisagés quand on s'est approchés dans le couloir. Ses lunettes à monture argentée lui donnaient l'air d'un universitaire, mais ses cheveux châtains étaient coupés très court, et il portait un T-shirt miteux avec une salopette sale dont le bas avait été fourré dans ses rangers élimées.

— Ah, Mme Dunlap est rentrée, a-t-il dit à son patient.

Tournant la tête, Ronnie a regardé depuis le lit avec ses yeux rouges et embués.

Mais aucun d'eux ne regardait Heidi. C'était moi qu'ils dévisageaient.

L'homme à lunettes et rangers s'est avancé et a tendu la main.

— Erik Reid. J'étais le coéquipier de Ronnie dans l'ambulance.

J'ai pris la main tendue. Sa poigne était ferme, puissante, et il n'a pas lâché tout de suite.

— Et vous êtes…, a-t-il dit sans cesser de serrer ma main.

— Owen Pall. C'est moi qui ai trouvé votre collègue hier soir.

Il a lâché ma main.

— Ouais, bon sang, merci de lui avoir sauvé la vie. (Il a secoué la tête.) Sacrée histoire. Ronnie ne peut pas m'en dire grand-chose. Vous savez ce qui s'est passé ?

Je l'ai ignoré et me suis tourné vers Heidi.

— Il y avait quelque chose que vous vouliez lui dire, Heidi ?

Elle a pris une grande inspiration, rassemblant ses forces, et a regardé derrière Erik Reid avant de s'adresser à son mari d'une voix tremblante :

— Ronnie, je pars. J'emmène Tobi.

L'homme blessé allongé sur le lit l'a regardée avec les yeux écarquillés. Puis il s'est tourné et a regardé son collègue.

Erik Reid a souri à Heidi et lui a parlé comme à un enfant gâté.

— Quel que soit le conflit qu'il y a dans votre mariage en ce moment, tu penses vraiment que c'est une décision responsable que de laisser un homme blessé comme ça ?

— En quoi ça te regarde ? Tu es son avocat ?

— Eh bien, il a eu la gorge entaillée, Heidi. Il est littéralement incapable de parler, alors disons que je parle en son nom. (Il m'a désigné d'un mouvement de tête.) Apparemment, tu es venue accompagnée d'un conseil.

Tout en le dévisageant, je me suis adressé à Heidi.

— Heidi, y a-t-il autre chose que vous voulez dire à Ronnie tant que nous sommes là ?

— Non.

— Alors, allez donc chercher vos affaires et moi, je vais rester là avec eux.

Ronnie nous regardait, encore abruti par les antalgiques. Ce ne serait pas la peine d'essayer de lui parler avant un jour ou deux, et à ce moment-là, je voudrais lui parler seul à seul.

Erik Reid a croisé les bras et a demandé à Heidi :

— Est-ce que tu vas lui dire où tu emmènes son enfant une fois que tu te seras carapatée d'ici en le laissant cloué au lit ?

— Il peut m'appeler ou m'envoyer un message, a-t-elle dit. Nous pourrons en parler quand il sera prêt.

— Est-ce qu'au moins tu vas lui dire *pourquoi* tu pars ?

— Il sait pourquoi, a-t-elle répondu. Ce que je veux savoir, c'est comment il a été blessé hier soir. Tu n'auras qu'à le lui dire à ma place quand il sera prêt à se réveiller.

Elle a tourné les talons et est montée à l'étage, nous laissant Erik Reid et moi plantés là à nous dévisager.

— Elle est furax, a dit Reid avec un sourire. Ronnie le mérite probablement, cet imbécile. J'imagine que la vie avec lui n'est pas une partie de plaisir.

Il a baissé les yeux vers l'homme en question, qui s'était endormi.

— Ouaip, il s'est rendormi.

Reid a secoué la tête et s'est tourné vers moi.

— Alors, qu'est-ce qui s'est passé la nuit dernière ?

— Ronnie ne vous a pas dit ?

Au lieu de me répondre, Reid s'est accroupi près du lit pour examiner son patient. Il a hoché la tête, a rapproché une petite bonbonne d'oxygène sur roulettes près du mur et a inséré les tuyaux dans les narines de Ronnie. Il a vérifié que les sangles étaient bien positionnées, puis il a ouvert l'oxygène.

— Ça soulage la pression au niveau de la respiration, a-t-il expliqué en se remettant debout. Ouais, comme je l'ai dit, Ronnie n'a pas pu me dire grand-chose. Il a dit qu'il avait eu des ennuis dans la rue. Je lui ai dit : "Ne te balade pas à pied dans Chicago la nuit, espèce d'idiot. Du moins, pas sans protection." On sait jamais ce qui vous attend au coin de la rue.

— Effectivement, on ne sait jamais.

— C'est vous qui l'avez trouvé ?

— Oui.

— Vous avez vu ce qui s'est passé ?

On s'est dévisagés.

— J'en ai vu assez, ai-je dit.

— Et ensuite vous l'avez récupéré et fait rafistoler. Vous l'avez emmené où ?

— Chez un gars que je connais.

— Pourquoi vous n'avez pas appelé le 911 ?

— J'ai pensé qu'il ne voulait pas.

— Pourquoi ?

— Vous posez beaucoup de questions.

— Eh bien, je vais vous dire, Owen, toute cette situation est franchement déroutante. Mon pote se fait entailler la gorge dans une ruelle sombre au milieu de la nuit, et sa femme le fout au lit sans l'amener voir un médecin ni appeler les flics. Et le lendemain, elle se pointe avec un inconnu et annonce qu'elle se barre ? Tout ça est un peu curieux, quand même.

J'ai hoché la tête.

— Et vous, vous avez appelé la police ?

— Non.

— Le 911 ?

Il a souri et a désigné Ronnie d'un mouvement du menton.

— Le 911, c'est nous.

— Vous l'avez emmené voir un médecin ?

Sans se départir de son sourire, Reid a rétorqué :

— Je ne suis pas sa femme. Ce n'est pas moi qui suis censé m'occuper de lui. (Il a pointé un doigt vers le plafond.) C'est elle qui a juré d'aimer, de respecter et d'obéir à cet abruti, dans la maladie comme dans la santé. (Il a secoué la tête.) Je ne sais pas ce que ce monde est en train de devenir, Owen. Vraiment, je ne sais pas.

— Étant donné vos inquiétudes, on pourrait trouver logique que vous contactiez les autorités.

Je jouais gros, je le mettais presque au défi d'appeler les flics. Mais quelque chose chez Erik Reid me dérangeait. Vu la situation et la description qu'il en faisait, pourquoi n'appellerait-il pas la police ?

— Je le ferai peut-être.

On s'est fixés pendant un petit moment, pendant que Heidi Dunlap s'agitait au-dessus et remplissait des sacs. Je l'entendais ouvrir les portes de placard et les tiroirs, et nous percevions tous les deux sa course effrénée dans les chambres.

— Qu'est-ce que vous faites, Owen ? a demandé Reid. Dans la vie.

— Je suis détective privé.

Son sourire a disparu.

— Sans déconner ?

J'ai hoché la tête.

Il a levé les yeux au plafond, comme s'il essayait de voir Heidi à travers.

— Ah, a-t-il fait.

Heidi est descendue avec deux grandes valises. Elle les a posées à côté de la porte d'entrée et a dit :

— Je suis presque prête. Encore quelques trucs à prendre.

— OK, ai-je lancé par-dessus mon épaule.

Elle a couru au bout du couloir dans sa chambre.

— Et maintenant, Owen ? m'a demandé Reid.

— Maintenant, Heidi va partir.

Il a hoché la tête et agité la main.

— Eh bien, bon débarras en ce qui me concerne. On n'a jamais trop accroché, elle et moi. Je suis sûr que Ronnie aura le cœur brisé, lui. Il est dingue d'elle et de leur gamine, vous savez.

— Ce n'est pas l'impression que j'ai eue.

— Eh bien, toutes les histoires ont deux versions, Owen. N'oubliez jamais ça. Mais je ne disais pas "et maintenant" pour Heidi. Plutôt pour vous.

J'ai haussé les épaules.

— Je suis enquêteur. Je vais enquêter.

Reid a souri.

— J'espère que vous avez pensé à inscrire cette phrase sur votre carte de visite.

Heidi est revenue avec une autre valise et un sac à dos.

— Je suis prête.

Je n'ai pas dit un mot de plus à Erik Reid. Quand je suis arrivé à la porte, j'ai empoigné les valises et je lui ai lancé un regard. Il n'avait pas bougé. Il se tenait entre son ami blessé et la fenêtre, les yeux cachés par un éclat de soleil sur ses lunettes, toujours un petit sourire aux lèvres.

J'ai mis les valises à l'arrière de la voiture de Heidi et j'ai fermé le coffre.

— Ça va aller ?

Elle a acquiescé.

— J'ai appelé l'école en chemin et je leur ai dit que je récupérais Tobi. Elle sera prête quand j'arriverai. J'ai aussi appelé Leighann, ma sœur. Elle n'était pas hyper enthousiaste d'apprendre qu'on venait, mais elle a dit qu'on pouvait loger chez elles aussi longtemps que nécessaire.

— C'est à quelle adresse ?

Elle me l'a donnée.

Tandis qu'elle montait dans sa voiture, j'ai jeté un regard vers la maison.

— Pendant combien de temps Ronnie et Erik ont travaillé ensemble ? ai-je demandé.

— Environ deux ans. Jusqu'à ce qu'Erik quitte son poste il y a deux ou trois mois pour s'occuper de la vieille dame qui lui loue son appartement. Il est genre son infirmier maintenant.

— Est-ce que Ronnie et Erik sont encore proches ?

— Oui. Enfin, proches comme Ronnie peut l'être de quelqu'un. Ils se sont rapprochés en tout cas, après que Ronnie a essayé de se suicider. C'était l'année dernière.

— Vous avez dit que c'est Erik qui l'a trouvé ?

— Il l'a trouvé. Et lui a sauvé la vie.

— Que s'est-il passé ?

— On était en milieu de semaine. J'étais au boulot, Tobi à l'école. Ronnie a avalé un flacon entier d'Ativan. Erik passait par là, tout à fait par hasard.

— Il est marié ?

— Erik ? Oh non. Erik est impossible. Vous avez vu comment il est. Toujours avec son air supérieur, à faire comme s'il savait tout. Il peut être un vrai salopard, même avec Ronnie. (Elle s'est interrompue pour regarder la maison.) Vous ne l'avez pas vu, hier soir, n'est-ce pas ? Avec Ronnie ? Je veux dire, vous n'êtes pas en train de suggérer que…

— Non, je n'ai vu personne d'autre, lui ai-je dit. Je ne suggère rien. Simple curiosité, c'est tout.

J'ai regardé la plaque d'immatriculation du pick-up d'Erik jusqu'à mémoriser le numéro.

— Simple curiosité.

PARTIE 5 : AVANT

ERIK REID

16

Un soir, deux ou trois semaines avant que Ronnie se fasse taillader la gorge, j'ai pris mon pick-up et je suis allé jusqu'à Logan Square. En passant devant le Logan Theater, j'ai vu des filles sortir de l'Intelligentsia, des gobelets de café à la main. J'ai ralenti et je les ai suivies tandis qu'elles se dirigeaient vers le parc. C'est un petit espace avec des arbres et des pelouses au centre d'un rond-point. Quand il fait chaud, c'est assez fréquenté. Par des groupes d'adolescents, surtout. Ils rient, ils crient, ils sautent partout, se vautrent sur des couvertures. Les gars essaient d'avoir l'air cool pour les filles, contrairement aux filles, à l'aise entre elles. Mais même quand il fait froid, les gens s'y rassemblent. Tandis que la circulation tourbillonne autour d'eux, ils se serrent sur des bancs ou sur les marches du grand monument en marbre qui trône au milieu.

J'ai tourné autour du parc, en observant les filles que j'avais vues partir du théâtre. Une Blanche, une Noire. Jean serré, doudoune chatoyante. Elles se sont assises sur un banc pour parler et siroter leur café fumant.

Je tournais. Elles restaient là, à bavarder.

Combien de temps pouvais-je continuer sans que personne ne le remarque ? Mon pick-up, vieux de presque trente ans, rouge et cabossé, est facile à repérer, surtout à Chicago. On ne voit pas beaucoup de vieux pick-up dans le coin. Pas autant que chez les péquenauds de l'Illinois, en tout cas.

Mais les filles n'ont rien remarqué. Assises sur leur banc, aussi inconscientes que des vaches, discutant de leurs histoires, pendant une demi-heure. Pendant tout ce temps, j'ai tourné autour du parc et elles ne m'ont jamais repéré.

Finalement, les filles sont parties. Elles se sont levées, sont allées à pied jusqu'à la station de métro de l'autre côté de la rue et ont disparu dans l'escalier.

Dommage, mais j'ai vu d'autres filles marcher. Il y en a toujours plein. Parfois avec des hommes, parfois entre elles.

Et parfois seules.

J'en ai vu une marcher sur le trottoir. Jeune, blanche, peut-être à peine une vingtaine d'années. Jean noir, parka rose. Cheveux bruns en queue de cheval.

J'ai ralenti pour la suivre. La nuit était tombée, mais elle avait des écouteurs dans les oreilles et marchait, apparemment insouciante.

J'ai encore ralenti pour me caler sur sa vitesse.

Il lui a fallu un moment pour se retourner et apercevoir le pick-up. Au début, elle s'est contentée de poursuivre sa route. Peut-être qu'elle essayait de m'ignorer. De se comporter comme si de rien n'était. Comme si j'étais seulement un type qui cherchait une adresse.

Mais j'ai continué à rouler au pas derrière elle, sans dépasser la vitesse de 8 km/h, et à la fixer à travers le pare-brise.

Elle a jeté un coup d'œil par-dessus son épaule. Je l'ai vue jurer, secouer la tête.

Elle s'est arrêtée. Elle s'est retournée.

Je me suis arrêté.

Elle s'attendait à ce que je l'interpelle. *Salut poupée. Joli petit cul.* Quelque chose dans ce goût-là.

Mais j'ai simplement continué à la fixer.

— Va te faire foutre, a-t-elle dit, et elle m'a fait un doigt.

Je la fixais toujours.

Elle a pivoté sur les talons et s'est mise à marcher vite.

J'ai continué à la suivre, en accélérant un peu pour rester dans son dos.

Elle a marché plus vite. Pas seulement plus vite, mais plus énergiquement. J'avais réussi, son rythme cardiaque avait augmenté. Quand elle a jeté un œil par-dessus son épaule, elle n'était plus furieuse, mais effrayée.

Maintenant, mon cœur battait plus vite aussi. Qu'elle le veuille ou non, elle était piégée dans ce moment avec moi.

C'est là qu'elle a fait ce que la plupart d'entre elles font aujourd'hui, elle a sorti son portable. Elle allait appeler les flics, ou peut-être me filmer et poster les images sur Internet, me mettre la honte, me faire devenir viral. Mais elle était trop effrayée et elle avait du mal à trouver les touches. Avant qu'elle ait pu commencer à filmer, j'étais parti.

En rentrant chez moi, j'ai repensé à la fille qui bricolait avec son portable.

Ça m'a fait sourire et battre le cœur. J'avais du mal à reprendre mon souffle.

Et si je m'étais arrêté et que j'étais sorti de mon pick-up ?

Ma dernière remontait à longtemps. Deux longues années. J'essayais toujours d'opérer dans un autre État. La fille qui dessinait dans les dunes de l'Indiana, c'était elle la dernière. Je l'avais mise dans l'eau, mais ils l'avaient repêchée dès le lendemain. Avant ça, j'étais allé jusqu'à Washington. La jeune femme qui faisait son jogging en poussant une poussette dans le parc. Je l'avais chargée à l'arrière d'une camionnette de location et j'avais laissé la poussette sur le sentier. Ils ont retrouvé le bébé mais jamais la mère. Les premières étaient encore plus loin que ça, en Afghanistan. Deux sœurs à la sortie d'un bled complètement paumé. La prostituée de Bagram que j'avais laissée au milieu d'un champ en plein soleil. Je me souvenais de toutes, sans exception.

Mais là, ça faisait trop longtemps. Deux années de misère. J'étais prêt à enfreindre la règle que je m'étais fixée de changer d'État. Si j'opérais à Chicago, je devrais être extrêmement prudent, et je planifiais mon coup depuis deux ans, pour m'assurer que tout était parfait.

J'avais suivi tellement de femmes dans la rue. Des jeunes et des vieilles. Des adolescentes. Des jeunes mères avec des enfants. Des petites en jean serré. Des grosses dans une robe ample. Des sportives en short. Parfois par deux ou en groupes, mais surtout seules. J'en avais suivi certaines jusqu'à leur voiture. Parfois je les suivais jusqu'à leur appartement, leur maison. Je ne les laissais pas tranquilles tant qu'elles ne m'avaient pas vu. Tout l'intérêt était d'être vu, de voir s'accélérer leur rythme cardiaque.

Certaines m'insultaient, sortaient leur portable. Une ou deux avaient peut-être même réussi à me filmer avant que je m'éloigne, mais j'en doutais. Je suis rapide et elles sont effrayées. Ceci dit, la question ne cessait de me tarauder.

Et si je le faisais vraiment ? Qu'est-ce qui pourrait m'arrêter ?

Mais tout n'était pas parfait. Pas encore. Pas tout à fait.

17

J'Y pensais encore quand je suis arrivé à la maison ce soir-là. J'ai fermé le garage, et en traversant le jardin derrière, j'ai vu que la lumière était allumée dans l'appartement à l'étage. J'ai pris mon élan. La vieille allait avoir envie de parler.

Effectivement, dès que j'ai ouvert la porte de mon appartement, elle a sonné. Même si c'était moi qui l'avais installée pour qu'elle puisse appeler quand elle avait besoin de moi, je détestais cette putain de sonnette. C'était comme si j'étais son domestique.

J'ai monté l'escalier jusqu'à l'appartement du dessus et ouvert avec ma clé. La lumière dans le salon était éteinte, mais je parvenais à distinguer les murs roses et les moulures bleues dans la lueur provenant de sa chambre dont la porte était ouverte.

— Erik ? a-t-elle lancé depuis son lit. C'est toi ?

— Non, c'est l'Étrangleur de Boston, ai-je répondu.

— Quoi ?

— Bien sûr que c'est moi, madame Holding. Qui d'autre ça pourrait être ?

Son appartement sentait le vieux, l'épuisement et le gris, comme la femme elle-même. Je me suis arrêté sur le seuil de sa chambre et j'ai contemplé la vision d'enfer qui m'attendait là. Énorme et immobile, elle était là, à métastaser dans son lit couvert de miettes, les télécommandes de la télévision et des plateformes de streaming graisseuses dans ses mains épaisses couvertes de taches. Quand je suis entré, elle a coupé le son de l'émission de faits divers qu'elle regardait. Elle regarde tout le temps ces merdes. Il n'y avait rien qu'elle aimait plus qu'une histoire d'horreur ordinaire.

Ses bajoues flasques se sont levées dans un sourire sans dents.

— Je me demandais où tu étais. Je croyais que tu ne travaillais pas ce soir.

J'ai croisé les bras.

— Je vous ai dit que je sortais ce soir.

Elle a eu l'air peinée.

— Oh, c'est exact. Je suis désolée. C'est vrai, tu me l'as dit.

— C'était tout ce que vous vouliez, prendre de mes nouvelles ?

— S'il te plaît, ne sois pas fâché contre moi, Erik. Je me sens seule.

— Ce n'est pas ma faute, madame Holding. C'est tout le contraire, en fait. Si vous y réfléchissez, je suis la seule raison pour laquelle vous n'êtes pas plus seule encore.

— Je sais, Erik.

Elle a essayé d'obliger sa bouche malheureuse à dessiner un autre sourire, mais il n'y restait pas.

J'ai attendu en la dévisageant.

Elle a repris :

— S'il te plaît, Erik, sois gentil avec moi. Tu ne sais pas ce que c'est d'avoir mon âge, quand tous les gens qu'on connaît ont disparu.

En réalité, elle n'était pas si vieille que ça. Même si elle souffrait de polyarthrite rhumatoïde, de diabète et d'une maladie du cœur, elle n'avait que soixante-dix-neuf ans, ce qui était assez jeune pour avoir encore des amis et des parents vivants, à condition d'avoir des amis et des parents dans sa vie. Mais après avoir enterré un mari des dizaines d'années auparavant, elle avait fait fuir toutes les autres personnes qu'elle connaissait avec son manque affectif envahissant. Maintenant, à bout de souffle, elle s'apprêtait à vivre les dernières années d'une vie de solitude et de vide.

Je n'ai rien dit de tel, bien entendu. Je me suis contenté de :

— Eh bien, vous m'avez, moi.

— Oui. Et tu sais que je remercie Dieu chaque jour pour ta présence, Erik.

— Je sais, oui. (J'ai secoué la tête, émerveillé. Imaginez vivre une vie comme la sienne et continuer à remercier Dieu.) Vous avez besoin de quelque chose avant que je parte ?

— Oui, a-t-elle dit. Est-ce que tu pourrais rester un moment ? Je veux te parler de quelque chose.

— Je suis fatigué, madame Holding.

— S'il te plaît, Erik. Ça ne prendra qu'une minute.

Je me suis assis sur la chaise près du lit. Je l'ai inclinée vers l'arrière et je me suis appuyé contre le mur.

— De quoi s'agit-il ?

— Eh bien, a-t-elle fait en rassemblant ses forces. Que dirais-tu de rester avec moi ?

Je l'ai dévisagée.

— Nous en avons déjà parlé, madame Holding. Je ne fais plus ça. J'ai mon propre lit.

Elle a secoué la tête.

— Ce n'est pas ce que je veux dire. Je veux que tu travailles pour moi. Pas seulement que tu me donnes un coup de main. Je veux dire, officiellement. À plein temps. J'y réfléchis depuis un moment. Je ne peux plus vraiment sortir. Même avec un monte-escalier, il m'est difficile de monter et descendre. Et je n'ai pas vraiment envie de sortir, de toute façon. Il n'y a rien pour moi, là, dehors. Tu es le seul lien que j'aie avec le monde extérieur. Tu le sais. Je le sais aussi. Pourquoi ne pas officialiser la chose ? Il te suffit de me donner le montant du salaire que tu voudrais et tu deviendrais mon… (Elle ne voulait pas dire *infirmier.*) Mon auxiliaire de vie.

— J'ai déjà un métier, madame Holding. Je n'ai même pas encore mes annuités.

— Je ne me contenterais pas de te payer. Je te donnerais la maison.

J'ai posé les quatre pieds de la chaise sur le sol.

— Qu'est-ce que vous voulez dire par me *donner* la maison ?

— Je te la léguerais par testament. (Elle a hoché la tête, sûre d'elle.) Si, je le ferais. C'est déjà toi qui fais tourner la maison. Maintenant, elle pourrait être à toi, tu pourrais en faire ce que tu veux. Je sais que tu veux réaménager tout le rez-de-chaussée. Tu pourrais. Tu pourrais faire tout ce que tu veux. Je te donnerais la maison. Je te donnerai tout – ce serait mon cadeau, pour tout ce que tu fais pour moi. (Elle a essayé de sourire à nouveau ; elle était au bord des larmes.) Mon seul ami.

Après l'avoir quittée, je suis descendu en vitesse chez moi et j'ai examiné le morceau de scotch transparent au coin de la porte. Rien n'avait bougé. Je l'ai décollé, j'ai déverrouillé la porte et je me suis précipité à l'intérieur.

J'étais tellement dopé à l'adrénaline que j'arrivais à peine à effectuer ma ronde dans l'appartement, mais j'ai réussi à me calmer assez longtemps pour finir. J'ai inspecté les fenêtres, je me suis assuré que mes morceaux de scotch n'avaient pas bougé, et que les rideaux étaient tirés et bien fermés.

Une fois dans ma chambre, je me suis déshabillé. J'ai plié mes vêtements et je les ai mis de côté. Puis j'ai ouvert la porte du placard. J'avais installé un panneau coulissant en haut, comme un faux plafond ; je l'ai poussé et j'ai sorti le carton qui s'y trouvait.

J'ai emporté le carton dans le salon et j'ai sorti le sac mortuaire et le couteau.

J'ai déroulé le sac mortuaire. Je l'avais acheté pour dix dollars dans une vente aux enchères de matériel médical dans l'Indiana. Il était en vinyle noir, deux cent trente par quatre-vingt-dix centimètres, avec quatre poignées. Totalement hermétique. Il pouvait contenir un corps de cent quatre-vingts kilos sans problème. Je l'ai étalé par terre.

J'ai posé le couteau dessus. C'était un couteau de survie Mossy Oak doté d'une lame de vingt-cinq centimètres et d'une poignée en caoutchouc. Je l'avais acheté dans un magasin d'articles de chasse du Wisconsin, et payé en liquide. Je l'avais depuis plus longtemps que le sac. Ils attendaient depuis. Comme moi. Depuis trop longtemps.

Le couteau dans la main, j'ai défait la fermeture à glissière du sac, je me suis allongé dedans avant de le refermer. Ce n'était pas très facile de manipuler la fermeture de l'intérieur, mais avec un peu d'effort, j'y suis parvenu. Au bout d'un moment, le sac s'est déposé sur ma peau nue.

J'échafaudais l'idée depuis deux ans maintenant. J'effectuais des reconnaissances sur de possibles terrains de chasse, je rassemblais les outils dont j'aurais besoin. Je réfléchissais. Je planifiais. Je voulais consacrer plus de temps à ma prise que dans le passé. Une chose qui m'avait toujours manqué, c'était un endroit où emporter ma victime pour la dépecer. Mon désir était d'utiliser le sous-sol de Mme Holding, bien entendu. Le gars qui habitait ici avant moi s'en était servi pour installer une microbrasserie, et il y avait une petite pièce étroite au fond équipée d'une table métallique, d'une petite cuvette en plastique et d'un robinet avec de l'eau chaude et de l'eau froide.

La vieille était un obstacle, mais elle n'était pas descendue là depuis des années. À ce stade, elle n'était même plus capable physiquement d'emprunter l'étroit escalier. D'autre part, j'avais trouvé un moyen de me débarrasser d'elle quand ça m'arrangeait. Je m'étais depuis longtemps familiarisé avec ses traitements, et parfois le soir, je glissais quelques milligrammes de Lunesta à la place de ses bêtabloquants. Je le faisais surtout pour m'amuser. Je la sonnais avec les somnifères et ensuite je restais assis là à jeter des injures à sa figure couverte de bave. C'était cathartique et amusant. Mais je testais également sa résistance aux substances, étudiant à quelle profondeur elle s'enfonçait quand elle prenait le somnifère. Et je savais parfaitement que je pouvais la plonger dans l'inconscience sans qu'elle se rende compte de rien.

Mais même avec tout ça, j'étais prudent parce que techniquement, la maison lui appartenait. C'est pourquoi mon appartement était toujours peint de ce même affreux rose et bleu que le sien. Elle avait encore la propriété pleine et entière et tant que c'était le cas, j'hésitais à passer à l'acte.

Mais maintenant, cela avait changé. D'un geste touchant d'amour et de dévotion, la vieille bique m'avait légué toute la maison. J'obtiendrais son engagement écrit demain et ensuite, je démissionnerais de mon job.

Une fois que ce serait réglé, je pourrais faire tout ce que je voulais ici. Ici, et au sous-sol.

Mais je savais que je ne voulais pas le faire seul. D'abord, je ne pouvais pas me servir de mon pick-up. Il avait tout faux. Un pick-up, ce n'était pas pratique, pour commencer, et un vieux pick-up rouge dans Chicago était un peu trop reconnaissable. Il me fallait une voiture banale de taille moyenne, quelque chose qui se fondrait au milieu des autres Altima, Malibu et Impala qu'on voyait dans les rues. Quelque chose d'invisible avec un coffre de bonne taille.

Quelque chose comme la Taurus de Ronnie. Une voiture aussi insignifiante que le mec.

Bien sûr, je ne le voulais pas uniquement à cause de sa voiture. Certains chasseurs aiment chasser seuls. D'autres aiment bien emmener un chien. Une partie de ma préparation cette dernière année avait consisté à façonner Ronnie, pour le lier plus fort à moi. Nous en parlions depuis des mois, maintenant, en nous approchant à tout petits pas. Je travaillais le mec un peu chaque jour, repoussant les objections et les barrières morales, comme quand on dégage une clairière en abattant un arbre après l'autre jusqu'à avoir le terrain pour se construire une maison. Il était presque prêt. J'avais su à la minute où je l'avais rencontré qu'il avait la même détestation des femmes que moi, mais la sienne était enfouie profondément, dans un endroit qu'il ne pouvait pas atteindre, enterrée sous une vie entière d'effémination et de haine de soi. J'avais su que je serais obligé de la déterrer pour lui, mais au départ, je ne savais pas comment m'y prendre.

Puis, un jour, pendant l'hiver dernier, ce grand con m'avait montré comment faire.

18

Il a essayé de se suicider.

Je l'ai découvert étendu dans sa chambre, celle qui se trouve au fond de la maison, où Heidi le garde comme un animal de compagnie. Il était couché tout habillé sur ses draps et posé à côté de lui, un mot disant à Heidi qu'il la haïssait, qu'il se haïssait et qu'il ne pouvait plus continuer à vivre dans ce monde. Le message ne mentionnait même pas la gosse. J'ai ri quand je l'ai lu. Je suis resté planté à côté de son lit et je l'ai regardé allongé là, à s'enfoncer tranquillement.

J'ai pris son pouls. Présent mais faible. J'ai envisagé de le laisser mourir, juste pour voir ce que ça me ferait, mais je savais qu'il ne voulait pas vraiment mourir. Personne n'a jamais vraiment envie de mourir. Un type comme Ronnie, perdu, à la dérive, si prêt à s'anéantir, cherchait seulement un maître. Et je savais que si je le sauvais, je pourrais devenir ce maître. Je pourrais faire de cette masse humaine informe mon esclave.

Alors je l'ai remis debout, je lui ai crié de se réveiller et je l'ai traîné jusqu'à la salle de bains. Je l'ai balancé dans la baignoire et je suis allé dans la cuisine chercher une grande spatule en plastique à manche plat. Pendant que je faisais couler de l'eau froide sur sa tête, j'ai enfoncé le manche de la spatule dans sa gorge. Au départ, ses dents se sont refermées sur le manche, puis il a eu un haut-le-cœur, a toussé et a dégueulé.

Quand il a fini par reprendre conscience, il s'est roulé en boule sur le sol de la salle de bains comme un fœtus, tremblant et mouillé. Il a péniblement ouvert les yeux, derrière ses cils dégoulinants, et la première chose qu'il a vue, c'était moi.

Je me suis penché et j'ai tapoté les cheveux collés sur son crâne.

— Ronnie, ai-je commencé. Écoute bien ce que je vais te dire. Le suicide, c'est rien d'autre qu'une rage mal dirigée.

Il a toussé, craché encore de la bile avant de fondre en larmes.

J'ai continué à lui tapoter la tête.

— Tu devrais diriger cette rage contre les gens qui la méritent, lui ai-je dit.

La porte d'entrée s'est ouverte. Heidi était rentrée.

Je l'ai tapoté encore une fois.

— On en reparlera.

Heidi a pété un plomb quand elle l'a vu sur le sol de la salle de bains, bien entendu. Mais je l'ai convaincue de ne pas appeler le 911 en l'assurant que Ronnie perdrait son boulot et finirait probablement dans un hôpital psychiatrique si nous parlions à quelqu'un de ce qu'il venait de faire. J'ai glissé la lettre dans la poche de ma veste sans qu'elle ait eu le temps de la voir. Je me disais qu'elle péterait encore plus les plombs si elle la lisait.

On a installé Ronnie dans la chambre. Quand je suis parti quelques heures plus tard, il était assis dans son lit, encore sonné, mais il parlait et avait recommencé à manger.

Arrivé chez moi, j'ai enlevé ma veste et j'ai trouvé le mot dans ma poche. J'étais sur le point de le jeter quand je me suis ravisé. Je l'ai relu. Je l'ai essuyé soigneusement, puis je l'ai glissé dans un sac en plastique transparent et je l'ai rangé dans un tiroir vide. Je ne peux pas dire que c'est à ce moment-là que j'ai commencé à concevoir un début de plan sur la manière dont je pourrais m'en servir. Je savais juste que c'était quelque chose qui pourrait nuire à Ronnie, ce qui signifiait que c'était quelque chose que je devrais garder.

On ne sait jamais quand on aura besoin de nuire à quelqu'un.

Pendant un temps, nous n'avons pas parlé de sa tentative de suicide.

J'ai abordé ce sujet avec lui très prudemment, très progressivement. Au début, il ne s'agissait que de notre responsable, Coral. Cette salope croyait qu'elle pouvait nous parler comme si on était des gamins. Je ne la respectais pas du tout. Pourquoi l'aurais-je respectée ? J'avais fait la guerre. Je rafistolais des soldats blessés à Nangarhar pendant qu'elle taillait encore des pipes à des étudiants à Carbondale, alors quand elle essayait de me dire quoi faire, je l'ignorais la plupart du temps. Ronnie la détestait encore plus que moi, parce qu'elle l'avait engueulé comme du poisson pourri pour avoir accroché l'aile d'une voiture un soir. L'accident n'était pas sa faute ; un abruti avait essayé de griller le feu au moment où Ronnie traversait une intersection. Mais Coral avait réagi comme si Ronnie était un connard qui ne savait pas conduire. Après qu'elle lui avait passé un savon devant tout le monde, il s'est mis à la haïr. Il la haïssait profondément.

— Si j'étais certain de ne pas être poursuivi, je la balancerais dans un putain de puits, m'avait-il dit un jour, alors que la neige tombait dru sur le pare-brise. Je ne plaisante pas. Je la noierais avec un de ces plaisirs…

Nous avions répondu à un appel au milieu de la nuit. Un gars avait soi-disant fait un infarctus dans le hall d'un cinéma, mais quand on était arrivés sur place, le type avait disparu. Il s'était levé et était parti. Alors nous rentrions bredouilles et Ronnie continuait à fantasmer sur le meurtre de Coral.

— Je l'attacherais et je la jetterais dedans et je l'écouterais s'étouffer dans l'eau.

— Non, ça, ce serait bien trop rapide, lui ai-je dit. Si tu veux qu'elle souffre, voilà ce que tu fais.

J'ai décrit une séance de torture qui durerait aussi longtemps qu'elle pourrait y résister, probablement des jours si on arrêtait le saignement et si on lui donnait assez d'eau pour la maintenir en vie. Je n'ai pas hésité à y aller crûment, bien au-delà du fantasme habituel de la vengeance contre le patron, mais ce que je faisais en réalité, j'observais Ronnie.

J'attendais qu'il secoue la tête, qu'il rie nerveusement, qu'il frissonne et me dise d'arrêter de déconner.

Il ne l'a pas fait.

Tout s'est élaboré à partir de là, soir après soir, un scénario ignoble qui donnait lieu à un autre, jusqu'à ce qu'ils aient pour objet non seulement Coral, mais l'ensemble de la gent féminine. Finalement, c'est devenu notre unique sujet de conversation quand nous étions seuls.

Il n'a pas fallu longtemps pour qu'on s'intéresse à Heidi.

Il la haïssait depuis qu'elle l'avait pris au piège dans leur mariage en tombant enceinte et en refusant de se faire avorter. Cela remontait à des années, mais son amertume n'avait fait que grandir. Il m'a dit qu'il s'était lassé d'elle cinq secondes après l'avoir sautée la première fois, et maintenant, il était lié à elle jusqu'à la fin de ses jours. Pire, il dépendait d'elle. Elle gagnait plus d'argent que lui, et ils habitaient dans sa maison d'enfance, dont elle avait hérité et qui était à son nom. Toute la vie de ce pauvre abruti dépendait d'elle et il la méprisait pour cela.

On est arrivés au cœur du sujet un soir, alors qu'on rentrait de l'hôpital après y avoir déposé un jeune de dix-neuf ans avec trois balles dans la poitrine et les mots FUCK et LIFE tatoués sur les phalanges. Même après avoir vu un truc comme ça, tout ce dont Ronnie était capable, c'était pester contre Heidi.

Cet après-midi-là avant qu'il parte au boulot, elle avait trouvé du porno sur son ordinateur. Il était humilié.

— Je suis un mec, qu'est-ce qu'elle croit ?

— Qu'est-ce qu'elle a dit ?

— Rien. Ce n'est pas sa façon de faire. En plus, elle sait que je ne supporte pas longtemps ses conneries. Mais c'est là, dans ces putains de silences. Elle se la joue blessée, trahie. Quoi, elle pense que je me branle pas ? Je me branle chaque fois qu'elle sort de la pièce. Je m'astique plus souvent maintenant que quand j'avais quinze ans.

— Mais tu le lui caches. Tu ne lui en parles pas, c'est ça ?

— Bien sûr que non.

— Voilà pourquoi elle est surprise. Elle pense que tu restes planté à la maison dans un bocal, comme une espèce d'insecte qu'elle aurait attrapé dehors. Elles sont toutes comme ça. Elles se plaignent que les hommes veulent une "femme trophée". Mais c'est des conneries. C'est *elles* qui veulent un trophée. Heidi t'a mis le grappin dessus, et maintenant elle veut t'éviscérer, t'empailler et accrocher ce qui reste de toi sur un mur. C'est tout ce que les femmes veulent en réalité, quelque chose qui ressemble à un homme mais qui soit vide à l'intérieur.

Il a réfléchi à ça pendant un moment alors que des rafales glaciales secouaient l'ambulance et projetaient de la neige contre le pare-brise.

— Le truc qui l'a vraiment contrariée, a-t-il repris, c'est sur quoi je me paluche.

— C'est quoi ?

Il a haussé les épaules, avant de me lancer un rapide coup d'œil en biais.

— Tu vois le genre, des trucs violents. Du fantasme, quoi.

Quand il m'a dit ça, j'en ai eu le tournis. J'aurais pu crier, *Je le savais*. Mais je me suis abstenu. Je l'ai joué cool et me suis contenté de lui dire :

— Eh bien, il n'y a rien de bizarre là-dedans, mon pote. Des tas de mecs aiment ce genre de trucs.

— Ah ouais ?

— Bien sûr ! C'est pour ça que ça existe, tu vois ce que je veux dire ? Ce monde dans lequel on vit est émasculé, mais nous savons tous comment sont vraiment les hommes. Qu'est-ce que tu regardes ? Du porno de torture ? Du SM ? Des fantasmes de viols ?

Il a juste haussé les épaules.

— Putain, ai-je continué, ces trucs existent depuis toujours. Tu sais le genre de trucs dégueulasses que les archéologues ont découverts peints sur les parois des cavernes ?

— Ouais, ça doit être vrai.

— Évidemment, ai-je dit. On fait tous la même chose. Moi, par exemple.

— Ah bon, toi aussi ?

— Bien sûr. Comme j'ai dit, plein de mecs le font. Soit un peu, soit beaucoup. Dans ton cas, c'est beaucoup, j'imagine.

— Ouais, a-t-il fait, encore mal à l'aise d'en parler franchement. Tu vas sur quels sites en ligne ? DarkFetish ? Des trucs comme ça ?

— Non, trop soft pour moi.

— Trop soft ! C'est carrément dégueulasse.

— Mais c'est de la mise en scène. Tu vois ce que je veux dire ? On est à nouveau dans ce truc de l'animal trophée. Des gens qui font semblant. J'y étais pendant un moment, mais ils m'ont viré pour avoir enfreint les "normes de la communauté". T'y crois ? Ils ont dit que j'avais franchi des limites. Mais la simple idée de limite, c'est des conneries. Encore du lavage de cerveau. Non, mec, si tu veux quelque chose de vraiment dégueu, il faut que tu ailles quelque part où il n'y a pas de "communauté" contre laquelle tu pourrais commettre des transgressions. Il faut que tu ailles sur le dark web, un site comme Defiler. Tu connais ?

— Non.

— C'est là que tu trouveras les trucs les plus hard du monde. Et c'est du vrai. C'est ça, le truc. C'est vrai, mec. Vrai. On vit dans ce monde débile en plastique. Tout du plastique et du pour de faux. La civilisation, c'est rien d'autre, en réalité. Des animaux qui font semblant d'être "civilisés", autrement dit, des animaux qui font semblant d'être des gens. La vérité, c'est que dans ce monde, tu es soit un prédateur, soit une proie.

— J'imagine que tu as compris ça rapidement quand t'étais en Afghanistan…

— Non. Enfin, si, c'est carrément exposé au grand jour là-bas, comme dans n'importe quelle guerre. Mais non, j'ai compris comment le monde fonctionnait dès le début. N'importe quel gamin de primaire dans la cour d'école peut te dire que le monde se répartit en prédateurs et proies.

— Je sais que c'est vrai.

— Mais si t'es un homme, tout ce qu'on t'enseigne vise à te débarrasser de cette nature. On t'apprend à obéir, à faire ce qu'on te dit. Pourquoi ? Pour que les femmes se sentent en sécurité. Pourquoi il faudrait qu'*elles* se sentent en sécurité ? Le monde *n'est pas* sûr. Tu te sens en sécurité ? Bien sûr que non. Tu es un mec. Tu n'as pas le droit de te sentir en sécurité. C'est toi qui es censé gérer le cambrioleur qui rentre par ta fenêtre. La femme, elle, elle s'enfuit pendant que toi, tu la protèges. Pense à toutes les merdes que toi et moi on voit toutes les nuits. Des gens bousillés par des balles ou de la drogue ou des accidents de voiture ou des crises cardiaques ou qui s'étouffent en bouffant un putain de hot-dog. Bref, tout peut te tuer. Tu sais que la sécurité, ça n'existe pas. Je sais que la sécurité, ça n'existe pas. Mais les femmes, elles ont le droit de vivre dans ce monde imaginaire où il ne leur arrive rien de mal. C'est pour ça qu'elles pètent plus les plombs que nous quand quelque chose se passe mal.

Ronnie hochait la tête, ébahi, fasciné par la vérité de ce que je racontais.

— Prédateur et proie, lui ai-je dit. Ça se réduit à ça. Et les types comme nous se font baiser parce qu'on n'a jamais le droit d'agir en fonction de nos désirs. On a été empaillés et accrochés au mur.

— Tu as raison, a-t-il dit. (Il m'a dévisagé.) Tu réalises que tu as raison ?

— Ben oui, j'ai raison. Si tu me permets, Ronnie, je pense que c'est pour ça que tu as pris ces cachets. C'est pour ça que tu as essayé de te suicider. Tu retournes toute cette agressivité et cette rage animales contre toi-même. Tu le fais toujours, d'ailleurs, en te tuant à petit feu pour épargner tout le monde. Mais pourquoi tu devrais faire ça ? Est-ce que quelqu'un mérite que tu l'épargnes à ce point ?

Il a réfléchi un moment.

J'ai repris :

— Un de ces jours, mec, un de ces jours, on va devoir faire quelque chose. Vraiment. Un vrai truc de gros prédateur.

— Toi et moi ?

— Si ce n'est pas nous, qui le fera ? Tous les autres se sont fait couper les couilles. Je ne sais pas toi, mais moi, j'en ai marre d'être la proie.

Ronnie n'a pas répondu à ça, il s'est juste tourné pour regarder dehors, les feux de circulation dans la neige, essayant de mettre de l'ordre dans ses pensées. Mais je savais. Je savais que l'appât était dans sa bouche, et qu'au moment voulu, je pourrais le ferrer et le ramener.

C'est seulement deux ou trois jours après qu'on a reçu l'appel qui a changé les choses entre nous.

Trois heures du matin, un accident du côté de Milwaukee et Cicero. Une voiture avait glissé sur une plaque de verglas et s'était encastrée dans un gros chasse-neige garé le long du trottoir. Le type du chasse-neige s'en était sorti, mais son véhicule avait pris feu. Bientôt, la voiture prendrait feu aussi. La police et les pompiers étaient en route, mais Ronnie et moi, on revenait de l'hôpital après un autre appel, et pour une fois, on est arrivés les premiers.

On a demandé aux badauds de s'écarter. En approchant de la voiture accidentée, les bris de verre crissant sous nos semelles comme de la glace, on a entendu un bébé hurler sur la banquette arrière. La petite était attachée dans un siège auto, elle hurlait mais n'était pas blessée.

Dans ce qui restait de l'avant de la voiture, la mère de l'enfant était écrasée sur le volant, des filets de sang partout sur le visage après qu'elle avait percuté le pare-brise. Il avait disparu, éclaté en mille morceaux sur le sol, mais elle était coincée contre le volant, le visage plein de bris de verre. Elle était vivante, mais elle était en train de mourir sous nos yeux.

J'ai jeté un œil aux spectateurs qui se tenaient loin derrière nous, sur le trottoir, séparés de nous par un muret de neige sale d'un demi-mètre de hauteur.

J'avais déjà enfilé mes gants.

Ronnie dit :

— On…

— Voilà l'occasion parfaite, lui ai-je dit.

Il m'a dévisagé.

— De quoi ?

La femme cherchait de l'air, le sang coulant de son visage, de son cou et de sa poitrine.

— De s'entraîner, ai-je dit.

Il a essuyé la sueur sur son front.

— T'es… sérieux ?

— Elle est en train de mourir, de toute façon. Ce serait dommage de laisser passer l'occasion. (Je l'ai regardé.) Dis-moi de ne pas le faire et je ne le ferai pas.

Sa pomme d'Adam a fait un bond dans sa gorge. Il me fixait.

Je lui ai fait un signe de tête et je me suis penché dans la voiture. Le cou de la femme saignait. J'ai glissé mon pouce et mon index entre les chairs mouillées. J'ai agrandi la blessure.

Ronnie s'est retourné. Les badauds ne nous quittaient pas des yeux. Le bébé à l'arrière hurlait. La neige entrait par la portière sans vitre.

— Bon sang…, a-t-il dit.

Je n'ai pas regardé mon équipier. J'ai regardé la femme. J'ai regardé ses yeux passer de vivants à morts, son corps passer de salope à viande, tandis que son sang coulait le long de mon gant.

Ronnie était planté derrière moi, la sueur dégoulinant de son visage. Mais il n'a rien dit. Il était terrifié sans pour autant être scandalisé. Il s'est contenté de regarder, passant sa langue sur ses lèvres où se déposaient des flocons mouillés.

Des flammes sont apparues sous la voiture. Des flics et des camions de chaînes de télévision s'approchaient en masse, des gens sortaient d'un bond, en criant. Je me suis redressé, j'ai enlevé mes gants, je me suis précipité vers l'arrière de la voiture et j'ai sorti l'enfant.

Les gens ont poussé un cri quand ils m'ont vu m'éloigner de la voiture avec le bébé dans les bras. J'ai tendu la petite à Ronnie. Les caméras ont filmé le sauvetage minute par minute, en détail. On est apparus dans tous les bulletins d'informations pendant les vingt-quatre heures suivantes. Un des spectateurs avait pris une photo de moi qui tendais le bébé à Ronnie; il a vendu la photo au journal et on s'est retrouvés en première page du *Tribune* le lendemain matin. À la caserne des pompiers, ils l'ont encadrée et accrochée au mur. Moi, beau et héroïque dans la lueur de l'incendie de l'épave, Ronnie debout à côté de moi, débraillé, hébété.

Tous les articles ont dit que la mère était décédée avant qu'on puisse intervenir, mais le sauvetage du bébé était un exploit. Même le maire et le chef des pompiers l'ont dit.

J'ai envoyé une capture d'écran de la une du *Tribune* à Ronnie.

"On est des héros", lui ai-je dit.

19

Après ça, Ronnie ne m'a pas adressé la parole pendant des jours. Même avec les autres gars avec qui on travaillait, il était silencieux, presque traumatisé. Ça a duré assez longtemps pour que je commence à m'inquiéter. M'inquiéter de l'avoir mal jugé, qu'il se dégonfle et aille voir les flics. J'ai même commencé à me demander s'il fallait que j'agisse.

Mais finalement, j'avais tort de m'inquiéter. Il était simplement en pleine assimilation.

Le soir de mon pot de départ, il a enfin eu envie d'en parler. À la fin de notre service, ils ont sorti un cadeau et du punch, et tout le monde m'a mis des tapes dans le dos et m'a souhaité de bien m'amuser à jouer les infirmiers auprès d'une vieille, et ils sont tous retournés travailler. Ronnie et moi sommes sortis.

Pour la première fois depuis l'accident, il se comportait normalement, faisait ses blagues habituelles, alors j'ai proposé qu'on aille chez moi boire quelques bières. Il était à peu près cinq heures du matin, et il n'y a rien de mieux que de boire un coup pendant que le reste du monde est à peine réveillé. Même Mme Holding dormait encore. J'ai sorti une paire de Old Styles et il en a bu une, assis sur mon canapé à se plaindre de sa femme.

Il s'était encore disputé avec Heidi, cette fois parce qu'elle lui reprochait sans arrêt d'être "émotionnellement indisponible". J'avais des théories, bien sûr, sur le concept de la disponibilité émotionnelle chez les femmes – en l'occurrence, le terme signifiait "émotionnellement soumis" – et je servais ces théories à Ronnie quand il a soudain éclaté de rire.

— Quoi ? ai-je dit en me penchant dans mon fauteuil inclinable pour poser ma bière sur la table basse. J'ai dit quelque chose de drôle ?

Il a secoué la tête.

— L'autre, dans la voiture.

J'ai acquiescé.

— Si seulement je pouvais faire ça à Heidi, a-t-il avoué. Je veux dire, je ne pourrais pas m'en sortir impunément. Le mari est toujours le premier qu'on soupçonne. Mais je rêverais de me la faire comme tu t'es fait celle de la voiture.

— Ouais, je comprends très bien. Tu pourrais lui dire : "Tu veux voir mes émotions ? Eh bien, tiens, les voilà."

Ronnie a ri en entendant cela, franchement. Il a gloussé comme un imbécile. Il *était* un imbécile, en vérité, mais il était *mon* imbécile.

— J'arrive pas à croire qu'on l'ait fait, a-t-il dit. L'autre, dans la voiture. On l'a tuée, mec. On s'en est fait une. Du vrai job de prédateur. Chaque fois que j'y repense, j'ai mon cœur qui s'emballe.

J'étais content de l'entendre employer *nous*. Mais je suis aussi sacrément paranoïaque. La paranoïa, c'est le radar de la nature. C'est pour ça que je sécurise mon appartement, pour m'assurer qu'il n'y a pas d'intrus, pour ça que j'éteins mes portables, que j'utilise un ordinateur intraçable et le système d'exploitation Tails. J'essaie de ne pas devenir la proie d'un autre prédateur.

Alors, je me suis penché en avant et je lui ai balancé direct :

— Tu n'as pas de mouchard sur toi, dis-moi, Ronnie ?

— Quoi ? De quoi tu parles ?

— C'est la première fois que tu parles de l'accident, et tu le fais d'une drôle de manière. Genre "Tu te souviens la fois où on a trois-petits-points ?" C'est bizarre.

Il m'a dévisagé.

— Je n'ai pas dit comme ça, mec. J'ai juste pensé que tu voudrais en parler.

— Tu n'as pas répondu à ma question, Ronnie. Tu es allé voir les flics ? Tu as un mouchard sur toi ?

— Bien sûr que non. Ne sois pas ridicule.

J'ai hoché la tête.

— Bien sûr que non.

J'ai pris son portable, qu'il avait posé sur la table basse entre nous quand il s'était assis, et j'ai vérifié qu'il n'était pas en train d'enregistrer. Il n'enregistrait pas, mais je l'ai coupé quand même, juste pour être sûr.

— Vraiment, a-t-il dit. Tu dois me croire. Ce qu'on a fait l'autre soir… je n'arrive pas à penser à autre chose. Je crois qu'on devrait recommencer. Voilà pourquoi j'en ai parlé.

— Je suis ravi de l'entendre, ai-je dit. Attends une seconde, mec.

Je me suis levé, je suis allé dans ma chambre et j'ai sorti le Mossberg 9 mm de ma table de chevet. Je suis retourné au salon. Je me suis rassis dans mon fauteuil et j'ai posé l'arme sur la table à côté de ma bière.

Ronnie l'a regardé fixement comme s'il pouvait le mordre. J'ai vu sa pomme d'Adam faire un bond dans sa gorge.

— C'est pour quoi ?

— Ma protection, ai-je répondu.

— Contre quoi ?

— Eh bien, contre toi. Si besoin.

— Pourquoi tu aurais besoin de te protéger contre moi ?

— Au cas où tu te révélerais pas fiable. Au cas où tu serais dangereux.

— Bon sang, je ne suis pas dangereux !

— Eh bien, mieux vaut s'en assurer. Tu n'as qu'à te lever et enlever tous tes vêtements pour que je puisse vérifier que t'as pas de micro sur toi.

Il m'a dévisagé.

— Tu rigoles ?

— Allez, Ronnie. Pense à notre sujet de discussion, là. Ça te paraît le bon moment pour que je me mette à déconner ?

— Je ne vais pas me déshabiller, hors de question.

— Si, ai-je dit.

Sans être ni méchant ni menaçant. Juste factuel. Il allait se déshabiller. Avec un signe de tête, j'ai lancé :

— Allez. Nu comme le jour de ta naissance.

Il m'a fixé, essayant d'avoir l'air d'un gros dur, pendant un moment. Puis il a lâché un juron, secoué la tête et s'est baissé pour délacer ses chaussures. Il les a repoussées d'un coup de pied, a enlevé ses chaussettes, puis s'est redressé et s'est déshabillé. Après avoir mis ses vêtements en pile, il s'est rassis, cul nu, sur mon canapé.

Je me suis levé pour examiner ses vêtements et ses chaussures. Pendant ce temps-là, il est resté assis, les mains en coupe sur sa bite et ses couilles. Une fois que j'ai eu fini, je me suis rassis.

— OK, ai-je conclu.

Il a secoué la tête, attrapé ses sous-vêtements et a commencé à se rhabiller.

— Faut que j'y aille, a-t-il dit.

— Commence pas à faire chier. Fallait que je sois sûr.

— Ah ouais ? Et si moi je t'obligeais à te mettre à poil ?

— Si t'y réfléchis, tu comprendras à quel point c'est idiot. C'est moi qui ai tué cette salope pendant que tu restais planté là avec la trique, à regarder. C'est moi qui ai des raisons d'être soupçonneux.

Il s'est contenté de secouer de nouveau la tête tout en enfilant son pantalon.

— Tu veux que je te montre quelque chose ? ai-je dit en me levant.

— Un autre pistolet ? a-t-il grogné avant de mettre ses chaussures.

— Non. Tu vas adorer, je te le promets.

Je l'ai emmené jusqu'à la porte rose du sous-sol et j'ai ouvert. Nous avons descendu l'escalier. J'avais déjà installé des panneaux d'isolation phonique noirs dans le couloir et l'escalier. Bientôt, j'aurais terminé les travaux. Pour l'instant, le sous-sol était une longue pièce grise avec des murs de briques grises nues, un sol en béton et une porte à l'extrémité sud.

J'ai ouvert la porte. À l'intérieur, il y avait une petite pièce carrée de deux mètres sur deux, avec un évier en fonte et une table métallique fixée au mur. Sur le mur au-dessus de la table, une scie de menuisier, une scie à métaux, un couteau de chasse avec crochet Skinner et une scie à os chirurgicale. Sur la table nous attendait mon carton. Je l'ai ramassé et l'ai emporté dans la grande pièce. Puis j'ai sorti le sac mortuaire, l'ai déroulé sur le sol froid et j'ai posé le couteau de survie Mossy Oak au centre.

Il a regardé fixement.

Je lui ai souri.

— Parfois je me balade avec ce matos dans mon coffre. Juste pour le frisson, de savoir que j'ai tout sous la main si je veux m'en servir.

— Vraiment ?

— Ouais. Je me promène autour de Logan Square et Humboldt Park, je choisis une proie dans la rue et je la suis.

— Et après ?

— Jusqu'ici, c'est tout. C'est juste des sorties-tests. Pour l'instant. Mais je pense qu'il est temps de passer à l'étape suivante.

Ronnie a appuyé son poing contre sa bouche et s'est retourné vers les scies accrochées au mur.

Finalement, il a pris une grande inspiration et a posé la main à plat sur sa poitrine.

— Mon cœur bat super vite, a-t-il reconnu.

— C'est comme ça que tu sais que c'est bien réel.

Il a pris une autre inspiration.

— Il faut… il faut que je réfléchisse à tout ça.

— Je ne t'ai pas emmené ici et montré tout ça pour que t'y réfléchisses, mec. Si tu ne voulais vraiment pas le faire, tu te serais déjà tiré d'ici.

— Ouais, mais ce dont on parle, là, c'est… (Il a passé sa langue sur ses lèvres sèches.) C'est sans retour possible.

— Non.

— Celle de la voiture, elle était mourante. Elle allait mourir de toute façon, probablement, quoi qu'on fasse. Le camouflage était parfait. Mais ça… (D'un mouvement du menton, il a désigné le couteau et le sac.) Mais là, pas de camouflage possible.

— Non, effectivement. Toi et moi, nous allons nous détacher du monde. Tu étais prêt à tout quitter quand tu as essayé de te suicider. Mais il n'y a aucune raison que tu reportes ta frustration sur toi, aucune raison pour que tu sois seul.

— Mais le truc dont tu parles… C'est fou, mec. C'est putain de fou.

— Ah bon ? Tu trouves vraiment ? Nous ne sommes que des animaux. Les animaux s'entretuent. Toute la journée, tous les jours.

— Oui, mais…

— Ouais, bien sûr que c'est fou. Dans ce monde, les mecs qui ne sont pas castrés et anesthésiés sont fous. Tu veux être fou avec moi ou tu veux rester un zombie sans couilles tout seul ? (J'ai porté le coup fatal.) Je n'ai jamais eu de famille qui vaille la peine, Ronnie. Toi non plus. Ça devrait nous rendre plus proches que n'importe quels frères.

Il s'est passé la main dans les cheveux. J'ai cru qu'il allait fondre en larmes.

— Je sais. Je sais mais… Faut que tu me donnes du temps, Erik.

— Du temps pour quoi ?

— Pour que je me fasse à l'idée.

— Pourquoi ? Tu as dit que tu voulais le faire. Ça… (J'ai désigné le matos posé par terre.) C'est précisément ce dont on parle depuis un moment.

— Ouais…

— Alors, qu'est-ce qu'il y a ? Où est le problème ? Ne me dis pas que c'est tout le truc moral ? Impossible que tu t'accroches encore à ça.

— Non, c'est pas ça. (Il a passé ses deux mains dans ses cheveux, comme pour s'assurer qu'il était toujours intact.) J'ai peur, mec. C'est effrayant. Faut juste que tu me donnes le temps.

Il a pivoté vers l'escalier, prêt à partir.

— Hé, ai-je dit en roulant le sac avec le couteau avant de les remettre dans le carton. Je comprends. C'est hardcore. C'est du réel. Alors c'est effrayant. (J'ai montré l'étage.) T'en fais pas pour ça. On va s'asseoir, finir nos bières.

Je me suis mis debout et je lui ai mis une tape fraternelle sur l'épaule.

— Tout va bien.

Mais j'étais fâché contre lui, surtout parce que son refus de s'engager au dernier stade le rendait soudain dangereux. Il m'avait regardé tuer la femme de la voiture accidentée. S'il devait s'engager avec moi là-dedans, il fallait que je sache que je pouvais lui faire confiance.

Mais je n'aurais pas dû m'inquiéter. J'aurais dû savoir qu'une fois que je quitterais l'ambulance, il ne lui faudrait que quelques jours, quelques semaines tout au plus pour qu'il soit pris de panique d'être sans moi. Il n'avait pas d'autre ami, ni au QG ni dans le monde réel, il haïssait sa femme, et il se fichait complètement de sa gamine. Il était un bateau sans voile.

Un soir, il s'est pointé chez moi après le boulot en me disant “OK, mec” comme si on n'avait pas cessé d'en parler.

Ce qui, j'imagine, signifiait qu'il n'avait jamais arrêté d'y penser.

— Faisons-le. Dernier stade. Les prédateurs. Faisons-le.

Je l'ai fait entrer.

— Je croyais que t'avais la trouille.

— J'ai la trouille. Le contraire serait idiot, non ? Mais c'est ce que je veux. Vraiment. Je crois que c'est ce que j'ai toujours voulu. Mais j'avais peur de mon désir. J'avais peur – c'est idiot –, mais c'était comme si j'avais peur que quelqu'un puisse lire dans mes pensées. Comme si le fait même d'y penser suffirait à me faire repérer. Alors je m'interdisais d'y penser. Jusqu'à ce que je fasse ta connaissance.

— OK, ai-je dit. Mais ça ne suffit pas.

Il m'a dévisagé.

— Qu'est-ce que ça veut dire ?

— Ça veut dire qu'il faut que tu passes par une initiation.

— Mais cette nuit-là, la femme dans la voiture accidentée…

— C'est moi qui suis passé à l'acte. Maintenant, *toi*, tu dois faire quelque chose.

— Qu'est-ce que tu veux que je fasse ?

— Tu dois en choper une dans la rue, ai-je dit. Tue-la avec le couteau, mets-la dans le sac mortuaire. Pour la première fois, il est trop risqué de l'amener ici vivante, même droguée et bâillonnée. Alors la première, tu la tues, ensuite tu me l'amènes et on la découpera en morceaux dans mon sous-sol. Ensuite on ira jeter les morceaux.

— Mais pourquoi… pourquoi est-ce qu'il faut que j'y aille seul ?

— Pour prouver que tu es un homme. C'est aussi simple que ça, Ronnie. Pour prouver que tu es un homme. Tu n'as jamais fait la guerre. Putain, t'es même quasiment jamais sorti du North Side. Il faut que t'ailles en choper une et que tu me la ramènes pour me prouver que tu en es capable. Pour me prouver que je peux compter sur toi.

J'avoue, obliger Ronnie à aller choper une victime pour me la ramener était un truc d'ego. Comme si j'étais le Dr Frankenstein et lui, Igor. Quand j'étais gamin, ma belle-mère avait un chien qui chassait les écureuils et laissait leurs cadavres à moitié bouffés sur la terrasse de notre appartement, juste pour nous montrer de quoi il était capable. Je n'ai pas dit à Ronnie que je faisais de lui mon toutou, mais c'était ce que j'avais prévu depuis le jour où je lui avais sauvé la vie. D'une certaine façon, je le faisais depuis le jour de notre rencontre. Après ça, je le posséderais, il serait mon esclave, quelque chose que j'avais toujours voulu.

— Comment je procède ? a-t-il fini par demander.

— Tu vas dans le South Side. À un endroit où tu pourras en trouver une qui ne manquera pas à grand monde.

— Je ne veux pas aller jusque là-bas. Je ne veux pas l'avoir aussi longtemps dans ma voiture. Et j'en veux une blanche. Une qui ressemble à Heidi, si j'y arrive. Je devrais aller à Logan Square et Humboldt Park, là où tu fais tes balades.

— Ce serait plus malin d'aller dans le South Side. C'est le chaos, là-bas. Évidemment, ne va pas à Englewood, ou tu ne reviendras jamais. Mais essaie Washington Park. Tu peux te glisser dans ce quartier et choper une pute sans te faire remarquer par quelqu'un qui serait susceptible d'aller parler à un flic. Emmène-la dans une ruelle ou dans un parking désert. Un endroit sombre. Ne la tue pas dans la voiture. Le sang, l'ADN, tout ça. Oblige-la à sortir de la voiture et ensuite, tu la tues avant qu'elle ait le temps de comprendre ce qui se passe. Si tu ne veux pas aller jusqu'à Washington Park, va peut-être du côté de Midway. Les putes sont postées sur Cicero, entre la 47e et Archer.

— Une pute…

— Elles ont un avantage, elles montent dans la voiture de n'importe qui, elles suivent n'importe qui.

— Je ne sais pas trop…

— Fais-moi confiance. C'est ce qui est le plus logique. Il te faut un quartier avec un fort taux de criminalité plus ou moins abandonné par les flics, et tu veux choisir quelqu'un dont la disparition ne sera pas signalée. Ou, si elle est signalée, quelqu'un que les flics ne feront pas grand-chose pour retrouver.

— Je ne sais pas…, a-t-il répété mais il y réfléchissait, je le voyais bien.

— Tu sauras, ai-je dit. Fais-moi confiance, tu sauras.

— Mais après, une fois que je l'aurai tuée, il se passe quoi ?

— Tu me l'amènes. Tu peux mettre ta voiture dans mon garage. J'irai garer mon pick-up dans la rue. J'ai une grosse benne à ordures de deux cents litres avec des roues. On déplace le corps de ton coffre dans ma benne à ordures, puis on la rentre dans la maison et on la descend au sous-sol.

— Personne ne va rien remarquer ?

— Remarquer quoi ? C'est une poubelle. Je fais du boulot d'entretien dans le coin tout le temps. Ils ont l'habitude de me voir trimballer des trucs. Si quelqu'un pose une question, je dirai que des écureuils se sont à nouveau glissés dans les conduits d'aération et qu'ils ont abîmé l'isolation et qu'on va devoir l'arracher. Mais je te jure, personne ne va poser de question.

— Et après ?

— Après, on la découpe dans le sous-sol. On la vide de son sang, on la découpe en morceaux gérables, on évacue le sang dans la tuyauterie. On ira enterrer la carcasse dans un endroit que j'ai repéré. Je me dis que c'est une bonne idée de la sortir de la ville, alors on passera la frontière de l'État et on la balancera dans l'Indiana. Gary est un trou paumé avec un taux de criminalité encore pire que le nôtre, et leurs ressources policières représentent à peu près un dixième des nôtres, alors on enterrera la carcasse dans les marais là-bas. Comme ça, même si elle est découverte, il est encore moins probable qu'ils puissent remonter jusqu'ici.

Il a hoché la tête, très concentré.

— Quand est-ce que tu y vas ? ai-je demandé.

— Demain…

J'ai acquiescé.

— Je vais chercher le matos.

— Oh là là.

J'ai souri.

— J'avais bien l'impression que ce serait ce soir, mec. Dès que je t'ai entendu frapper à la porte. Je te connais. Je te connais bien, Ronnie.

Doucement, comme s'il était abasourdi par la vérité de cette affirmation, il a répondu :

— Je sais.

Je suis allé chercher le carton et je l'ai porté jusqu'à sa voiture. Il a ouvert le coffre.

— Il est grand, c'est bien, ai-je dit.

Il a déposé le carton dans le coffre.

— Bon sang, je suis tendu, a-t-il dit. Je tremble déjà.

— Je sais. Mais tout va bien se passer. Demain soir. Je t'attendrai. Ne te sers pas de ton portable. Pas d'appels, pas de SMS. Passe une soirée normale. Dis à Heidi que tu vas au cinéma. Va quelque part genre Logan Square, mange un morceau, puis va au cinéma et achète un billet. Sers-toi de ta carte bancaire pour qu'il y ait un relevé de tes achats, juste au cas où tu doives un jour donner la preuve de l'endroit où tu étais. Ensuite, discrètement, ressors et va dans le South Side, chopes-en une, tue-la, mets-la dans le sac mortuaire dans le coffre. Ouvre et dispose le sac à l'avance.

Il a pris une grande inspiration.

— Et après ?

— Après, tu me la ramènes.

20

Le soir suivant, il n'est pas venu.

Au bout de quelques heures, je me suis dit qu'il s'était dégonflé. J'ai passé l'essentiel de la nuit à guetter à la fenêtre. Même si je lui avais dit de ne pas appeler ni d'envoyer de SMS, je n'arrêtais pas de vérifier mon portable.

Rien.

Je suis monté dans mon pick-up pour aller voir s'il était encore chez lui, mais je ne voulais pas courir le risque de le manquer, alors j'ai attendu. Toute la nuit. J'ai gardé le Mossberg sur la table basse au cas où les flics viendraient taper à ma porte. Mais je n'étais pas inquiet. L'inquiétude est une maladie de femme, transmise de mère à fils, de femme à mari. Je ne tolère pas ça. J'étais assez réaliste, cependant, pour au moins envisager la possibilité que Ronnie ait foiré et qu'il se soit fait prendre. C'est pour ça que j'avais le pistolet. S'il s'était passé quelque chose, si la police de Chicago se présentait à ma porte, je voulais être prêt à les accueillir. Je n'avais aucune intention d'aller en prison.

J'avais perdu toute la nuit à attendre Ronnie, à regarder les informations, branché sur les scanners de la police. À attendre que le chien me ramène le lapin qu'il avait attrapé.

Rien.

Finalement, à environ cinq heures du matin, j'ai enlevé mes chaussures, revérifié toutes les serrures et je me suis allongé sur le canapé pour dormir un peu.

Quelques heures plus tard, j'ai été réveillé par le *ding* de mon portable.

"Suis blessé, écrivait-il. Faut que tu viennes."

Je lui ai répondu que je me mettais en route. Voilà. Un message tout simple. Je me mets en route. Je n'ai rien ajouté, pas posé la moindre question. Une partie de moi lisait les messages avec les yeux de flics et de procureurs. Jusque-là, rien de compromettant. Juste un gars disant à son ami qu'il était blessé et l'autre ami répondant qu'il venait donner un coup de main.

J'en ai chopé une à Humboldt Park, a-t-il gribouillé sur le bloc-notes qu'il utilisait pour communiquer.

— Je t'avais dit d'aller dans le South Side, ai-je fait observer.

Il a penché la tête. Il savait.

Je voulais une Blanche, a-t-il écrit.

J'ai secoué la tête.

— Voilà ce que ça te rapporte d'être raciste, Ronnie. C'était une pute, au moins ?

Non, j'en voulais une comme Heidi.

— Ça n'a plus d'importance, maintenant. Qu'est-ce qui s'est passé ?

J'ai lâché le couteau.
Elle l'a ramassé.
Et sais pas comment
Elle m'a blessé

Pour être honnête, j'ai eu une furieuse envie de me lever et de partir. Je n'avais jamais commis une telle erreur de jugement, jamais. Ronnie était aussi soumis qu'un chien, certes, mais certains chiens sont trop bêtes pour être dressés. Non seulement cet abruti était allé dans le mauvais quartier de la ville choisir le mauvais type de cible, mais il était tellement débile qu'elle l'avait presque tué.

— Elle t'a vu ? Est-ce qu'elle a pu te voir de près ?

Il a baissé la tête, ce con. À l'évidence, elle l'avait vu.

— Bon sang, mec. Où est mon couteau ? Où est mon sac mortuaire ?

Il a secoué la tête.

— Qu'est-ce que tu veux dire ?

Je ne sais pas, a-t-il gribouillé.

J'ai fermé les yeux quand j'ai lu ça.

— Qui t'a rafistolé ? Qu'est-ce qui s'est passé ?

Un type. Je ne sais pas.
J'ai cru que j'étais mort mais il m'a ramassé
M'a emmené chez un médecin. M'a recousu. M'a ramené à la maison.

— Et tu n'as aucune idée de qui était ce type ?

Il a secoué la tête.

— Est-ce que ta voiture est ici ?

Il a secoué la tête.

— Tu sais où elle se trouve ?

Il a secoué la tête.

— Alors mon matos est peut-être dans la bagnole. Le couteau et le sac.

Il a haussé les épaules.

— Que sait Heidi ?

Il a secoué la tête.

Je me suis penché sur lui.

— Ne secoue pas la tête quand je te pose une question, espèce d'abruti. Dis-moi. Écris. Dis-moi ce qu'elle sait.

Je ne lui ai RIEN dit.

J'ai réfléchi à tout ça pendant un moment. Ensuite, j'ai levé les yeux et je lui ai demandé :

— Qui est la femme ? Celle que tu as agressée ? Où est-ce que tu l'as chopée ?

W Augusta, près du parc. Une femme, au hasard. Je sais pas.

— Pourquoi elle n'a pas appelé la police ?

Il a secoué la tête.

J'ai ramassé les feuilles de papier, les ai déchirées avant de les jeter dans les toilettes, et j'ai tiré la chasse.

Puis je suis retourné auprès de lui.

— Il faut qu'on récupère ta voiture. Il faut qu'on retrouve le gars qui t'a ramassé. Et la femme que tu as agressée avant qu'elle décide d'aller en parler aux flics. Tu m'as laissé un beau merdier, Ronnie. Je n'apprécie pas du tout.

Il me regardait fixement, vaseux et faible et effrayé, quand la clé a tourné dans la serrure de la porte d'entrée.

— Ah, Mme Dunlap est rentrée, ai-je dit tandis que Heidi entrait dans la chambre avec un homme que je n'avais jamais vu.

Plus tard, une fois que Heidi et son nouveau protecteur sont partis, je suis resté à côté de Ronnie pendant un moment, à le regarder dormir, et à réfléchir à la situation délicate dans laquelle on se trouvait.

Pour commencer, il fallait que j'aille chercher la voiture de Ronnie et que je remette la main sur mon couteau et mon sac mortuaire. Je les avais nettoyés avec soin avant de les donner à Ronnie, m'assurant que le couteau ne garde aucune empreinte et que le sac ne comporte pas de cheveu ou de fibre provenant de moi. Et comme je n'avais pas laissé de trace de mes achats, je ne pensais pas qu'ils puissent être reliés à moi. Mais je ne voulais pas prendre le moindre risque. Il fallait que je m'en débarrasse.

Ensuite, il fallait que je fasse une petite enquête sur cet Owen. Owen Paul ? J'ai sorti mon portable et rentré le nom sur Google, sans obtenir quoi que ce soit d'utile. Ensuite, j'ai ajouté DÉTECTIVE PRIVÉ et j'ai obtenu ce que je cherchais.

Owen P-a-l-l. Il gérait un truc qui s'appelait Solutions de Sécurité du côté d'Irving Park. J'ai secoué la tête. Heidi avait dû l'embaucher pour suivre Ronnie.

— Qu'est-ce qu'il veut, ce type ? ai-je demandé au crétin à moitié endormi à ma gauche. Qu'est-ce qu'il sait ?

Ronnie continuait à inspirer de l'oxygène. J'ai eu soudain l'envie de l'étrangler là, sur son lit. Il avait fichu en l'air ce beau projet pour nous deux, il l'avait fichu en l'air avant même qu'il ait vraiment commencé. J'imagine que ça montre qu'aucun plan n'est infaillible. Il y aura toujours un idiot pour faire une connerie.

Je l'ai laissé dormir.

— Oh, je t'en prie, continue à dormir, lui ai-je dit. Laisse-moi m'occuper de ça.

Au moins, je savais maintenant qui était Owen Pall. Je m'occuperais de lui. Mais la femme de la ruelle, celle qui avait vu Ronnie et pouvait l'identifier, qui était-elle, bon sang ?

PARTIE 6 : SAMEDI-DIMANCHE

ALICE HARDY

21

Le lendemain de la soirée chez nous, je me suis réveillée avec la gueule de bois et un e-mail dans ma boîte professionnelle provenant de ma chef de département. Ma vie normale, que j'avais mise en pause depuis le plus longtemps possible, avait fini par me rattraper. Dans son e-mail, Shantell me remerciait d'avoir accueilli la soirée chez moi et demandait si je me sentais mieux ce matin. Vers la fin de son message, elle a eu la délicatesse de me rappeler que j'étais la suivante sur la liste des responsables du département de théologie, une responsabilité, écrivait-elle, dont elle avait toujours eu le sentiment que j'étais plus que prête à l'assumer. J'avais déchiffré assez d'e-mails d'universitaires pour savoir qu'entre les lignes de celui-ci, Shantell sous-entendait gentiment que je devais m'assurer que la rumeur selon laquelle j'étais devenue une alcoolique qui faisait des scènes lors des soirées ne se répande pas. Si c'était le cas, je pouvais dire adieu à la direction du département.

Je lui ai répondu en la remerciant pour son e-mail. Puis j'ai composé un message court, délibérément gai pour tous les invités, pour les remercier d'être venus la veille et m'excuser d'avoir disparu à la fin de la soirée, une absence que j'ai mise sur le compte d'une migraine récurrente. J'ai écrit à Larry un e-mail à part, court et léger, me moquant de moi-même, flattant son ego et m'excusant si j'avais dit des choses "stupides".

J'avais d'autres e-mails auxquels je devais répondre. Des questions d'un collègue à propos d'un symposium intitulé Organisation de la religion au XXIe siècle, que nous étions censés accueillir à St Ignatius l'année prochaine. Une demande de rendez-vous de la part d'un étudiant de mon cours sur Religion et Genre. Et un rappel des ressources humaines sur le fait que j'avais pris du retard dans ma formation obligatoire sur le harcèlement sexuel. Tous les enseignants, me rappelait le message, devaient effectuer le nombre d'heures prévu de la formation actualisée sur le repérage et le signalement des cas de harcèlement sexuel avant la fin du semestre.

La perspective de suivre un programme de formation en ligne sur le harcèlement sexuel alors que mon genou me faisait encore souffrir après l'agression dans une ruelle était une ironie trop grande. J'ai décidé que je m'occuperais de la formation plus tard. Je suis descendue.

Greg était dans son bureau. Typiquement le samedi, il rattrapait son boulot en retard. Il avait des copies à corriger, des articles à écrire, des e-mails à envoyer.

Sans dire un mot, je l'ai laissé tranquille et je suis allée dans le salon, où j'ai trouvé Tuck sur le canapé. Il portait un short et le T-shirt *Metropolis* de Fritz Lang que je lui avais acheté pour son anniversaire. Je lui ai dit :

— Mets ton blouson, on va au cinéma.

Il a levé les yeux de son téléphone.

— Maintenant ?

— Ouais, pourquoi pas ? Au Music Box, il y a un film avec Joan Crawford en matinée, à 11 h 30.

— Quel film ?

— *Le Masque arraché*. (Et comme je connaissais bien mon interlocuteur, j'ai ajouté :) En 35 mm…

Il a réfléchi, clairement tenté.

— Je ne sais pas trop. J'étais censé aller chez Julia.

— Amène-la. Je n'ai pas beaucoup vu Julia ces derniers temps. Allez, envoie-lui un message et dis-lui qu'on passe la chercher.

Et voilà comment Tuck, Julia et moi, on s'est retrouvés dans la salle obscure avec une poignée d'autres personnes, une heure plus tard. Le cinéma, c'était notre truc à moi et à Tuck. Son père gérait les abonnements aux matchs de base-ball ; je m'occupais du renouvellement de nos cartes de membres des amis du Music Box.

Le film était un mélodrame des années 1950, avec Joan Crawford qui jouait une femme qui n'épouse pas le bon mari, incarné par Jack Palance, qui décide de la tuer avec la complicité de sa petite amie. Les enfants semblaient bien aimer le film. Quant à moi, dès que le suspense a commencé à monter, j'ai réalisé que je n'étais pas d'humeur. Au moment de la scène la plus forte, alors que Palance poursuit Crawford dans les rues de San Francisco en essayant de la tuer, je me suis levée sans un mot et je suis allée attendre dans le hall.

Après la fin du film, Tuck est allé aux toilettes, et Julia et moi l'avons attendu sous le grand auvent violemment éclairé. La journée était fraîche et elle portait un manteau blanc orné d'une bordure en fourrure couleur caramel, un jean noir et des bottes fourrées. Ses cheveux ébouriffés étaient châtain clair et son visage, d'un rose vif. Comme toujours, elle ne me regardait pas. Julia était le genre d'adolescente qui semblait n'avoir jamais eu de conversation avec un adulte de toute sa vie.

— Tu as aimé ? ai-je demandé.

Elle a rougi. Elle avait toujours l'air surprise quand je lui adressais la parole.

— Mmm... ça va, a-t-elle dit avec un sourire. (Elle a plissé le nez.) Un peu kitsch, non ? Tuck aime bien les vieux films, les trucs un peu excessifs.

— C'est à moi qu'il le doit, je crois, ai-je dit.

Elle a haussé les épaules et a sorti son portable, un signe que notre conversation était terminée.

J'ai hoché la tête. Pour ce qui était de créer des liens avec la petite amie de Tuck, on pouvait repasser.

J'ai déposé les enfants chez Julia, puis je suis rentrée.

Greg était en train de travailler dans son bureau.

— Salut.

— Salut, a-t-il répondu, les yeux faisant des allers-retours entre deux livres ouverts sur son bureau et un graphique en 3D sur son écran d'ordinateur. Comment ça s'est passé ?

— Bien. Julia m'a dit à peu près trois mots.

— Eh bien, ça n'est pas tellement surprenant, a-t-il dit en tournant une page d'un des livres. La conversation avec ses aînés ne semble pas être son point fort.

— Sur quoi tu travailles ?

— Oh, tu sais, toujours les mêmes trucs. (Il a levé les yeux vers moi.) Je pourrais t'expliquer mais ensuite, je serais obligé de te réanimer.

— J'adorerais, ai-je répondu.

Il a hoché la tête.

— Tu vas bien ?

Son ton de voix impliquait quelque chose comme, *Parce que si tu n'as besoin de rien, je devrais vraiment retourner à…*

— Ouais. Faut que j'aille bosser, moi aussi.

Il a levé de nouveau les yeux vers moi. Il n'a pas dit, *Tu nous as mis dans une situation gênante hier soir avec ton comportement inapproprié, mais je n'ai ni le temps ni l'envie d'en discuter maintenant, alors s'il te plaît, laisse-moi tranquille.* Il s'est contenté d'un petit signe de tête.

— OK, a-t-il fait.

Je me suis dirigée vers la porte.

— Hé… comment va le genou ?

Je me suis retournée.

— Comment va le genou ?

— Ouais.

— Il fait toujours mal.

— Il faut que tu mettes de la glace.

— D'accord.

Il n'a rien répondu à cela. Il a tourné une autre page d'un de ses livres, a calé son menton dans sa main et a repris sa lecture.

Dans la cuisine, j'ai mis des glaçons dans un sac congélation et je l'ai emporté à l'étage. Ensuite, je me suis assise sur mon lit, j'ai posé la glace sur le genou et mon ordinateur portable sur mon oreiller. J'ai ouvert ma boîte mail professionnelle et immédiatement, j'ai repoussé l'ordinateur.

Mon fils, mon mari, mon boulot. Je ne pouvais me concentrer sur aucun de ces sujets. Ma famille et ma carrière, les deux piliers de mon identité n'avaient jamais paru aussi lointains. Je pouvais emmener mon fils au cinéma. Je pouvais envoyer des e-mails à des collègues. Et alors ? Quel sens cela avait-il ?

Je ne pouvais penser qu'à lui.

L'homme de la ruelle.

Il m'avait regardée comme s'il m'avait haïe toute sa vie. Comme si j'allais payer pour ce que je lui avais fait.

Peu importait à quel point c'était fou. Peu importait que je sois une inconnue – encore moins que j'aie une vie, une famille, une carrière, que j'aime lire, que j'aime m'asseoir dans une salle obscure et chuchoter des trucs sur des vieilles stars de cinéma dans l'oreille de mon fils.

Rien de tout cela n'importait pour l'homme de la ruelle. Il avait décidé que j'étais celle qui devait payer pour tout ce que le monde lui avait fait.

Je me suis adossée à mes oreillers et j'ai ajusté la glace sur mon genou. J'ai essayé de faire ce que je faisais sans arrêt depuis jeudi soir. J'ai essayé de penser à autre chose, n'importe quoi en dehors de cet homme – cet homme horrible, brisé, fou.

Mais je n'y arrivais pas.

22

JE pensais encore à lui le lendemain matin quand je me suis réveillée en grinçant des dents, les poings serrés.

Comment as-tu pu le laisser s'en sortir ? La police était juste là. Tout ce que tu avais à faire, c'était lever le bras. Mais tu t'es cachée…

Je m'étais cachée dans l'ombre. Je m'étais cachée pour protéger ma vie, ma famille, ma réputation.

Mais après avoir essayé de cacher ce qui s'était passé dans cette ruelle, une chose plus terrible encore s'était passée, une chose à laquelle je ne m'attendais pas.

Ça avait marché.

J'étais rentrée chez moi, je m'étais couchée et quand je m'étais réveillée le lendemain, ma vie n'avait pas changé du tout. Mon fils, mon mari, mes amis, mes collègues. Ils n'avaient pas changé. Tout ce qui avait changé, c'était moi. J'avais sauvé ma vie, mais à présent, j'étais trop en colère pour la vivre.

Maintenant, la seule chose sur laquelle je parvenais à me concentrer, c'était l'homme de la ruelle.

Qui était-il ? Pourquoi m'avait-il fait ça, à *moi* ?

Voilà ce que je voulais lui demander, ce que je voulais lui hurler à la figure : *Pourquoi moi ?*

Près de moi, Greg serrait un oreiller contre lui, endormi sur le côté. J'ai regardé l'heure sur mon portable. À peine sept heures. Sortant du lit, j'ai essayé de ne pas faire de bruit tandis que je clopinais jusqu'à la salle de bains. Après avoir fait pipi, je suis allée dans la douche et j'ai savonné mon corps meurtri. Les égratignures sur mes mains étaient sensibles à la chaleur de l'eau, et si le gonflement de mon genou avait diminué, les hématomes viraient au violet vif. La plus vilaine marque que j'avais sur le corps remontait à des dizaines d'années ; c'était une entaille, petite mais profonde, que je m'étais faite au sein gauche en tombant d'une barrière en colonie de vacances, quand j'avais quatorze ans. Le pire dans cette blessure avait été la gêne, le fait que mes seins à peine formés étaient devenus un sujet de conversation parmi tous les élèves et les moniteurs. Je me demandais si mon genou garderait une cicatrice similaire, une petite marque indélébile de ce qui m'était arrivé dans la ruelle.

Pendant que je m'habillais, Greg s'est réveillé, s'est retourné et a attrapé son portable.

— Bonjour, ai-je dit en enfilant mon jean.

— Bonjour, a-t-il répondu en faisant défiler les titres des informations.

— Je vais à la bibliothèque aujourd'hui ; j'ai des recherches à faire pour mon article pour *New Testament Studies*. Je suis en retard et il faut vraiment que je passe du temps dans les archives.

— OK. Quand est-ce que tu rentres ?

— À temps pour le dîner. Avant de partir, je sortirai les côtes de porc du congélateur pour qu'elles dégèlent. On pourra les manger avec des choux de Bruxelles.

— OK.

Apparemment un article avait retenu son attention ; il avait arrêté de scroller et commencé à lire.

— Hé, ai-je fait.

— Mmm ?

Il n'a pas levé les yeux.

Je l'ai dévisagé. Au bout d'un moment, il a posé le téléphone. Il m'a regardée à son tour et j'ai réalisé qu'il était toujours furieux à cause de vendredi soir. Peut-être attendait-il que j'aborde le sujet, que je présente des excuses. Peut-être que je voulais qu'il me demande ce qui n'allait pas, qu'il exprime de l'inquiétude plutôt qu'un jugement. Quoi qu'il en soit, nous étions tous les deux agacés parce que l'autre ne disait rien. La différence entre nous était que son agacement disparaîtrait à la seconde où je partirais. Je savais que dès que je sortirais de la chambre, il reprendrait son portable et retournerait à sa lecture.

— Oui ? a-t-il fait.

J'ai pris une inspiration.

— Il faut que tu vérifies que ton fils envoie un e-mail au gars de l'Office of Student Living à USC.

— OK.

— Il faut qu'il s'en occupe aujourd'hui. Cela aurait dû être fait la semaine dernière. Nous sommes tous d'accord que c'est à lui de s'investir pour s'installer là-bas. C'est sa responsabilité. À lui de nous rendre des comptes.

Greg a levé un pouce.

— Je m'en charge.

J'ai acquiescé. Son pied dépassait de sous les draps. Je l'ai tapoté.

— À ce soir.

— Bon courage pour tes recherches, a-t-il dit en reprenant son portable.

Même si j'étais censée aller à St Ignatius, je me suis dirigée vers chez Jason. Pas pour le voir, certainement pas. Je redoutais même de tomber sur lui. Mais je devais retourner inspecter la ruelle. Peut-être que si je l'examinais assez à la lumière du jour, je la verrais différemment. J'étais fatiguée de la voir comme un gouffre sombre.

Je suis arrivée, je me suis garée et je suis sortie de ma voiture. En traversant la rue, j'ai noté avec un certain soulagement que le pick-up de Jason n'était pas là. La matinée était claire et ensoleillée et se réchauffait rapidement. Le sommet de la Hancock Tower était visible à près de huit kilomètres de distance. La circulation n'était pas très dense sur Humboldt Boulevard.

Je suis allée jusqu'à la ruelle. Rien n'avait changé depuis la veille, bien entendu. Les mêmes nids de poule émaillaient le même sol en béton sale. L'entrée de la ruelle, toujours plus étroite que dans mon souvenir, était encadrée d'un côté par le mur en brique d'un immeuble d'habitation et le mur latéral d'un garage à l'arrière d'une maison individuelle.

J'ai refait le trajet jusqu'à la porte en verre de l'immeuble et j'ai jeté un coup d'œil aux boîtes aux lettres. Six appartements. Les noms des locataires étaient écrits à la main sur des petits morceaux de papier collés à côté des sonnettes. La plupart d'entre eux étaient seulement des noms de famille : Lambertson, Kellar, Orts, Neybert, Sise.

J'ai sonné partout. Aux deux premiers, personne n'a répondu. Le troisième a répondu, d'une voix irritée qui s'est contentée de crachoter d'une façon incohérente.

— Bonjour, ai-je dit. J'espérais que vous pourriez m'aider…

La voix a crachoté de nouveau et la communication a été coupée. J'ai réessayé, mais personne n'a répondu.

Je suis passée au nom suivant. Neybert. Pas de réponse.

J'ai essayé Sise et j'ai entendu une porte s'ouvrir. À travers le verre épais, j'ai vu un type impressionnant approcher dans le couloir faiblement éclairée en marcel, caleçon et chaussons.

Il a ouvert la porte et a passé sa tête.

— C'est vous qui sonnez chez tout le monde ?

— Oui, je suis désolée. J'espérais…

— Il est huit heures et demie du matin, madame. Nous sommes dimanche. Les gens sont couchés.

— Je sais, je suis désolée. J'espérais pouvoir vous poser une petite question.

Il a soupiré.

— Vaudrait mieux que vous ne soyez pas Témoin de Jéhovah.

— Je ne le suis pas.

— Ou un représentant de l'autre type qui veut se faire élire au conseil municipal.

— Je ne représente personne. J'essaie juste de savoir si vous avez entendu ou vu quelque chose d'étrange jeudi soir.

— Bon sang, madame. Il est huit heures et demie, dimanche matin. C'est le seul jour où je peux dormir un peu.

Avant que j'aie le temps de répondre à ça, il m'a fermé la porte au nez et il est reparti dans le couloir à petits pas.

Il restait un nom, écrit à la main à l'encre violette : Aoife Murphy.

J'ai appuyé sur la sonnette.

— Bonjour, a grésillé une voix jeune, au bout d'un moment.

— Bonjour, ai-dit en m'efforçant de cacher ma frustration et ma déception. J'espérais pouvoir vous poser une petite question, à propos du quartier…

— Hum, je suis sur le point de partir bosser, a-t-elle dit. Attendez-moi en bas, je serai là dans une minute.

Elle est sortie dix minutes plus tard, une fille brune, aux yeux verts, en tenue d'infirmière marron. Elle avait dû sortir de l'école un an ou deux auparavant ; elle portait des baskets blanches, et un sac à dos en vinyle rose était passé sur une épaule. Elle m'a instantanément rappelé certaines des élèves infirmières que j'avais eues dans mes cours ces dernières années.

Elle m'a lancé un grand sourire.

— Alors, vous vouliez savoir des choses sur le quartier ? a-t-elle dit en glissant ses clés dans une poche de son sac à dos. Vous envisagez d'emménager dans le coin ?

— Euh non, pas exactement. Je me demandais si vous étiez chez vous jeudi soir.

Son front lisse s'est plissé.

— Jeudi ? Non. Pourquoi ?

J'ai hésité. Je ne voulais pas l'effrayer, qu'elle ait peur de sortir de son appartement, mais il me semblait qu'elle devait savoir.

— J'ai été agressée ici l'autre soir.

Elle s'est penchée vers moi.

— Oh mon Dieu. Où ?

— Ici, juste là, ai-je dit en désignant la ruelle. Un homme est sorti d'un bond de cette ruelle alors que je marchais dans la rue.

Ma voix s'est brisée quand j'ai prononcé les mots et je me suis reprise. *Ne pleure pas devant cette pauvre fille. Tu ne vas faire que l'effrayer davantage.*

— Mon Dieu, a-t-elle fait.

Elle a jeté un coup d'œil du côté de la ruelle comme s'il pouvait y avoir encore une preuve flagrante de l'agression, un truc géant, évident, qu'elle n'avait pas remarqué en passant. Quand elle m'a regardée à nouveau, elle m'a demandé :

— Et vous n'avez rien ?

— Non, ça va. Enfin, je veux dire, je n'ai pas été blessée physiquement.

— Qu'est-ce qui s'est passé ?

— Il est parti. Je crois que je l'ai blessé. Il y a eu lutte mais je lui ai arraché son couteau et je pense l'avoir blessé.

Elle a porté sa main à sa bouche.

— Oh mon Dieu, a-t-elle répété. Jeudi soir, vous avez dit ?

— Oui.

— Qu'est-ce qu'a dit la police ?

J'ignorais comment répondre à ça. Je ne savais pas comment lui dire que je n'avais pas informé la police. J'ai juste dit :

— Ils sont dessus.

— Eh bien, j'aurais bien aimé vous aider, mais je travaillais jeudi soir.

— Je vois. Mais vous n'avez rien entendu ? Aucun de vos voisins n'a dit qu'il avait entendu quelque chose ce soir-là ?

Elle a secoué la tête.

— Non, je suis désolée. Personne ne m'a rien dit. (Elle a sorti un portable de sa poche et a regardé l'heure.) Écoutez, je vais rater mon bus. Il faut que j'y aille.

— Bien sûr. Merci de m'avoir répondu.

J'ai été surprise quand elle s'est avancée pour me serrer dans ses bras. Je suis restée plantée là et je l'ai laissée faire.

— Je dirai une prière pour vous.

J'ai senti comme un sourire se dessiner sur mon visage.

— Vous êtes adorable.

Là-dessus, Aoife Murphy m'a souhaité bonne chance et elle est partie travailler.

Une fois qu'elle a été partie, emportant sa fébrilité avec elle, j'ai rôdé devant les appartements pendant un petit moment. Tandis que j'étais là, seule maintenant, l'immeuble me paraissait grand, froid et indifférent.

Je me suis retournée vers la ruelle et j'ai avancé vers le garage en brique grise de l'autre côté. Il avait été construit au fond d'un jardin clôturé, derrière ce qui ressemblait à un spacieux ensemble de deux appartements. J'ai senti une odeur de cigarette. La porte du garage donnait sur la rue et je suis passée devant pour inspecter le jardin. À ce moment-là, j'ai découvert un homme âgé bedonnant assis dans une chaise en plastique, appuyé contre le garage, en train de fumer. Il m'a dévisagée comme s'il m'attendait depuis un moment.

Il a dit :

— Je parie que vous cherchez la voiture qui était garée ici l'autre soir.

23

J'ai bafouillé :

— Quelle voiture ?

Ce n'était pas l'entrée en matière la plus élégante, mais c'est ce qui est sorti de ma bouche.

— Celle qui était garée ici jeudi soir. (Il a secoué la tête.) Il s'est passé un truc dingue cette nuit-là.

J'ai attrapé le bord supérieur de la clôture.

— Si vous étiez ici jeudi soir, je voudrais vraiment vous parler. C'est très important.

L'homme était arrivé au bout de sa cigarette ; il s'est penché et l'a lâchée dans le goulot d'une bouteille de bière, déjà pleine de mégots. La bouteille neuve à côté, elle, était pleine de bière, à huit heures et demie du matin. L'homme l'a ramassée avant de se lever et d'entrer dans son garage. Au bout d'un moment, j'ai entendu la porte se déverrouiller et il l'a ouverte.

À l'intérieur se trouvait un banc de musculation et un assortiment d'haltères, un tapis de course, une barre fixe pour des tractions et un impressionnant assortiment de baffles.

Le vieil homme s'est frayé un chemin entre les appareils de sport en marmonnant, et en grattant son crâne chauve. Il portait un T-shirt moulant noir à l'effigie des White Sox et un jean. Il est arrivé sur le trottoir à pas traînants dans une paire de chaussons marron sales.

Il a frotté son ventre sans me regarder.

— Qu'est-ce que vous voulez savoir à propos de jeudi soir ?

— Vous étiez chez vous ce soir-là ? Tard, vers dix heures ?

— Bien sûr. Où je pourrais être d'autre ? D'après vous, j'ai une vie sociale débridée ?

— Est-ce que vous avez entendu quelque chose ?

— Nan.

Il ne me regardait toujours pas. Il a bu une gorgée de bière.

— OK, mais vous, vous avez vu quelque chose ?

— J'ai vu une Ford Taurus grise garée là ce soir-là. Un gars l'a laissée là. Je l'ai remarquée parce que personne n'est censé se garer ici, ça bloque l'accès de notre garage. Je ne fais pas trop chier sur le sujet, parce que mon beau-fils, il stocke son matériel de muscu là-dedans. Alors on ne se sert pas du garage pour les voitures, mais quand même, personne n'est censé se garer ici.

— Est-ce que vous avez vu l'homme qui a garé la voiture ?

— Pas très bien. J'étais dans la pièce à l'arrière et j'ai regardé par la fenêtre, et j'ai vu un homme sortir de la voiture. Il faisait noir et j'étais dedans et je ne l'ai vu qu'une seconde. Alors, je ne l'ai pas bien vu. C'était juste un type. Genre costaud. Il avait un sweat à capuche. C'est à peu près tout ce que je peux vous dire.

J'ai eu le souffle coupé quand il a mentionné le sweat.

J'ai dévisagé le vieil homme, ou plutôt, j'ai fixé le côté de sa tête. Il ne m'avait pas regardée dans les yeux depuis qu'il était sorti de son jardin.

— Plus tard, a-t-il dit en sirotant sa bière, je sors fumer – mon beau-fils, il aime pas que je fume dans la maison et il paie le loyer alors je le laisse imposer sa loi –, donc je sors fumer et la voiture a disparu. OK. Alors je me dis : "Bien, il est parti." Mais après, je ne sais pas quand, peut-être vingt ou trente minutes plus tard, la voiture est revenue. J'ai vu un type la garer exactement là où elle était avant, pile devant notre foutu garage, et ensuite, il s'est barré en courant. *En courant*. Il est monté dans une autre voiture et il est parti.

— C'est un peu étrange.

— Et ce que je trouve encore plus étrange, c'est que je n'ai pas l'impression que c'était le même type. Celui-là avait l'air plus petit et il n'avait pas de sweat à capuche.

J'essayais de comprendre la portée de ce qu'il racontait, quand le vieil homme a toussé et s'est raclé la gorge.

— Vous voulez entendre un truc encore plus bizarre ?

— Oui.

— Le lendemain, j'étais assis là et un autre type est venu récupérer la voiture. Celui-là, je l'ai vraiment bien vu parce que j'étais juste ici. (Il a désigné son jardin.) Et je me suis engueulé avec lui. Je lui ai dit : "Hé, vous pouvez pas vous garer ici."

— Qu'est-ce qu'il a répondu ?

— Il a dit qu'il récupérait la voiture pour un ami. Et je le crois, parce que je suis certain que ce n'était pas le même gars que j'avais vu la nuit d'avant.

— Vous voulez dire, c'était un troisième homme ?

— Ouais, comme dans le vieux film. Mais sans la cithare.

Il a ri, toussé et a bu une nouvelle gorgée de bière.

— Alors, juste pour être sûre : vous avez vu un grand costaud dans un sweat à capuche garer sa voiture devant votre garage à environ dix heures jeudi soir. Un peu plus tard, vous avez regardé et vous avez remarqué que la voiture était partie. Puis vous avez vu un autre homme ramener la voiture, partir en courant et monter dans une autre voiture avant de filer. Puis le lendemain, vendredi, vous avez vu un troisième homme revenir récupérer la voiture.

— Ouaip, c'est bien ce qui s'est passé.

— Et à quoi ressemblait ce troisième type ?

— Je sais pas, a dit le vieux en haussant les épaules. C'était juste un type.

— Blanc ?

— Ouais.

— Grand ?

— Pas vraiment. À peu près aussi grand que moi, donc dans les 1,75 m.

— Jeune ?

— Ben, tout le monde me semble jeune maintenant. (Le vieil homme a soupiré, capitulant devant ma demande d'une vraie description.) Il devait avoir une trentaine d'années. Il portait des lunettes, une salopette et des rangers. Il avait des cheveux bruns courts et avec ses rangers, il avait une dégaine militaire, pour moi.

— Est-ce que l'un des hommes que vous avez vus était blessé ? À la gorge, peut-être ?

— Blessé ? Non. Pas quand je les ai vus, en tout cas.

— Est-ce que vous seriez capable de les identifier ?

— Le type avec les lunettes à qui j'ai parlé, oui. Les deux autres, sûrement pas.

— Et quel est votre nom, monsieur ?

Il s'est tourné pour me regarder, pour la première fois. Il avait des yeux fatigués d'un brun doré, clairs et injectés de sang à cause de l'alcool, et il avait une barbe de trois jours grise.

— Je m'appelle Glen. Glen Samuels.

— Eh bien, merci de m'avoir parlé, monsieur Samuels.

— Comment vous vous appelez, m'dame ? a-t-il dit en me tendant la main.

— Alice, Alice Hardy.

J'ai pris la main tendue. Sans la lâcher, il a dit :

— Je vous ai entendue dire à l'infirmière d'à côté que vous aviez été agressée. C'est vrai ?

— Oui.

— J'ai cru vous entendre dire que vous aviez appelé les flics.

Doucement, j'ai retiré ma main.

— Oui.

Il a haussé les épaules.

— J'ai pas entendu d'agression, mais je l'ai peut-être manquée, sûrement même. J'étais dans ma chambre, en train de regarder les Cubs se faire dézinguer. J'adore regarder les Cubs se faire dézinguer. Mes deux équipes préférées sont les White Sox et les adversaires des Cubs, quels qu'ils soient. Donc, c'était la fête. Il a levé sa bouteille pour indiquer quelle forme avait prise la fête de cette soirée-là.

— Et j'étais probablement un peu cuit, mais je suis presque sûr que la police n'est pas venue ce soir-là.

Je ne savais pas quoi répondre à ça, alors je n'ai rien dit.

Glen Samuels s'est à nouveau détourné de moi, fouillant la rue du regard comme s'il cherchait quelque chose.

— Je suis presque sûr qu'ils ne sont pas venus, même après. Pas ces derniers jours, en tout cas.

— Je n'ai pas encore prévenu la police, ai-je reconnu. Je n'ai pas su comment le dire à votre voisine.

Il a acquiescé et porté la bière à sa bouche.

— On dit que la plupart des crimes ne sont pas signalés. Je sais pas comment ils sont au courant si les gens ne les signalent pas. Mais bon, je veux bien le croire. Les gens ont leurs raisons de ne pas parler, parfois, je suppose. Et personne n'aime parler aux flics. Mais je vais vous dire, m'dame, si vous m'envoyez la police, je leur raconterai ce que j'ai vu.

Je suis allée jusqu'à St Ignatius et je me suis garée dans le parking. Ensuite, j'ai marché jusqu'à la bibliothèque, j'ai passé mon badge personnel à l'entrée, et je suis descendue au niveau des archives. Au sous-sol, il y a tout un labyrinthe silencieux de box individuels grillagés, baigné dans une lumière douce, et des bibliothèques du sol au plafond. J'avais un poste qui m'était réservé, avec un bureau et une chaise, dans le département sur les fondements de l'éthique et les pratiques religieuses de l'antiquité. C'était l'endroit où je préférais me perdre, me réfugier dans l'ombre loin de ma vie ordinaire. Je m'étais cachée ici de nombreuses fois par le passé, pour fuir Greg et Tuck, mon boulot, les étudiants avec leurs questions, les demandes de l'administration et les exigences du service. Je m'y étais même cachée au début de ma liaison avec Jason.

Maintenant, assise dans mon box, je n'ai pas sorti mon ordinateur, je n'ai pas sorti de volumes familiers des étagères. J'ai pris mon téléphone, ouvert l'application Notes et enregistré quelques éléments :

> Notes sur Glen Samuels :
> – A vu trois hommes
> – 1er homme a laissé la voiture (Ford Taurus)
> o Cet homme était grand, portait un sweat à capuche
> – 2e homme l'a rapportée ensuite
> o Pas de description
> – 3e homme l'a récupérée
> o Blanc, approx. 1,75 m, dans les 30 ans, lunettes, rangers, salopette, cheveux bruns courts, peut-être militaire ?

OK. Trois hommes dans la ruelle. Une voiture qu'on déplace. Puisqu'un seul homme m'a agressée, ses amis devaient être à proximité, en train d'attendre dans la voiture.

Mais Samuels n'a jamais dit qu'il avait vu ces trois hommes ensemble. Peut-être qu'il y avait seulement deux hommes dans la voiture. Celui qui m'a agressée, et son ami qui l'a emmené à l'hôpital. Mais pourquoi ramener la voiture ? Ils ne pouvaient pas savoir que je ne contacterais pas la police. Pourquoi ramener la voiture sur la scène de crime, pour envoyer le troisième homme la récupérer le lendemain ?

J'ai entendu une porte grincer quelque part au loin. Deux filles qui riaient et plaisantaient.

— Mon Dieu, a dit une fille, regarde cet endroit. On se croirait chez Dracula…

Son amie a rigolé :

— Mais où est la philo, putain ?

Leurs rires se sont estompés quand elles se sont éloignées. Puis une autre porte s'est ouverte, et elles ont disparu.

Bien que le calme et le silence soient revenus aussitôt, l'intrusion soudaine des filles était un rappel criant de l'endroit où je me trouvais et de la raison pour laquelle j'y étais, le plus souvent. Étudier des textes anciens était ma profession. Je gagnais ma vie en écrivant des articles, en donnant des conférences et en corrigeant des dissertations. J'arrivais tout juste à obtenir de mes étudiants qu'ils rendent leurs travaux à la date prévue, comment étais-je censée identifier un criminel ? Déterminer qui exactement avait commis le crime de la ruelle à l'intersection de West Augusta Boulevard et Humboldt Boulevard était hors de mes compétences. Et si, par miracle, je découvrais qui étaient cet homme et ses complices, comment je ferais ?

Arrête de te torturer. Contente-toi d'admettre la vérité. Raconte à Greg ce qui s'est passé. Dis-le à Tuck. Ensuite, va voir la police. Arrête d'être aussi lâche.

J'ai repris mes notes sur Glen Samuels. Je les ai regardées fixement, je les ai lues, plusieurs fois.

Trois hommes, une voiture garée près de la ruelle.

Un des hommes correspondait à la description de mon agresseur. Le type costaud avec le sweat à capuche. Il était là, quelque part, l'homme qui m'avait fait ça. J'avais failli le tuer dans cette ruelle. J'étais presque sûre de ça maintenant. Avait-il prévu de me mettre dans la voiture ? De m'emmener quelque part ? Mais ces deux autres hommes. Qui étaient-ils ? Comment étaient-ils reliés à tout ça ?

PARTIE 7 : SAMEDI-LUNDI

OWEN PALL

24

DIMANCHE soir, je me suis versé du café et j'ai mis le disque *Alone*.

Judy chantait :

I'll go…

I'll go…

I'll go my way by myself

This is the end of romance

I'll go my way by myself, love is only a dance

Je me suis assis devant l'ordinateur. Dean m'avait inculqué l'importance de tenir des notes détaillées pendant une enquête, à la manière d'un policier. On ne savait jamais ce qui pouvait s'avérer utile plus tard au cours de l'investigation, et on ne pouvait faire confiance à sa mémoire, alors il valait mieux ouvrir un dossier d'emblée et y ajouter de la matière au fur et à mesure. Étant donné la nature explosive de ce dossier particulier, je l'avais protégé avec un double chiffrage et planqué sur un disque dur externe que je gardais enfermé dans le coffre quand je ne m'en servais pas.

J'ai ouvert un nouveau dossier. Je l'ai intitulé HARDY. Dedans, les fichiers s'appelaient HARDY & BABBITT et DUNLAP.

J'ai créé un nouveau fichier : REID. J'ai commencé à noter ce que j'avais découvert pendant le week-end.

Erik Thomas Reid avait trente et un ans. Il habitait dans une maison à un étage à Greystone, au 1627 W Golden Grove Avenue, où il logeait depuis deux ans. Avant ça il avait vécu brièvement avec sa belle-mère à Pilsen, après avoir été renvoyé de l'armée.

Normalement il est difficile de mettre la main sur le dossier militaire de quelqu'un quand on n'appartient pas à la famille, mais je connais un type appelé Rob Wysocki au National Personnel Records Center à St Louis, et il m'a donné un coup de main. Wysocki aime bien les gadgets, et j'étais tout à fait prêt à le corrompre avec un des drones que j'ai en stock, mais heureusement pour moi, c'est aussi le genre de type qu'on n'a pas vraiment besoin de corrompre. Il va te sortir un dossier introuvable juste pour te montrer qu'il en est capable.

Ce que j'ai appris par Wysocki, c'est qu'Erik Reid avait été renvoyé de l'armée pour blâme. Même si un renvoi pour blâme n'est pas tout à fait aussi punitif qu'un renvoi pour déshonneur, Reid était, pour utiliser une expression tirée de la nomenclature non officielle de l'Armée des États-Unis, une ordure.

Plus spécifiquement, c'était un sale pervers. Il avait été officiellement réprimandé en trois occasions pour attention non souhaitée envers un membre du personnel féminin. C'était un harceleur, en gros. Plusieurs fois, il avait fait une fixation sur des femmes avec qui il travaillait ; il les suivait, les appelait en laissant des messages douteux. Il semblait possessif et potentiellement violent.

Wysocki disait que les rapports devenaient plus vagues à mesure qu'ils se rapprochaient de la date du renvoi de Reid.

Il s'était comporté de manière inappropriée avant, mais ensuite un "incident" entre lui et une première classe, Liz Rusnok, l'avait conduit à se faire virer de l'armée. Wysocki ne savait pas quelles étaient les circonstances de l'incident, mais il a dit que ce n'est jamais bon signe quand l'armée se donne la peine de refuser la mention honorable.

Quand j'ai réussi à retrouver Liz Rusnok en fin d'après-midi samedi, elle était absolument ravie de me parler de l'incident entre Reid et elle. Elle vivait dans une petite maison à bardeaux au bout d'un chemin de terre à environ deux heures et demie à l'ouest de Chicago, juste après Galena. Un drapeau américain effiloché, dont les couleurs passées étaient devenues marron et grises, flottait dans la brise au coin de son porche modeste. Quand je suis arrivé, Liz était dans son jardin en train de fumer de l'herbe en peignant des nichoirs.

Dès que je lui ai eu expliqué que j'étais un détective de Chicago qui cherchait à s'informer sur les antécédents d'Erik Reid, elle a fait :

— Oh, ce salopard. Eh bien, la première chose à savoir c'est que c'est un putain de psychopathe. Vous le saviez ? Il a essayé de me tuer.

— Mon Dieu, vraiment ?

Chaque détective a son propre style d'interrogatoire, mais j'avais appris ma technique de Dean. Il me disait : "La meilleure manière de parler aux gens, c'est de faire comme si t'abordais ton voisin dans un bar. Le truc dans les polars où le type fait le malin et insulte tout le monde, c'est sympa à lire, mais ça ne marcherait jamais dans la vraie vie. Les gens réagiraient soit en se refermant comme une huître, soit en te disant d'aller te faire foutre. Tu n'arriverais jamais à rien.

Le truc à ne pas oublier, c'est que tout le monde a envie de parler, et si tu leur prêtes une oreille compatissante, la plupart du temps, ils t'en diront plus que ce que tu veux savoir."

— Ouais, je vous jure, a dit Liz Rusnok.

Elle portait un débardeur trempé de sueur et un pantalon baggy, avec un bandana noir sur les cheveux, qui ne semblaient pas être bien épais.

— Qu'est-ce qui s'est passé ?

Elle s'est écroulée sur une chaise de jardin violette et m'a fait signe de m'installer dans le siège voisin. Un morceau de hip-hop que je ne connaissais pas sortait d'un téléphone portable posé sur un seau retourné derrière elle. Quand je me suis assis, elle a sorti un Zippo chromé et une pipe en verre rouge, blanc et bleu.

— Quel salopard…, a-t-elle marmonné en allumant sa pipe.

Elle a bouillotté quelques instants pendant qu'elle tirait dessus.

— Qu'est-ce qu'il vous a raconté sur moi ?

— Rien. J'ai appris l'incident par quelqu'un d'autre.

— Qui ?

— Liz, je ne vais pas vous mentir. J'ai eu accès à son dossier militaire. J'ai vu qu'il avait été renvoyé pour blâme. Votre nom apparaissait dans une plainte. Le rapport disait que la plainte avait été "résolue".

— *Résolue*, a-t-elle ricané. Ce salopard aurait dû être plaqué contre un mur et fusillé.

— Qu'est-ce qu'il a fait ?

Elle a soupiré.

— Je ne l'appréciais pas, déjà. Il n'y avait pas de "relation", contrairement à ce que les gens ont pu dire. Je ne l'ai jamais aimé, mais en même temps, personne ne l'aimait. Erik est un connard. Un monsieur-je-sais-tout, sexiste, intolérant, une brute. Le genre de connard que même les autres connards n'aiment pas. Il est… en colère. Bizarrement en colère. Il est furieux contre le monde, le monde entier. Surtout les nanas. Je veux dire, j'ai jamais rencontré un mec qui haïssait les nanas à ce point.

“Alors je l'évitais. Mais un soir… un soir, je me suis sentie seule. Je n'ai pas envie de détailler. Il y a un autre type dans l'histoire et il n'y a aucune raison de le mêler à ça. Disons que j'étais contrariée. Je me sentais seule. J'avais trop bu. On n'était pas censés avoir de l'alcool, mais j'avais réussi à en trouver *et*… bref. Comme j'ai dit, j'étais contrariée, seule et bourrée. Et je ne tiens pas l'alcool. C'est une partie importante de l'histoire. C'est pour ça que je suis passée à l'herbe. Je ne peux pas boire. Mais ce soir-là, j'étais bourrée et je me suis dit : *Putain, je vais me faire ce mec. Je ne l'aime pas, mais il n'est pas moche et là, je me déteste, et je veux m'avilir, alors pourquoi pas ?* C'était à ça que je m'attendais quand on est allés dans cette tente, mais quand on s'est couchés, il a défait le lacet de sa chaussure. Je n'oublierai jamais. Très calmement, il a défait son lacet, il l'a complètement enlevé et ensuite, il l'a passé autour de mon cou. Et faut que vous compreniez, on peut tout à fait utiliser des lacets ordinaires, mais ça, c'était le lacet d'une ranger spécial climats désertiques, OK ? C'est de la fibre ultrarésistante conçue pour durer, durer dans le désert. Alors quand je vous dis qu'il a essayé de m'étrangler avec, c'est important que vous compreniez, c'était comme si je me faisais étrangler avec un fil de fer. J'ai cru que j'allais mourir.

— Mon Dieu, Liz, c'est horrible.

— Ouais.

— Qu'est-ce qui s'est passé ? Vous avez réussi à vous dégager ?

— J'ai essayé mais je n'y arrivais pas. Il était sur moi. Il maintenait mes bras avec ses putains de genoux. Je ne pouvais rien faire, et quand j'ai regardé ses yeux… (Elle a frissonné.) Je peux pas l'expliquer. J'ai fait du service actif, OK ? J'ai vu des gens se faire descendre. J'ai vu un djihadiste se faire exploser juste devant moi. Mais je n'ai jamais pensé *Je vais mourir* avant de regarder le visage d'Erik et de voir ses yeux. Il avait l'air furieux et… et gai en même temps. Comme s'il prenait sa revanche sur moi pour quelque chose d'horrible que je lui avais fait. Alors que je le connaissais à peine.

“Mais non, en fait, je n'arrivais pas vraiment à le repousser. Ce qui s'est passé, c'est que je me tortillais dans tous les sens, et j'ai fichu un coup de pied dans sa caisse de matériel. Elle s'est renversée et ça a fait un sacré boucan, et quand les gens sont venus voir ce qu'il se passait, ils nous ont trouvés.”

— Pourquoi il n'a pas été envoyé en prison ?

— Parce que personne ne m'a crue. Aussi simple que ça. Il a dit à nos supérieurs qu'on faisait des trucs sexuels un peu coquins et comme on s'était fait gauler, j'essayais juste de le charger pour m'éviter de passer devant la cour martiale. Ils l'ont cru. C'était moi qui avais acheté l'alcool interdit, et c'était moi qui m'étais glissée dans la tente avec l'intention de coucher avec lui. Je n'aurais jamais dû rien reconnaître de tout ça. Une fois qu'ils ont entendu ça, plus rien de ce que je disais n'avait d'importance. Personne ne l'appréciait, mais ils l'ont quand même cru lui plutôt que moi. Ou, du moins, ils ne m'ont pas crue plus que lui. C'était ma parole contre la sienne. On s'est tous les deux fait virer pour les mêmes motifs. L'alcool, l'activité sexuelle inappropriée en service, le comportement inconvenant. Je crois que si je n'avais pas fait une histoire, si je n'avais pas dit, "Ce mec m'a agressée", ils nous auraient juste mis une tape sur la main avec un rappel de l'article 15. Mais je ne pouvais pas laisser passer, alors ils nous ont renvoyés tous les deux. Genre, ils ont tiré la chasse, se sont débarrassés de tout le merdier.

— Et c'est la dernière fois que vous l'avez vu ?

— La dernière fois que je l'ai vu ou que j'ai entendu parler de lui, jusqu'à aujourd'hui. Vous avez dit que vous cherchiez ses antécédents pour un hôpital ?

J'avais un peu trafiqué mon histoire.

— Oui. Il est secouriste à Chicago. Je fouille dans ses antécédents, ça aurait dû être fait plus tôt.

— Je veux bien le croire, que ça aurait dû être fait avant. (Elle a grogné en se redressant dans la chaise de jardin. Elle a pris une grande inspiration et s'est levée.) Il faut que je retourne à mes nichoirs.

— OK, ai-je dit. Merci pour votre aide. Je veux que vous sachiez que vous m'avez beaucoup aidé.

— En tout cas, moi, ça m'aide pas, a-t-elle dit en s'éloignant pour aller examiner une des cabanes à oiseaux.

J'ai secoué la tête.

— Vous savez, tout ce que j'ai toujours voulu depuis que je suis petite fille, c'est d'être dans l'armée. GI Jane, qu'elle m'appelait, ma famille. Maintenant, à cause de ce putain de salopard, je suis "renvoyée pour blâme" ? C'est pas juste.

— Vous n'avez jamais envisagé de prendre un avocat, peut-être de voir si vous pourriez faire annuler la décision ?

Liz Rusnok a tapoté doucement le toit du nichoir, puis elle a frotté son pouce contre son index.

— Il faut de l'argent pour retrouver son honneur. De l'argent, du temps et de la passion. (Elle a pris son pinceau et elle a tamponné le bois.) Je n'ai plus aucun des trois depuis longtemps.

Dimanche après-midi, j'ai rendu visite à Wendy Sharber, la mère d'Erik Reid. Elle était barmaid au Carol's Pub, un bar honky tonk sur North Clark Street où les jeunes cadres dynamiques de Chicago, les péquenauds importés et des lesbiennes en jean se réunissaient pour boire de la bière et écouter de la musique country live.

— En fait, m'a dit Wendy quand je lui ai tendu ma carte et que j'ai expliqué qui j'étais, je suis la belle-mère d'Erik. Ou je l'ai été, pendant un moment.

— Combien de temps ?

Elle m'a montré l'autre extrémité du bar, loin des buveurs de la journée, où de grands dessins encadrés de Dolly Parton et Willie Nelson étaient accrochés sur un mur de brique derrière une paire de trophées de longhorns. J'ai attendu à côté d'une scène déserte plongée dans la pénombre. Le concert ne commençait pas avant un moment. Dans les enceintes au-dessus, j'ai reconnu George Strait en train de chanter *Fool Hearted Memory*, le morceau qui, un siècle auparavant, était la chanson country préférée de ma mère.

Tout en contournant le bar pour venir me parler, Wendy Sharber a interpellé un gars à la calvitie naissante dans un pull violet :

— Mikey, t'as ce qu'il te faut ?

L'homme a levé la tête. Il avait des yeux jaunes et mouillés. Il a consulté le niveau de sa bière, a jugé que le verre était assez plein et lui a fait signe qu'elle pouvait partir.

Elle a souri de ses épaisses lèvres rouges.

— Oh… l'humanité, a-t-elle dit.

Elle portait beaucoup de poudre bronzante et avait une épaisse chevelure jaune, et tout ceci lui donnait la couleur ocre due à trop d'expositions au soleil, bien que nous n'ayons pas eu plus de deux jours d'affilée de soleil au cours des trois derniers mois. Quand elle a souri, ses yeux se sont plissés.

— Alors, qu'est-ce que je peux vous raconter ?

— Combien de temps vous avez été la belle-mère d'Erik ?

Elle s'est appuyée contre le mur et a croisé les bras.

— Oh, environ deux ans, a-t-elle dit. Deux années et quelques.

— Quel âge avait Erik à l'époque ?

— Seize ans.

— Est-ce qu'il avait des frères et sœurs ?

— Non. Il était seul, c'était suffisant, croyez-moi.

Elle a glissé un ongle peint en rose dans la manche de son T-shirt noir. Ce faisant, elle a découvert un tatouage représentant un cœur qui saignait sous une banderole avec FANCY DON'T LET ME DOWN*.

— Un beau-fils de seize ans, ai-je dit. J'imagine que ça ne devait pas être facile.

* Titre d'une chanson de Reba McEntire (Fancy, dont la mère est si pauvre qu'elle l'envoie se prostituer).

— Ouais. Pas facile. C'est une façon de le dire. Un sacré nid d'emmerdes, c'en est une autre.

— Pourquoi ?

Elle a ri.

— Parce qu'il me détestait. Je ne sais pas pourquoi. Ce n'était pas comme si j'étais la vilaine marâtre. Mais en tout cas, lui, il le pensait.

— Et son père ?

— Tommy ? Rien à lui reprocher. Il était genre… c'était un homme doux, on pourrait dire. J'ai quatre ex-maris, et Tommy était le doux. Il allait au boulot, rentrait, dînait et regardait la télé jusqu'à l'heure de se coucher. Il n'a jamais eu la moindre ambition. Je crois qu'Erik lui en a toujours voulu d'être faible. Ce qu'il était, j'imagine, mais il était gentil avec moi.

— Si vous permettez, pourquoi vous vous êtes séparés ?

— Parce que j'ai rencontré l'ex-mari suivant, a-t-elle fait avec un haussement d'épaules façon *qu'est-ce-que-j'y-peux*.

— Est-ce qu'Erik avait parfois des ennuis à l'école ?

— Tout le temps. Le plus souvent, c'était parce qu'il refusait de faire ses devoirs. Il disait qu'ils étaient stupides. C'était le problème avec ce gamin, il pensait qu'il était plus intelligent que tout le monde. Et il a toujours été plutôt brillant, mais je lui disais : "Personne n'est intelligent au point de ne pas supporter d'apprendre." Il adorait, quand je lui disais ça, je vous assure.

— D'autres genres d'ennuis ?

— Eh bien, il s'est fait mettre à la porte. Il avait giflé une fille au milieu de la cafétéria, devant tout le monde. Je ne me souviens pas pourquoi. Elle avait dit un truc qu'il n'avait pas aimé. Je ne sais pas du tout ce que c'était. Mais il l'a giflée. Une fille ! Il a été viré, et on a été obligés de l'inscrire dans une nouvelle école. Ça n'a pas été une sinécure. Tommy lui a mis une bonne correction, bien sûr. Normalement, je trouve que les châtiments corporels, c'est pas bien, vous savez, mais Erik a mis à rude épreuve ma croyance dans ce domaine.

J'ai acquiescé. Cela faisait deux jours que je fouillais dans le passé d'Erik Reid et j'avais déjà identifié deux occasions où il avait agressé des femmes.

— Et après le lycée ? Il a eu d'autres ennuis ?

— Oh, je ne sais pas. Tommy et moi, on s'était déjà séparés et je les ai perdus de vue. Erik est allé à l'armée. Je le sais parce que quand il en est sorti, il a habité avec moi pendant environ cinq minutes. C'est la dernière fois que je l'ai vu.

— Je suis surpris qu'il soit allé chez vous, et surpris que vous l'ayez laissé venir chez vous, vu comme vous vous entendiez, tous les deux.

Elle a haussé les épaules et gratté son tatouage à nouveau.

— Eh bien, il a demandé gentiment, et il a dit qu'il m'aiderait à payer le loyer. Mais la gentillesse n'a pas duré après le premier jour et je n'ai jamais vu un dollar sortir de sa poche. Quand il est parti, il m'a traitée de grosse c-o-n-n-e. Il me l'a hurlé à la figure, en plein sur mon porche. Vous y croyez ? Je ne sais pas pourquoi je l'avais laissé entrer, pour commencer. J'ai dû décider que je devais bien ça à Tommy après l'avoir planté comme je l'avais fait.

— Tommy est encore en vie ?

— Non, il est décédé il y a quelques années.

— Est-ce qu'Erik vous a dit pourquoi il s'est fait virer de l'armée ?

Elle s'est écartée du mur tellement rapidement que j'ai cru qu'elle allait s'accrocher à moi.

— Il s'est fait virer ?

— Oui.

Elle a ricané.

— Eh bien, il a négligé de mentionner ce détail. Il a dû oublier, hein. Je croyais qu'il avait juste décidé de ne pas se réengager. Pour quelle raison il s'est fait virer ?

— Il a agressé une femme qui servait avec lui. Elle affirme qu'il a essayé de la tuer.

Wendy Sharber a secoué la tête et a baissé les yeux. Au bout d'un moment, elle s'est retournée pour jeter un coup d'œil aux clients accoudés au bar.

— Vous n'avez pas l'air surprise.

Quand elle s'est à nouveau tournée vers moi, j'ai vu qu'elle avait réfléchi.

— Eh bien, je le suis et je ne le suis pas. Je n'avais aucune idée qu'il s'était passé quelque chose comme ça. Comme je l'ai dit, il a oublié de me préciser qu'il s'était fait virer de l'armée. Mais maintenant que vous me le dites, vous voulez savoir ce que je pense ? Eh bien, tout ce que je peux dire, c'est que ce garçon a toujours eu une certaine méchanceté en lui. J'arrivais à rien avec lui. C'était comme s'il était convaincu de quelque chose de terrible.

Le morceau de George Strait que ma mère adorait était fini, et la sono a embrayé sur une chanson country pop plus récente. Je ne la reconnaissais pas, ce qui n'était pas surprenant. J'avais cessé d'écouter de la country le jour où j'avais quitté la maison, alors je ne connaissais probablement aucun morceau de country enregistré après 1997.

Wendy Sharber a désigné le bar d'un mouvement du menton.

— Il faut que je retourne bosser.

— Bien sûr.

Nous avons longé le comptoir. Je l'ai remerciée, et j'étais sur le point de partir quand je me suis rappelé un truc que je voulais lui demander.

— Wendy, est-ce que vous avez la moindre information sur la mère biologique d'Erik ? Est-elle encore en vie ?

Elle s'est penchée sur le bar et a croisé les doigts. J'ai remarqué sur son petit doigt une bague en forme de cœur brisé.

— Oh non, a-t-elle dit. Sa mère est morte environ un an avant que je rencontre Tommy. C'était justement ça, la raison pour laquelle je l'ai épousé. Il y a ce type sympa avec le cœur brisé, une femme morte d'un cancer et un gamin qui avait besoin d'une mère. Je me suis dit que j'allais sauver la situation. Ça ne s'est pas passé tout à fait comme ça.

— Vous savez quel genre de relation Erik avait avec sa mère ?

— Pas vraiment, a-t-elle dit en reculant. (Elle a ouvert une autre bière pour Mikey.) Mais je crois qu'il l'aimait. La plupart des garçons aiment leur mère, non ?

— C'est vrai, ai-je dit.

Dimanche soir, tard.

There's nothing left for me, chantait Judy.

Of days that used to be
I live in memories
Among my souvenirs

Il fallait que j'aille me coucher, j'avais besoin de sommeil. J'ai refermé le dossier Reid, et soudain, sur un coup de tête, j'ai ouvert celui d'Alice Hardy. J'ai cliqué sur l'image que j'avais piquée sur la page Instagram d'Alice, la photo d'elle avec son fils.

Je l'ai contemplée un moment, sans vraiment penser à quoi que ce soit. Le regard vide.

Puis je l'ai fermée.

J'ai éteint la platine, verrouillé le bureau et je suis monté. Il y avait un reste de poulet à l'orange et de riz dans le réfrigérateur. Je l'ai réchauffé et je l'ai mangé debout devant le comptoir. Autour de moi, il y avait toutes les affaires de Dean. Sa batterie de cuisine, sa vaisselle. Ses affiches sur les murs du salon. Ses étagères pleines de livres et de films. J'ai regardé tout ça en mangeant. Ensuite, j'ai fait la vaisselle et je me suis couché.

Allongé dans la blancheur nue de ma chambre, j'ai cherché le sommeil mais mon esprit enfiévré était trop agité et bien réveillé, préoccupé par Erik Reid et Ronnie Dunlap, par Heidi Dunlap et Liz Rusnok et Wendy Sharber.

Et Alice Hardy. J'ai lutté contre l'envie d'aller chez elle, de la surveiller, de m'assurer qu'elle allait bien.

Je faisais le boulot. Je suivais mes pistes. Je montais un dossier.

Laisse pour l'instant. Endors-toi.

J'ai fermé les yeux, je me suis efforcé de me reposer, à défaut de dormir.

25

LA sonnette en bas a retenti tôt lundi matin. J'étais encore au lit à regarder les stores s'éclairer de plus en plus dans le soleil du matin. Quand la sonnette a résonné dans la cuisine, indiquant que quelqu'un se trouvait à la porte du magasin, j'ai enfilé un pantalon et un T-shirt blanc et je me suis précipité en bas pour voir qui était là.

J'ai passé la tête et j'ai vu Kat Salazar sur le seuil.

— Salut, kid. Tu m'as laissé un message hier ?

Kat était une standardiste de la police en fin de carrière. Après avoir fouillé les archives des journaux la veille sans mettre au jour la moindre piste prometteuse, je lui avais passé un coup de fil. J'avais dégoté son nom et son numéro dans un vieux dossier que Dean avait étiqueté FILLE SALAZAR. Il s'agissait d'une affaire qui remontait à presque dix ans. Kat nous avait engagés pour l'aider à localiser sa fille adolescente qui avait fugué, chose qu'aucun de ses amis de la police n'avait été capable de faire, et Dean avait assuré comme une bête. Il avait retrouvé la trace de la fille dans un coin paumé de l'Indiana rural ; elle y vivait avec un routier de quarante-six ans. Kat nous était restée éternellement reconnaissante, au point que même après que les autres agents de la police de Chicago m'avaient tourné le dos, elle répondait toujours à mes appels.

Je lui ai demandé :

— Tu as une minute pour parler ?

Kat était une femme trapue de petite taille en jean noir et débardeur noir. Ses cheveux étaient teints d'une couleur ébène tellement profonde qu'on aurait dit qu'elle les avait badigeonnés avec du cirage. Elle a haussé les épaules.

— Bien sûr, c'est pour ça que je suis là.

Je lui ai demandé d'attendre un instant et j'ai couru au premier pour mettre des chaussures et un T-shirt convenable. Puis je suis redescendu quatre à quatre pour ouvrir la boutique et la faire entrer.

Elle a examiné les lieux avec un hochement de tête. Les affiches de Mike Hammer sur le mur, la réplique du Faucon maltais qui servait à caler la porte d'entrée, les publicités pour les permis de port d'arme cachée. Elle a souri.

— Bon sang. Cet endroit… Tu l'as gardé dans son jus.

— Ça attire les passants, ai-je répondu avec légèreté.

— Je me rappelle la première fois que je suis venue ici pour engager Dean. Je me suis dit : *Mais qu'est-ce que c'est que cet endroit ? Est-ce que ce mec est un dingue ?*

— Et ensuite, tu t'es rendu compte qu'il l'était.

Elle a eu un sourire triste.

— C'était un personnage, Dieu ait son âme. Ça fait combien de temps qu'il est parti ?

— Presque cinq ans ; incroyable, non ?

Elle a hoché la tête et jeté un coup d'œil à sa montre.

— Bon, le temps passe. Je n'ai que quelques minutes à te consacrer. Je n'ai pas très envie qu'un collègue voie ma voiture devant chez toi.

— Je comprends. Je te remercie d'être venue. Je travaille sur un truc et je me suis dit que tu pourrais peut-être me donner un coup de main, si tu es toujours au standard.

— C'est le cas. Qu'est-ce que tu veux savoir ?

— Je me demande si tu as remarqué des récurrences ces derniers temps. Sur les six derniers mois, peut-être, ou sur l'année écoulée. Des agressions de rue, des types qui sortent d'une ruelle, ce genre de trucs, surtout dans le West Side.

Elle s'est appuyée contre une vitrine et a croisé les bras.

— Tu plaisantes ? Évidemment qu'on reçoit des appels pour des agressions.

— Rien qui te semble récurrent, qui ferait penser à un agresseur en série ?

— Oh, je ne sais pas si je le verrais. Je me contente de prendre les appels. Des vols avec violence, des viols, on en a tous les jours. Mon boulot, c'est que ça, tu sais. Si j'envoie une patrouille quelque part, c'est que quelqu'un est en train de passer une mauvaise journée, ou la pire journée de sa vie.

J'ai acquiescé.

— Je me demandais juste s'il y avait quelque chose de remarquable. De récurrent.

Elle a haussé les épaules.

— Toujours les mêmes conneries, pour ce que je peux en dire. Des ivrognes, des bagarres, des tirs, des accidents de voiture. La routine, quoi.

Elle a posé son index sur sa lèvre inférieure.

— Mais tu sais quoi ? Maintenant que tu en parles… OK, bon, il n'y a pas de recrudescence des agressions, mais j'ai remarqué un truc bizarre ces derniers mois. J'ai reçu, genre, trois ou quatre appels – peut-être une ou deux fois par mois – de femmes qui se plaignaient d'être suivies dans la rue. Quand j'ai envoyé des agents, ça n'a jamais vraiment donné grand-chose. Le salopard n'est jamais retrouvé quand la voiture arrive sur les lieux. Il ne s'arrête jamais, ne dit jamais rien, ne sort jamais de son véhicule, mais j'ai quand même l'impression que ça pourrait bien être le même pervers.

— On a une description ?

— Jeune, blanc, des lunettes. Assez ordinaire, en dehors de ça. Comme j'ai dit, il n'y a jamais eu de contact et il ne sort même pas de son véhicule. Et avant que tu poses la question, personne n'a regardé sa plaque d'immatriculation.

— C'est quoi, le véhicule ?

— Ah ouais, a-t-elle dit en riant. Ça va peut-être t'aider. Il conduit un vieux pick-up rouge.

Mes activités de recherche et de classement des informations m'avaient pris tout le week-end et je ne m'étais pas assis pour manger un repas chaud depuis vendredi. J'en avais marre de rester planté devant mon comptoir de cuisine à engloutir des plats à emporter et des restes, alors quand Kat est partie, j'ai filé sous la douche, me suis lavé partout où il fallait, puis je suis allé à Irving Park pour manger mon petit déjeuner préféré, dans un minuscule restaurant familial appelé Shilas.

Je me suis assis dans un box et quand la serveuse s'est approchée, j'ai commandé mon menu habituel, café noir et burrito avec une salade de fruits. Pendant que j'attendais ma commande, j'ai fait le point sur l'affaire.

J'avais pensé que ma meilleure chance d'atteindre Ronnie sans entraîner Alice sous le feu des projecteurs consisterait à présenter une preuve recevable qu'il avait déjà agi ainsi dans le passé. Après tout, je savais que j'avais un criminel ; il me fallait juste trouver un crime à lui mettre sur le dos. Jusque-là, cette piste n'avait débouché sur rien. Rien dans mes recherches ne m'avait donné la moindre raison de penser qu'il y avait une série de meurtres ou de disparitions non résolues dans laquelle on pouvait impliquer Ronnie. En dehors de ses tentatives de suicide et ses goûts pour la pornographie douteuse, rien ne m'aidait à réunir un profil convaincant. Il n'avait pas d'antécédents de violence, absolument rien dans son casier. Jusqu'au moment où il s'était jeté sur Alice dans cette ruelle, pour autant que je pouvais le dire, sa rage s'était toujours tournée contre lui-même.

Mais il y avait Erik Reid. C'était lui qui avait des antécédents de violences contre des femmes. Son renvoi de l'armée pour avoir tenté de tuer Liz Rusnok. Son expulsion du lycée pour avoir agressé une fille. Erik correspondait au profil psychologique d'un assassin.

Et maintenant, je venais d'apprendre qu'il correspondait à la description d'un pervers qui suivait des femmes dans la rue depuis quelques mois : blanc, lunettes, conduisant un pick-up rouge.

Alors comment toutes ces informations – ce que je savais de Ronnie et ce que j'avais découvert sur Erik – s'articulaient-elles ? Erik semblait bien être le pôle dominant dans cette relation, “la seule personne en qui Ronnie a confiance”, m'avait dit Heidi. Il avait sauvé Ronnie d'une tentative de suicide sérieuse, et il avait persuadé Heidi de ne rien dire.

Je pouvais presque entendre Dean me dire d'y aller doucement. De relier les faits. De formuler aussi peu d'hypothèses que possible.

Je me suis efforcé de me rappeler qu'aucune des informations que j'avais découvertes ne signifiait qu'Erik était le complice de Ronnie. Tout était circonstanciel. Si Erik était le complice de Ronnie, alors pourquoi n'était-il pas avec lui cette nuit-là ? Qui sait, Ronnie n'avait peut-être pas de complice. Peut-être qu'il s'apprêtait à emmener Alice Hardy quelque part tout seul. Et peut-être que Liz Rusnok était une menteuse et que Wendy Sharber était une vilaine belle-mère. Peut-être qu'Erik Reid, comme tout le monde dans la vie de Ronnie, était juste quelqu'un qui se trouvait connaître un psychopathe.

Mais le vieux bonhomme m'avait aussi appris que le premier outil d'investigation du détective – celui qui guidait tous les autres – était l'instinct irrationnel, tenace. C'était la chose qui te faisait attendre cinq minutes supplémentaires, qui te faisait tourner à gauche plutôt qu'à droite, qui te faisait te méfier de quelqu'un alors même que son histoire paraissait parfaitement anodine.

Je l'avais su à la seconde où j'avais fait sa connaissance. Il y avait chez Erik un truc qui ne collait pas. La manière dont il s'était occupé de Ronnie le lendemain de l'agression. Il était possessif sans être affectueux. J'ai repensé à ce que Liz Rusnok m'avait dit, sur la manière dont il l'avait regardée, *furieux et gai* à la fois, en essayant de l'étrangler. C'était ce que j'avais vu sur son visage quand il regardait Heidi qui emballait ses affaires avant de partir, un petit sourire narquois aux lèvres et l'œil glacial, un homme amusé par sa rage intérieure bouillonnante.

Il est forcément impliqué. Je n'ai pas encore de preuve réelle. Mais je le sens. Je sais qu'il est impliqué là-dedans d'une manière ou d'une autre. Je le sais, putain.

Bien sûr, il n'y avait qu'une seule manière de s'en assurer. Une seule personne en dehors d'Erik lui-même pouvait le confirmer.

La serveuse m'a apporté mon petit déjeuner et a rempli ma tasse de café. Tout en déroulant la serviette en papier qui enveloppait mes couverts, j'ai décidé de porter au meilleur burrito de Chicago l'attention qu'il méritait.

Je savais où je me rendrais après mon repas. Il était temps de mettre la pression à Ronnie.

Sur le trajet vers chez lui, Heidi m'a appelé pour prendre des nouvelles.

— J'ai parlé à mes relations dans la police, lui ai-je répondu. J'ai parlé à quatre agents différents. Jusqu'ici, je n'ai pas de piste solide.

Elle a encaissé.

— Alors, vous êtes en train de me dire quoi ? Il n'a jamais fait ça avant ?

— Je n'en suis pas encore sûr.

Elle a expiré profondément.

— Mon Dieu, a-t-elle fait, presque haletante. Ce serait un sacré soulagement.

— Où êtes-vous ?

— Chez ma sœur. Je suis sur le point de partir au boulot.

— Comment va Tobi ?

— Elle ne comprend pas trop pourquoi on habite chez Leighann. Mais elle a l'habitude qu'on se dispute, Ronnie et moi, alors elle suit le mouvement. Elle est tout le temps sur son portable, de toute manière. Au lieu de se planquer dans sa chambre pour envoyer des SMS, elle se planque dans la chambre d'amis de ma sœur pour envoyer des SMS. Mais ça ne pourra pas durer éternellement.

— Vous avez parlé à Ronnie depuis votre départ ?

— Juste deux ou trois SMS. Vendredi soir il a envoyé un message pour savoir si on allait bien. Exactement ça : "Vous allez bien ?" J'ai répondu : "Oui." Rien de plus. Je sais que j'aurais dû lui demander s'il allait bien. Il est toujours mon mari. Il est toujours le père de Tobi. S'il lui arrivait quelque chose en notre absence, je ne sais pas ce que je dirais à ma fille. Mais j'ai peur de lui parler. Vous voyez ce que je veux dire ? J'ai envie de prendre de ses nouvelles, mais en même temps, je n'en ai pas envie.

— Je suis en route pour aller lui parler. Je vous dirai comment il va.

— OK. Mais vous n'avez encore rien découvert ?

J'aurais pu lui dire ce que j'avais appris sur Erik, mais Dean m'avait toujours averti de ne jamais communiquer au client plus que les informations absolument nécessaires, surtout au milieu d'une enquête. Un enquêteur est capable d'intégrer de nouvelles informations de manière objective, méthodique ; du moins, c'est le but. Le client, lui, est toujours plus dans l'émotion. Je ne voulais pas parler d'Erik à Heidi, craignant qu'elle coure chez les flics sans moi.

— Je cherche toujours.

Elle a dit :

— OK, écoutez, je vous suis reconnaissante d'explorer toutes les pistes. Mais si vous ne trouvez rien, alors peut-être que Ronnie s'est blessé lui-même. Peut-être qu'il s'agissait d'une autre tentative de suicide, et ce que je devrais faire, c'est m'assurer qu'il reçoive une aide psychiatrique. Je crois qu'il faut que je fasse le nécessaire pour que Ronnie soit pris en charge. Il faut que ma fille et moi, on rentre à la maison, et que Ronnie soit… ailleurs. Dans un endroit où il pourra recevoir l'aide de professionnels. Leighann peut m'aider à organiser ça, le moment venu.

Je n'ai pas discuté avec elle. J'ai supposé que cette résolution nouvelle prenait sa source dans une discussion avec sa sœur, alors je n'ai pas poursuivi sur le sujet. Il était beaucoup plus facile d'accepter que Ronnie s'était fait du mal que de croire qu'il était sorti dans les rues pour s'en prendre à des femmes.

— OK. Je comprends. Vous voulez bien me laisser voir ce que je peux découvrir aujourd'hui ? Laissez-moi terminer mon travail, et je ferai mon rapport demain matin. Comme ça, vous pourrez prendre votre décision finale avec autant de faits que possible.

Elle a inspiré profondément.

— OK. Mais aujourd'hui, c'est votre dernier jour.

Quand je me suis garé devant la maison des Dunlap, la rue était calme. Le soleil faisait son apparition et les journées se réchauffaient. J'entendais même des chants d'oiseaux provenant des arbres.

Je me suis approché de la porte ; les rideaux étaient tirés. Malgré la lumière du soleil sur les fenêtres, la maison avait l'air froide, sans vie. J'ai sonné plusieurs fois, en vain. J'ai frappé. Pas de réponse. J'ai essayé de voir à l'intérieur, mais il n'y avait pas d'espace entre les rideaux. Je suis passé derrière la maison. La porte était fermée à clé. J'ai frappé à nouveau. Pas de réponse. Rideaux tirés, stores baissés.

Je suis retourné à ma voiture. J'avais quelques outils de crochetage dans mon sac. L'un était un grand assortiment de trente-deux crochets dans un étui dépliable en cuir. Grâce à eux, on pouvait entrer dans la chambre forte d'une banque si on se fichait que le monde entier soit au courant. J'ai pris aussi un petit couteau de poche qui tenait dans la paume de ma main. Il n'avait que six lames mais j'avais découvert que si je ne parvenais pas à entrer quelque part avec, c'était généralement cuit, de toute façon. Je me suis approché de l'entrée, j'ai sélectionné le crochet serpent, et j'ai ouvert la porte en moins d'une minute.

Dans la maison régnait le profond silence immobile du vide. Je n'avais pas besoin d'inspecter les lieux pour savoir qu'il n'y avait personne, mais j'ai quand même vérifié dans toutes les pièces. Dans la chambre de Ronnie, j'ai fouillé son placard et les tiroirs. Je ne savais pas vraiment ce que je cherchais. Des indices, j'imagine. Le journal d'un tueur en série où il détaillait tous ses crimes, ç'aurait été bien. Mais tout ce que j'ai trouvé dans ses tiroirs, ce sont des vêtements, quelques guides de secourisme aux pages cornées et tout un bric-à-brac comme des vieux casques audio et des piles usagées. Son placard contenait quelques vêtements supplémentaires, une valise vide et un carton d'autres bricoles – un appareil photo en morceaux, une montre, quelques exemplaires de *Sports Illustrated* avec les BlackHawks en couverture.

Ensuite, j'ai exploré le salon. Là, sur la table basse, posés côte à côte, un téléphone portable, un portefeuille et une lettre de suicide.

La lettre disait :

> *Heidi,*
>
> *Est-ce que tu sais que tu as fichu ma vie en l'air ? Je déteste l'homme que tu m'as fait devenir. Cette maison a toujours été la tienne, n'est-ce pas ? Cette vie a toujours été la tienne aussi. Eh bien, tu peux avoir la maison et tu peux avoir la vie tant que tu veux parce que je ne veux plus ni de l'une ni de l'autre.*
>
> *Ronnie*

J'ignore combien de temps je suis resté là à la regarder, mais j'ai eu un étourdissement et j'ai dû m'asseoir sur le canapé.

Ce connard allait se suicider. Mais où était-il ?

Je me suis levé et je suis sorti par la porte de derrière pour aller dans son garage. Vide.

Je suis retourné dans la maison. J'ai trouvé un ancien mot de Ronnie à Heidi collé sur le réfrigérateur, lui rappelant d'acheter de la bière quand elle irait faire des courses. J'ai comparé le message à la lettre de suicide. Je n'étais pas un expert, mais l'écriture semblait bien être la même.

Je me suis assis et j'ai encore examiné la lettre de suicide.

Pas d'aveu, pas de mention de la ruelle ni de l'agression.

En supposant qu'elle était authentique, en supposant que c'était bien Ronnie qui l'avait écrite, que signifiait-elle ? Il n'était pas dans la maison. Où était-il ?

J'ai secoué la tête. Quelque chose dans tout ça clochait. Je n'arrivais pas à l'expliquer. Quelque chose clochait vraiment. Ronnie et Erik étaient ensemble dans l'attaque contre Alice Hardy. Je n'avais pas de preuve mais j'en étais sûr. Tout comme j'étais certain que Ronnie ne s'était pas levé tout d'un coup en décidant de se donner la mort avant de disparaître dans la nuit. Cela n'avait aucun sens.

Et où était donc Erik ?

Presque en réponse à cette question, j'ai levé les yeux. Il manquait autre chose.

J'ai regardé autour de moi. J'ai fouillé à nouveau toutes les pièces. J'ai cherché dans toutes les poubelles.

Le bloc-notes de Ronnie. Celui dont il se servait pour communiquer depuis jeudi soir. Il avait disparu. Pourquoi l'emporter avec lui ? Pourquoi n'y avait-il pas de pages utilisées dans la maison ? Où il demandait à manger, à boire, où il répondait à des questions. Pourquoi s'en débarrasser ? Si Ronnie projetait de mettre fin à ses jours, pourquoi se donnerait-il la peine de nettoyer derrière lui ?

Plus je regardais, plus je prenais conscience qu'il n'y avait aucune preuve du tout qu'Erik Reid était venu.

Et là, à ce moment exact, j'aurais dû appeler les flics pour leur raconter la même histoire que celle que j'avais racontée à Heidi. Que j'avais suivi Ronnie, que je l'avais découvert blessé et que je l'avais ramené chez lui. J'aurais pu leur montrer la lettre. J'aurais pu partager avec eux les informations que j'avais découvertes sur le passé d'Erik. C'était plus que suffisant pour les convaincre de venir chez lui l'interroger. Il n'y avait rien qui incriminait Alice. Je pouvais tout transmettre aux flics et les laisser démêler le reste.

Mais je n'arrivais pas à lâcher l'affaire. Je ne pouvais pas laisser un connard de flic la résoudre. Je n'avais pas dormi soixante minutes d'affilée ces quatre derniers jours parce que je cherchais des pistes sur ces deux types. Maintenant, Ronnie a disparu et tout signe de la présence d'Erik dans cette maison est effacé ? Qu'est-ce que j'étais censé faire, rentrer à la maison ?

Ce que je savais avec certitude, c'était que je n'allais pas appeler les flics. Cette affaire était la mienne. J'allais la résoudre, et j'allais m'arranger pour que le mérite m'en revienne explicitement.

Un détective, c'est juste un type qui ne peut pas lâcher l'affaire.

Exact.

J'ai pris une photo de la lettre juste pour l'avoir dans mes archives. Puis je me suis assuré que tout était dans l'état où je l'avais trouvé et je suis parti.

J'ai couru à ma voiture et je suis allé directement chez Erik.

26

CHICAGO est une ville très construite. D'accord, elle a ses fameux gratte-ciel – et Dieu sait que les promoteurs immobiliers continuent à bâtir des merveilles architecturales d'acier, de verre et de béton dans le quartier de Gold Coast où personne n'a les moyens de vivre –, mais le vrai Chicago se trouve dans les quartiers, où toutes les maisons individuelles, à deux ou trois appartements, les bâtiments en fer à cheval remontent à l'époque qui a suivi le grand incendie, quand Chicago se reconstruisait comme une ville ouvrière faite pour durer. C'était là qu'habitait Erik, dans un bâtiment de deux appartements en brique rouge avec des moulures blanches et de grandes baies vitrées, entouré d'appartements identiques et de trottoirs propres, avec des carrés de pelouse soignée devant et des jardins plus grands comportant souvent un garage derrière. La seule chose qui distinguait le logement d'Erik de tous les autres était que ses rideaux étaient tirés.

Je n'ai pas vu son pick-up alors je suis allé derrière la maison et je suis passé dans la ruelle au ralenti. La porte de son garage était fermée, le jardin désert, les rideaux étaient tous tirés. Je suis retourné devant, je me suis garé dans la rue et j'ai marché jusqu'à la porte. Elle comportait un grand panneau vitré avec une décoration florale blanche en relief. J'ai frappé. Rien. J'ai attendu et frappé encore. D'après la boîte aux lettres, Reid occupait l'appartement n° 1 en bas. Sa propriétaire, Mary Margaret Holding, habitait au-dessus. J'ai mis ma main en coupe et essayé d'apercevoir l'intérieur entre les ornements sur la porte. J'ai aperçu un vestibule avec la porte menant au logement de Reid à côté d'un escalier qui montait. J'ai essayé d'ouvrir la porte d'entrée. Verrouillée.

J'ai contourné le bâtiment et j'ai monté les quelques marches jusqu'à la porte de derrière de Reid. J'avais toujours les crochets dans la poche et en une minute, j'ai ouvert.

Je savais qu'entrer chez Reid comme ça était une étape de plus qui risquait de me mettre dans une situation franchement compromettante, mais je ne me suis pas attardé là-dessus très longtemps. Je travaillais hors des limites de la loi depuis cinq jours maintenant. Et si Erik Reid était ce que je croyais qu'il était, je n'avais pas vraiment le choix. J'ai fermé la porte et je me suis introduit dans son appartement.

Il n'était pas exactement comme je m'y attendais. J'avais supposé que Reid logeait dans un truc ressemblant à un cachot de Guantanamo. Mais les murs de son appartement étaient peints dans une couleur rose de gâteau d'anniversaire avec des bordures bleu layette. C'était tellement surprenant que l'espace d'une seconde, j'ai eu peur de m'être trompé d'appartement.

Quelques factures à son nom sur le comptoir de la cuisine m'ont rassuré ; j'étais au bon endroit. Malgré cela, le logement ne semblait pas occupé. Les murs roses et bleus étaient nus. Dans la salle à manger, il n'y avait ni table ni chaises, juste un plancher nu sous un vieux plafonnier. Dans la pièce de devant, un canapé brun banal, un vieux fauteuil beige et une table basse bancale devant un téléviseur à écran plat. La chambre comportait un lit, soigneusement fait, avec des draps de couleur sombre. Une commode de récup contenant quelques vêtements, pliés et rangés. Son uniforme de secouriste et des chemises et des pantalons suspendus au-dessus d'un panier vide dans le placard. Une lampe posée sur une chaise en guise de table de chevet.

Il n'y avait dans cet appartement aucune touche personnelle. Reid n'avait pas la moindre photo de lui, ses amis ou sa famille. Il ne possédait pas de livres, pas de films, pas de jeux vidéo. S'il possédait un ordinateur, il l'avait emporté avec lui. Aucune indication d'éventuels passe-temps ou de préoccupations – voire d'intérêt, en réalité, pour quoi que ce soit.

Et pas le moindre signe de Ronnie.

Je suis resté debout dans la salle à manger vide en réfléchissant à tout ce vide pendant un moment. Ensuite, j'ai réalisé que je n'avais vu nulle part de papier, de document, par exemple remontant à sa période dans l'armée. À côté de quoi étais-je en train de passer ?

Je suis retourné dans la cuisine. Quelques assiettes, casseroles, verres et ustensiles de cuisine. Son réfrigérateur n'était pas très garni, mais en vérité, il était plus rempli que le mien.

Dans le cellier, au milieu de quelques conserves de haricots et de maïs et des boîtes de macaroni au fromage, j'ai fini par découvrir ses papiers. Les trucs classiques, des informations sur son assurance santé, de vieilles déclarations d'impôts, des papiers datant de ses années à l'armée. Tout était soigneusement rangé dans différents dossiers dans diverses boîtes. Rien qui m'intéresse, en fait.

Mais en sortant du cellier, j'ai remarqué la porte. Elle était rose avec des bordures bleues, et se fondait si bien dans le mur du couloir que j'étais passé devant sans la voir. J'ai essayé d'actionner la poignée.

Fermée à clé.

— Voilà qui est intéressant, ai-je dit.

J'ai essayé de la forcer, mais elle n'a pas cédé aussi rapidement que l'autre porte. J'ai dû me mettre à genoux pour travailler dessus pendant quelques instants. Ce faisant, j'ai remarqué un détail qu'il aurait été facile de manquer au premier abord. Un petit morceau de scotch transparent au bas de la porte, le genre de truc qu'un type paranoïaque ferait pour s'assurer que personne ne fouille dans ses affaires en son absence. Je me suis mis debout et je suis allé examiner la porte par laquelle je m'étais introduit dans l'appartement. Elle avait été scotchée, elle aussi. J'avais déchiré le sceau presque invisible en entrant.

Je suis retourné en courant à la porte rose. Je ne me suis pas inquiété de déchirer le scotch. Il m'a fallu une minute, mais j'ai fini par réussir.

Un escalier en bois qui descendait, les murs couverts d'une espèce de mousse noire.

Il y avait un fil pour allumer l'ampoule. J'ai tiré dessus et la lumière a éclairé un sol en béton au pied des marches. Je suis descendu. C'était comme arriver dans un autre monde. Le plafond et les murs du sous-sol étaient noirs, recouverts du même isolant phonique noir. Le sol était froid et gris.

Au fond de la pièce, une dernière porte. Une dernière serrure. Un dernier morceau de scotch au pied de la porte.

Quand je l'ai eu ouverte, je n'ai pas pu trouver l'interrupteur pour éclairer la petite pièce. La lumière de la salle précédente me permettait de voir.

À l'intérieur, installés sur des crochets fixés au mur, des scies et des couteaux. Quatre en tout, propres et aiguisés, étincelant dans la lumière. En dessous, une table métallique grise à côté d'un évier en fonte. Noués aux pieds de l'évier, deux morceaux de corde gisaient sur le sol.

J'ai regardé fixement les cordes. Les scies. Les couteaux.

Quand j'ai essayé de sortir mon portable de ma poche, ma main tremblait, et je l'ai laissé échapper. Le portable est tombé sur le sol avec un claquement puissant.

Je me suis retourné brusquement.

Rien. Juste un sous-sol désert, froid et silencieux. Aucun bruit en provenance de la porte ouverte.

Je me suis baissé devant les scies et les couteaux et j'ai ramassé mon téléphone.

Derrière trois portes verrouillées et scellées, Erik Reid a une petite pièce dans une cave insonorisée pleine d'outils de vivisection.

Quand je me suis remis debout, le sang a afflué dans ma tête. Mon cœur s'est emballé comme un cheval au galop.

OK.

OK.

Calme-toi. Respire. Réunis les faits. Formule aussi peu d'hypothèses que possible. Enregistre tout.

Une fois que j'ai eu une vidéo de la totalité du sous-sol, j'ai refermé à clé et je suis ressorti. Tant pis pour les scellés ; qu'il sache que quelqu'un était venu. J'étais de retour dans ma voiture en moins de cinq minutes, en train de regarder les images que je venais de tourner.

Le sous-sol paraissait encore plus glauque en vidéo, comme un cachot.

Ça ne peut pas être ce que je crois.

Peut-être que Reid était chasseur. *Je n'ai pas vu le moindre équipement de chasse.* Peut-être qu'il aimait tout simplement découper sa propre viande. *Dans un sous-sol insonorisé ? Et pourquoi les cordes ?* Je ne savais pas trop où aller ou quoi faire ensuite. Je ne savais pas à qui parler. Tout ceci, c'était soit rien du tout, soit le truc le plus dingue du monde. Je me suis demandé où Ronnie avait l'intention d'emmener Alice Hardy la nuit où il l'a agressée. Et s'il projetait de la ramener ici, dans la petite pièce d'Erik au sous-sol ? J'avais découvert soit le passe-temps inoffensif d'un mec, soit la preuve de meurtres et de folie.

J'ai mis le moteur en route.

27

Je roulais depuis un moment, en essayant de me remettre de ce que j'avais vu, quand je me suis rendu compte que quelqu'un me suivait. Je ne savais pas trop depuis quand, mais je m'engageais dans Devon quand je l'ai repéré dans le rétroviseur latéral, trois voitures derrière, qui prenait le même virage. Un SUV Lexus gris métallisé. Soudain, je n'étais plus aussi hébété.

J'avais suivi des centaines de personnes depuis que j'étais devenu détective, mais je n'avais jamais été suivi moi-même. Ajouté à mon état d'esprit du moment, ça m'a fait me demander si j'étais vraiment suivi ou si j'étais seulement parano.

Alors j'ai pris Sheridan, puis je me suis engagé dans Lake Shore Drive. Le Lexus m'a suivi. Bien entendu, le conducteur allait peut-être tout simplement dans cette direction. Comme beaucoup d'autres gens, mais il me collait au train quelle que soit ma vitesse. Alors nous avons roulé pendant un moment, les vagues du lac Michigan qui s'écrasaient sous le soleil sur notre gauche tandis que la ville défilait lentement sur notre droite – d'abord Lincoln Park et le port, puis les hôtels et appartements luxueux de la Gold Coast. Le Lexus me suivait toujours. Deux types dans la voiture.

— OK, ai-je dit.

J'avais le Sig sur moi depuis vendredi. Il était dans la boîte à gant; je l'ai pris et sorti de son étui. J'ai laissé l'étui sur le siège à côté de moi et j'ai glissé l'arme dans la poche de ma veste.

J'ai quitté Lake Shore Drive à l'angle de Monroe. Il n'y avait pas assez de voitures, alors le Lexus n'était qu'à cinq ou six mètres derrière moi. Il ne m'a pas quitté d'une semelle, même quand j'ai pris un virage brusque pour m'engager sur Columbus et que je suis descendu dans le parking souterrain sous Millenium Park.

Le conducteur du Lexus a essayé de me suivre tout en la jouant cool, mais maintenant, il hésitait. J'ai foncé jusqu'à la barrière, sorti mon badge du parking, et j'ai franchi le péage en trombe. J'avais des badges pour à peu près tous les parkings souterrains de la ville. J'étais prêt à parier que ce n'était pas le cas de l'autre. Effectivement, tandis que je descendais dans les étages inférieurs, il restait toujours coincé au péage, à essayer de comprendre comment entrer.

Le parking souterrain sous Millenium Park est un labyrinthe de béton bas de plafond, une des plus grandes structures souterraines du monde. Je m'y étais perdu une fois en essayant de suivre quelqu'un pour un boulot, et Dean m'avait tellement engueulé que j'y étais retourné et que j'avais parcouru les allées pendant trois heures jusqu'à comprendre son architecture dans les moindres détails. Il est divisé en secteur nord et secteur sud. Le secteur nord comprend six niveaux et débouche sur Randolph Street, sur la crête derrière le pavillon du parc. Le secteur sud, lui, descend sur trois niveaux et débouche en bas de la colline à côté de l'Art Institute.

L'entrée principale se trouve au milieu, au niveau 3, qui relie les deux secteurs. J'ai tourné à gauche dans le secteur sud et je suis descendu dans les profondeurs du parking. Jusqu'au niveau 1, le plus bas. Les jours où il n'y a pas de grands événements, ni défilés, ni manifestations, ni matchs des Bears, le secteur sud a quantité de places vides. Le niveau 1 est parfois complètement vide. C'était le cas maintenant.

J'aurais pu me contenter de partir, de me glisser par une des sorties secondaires du parking, et perdre le Lexus. Mais j'avais besoin de savoir qui me suivait et pourquoi, et puisqu'ils étaient perdus et moi pas, j'avais l'avantage. J'ai décidé de rester et d'attendre.

Je suis allé jusqu'au fond du parking et je me suis garé à côté de l'escalier. Il y avait quatorze escaliers en tout dans le parking, mais celui-ci, le numéro 8, était celui qui avait la plus grande probabilité d'être désert.

J'ai pris le temps de retrouver mon sang-froid, vérifié que j'avais bien mon arme dans ma poche et je suis sorti pour me cacher dans l'escalier.

J'ai attendu.

Il faisait froid dans le parking, et comme une espèce de brume restait suspendue juste sous le plafond bas en béton, l'endroit sentait le ciment mouillé. Les caméras clignotaient dans des coins poussiéreux, envahis de toiles d'araignées.

J'avais envie de pisser. Je n'en avais pas eu envie jusqu'à maintenant. C'est marrant, quand même, le fonctionnement du système nerveux.

J'ai entendu l'écho de crissements furieux de pneus qui descendaient du niveau supérieur. Au bout d'un moment, le Lexus est apparu ; le conducteur a repéré ma voiture et a foncé droit sur elle.

Je me suis tapi dans l'escalier et j'ai pris une longue, lente inspiration.

Le Lexus s'est rangé à côté de ma voiture. Je m'étais garé près de l'escalier mais pas trop non plus. Des portières ont claqué, des semelles ont martelé le sol et deux voix ont grommelé dans une langue qui me semblait bien être du croate. Une alarme a bipé dans le SUV et les chaussures se sont précipitées vers la porte pour me suivre dans l'escalier.

Je suis sorti et je les ai mis en joue. Ils se sont arrêtés.

Josip Vukov. Le type qui l'accompagnait était une copie de lui en plus petit. Ils portaient tous deux un survêtement, des baskets très chères, et une chaîne en or sur leur poitrine velue.

— Haut les mains, ai-je dit.

J'aurais bien aimé avoir un bon mot à leur lancer, mais j'avais trop peur. Il fallait que je me concentre pour que ma voix reste posée.

Les hommes se sont arrêtés. Le petit a regardé Vukov.

Ils ont levé les mains.

— Pourquoi vous me suivez ? Qu'est-ce que vous me voulez ?

Vukov s'est contenté de me lancer un regard noir.

— Tournez-vous.

Vukov a continué à me fixer.

— Je n'hésiterai pas à vous descendre tous les deux. Retournez-vous.

Il a levé la tête vers la caméra dans le coin.

— Devant la caméra, tu vas nous descendre ?

— Tu es un criminel notoire qui m'a tabassé la semaine dernière devant la police, et maintenant tu es surpris par la caméra en train de me suivre dans un parking souterrain désert. Je parie que je pourrai invoquer la légitime défense, surtout si vous avez des armes sur vous.

Vukov a respiré bruyamment par le nez et m'a dévisagé avec une fureur grandissante, mais il s'est tourné. Son copain l'a imité.

— Avec votre main gauche, sortez vos armes et posez-les sur le sol. Tous les deux.

Chacun d'eux a sorti un pistolet d'un holster d'épaule sous son survêtement et l'a posé par terre.

— Maintenant, jetez-moi vos clés de voiture par-dessus votre épaule.

— Quoi ? a fait Vukov en commençant à se retourner.

— Ne te retourne pas, bon sang. Envoie-moi les clés du Lexus.

L'autre a regardé Vukov, qui a fini par acquiescer. Il a sorti les clés de sa poche et les a balancées par-dessus son épaule.

Je les ai ramassées et j'ai appuyé sur le bouton pour déverrouiller le SUV.

— Allez vous mettre à l'intérieur, ai-je dit. Et Vukov, je ne sais pas pourquoi tu continues à faire une fixette sur moi, mec, mais juste pour que tu saches, j'ai laissé tomber ton cas. Je suis sur autre chose, une affaire totalement différente, et je n'ai pas pensé à toi une seule fois depuis jeudi. Alors tu pars de ton côté, et moi du mien. Pigé ? Si tu me laisses tranquille, je te laisse tranquille.

Il n'a rien répondu à cela. On aurait dit qu'il n'avait rien entendu. Il n'a même pas tourné la tête pour me regarder. Il est allé jusqu'au Lexus avec son pote et il est monté dedans.

Je me suis précipité dans ma voiture, j'ai démarré et je me suis tiré de là. J'avais à peine atteint la rampe que Vukov bondissait de sa voiture pour aller récupérer les flingues.

Je suis monté à toute vitesse, j'ai collé mon badge au péage et filé par la sortie de Columbus Street. Deux ou trois minutes après, j'ai dit "Putain de merde" à haute voix avant d'essuyer la sueur sur mon front. Puis j'ai descendu mes vitres et jeté les clés de voiture du Croate dans la circulation de Michigan Avenue.

28

Je me faufilais entre les voitures, le cœur cognant dans ma poitrine. Bon sang, quelle journée. J'ai dû secouer mes mains plusieurs fois ; à cause de l'adrénaline qui me courait dans les veines, j'avais du mal à tenir le volant.

J'étais franchement choqué devant la ténacité de Vukov. Il m'avait déjà fichu une trempe, et comme avaient dit les flics, ce tabassage en règle avait assez bien fait passer le message. Je ne lui avais pas accordé la moindre pensée depuis jeudi. Alors, pourquoi me suivait-il ? D'ailleurs, comment m'avait-il repéré ? Il ne savait même pas qui j'étais la semaine dernière.

Je me suis demandé s'il était possible que Karras ou Styrczula aient laissé échapper mon nom devant lui. Cela aurait été une négligence très grave, même selon les critères de la police de Chicago, mais c'était une explication possible.

Je n'avais le numéro personnel d'aucun flic dans mon portable, mais je me suis dit que Dean avait peut-être les coordonnées de Karras au bureau. En plus, j'avais besoin de me poser, faire le point, et réfléchir vraiment à ce que j'avais découvert dans l'appartement de Reid. Étant donné ce que j'y avais découvert, il était peut-être temps de mettre les flics au parfum de l'affaire Dunlap.

Alors je suis allé au bureau. J'ai ouvert la boutique et allumé la lumière, mais je n'ai allumé aucune des enseignes. Je suis allé derrière et j'ai ouvert mon ordinateur. Il y avait des années, pour réduire le temps que je devais passer à fouiller dans les cartons et les enveloppes en papier kraft, j'avais créé un immense répertoire de la plupart des anciens contacts de Dean. Il contenait des centaines de noms.

Avant de chercher les coordonnées du flic, j'ai fait un détour. Durant les quatre derniers jours, j'avais pris l'habitude d'allumer mon ordinateur pour aller directement dans les fichiers sur l'affaire Dunlap-Hardy-Reid. C'était devenu un réflexe. Je les ai donc ouverts comme par réflexe, et j'ai décidé de copier la vidéo du sous-sol de Reid avant de faire quoi que ce soit d'autre. Je venais de commencer le téléchargement quand la clochette de la porte a retenti.

J'ai ajusté le Sig dans le holster au creux de mes reins. Je me suis levé, prêt à dire à la personne qui était entrée que nous n'étions pas ouverts, mais à peine avais-je franchi la porte du bureau que quelqu'un m'a fracassé la bouche avec une batte de base-ball.

J'ai avalé mes dents de devant en tombant en arrière et je me suis étalé par terre. J'ai senti le Sig sortir de son holster et je l'ai entendu glisser jusqu'à l'autre bout de la pièce. Avec le goût métallique du sang plein la bouche, j'essayais de me remettre debout quand le petit Croate est passé à côté de moi et m'a fracassé la rotule avec sa batte. Quand mes mains ont attrapé mon genou, il m'a frappé à nouveau et m'a explosé le poignet droit.

Vukov a parlé au type en croate et l'autre a reculé.

Vukov s'est accroupi à côté de moi, en faisant attention à ne pas tacher ses chaussures. Il a sorti un portable de sa poche. Il a dirigé la caméra sur moi.

— Une photo pour ma femme, m'a-t-il dit. Pour lui montrer ce qui arrive.

J'ai eu un haut-le-cœur et craché un paquet sanguinolent de chair et de dents.

— Si je te revois, je te tue.

Il s'est remis debout. Le petit s'est penché sur moi et a fouillé mes poches.

— Où sont mes clés, connard ?

J'ai essayé de lui dire, mais mes dents de devant n'étaient plus là, mes lèvres étaient éclatées et ma langue était déjà tellement enflée qu'elle me remplissait la bouche.

— Quoi ?

J'ai bredouillé à nouveau.

Vukov a aboyé un truc en croate.

Le petit lui a répondu en anglais.

— J'ai seulement un double de clé du Lexus. Et il me faut les clés de mon appartement. (Il s'est retourné vers moi.) Où sont mes clés, salopard ?

Avec ce qui restait de ma bouche, j'ai essayé d'expliquer que je m'en étais débarrassé. Je ne sais pas si j'étais compréhensible. Je ne sais pas s'il est devenu furieux parce que j'avais jeté ses clés ou parce que ce que j'essayais de dire n'avait aucun sens.

Quoi qu'il en soit, il s'est mis debout, a brandi la batte et m'a frappé jusqu'à ce que le monde disparaisse.

PARTIE 8 : VENDREDI-LUNDI

ERIK REID

29

Après que Heidi a eu fait ses bagages et qu'elle est partie avec son détective, je suis allé à West Town pour récupérer la voiture de Ronnie.

Je suis passé dans la rue une première fois pour évaluer la situation et j'ai vu sa Ford Taurus grise avec la bosse sur le pare-chocs. Elle était garée devant le garage d'un particulier. Il avait de la chance qu'elle ne soit pas partie en fourrière.

Je me suis éloigné et j'ai continué à rouler un peu. Une fois que j'ai été assez loin, presque à Ukrainian Village, je me suis garé dans une petite rue et je suis revenu à pied. Quand je suis arrivé à la voiture, j'ai sorti le double de la clé que m'avait donné Ronnie. J'étais sur le point d'ouvrir la portière quand quelqu'un a lancé :

— Hé, c'est votre voiture ?

J'ai levé les yeux. Un vieux chauve dans un polo Gale Sayers était appuyé sur le grillage qui séparait le jardin contigu au garage de la ruelle. Il avait une bière dans la main.

Supposant qu'il était sur le point de se plaindre qu'une voiture avait été garée devant son garage toute la nuit et ne voulant pas m'engager dans un débat, je lui ai fait un signe et j'ai essayé de rester aimable :

— Je la récupère pour un ami.

— Eh ben, dites à votre ami qu'il peut pas se garer ici. Il bloque mon garage.

Je l'ai salué sobrement et je suis monté dans la voiture. J'avais le double mais la clé de Ronnie se trouvait encore dans le contact. Bon Dieu. Cet abruti avait de la chance qu'on ne la lui ait pas volée.

Je suis parti en vitesse, sous le regard furieux du vieux toujours planté dans son jardin. Je suis allé directement chez Ronnie, je me suis garé dans son garage et j'ai ouvert le coffre. Rien.

Je suis entré dans la maison et je l'ai réveillé.

— Où sont le couteau et le sac ?

Cet abruti m'a dévisagé, vaseux, et a secoué la tête.

— C'est le détective qui les a pris ? Réfléchis. Est-ce que tu l'as vu les sortir de la voiture ?

Il a cligné lentement des yeux. Puis il a haussé les épaules encore plus lentement.

Quel idiot, putain. Enfin, peu importait. Je pouvais supposer qu'Owen Pall avait le matos. Je pouvais supposer qu'il avait tout. Alors, qu'est-ce qu'il attendait ? De l'argent ? De la part de qui ?

Peut-être de la femme qui avait blessé Ronnie. Elle était la variable décisive dans toute cette affaire. Pourquoi elle n'était pas encore allée voir la police ?

J'ai fait les cent pas dans le salon de Ronnie pendant quelques minutes. Je réfléchirais à la femme plus tard. Puisque je n'avais aucun moyen de l'identifier ou de la retrouver, ce n'était pas la peine de m'inquiéter d'elle maintenant. *Définis tes objectifs. Concentre-toi sur ce que tu peux savoir et ce que tu peux faire.* D'abord, il fallait que je nettoie la voiture de Ronnie puis que je prenne un bus jusqu'à Ukrainian Village pour récupérer mon pick-up.

Ensuite, il fallait que je décide quoi faire à propos de ce détective, Owen Pall.

Cette nuit-là, je suis allé dans un bar miteux sur Milwaukee : Robert's. J'y suis arrivé à dix heures et l'établissement était plein. Bien que l'endroit ait une réputation sulfureuse parce que soi-disant le propriétaire avait un lien avec quelqu'un qui appartenait à la mafia, tous ceux qui à ma connaissance fréquentaient ce bar étaient des flics.

Le flic que je cherchais, Carl Whitney, était avachi au comptoir, en train de fumer une cigarette en buvant une Hamm's.

Je me suis assis à côté de lui.

— Carl Whitney, comment ça va ?

Whitney avait un cou de taureau, des cheveux gris courts et des yeux injectés de sang. Il m'a lancé un coup d'œil et a hoché la tête, puis est revenu à sa bière.

Le barman était un vieux type portant un sweat-shirt des Bears. Je lui ai demandé une bouteille de Hamm's. Il en a sorti une du vieux réfrigérateur vitré derrière lui et l'a ouverte. Je l'ai payée et j'ai bu une gorgée.

J'ai regardé autour de moi. Au-dessus du bar, la carte était composée de lettres en plastique sur un panneau d'affichage qu'on aurait dit volé sur un champ de courses dans les années 1960. Accroché en dessous, un panneau écrit à la main en jaune annonçait : INTERDICTION DE FUMER.

Et encore en dessous, un autre panneau proposait des cigarettes à la vente. Sur les murs, des photos encadrées de types de la mafia et de boxeurs. The Rat Pack. Une bannière des Goodfellas. Du juke-box sortait la voix d'un crooner quelconque. Pas Sinatra, je crois, mais quelqu'un dans ce goût-là.

— Sympa, comme endroit, ai-je dit.

— Le vendredi soir, ces connards de hipsters débarquent, s'est plaint Whitney.

Il ne l'a pas dit à voix basse, et il l'a lancé en direction de deux gars avec des chapeaux en feutre et des nœuds papillon en train de boire de la Old Style à l'autre bout du bar. Ils n'ont pas paru remarquer ni s'en formaliser.

— Ils viennent ici pour se rincer l'œil devant les animaux sauvages dans leur habitat naturel avant de remonter sur leurs vélos et de retourner à Wicker Park, a-t-il grommelé. Quels connards.

— Le monde entier fout le camp, ai-je commenté.

— Ouais, super, a répondu Whitney.

— Je peux t'offrir un verre ?

Il m'a regardé.

— Qu'est-ce que tu veux, Reid ?

— Juste être aimable.

— Ouais, je te crois. T'es pas aimable, et t'es pas mon ami. Alors, tu débarques ici pourquoi ? Réclamer ta dette ?

Environ deux ans auparavant, Whitney avait frappé la tête d'un gangster contre le trottoir avec tellement de force que le visage du gamin était resté paralysé d'un côté. Normalement, cela n'aurait pas provoqué tellement de remous, mais il s'est avéré que ce gangster-là avait une grand-mère qui travaillait au bureau d'un sénateur de l'État. Elle a fait tout un foin sur les droits de son petit-fils qui avaient été bafoués, et finalement, il y a eu une enquête sur l'usage de la force. Comme j'étais sur place en train de rafistoler un autre gangster avec quatre balles dans la jambe, j'ai été interrogé comme témoin sur l'incident. Dans ma déposition, j'ai affirmé que l'agent Whitney n'avait usé que de la quantité raisonnable de force nécessaire pour maîtriser le suspect. C'était un mensonge – Whitney avait tapé le crâne du type sur le béton comme s'il driblait avec un ballon de basket –, mais ça a aidé à le blanchir et il a retrouvé son poste.

— Eh bien, ai-je dit, maintenant que t'en parles, j'ai besoin d'un service.

Whitney a levé les sourcils et a bu une gorgée de bière.

— T'as déjà entendu parler d'un type appelé Owen Pall ? ai-je demandé. Un détective privé.

— Ouais.

— Vraiment ?

— Ouais. Tout le monde connaît ce connard. C'est lui qui a coincé Buzz Bazzano et a fait tuer ce pauvre gars. Tu ne te souviens pas de ça ?

— Le flic qui s'est fait descendre au Heart O' Chicago ?

— Couché là, avec sa bite sur la moquette et sa cervelle sur les murs. Pauvre gars. Pourquoi tu me poses des questions sur Owen Pall ?

— Je crois qu'il s'intéresse de près à un ami à moi.

Whitney a posé sa bière et s'est tourné vers moi avec une vraie curiosité.

— Ton ami appelé Vukov ?

— Non, pourquoi ?

— Parce qu'hier, Owen Pall a failli faire foirer une mission de surveillance fédérale sur un gangster croate appelé

Josip Vukov. J'en ai entendu parler par deux flics qui ont dû empêcher ce Vukov de faire la peau à Pall. Je crois que Pall essayait de mettre un traceur GPS sur sa bagnole et l'autre l'a surpris et l'a presque tué.

— Pourquoi Pall essayait de le pister ?

— Oh, probablement un truc de couple, a dit Whitney. C'est ce que les flics se sont dit. Ce copain à toi, il tournerait pas autour de sa nana ?

— Peut-être.

— Ouais, ça doit être ça. C'est à peu près tout ce que Pall fait comme boulot. Il y a des collègues qui pensent qu'il fait chanter des gens aussi. Il s'est pas fait gauler encore, mais quand ça arrivera, il va prendre cher.

— Est-ce que ce Vukov sait pourquoi Pall le surveillait, ou est-ce qu'il a pensé que Pall était de mèche avec les flics ?

Whitney a pris sa bouteille de bière.

— Aucune idée. Je sais que Pall a failli tout faire foirer.

— Est-ce que "failli", ça veut dire qu'ils ont arrêté Vukov ?

— Non, ils cherchaient pas à l'arrêter. Ils le suivaient parce qu'il allait à un rendez-vous avec un autre type. Maintenant, ils suivent l'autre type. Je ne suis pas au courant des détails de l'affaire, mais je crois qu'ils ne sont plus après Vukov du tout. (Whitney a bu une gorgée de bière.) Malgré ça, ça a pas fait remonter Pall dans l'estime des gens.

Dès que j'ai cessé de lui poser des questions, Carl Whitney est retourné se noyer dans la dépression alcoolisée dans laquelle il baignait déjà avant que je l'interrompe. Quand j'ai repoussé ma bière en lui disant qu'il fallait que j'y aille, il a eu à peine un hochement de tête.

En rentrant chez moi, j'ai réfléchi aux nouvelles informations que j'avais glanées et je suis arrivé à certaines conclusions. Des conclusions logiques, me semblait-il.

D'abord, j'étais en mauvaise posture, comme ça ne m'était plus arrivé depuis que j'avais quitté l'armée. Cela signifiait que je devais prendre des mesures, des mesures décisives, et le plus tôt possible.

D'après Whitney, tout ce que Pall faisait, c'étaient des missions d'adultères, ce qui me paraissait plausible. J'étais prêt à parier n'importe quoi que Heidi l'avait embauché pour suivre Ronnie. S'il suivait Ronnie hier soir, alors il avait dû voir quelque chose. Il avait peut-être sauvé Ronnie de la mort dans la ruelle juste pour pouvoir le faire chanter.

Ronnie était encore dans un sale état, complètement sonné par les antidouleurs, alors peut-être que Pall prenait son temps, attendait qu'il récupère. C'est à ce moment-là qu'il viendrait le voir pour le faire chanter. J'étais certain qu'il avait le couteau et le sac mortuaire. Il avait peut-être même des images voire une vidéo de l'agression.

Ce qui mettait Ronnie en mauvaise posture. Il n'avait pas d'argent. La maison appartenait à Heidi. S'il ne pouvait pas payer Pall, Pall pouvait le dénoncer aux flics. Et même si Pall n'allait pas jusque-là, il était impossible que Ronnie tienne encore longtemps sans voir un médecin. Soit le médecin, soit Heidi allait cafter sur les blessures de Ronnie. Quel que soit l'angle sous lequel j'envisageais les choses, il semblait impossible que Ronnie puisse passer une semaine supplémentaire sans avoir à répondre aux questions de la police.

Et une fois qu'on y réfléchissait en ces termes, ma prochaine tâche était d'une évidence telle qu'elle était inévitable. D'un point de vue pratique, Ronnie ne m'était plus d'aucune utilité. Au contraire, il était mon plus gros problème. Il avait tout fait foirer, et il s'était transformé en une preuve sur pattes. Je ne pensais pas une seconde qu'il fermerait sa gueule si les flics le faisaient venir pour l'interroger. Il leur dirait que c'était mon idée depuis le début, leur dirait que je lui avais fourni le couteau et le sac mortuaire et il les conduirait à ma porte, directement dans mon sous-sol.

Il me faudrait trouver la meilleure manière de gérer Pall, mais je savais qu'il fallait que je règle le cas de Ronnie immédiatement. Plus il restait dans les parages, avec le risque qu'il parle à Heidi, à Pall, aux flics, à n'importe qui, plus il représentait un danger pour moi. Je suis rentré directement à la maison, j'ai récupéré ce dont j'avais besoin puis je suis allé le chercher.

En marchant jusqu'à l'arrêt de bus, j'ai évalué la nécessité de tuer Heidi et la gamine aussi. Si Heidi avait bien embauché Pall, qui savait ce qu'elle lui avait raconté ? Ce qui signifiait que la gosse savait peut-être, elle aussi.

Je pouvais envoyer un SMS à Heidi depuis le portable de Ronnie, me faire passer pour lui et lui demander d'amener la gamine pour qu'il la voie. Ensuite je pourrais les tuer et mettre tout en scène pour faire croire à un meurtre-suicide.

Mais c'était risqué, beaucoup trop risqué à mon goût. Cela donnerait lieu à une enquête, des enquêteurs, des autopsies, des techniciens de scènes de crime, toutes sortes de choses sur lesquelles je n'aurais aucun contrôle. Une empreinte ou une fibre au mauvais endroit, et je serais mis en cause.

Alors, en réfléchissant à la situation et en l'évaluant de manière logique, je suis arrivé à la conclusion qu'il était plus pertinent que Ronnie disparaisse, tout simplement.

30

Après avoir payé mon billet en liquide, j'ai pris le dernier bus du soir jusqu'à Portage Park, je suis descendu à Milwaukee et j'ai marché le reste du trajet jusque chez lui. Je suis passé par la ruelle. À minuit, elle était déserte, baignée d'une lueur orange provenant des réverbères. Quand je suis entré dans la maison, je l'ai trouvé allongé sur le canapé de son salon en train de regarder un épisode de *Man vs Food*.

— Il faut qu'on te déplace, ai-je dit.

Il a levé les mains pour me demander *Pourquoi ?*

— Je veux te maintenir à l'écart de Heidi et de son détective. Je suis allé chercher quelques informations sur lui. Ce fils de pute est spécialisé dans les adultères.

Il m'a dévisagé avec des yeux de vache débile.

— Elle l'a embauché pour te suivre, abruti. Il a tout vu. Il a probablement des photos, une vidéo, je ne sais quoi encore.

Il a ouvert grand la bouche. Son ventre blanc et poilu était visible entre son T-shirt des Blackhawks et son short bleu. Plus je le regardais, plus je le haïssais. Il fallait que je me calme parce que je craignais de m'emballer et de le tuer là, tout de suite.

Il a attrapé son bloc-notes et son stylo. *Quelle salope*, a-t-il écrit.

J'ai haussé les épaules.

— Qu'est-ce que tu peux y faire ? Allez, on se lève et on dégage d'ici. Il faut qu'on mette de la distance entre toi et elle, pour l'instant.

Il a gribouillé sur son bloc. Le simple fait de le regarder noter par écrit ses petites pensées débiles m'a donné envie de lui ouvrir le crâne comme un œuf.

Qu'est-ce qu'elle va penser si je pars ? a-t-il écrit.

— Les avis, c'est comme les orgasmes. Je me fiche de savoir si les femmes en ont ou pas.

En entendant ça, Ronnie a souri comme un demeuré.

Je suis allé chercher des vêtements et des affaires de toilette que j'ai jetés dans un sac. Juste assez pour corroborer l'hypothèse qu'il s'était enfui.

— Tiens, lui ai-je dit en lui tendant le sac. Donne-moi ton portable. Je te le prends, avec ton portefeuille. Va mettre des chaussures.

Une fois qu'il a été prêt, j'ai passé le sac sur mon épaule et je l'ai aidé à aller jusqu'à la porte. Il se déplaçait bien, il était encore faible mais capable de marcher seul. Je l'aidais juste pour qu'on avance plus vite. On est sortis et on a traversé le jardin sans trop de difficultés. Ronnie s'efforçait vraiment de ne pas me décevoir. Il a toujours été un béni-oui-oui.

En deux temps trois mouvements, je l'avais installé dans la voiture.

— Je vais fermer la maison, je reviens.

Je suis retourné dans la maison. Dans le salon, j'ai déposé son portefeuille et son portable sur la table basse. Je ne m'inquiétais pas de laisser des empreintes, elles étaient partout dans la maison de toute manière. Puis j'ai sorti doucement de ma poche de blouson un petit sac en plastique et je l'ai ouvert. À l'intérieur se trouvait la lettre de suicide que Ronnie avait écrite pour Heidi le jour où il avait tenté de se tuer, le jour où je lui avais sauvé la vie. J'avais pris soin de ne pas y laisser d'empreintes. Je l'ai déposée soigneusement sur la table à côté des autres objets.

On est arrivés chez moi à une heure du matin, à peu près. La lumière de Mme Holding était éteinte, ce qui était un coup de chance bienvenu. Je me suis garé dans le garage et j'ai fermé la porte derrière nous.

Ronnie grimaçait déjà et émettait des sons quand je l'ai aidé à sortir de la voiture. Il a touché précautionneusement le bandage sur sa gorge.

— Ça fait mal ?

Il a hoché la tête.

— Je vais te chercher quelque chose.

J'ai passé la tête par la porte. Les lumières étaient éteintes dans les maisons à droite et à gauche. Apparemment, les voisins étaient couchés. Pourquoi pas ? Les gens devaient se lever pour aller bosser le lendemain.

J'ai aidé Ronnie à traverser le jardin et à monter mon perron sans trop de problème.

J'ai ouvert la porte de l'appartement et je l'ai conduit à l'intérieur. Il s'est immédiatement dirigé vers le canapé et s'est allongé. Il a tendu le bras pour attraper la télécommande et a allumé la télé. Il y avait une espèce de sitcom familiale. Une adolescente faisait son numéro devant son père abasourdi. J'ai entendu les rires enregistrés en allant dans la salle de bains chercher quelques comprimés de fentanyl dont j'avais une réserve planquée sous le lavabo, derrière les produits de nettoyage.

Après avoir pris un verre d'eau dans la cuisine, je suis retourné dans le salon.

— Tends ta main.

Ronnie a tendu la main, et j'ai déposé les petites pilules bleues dans sa paume. Une fois qu'il les a eu avalées, je me suis assis à côté de lui et je l'ai regardé regarder la télé. Tandis que la sitcom débile avançait, les paupières de Ronnie ont commencé à papillonner. Finalement, elles se sont fermées complètement. Il avait la bouche grande ouverte. J'ai attendu environ dix minutes, jusqu'à ce qu'il soit profondément endormi, puis je suis parti.

J'ai amené sa voiture à trois bons kilomètres et je me suis garé en stationnement gênant. J'avais emporté un tournevis avec lequel j'ai démonté sa plaque d'immatriculation, gratté le numéro d'identification et enlevé le macaron de la ville.

Puis je suis rentré à pied. En route, j'ai balancé la plaque d'immatriculation dans une benne à ordures. Arrivé chez moi, j'ai garé dans le garage mon pick-up que j'avais laissé dans la rue.

Dès que je suis rentré, j'ai secoué Ronnie pour le réveiller.

— Il te faut plus de médocs, lui ai-je dit.

À moitié endormi, il a cligné des yeux en fronçant les sourcils, comme pour dire, *Déjà ?*

— Ouais, t'as beaucoup grogné et tiré sur tes pansements. Tiens, ça va t'aider à dormir jusqu'à demain matin.

Il n'y connaissait rien, alors il a avalé deux autres cachets.

Pendant que j'attendais qu'ils fassent effet, je me suis assis à côté de lui et j'ai regardé une série sur une espèce d'intello qui essayait de trouver le courage de parler à une blonde sur laquelle il avait flashé. À la fin, le pauvre type pathétique réussissait à emballer la fille.

J'ai coupé la télé et j'ai de nouveau secoué Ronnie pour le réveiller.

— Allez, lève-toi.

Il était tout juste conscient, et il n'aurait pas pu parler même s'il avait voulu. Il arrivait à peine à soulever les paupières.

Je me suis baissé, j'ai passé son bras sur mes épaules et je l'ai soulevé.

— Allez. Faut que tu m'aides. T'es trop grand pour que je puisse te trimballer comme une poupée de chiffon. Sers-toi de tes jambes.

Il ne savait plus où il était ni quel jour on était. Même s'il avait eu un larynx en état, il n'aurait probablement pas été capable de se rappeler son anniversaire, encore moins d'avoir les ressources pour me poser des questions. Il faisait tout ce que je lui disais. Tout ce qu'il savait, c'était qu'il devait faire tout ce que je lui disais. En réalité, c'est tout ce qu'il a jamais su.

Je l'ai amené jusqu'à l'entrée du sous-sol, j'ai déverrouillé la porte et je l'ai accompagné en bas. Ça a été une épreuve parce qu'il n'était plus capable d'évaluer les distances. Mais j'ai fini par y arriver et je l'ai emmené dans l'atelier de boucherie. Je l'ai calé afin de pouvoir ouvrir la porte, et il a regardé autour de lui, l'œil embrumé, les murs nouvellement insonorisés de la pièce.

— Ouais, j'ai fini l'autre jour. On aurait pu passer de bons moments ici tous les deux, mec.

Il a émis des sons irrités, douloureux.

— J'ai presque fini, lui ai-je dit après avoir tourné la clé dans la serrure et avoir ouvert la porte en grand avec mon pied pour pouvoir le faire entrer.

J'ai allumé la lumière.

— On va t'installer au-dessus de l'évier.

C'était un vieil évier costaud en fonte, lourd et taillé dans la masse, fixé au mur du fond et calé sur deux pieds devant.

Je l'ai poussé en avant, la tête dans l'évier et les bras ballants. J'avais des cordes en dessous. Je les ai attachées aux pieds de l'évier et je lui ai lié les deux mains par des nœuds coulants.

Même à ce moment-là, il ne s'est pas débattu. Dès que son poids a été calé contre l'évier, il a replongé dans l'inconscience. Il s'est réveillé seulement quand je lui ai empoigné les cheveux pour tirer sa tête en arrière. Puis j'ai pris le couteau à dépecer et je lui ai tranché la gorge d'une jugulaire à l'autre.

Il s'est arqué, sa panique luttant contre son apathie induite par les médocs. Pour le maintenir en place, je me suis appuyé sur lui, pour que mon poids l'écrase contre le bord de l'évier. Ma bouche était tout près de son oreille.

— Ça arrive parce que tu es stupide, Ronnie, ai-je dit tandis qu'il luttait avec plus d'énergie et essayait de crier. Ce sera ta dernière pensée, pathétique. Tu es en train de mourir parce que tu étais trop stupide pour continuer à vivre.

Il s'est arqué fort une dernière fois, s'est tortillé mollement pendant quelques secondes, et s'est arrêté. Ses bras sont retombés et les cordes se sont relâchées. La dernière chose qu'il a vue, c'est son sang qui se déversait dans l'évier, puis il a cessé de voir quoi que ce soit.

Je suis retourné au garage et j'ai pris ce dont j'avais besoin dans le pick-up. J'avais acheté quatre bidons de vingt litres en plastique avec des couvercles chez Lowe la veille. Je les ai emportés dans le sous-sol, j'ai pris la scie à métaux pour décapiter Ronnie, puis j'ai mis sa tête dans un des bidons. Elle a atterri au fond un peu penchée, et son visage tourné vers moi était aussi blanc et piqueté qu'une tête de chou-fleur. Après avoir libéré ses mains, j'ai utilisé un coupe-boulons pour cisailler ses poignets et ses coudes, et j'ai découpé le reste à la scie. J'ai mis ses mains dans le bidon où il y avait sa tête.

Il m'a fallu des heures pour découper le reste du corps de Ronnie. C'était la première fois que je m'essayais à cette tâche ; c'était pas propre mais instructif, et j'ai beaucoup appris. J'ai bousillé mes vêtements, ce que j'aurais franchement dû prévoir, mais je n'étais pas trop concentré sur ce que je portais. J'aurais dû étaler une bâche et j'aurais dû fixer un crochet au plafond où j'aurais pu l'accrocher et le découper proprement. Je me suis retrouvé à le mettre sur la table et j'ai poussé les bouts sanguinolents dans l'évier ou dans les bidons. Les scies et les couteaux ont tous fonctionné parfaitement, mais mon meilleur investissement s'est avéré être le gros coupe-boulons. Il rendait le travail sur les os bien plus rapide. Bordélique mais efficace, et j'étais pressé, de toute façon.

Quand j'ai eu fini, j'avais quatre bidons pleins. J'avais rentré la grande poubelle du garage et j'ai mis le reste dedans. Elle aurait été assez grande pour transporter Ronnie en entier, bien sûr, mais je me disais qu'il serait bien plus facile de le faire par morceaux. Je pouvais faire des allers-retours plus courts, plus rapides et plus discrets si je ne déplaçais que quelques bouts à la fois. Après avoir tout nettoyé, je me suis déshabillé, j'ai jeté mes vêtements dans la poubelle, j'ai attaché tous les couvercles avec des tendeurs et je suis monté prendre une douche.

Une fois que j'ai été propre, je me suis habillé et j'ai regardé l'heure. Un peu après cinq heures du matin. J'ai ouvert les rideaux ; pas encore de soleil mais le ciel était bleu clair.

J'ai préparé du café et des toasts et je me suis assis à la table basse pour manger. Quand j'ai eu fini, j'ai emporté ma vaisselle dans la cuisine. J'étais en train de la laver quand la sonnette de Mme Holding a retenti.

J'ai sursauté si fort que j'ai laissé échapper la tasse à café. Elle est tombée par terre et s'est cassée en trois grands morceaux.

En la maudissant, j'ai laissé la tasse et je suis monté quatre à quatre à son appartement. La porte était ouverte.

— Qu'est-ce que vous voulez si tôt le matin ?

Elle était sortie de son lit, assise dans un fauteuil près de la fenêtre dans son salon. Elle portait un caftan beige. Elle était l'incarnation même de la dépression.

— J'ai cru t'entendre t'agiter en bas, a-t-elle dit.

— Ça ne veut pas dire que vous devez actionner cette saleté de sonnette. Il est cinq heures du matin, bon sang.

— Est-ce que tu vas pouvoir m'aider aujourd'hui ?

— Non, en fait, je ne peux pas. Je me suis levé tôt parce que j'ai une tonne de choses à faire aujourd'hui. Le sous-sol est inondé, vous le saviez ?

— Oh non, s'est-elle exclamée.

— Ouais, c'est ça. “Oh non”. Et moi je suis en bas en train de résoudre le problème. C'est bon. Mais ne descendez pas, sinon vous allez vous casser le cou.

— Oh Erik, tu sais bien que je ne pourrais pas y aller, même si je devais.

— Ouais, je le sais. (Je me suis tourné vers la porte.) C'est tout ? Il faut que j'y aille. Comme j'ai dit, j'ai plein de trucs à faire. Il faut que j'emporte à la décharge une partie des affaires qui ont été abîmées par l'inondation.

— Oh, OK. Eh bien, si tu reviens à temps, tu pourrais déjeuner avec moi, si tu veux.

— Ouais, je vais tâcher de me dépêcher, ai-je dit avant de sortir.

Une fois en bas, j'ai nettoyé les dégâts dans la cuisine. Puis je suis descendu au sous-sol, j'ai vérifié que tous les couvercles étaient bien fermés et attachés, et j'ai commencé à les monter. En traversant le jardin pour aller au garage, j'ai essayé de ne pas regarder autour de moi. J'étais juste un type qui vidait des trucs de son sous-sol. Aucune raison de regarder autour. J'ai dû faire trois voyages. Deux bidons la première fois, deux bidons la deuxième, puis la poubelle. Après le troisième voyage, alors que je traversais le jardin pour retourner fermer à clé mon appartement, j'ai levé les yeux et j'ai vu Mme Holding assise à sa fenêtre. Elle m'avait observé tout le long.

J'ai envoyé un baiser à la vieille conne.

31

De retour de l'Indiana, j'étais épuisé. Je m'étais assez facilement débarrassé de mes paquets, mais tout avait pris plus longtemps que prévu. J'avais aisément traversé Chicago et la frontière de l'État, et j'avais jeté les restes de Ronnie dans les marais à côté de Gary. L'expédition dans le froid et la boue avait été un sacré merdier. Une fois que j'ai eu terminé, j'ai à nouveau changé de vêtements – ma troisième tenue ces huit dernières heures – et je suis rentré, puant l'eau croupie pendant tout le trajet. Mais le truc le plus pénible a été la putain de circulation sur laquelle je suis tombé dès que je suis arrivé à Chicago. La I-90 était absolument bouchée dans les deux sens, et toute l'affaire m'a pris deux heures de plus que ce que j'avais prévu juste à cause des embouteillages.

Quand je suis enfin rentré chez moi, la vieille n'était plus à sa fenêtre. Je me suis glissé dans mon appartement et j'ai emporté tous mes vêtements sales à la buanderie. J'avais mon sous-sol à moi, mais avec Mme Holding, on partageait la buanderie. En revanche, comme elle ne venait jamais ici – c'était moi qui faisais ses lessives – je pouvais faire tout ce que je voulais. J'ai rempli la machine à laver et je suis remonté.

J'ai sorti mon portable et j'ai envoyé un SMS à celui de Ronnie. "Salut mec, tu te sens mieux ce matin ? Je m'occupe de Mme Holding toute la journée mais dis-moi si tu as besoin de quelque chose d'important." Je me suis dit que je lui enverrais un autre message ce soir-là, et peut-être un autre le lendemain. Ça ne faisait pas de mal de laisser une série de textos montrant que je m'inquiétais pour mon pote.

J'ai branché mon portable et j'ai pris une douche, en me frottant assez fort pour me débarrasser des traces du meurtre et du marais. Ensuite, je suis allé me coucher. On était samedi, et je n'avais pas eu une nuit complète de sommeil depuis mercredi. Je me suis débarrassé de ma serviette et j'étais endormi avant qu'elle touche le sol.

Quand je me suis réveillé, il faisait déjà nuit. J'avais faim. J'ai assaisonné un steak avec du sel et du poivre et je l'ai laissé à température ambiante pendant que je mettais des pommes sautées surgelées dans le four. J'ai attendu que les patates soient d'un brun doré, puis j'ai fait cuire le steak à point dans une petite poêle en inox. Quand tout a été prêt, j'ai sorti une Old Style du réfrigérateur, je me suis assis devant ma table basse et j'ai mangé.

Après mon repas, je me suis assis confortablement. Tout en me curant les dents avec la pointe de mon couteau à viande, j'ai regardé fixement l'assiette qui ne contenait plus que quelques miettes de pommes de terre, trempées de sang. Je n'ai pas allumé la télévision. Je me suis mis à réfléchir à la manière dont se passaient les choses.

J'avais appris beaucoup ce jour-là, sur la manière de découper un corps, de se débarrasser des morceaux. Je pourrais mettre en pratique ces compétences dans un avenir très proche. Je pouvais apprendre de toutes mes erreurs. Plus de longs trajets en voiture jusqu'à Gary. Il fallait que je revoie mes idées sur la façon de jeter la carcasse, peut-être aller chercher du côté de l'hydroxyde de sodium ou de potassium, et dissoudre les cadavres dans l'évier. Si je ne me faisais pas choper par les flics bientôt, j'aurais des tas d'occasions d'affiner et améliorer mes procédures.

Mais, bien entendu, tout cela à condition de rester libre. Je ne pouvais pas compter que cela durerait toujours. Rien ne dure toujours. Assurément, un homme seul, contre le monde entier, ne peut pas miser sur sa longévité. À un moment, les flics allaient se pointer à ma porte, et là, on se retrouverait tous dans les annales. Je ne redoutais pas cette éventualité. D'une certaine façon, je l'attendais avec une forme d'impatience. Rien dans la vieillesse ne m'intéressait, déjà, et je n'avais aucune intention de vivre jusqu'à la fin de mes jours dans la peau d'un vieux type en survêtement derrière les barreaux.

Mais je voulais rester libre assez longtemps pour mener à bien mon plan, pour faire de vraies chasses dans les rues de Chicago. Et pour rester libre, il fallait que je m'occupe de mon autre problème : Owen Pall.

Dimanche matin, la vieille n'arrêtait pas de me sonner alors je l'ai calmée en montant pour prendre le petit déjeuner avec elle. J'ai dû le préparer, bien entendu, parce qu'à la seconde où je suis entré dans son appartement, elle est instantanément devenue handicapée.

J'ai fait cuire des œufs brouillés au bacon et griller du pain pendant qu'assise à sa table de cuisine, elle débitait ses conneries. Elle n'avait rien de nouveau à dire, mais elle le répétait à l'envi – racontant des vieux griefs personnels ou des trucs horribles qu'elle avait vus à la télévision, avant de tout balayer avec une platitude sentimentale quelconque. Elle était le genre de personne qui pouvait vous parler d'une mère qui avait noyé son bébé dans une baignoire, puis résumer le tout en disant : "Eh bien, au moins, il est en paix maintenant, au paradis avec les anges." Toutes ses histoires avaient un début horrible et une fin heureuse.

On s'est assis pour manger et elle a continué à bavasser, parlant la bouche pleine. Moi, je réfléchissais à ce qui me restait à faire avant le soir. Quand on a eu fini le petit déjeuner, elle est allée dans la salle de bains et elle a enlevé son dentier. J'ai fait la vaisselle, puis je suis venu la border dans son lit. Tandis que je me dirigeais vers la porte, elle m'a supplié de ne pas partir.

— J'ai des choses à faire, ai-je dit en m'arrêtant sur le seuil.

— Tu as toujours des choses à faire, a-t-elle répondu. Et moi ? Je te donne ma maison, tout mon argent et tu pars tout le temps.

J'ai fermé la porte comme si nous avions besoin de nous isoler. Je suis retourné vers le lit, je suis monté sur le matelas. J'ai passé une jambe par-dessus elle, je me suis mis à califourchon sur elle, mes genoux de part et d'autre de sa taille épaisse, mon visage juste au-dessus de ses yeux globuleux et de sa bouche édentée et puante.

— Vous aurez ce que je vous donnerai, madame Holding. Regardez-vous. Vous êtes vieille, invalide et oubliée de tous ceux qui vous ont connue. Sauf moi. Je vous ai fait votre putain de petit déjeuner, non ? Je vous ai bordée dans votre putain de lit, non ? Dans des draps que *j'ai* lavés, dans un lit que *j'ai* fait pour vous, non ? Si vous regardez la situation sous cet angle, je dirais que vous vous en sortez plutôt bien. Vous n'êtes pas d'accord ?

Elle a hoché sa grosse tête, ses gros yeux mouillés dans son visage en papier mâché.

— S'il te plaît, Erik. Je sais tout ce que tu fais pour moi. C'est pour ça que j'ai besoin de toi. C'est pour ça que je t'aime. Tu le sais. Je veux juste te montrer que je t'aime.

Je l'ai dévisagée.

— Vous voulez me le montrer ?

Elle a dégluti.

— Oui.

— Alors, si quelqu'un vous pose la question, vous lui direz que j'ai passé les deux derniers jours avec vous. Vous comprenez ? De vendredi après-midi jusqu'à ce matin.

Elle a froncé les sourcils.

— Mais pourquoi, Erik ?

Je me suis penché si près de son visage que nos nez se touchaient.

— Ne me demandez pas pourquoi. Si vous voulez montrer que vous avez besoin de moi, vous ferez ça pour moi. Depuis vendredi après-midi, environ quatre heures, jusqu'à ce matin, j'étais avec vous. Je ne suis pas parti, je ne suis allé nulle part.

— Oui. Tu étais ici avec moi.

Sa main s'est levée pour toucher ma hanche.

— Bien, ai-je dit avant de descendre du lit.

J'avais acheté le fentanyl à Stanislav Gotovac, un employé du CVS du côté de l'église Saint John's Cantius. Stan avait mis au point un système où il contrefaisait des inventaires de différents distributeurs et détournait des flacons de tout, depuis l'alprazolam générique à l'hydrocodone. J'aurais pu piquer une partie du Lunesta de Mme Holding, bien sûr, mais je ne voulais pas utiliser une substance qui pouvait être reliée à elle et par conséquent, à moi.

Je l'ai trouvé en train de faire une pause clope près de la porte de service de CVS. Quand il a levé les yeux de son portable et qu'il m'a vu apparaître au coin, il a grogné et a secoué la tête.

— Qu'est-ce que tu fous là, mec ? Quand t'as besoin de moi, tu m'appelles. On se donne rendez-vous quelque part.

J'ai balayé sa remarque d'un geste.

— Je n'ai besoin de rien. Je suis juste venu parler.

Stan avait des cheveux noirs, courts, mais bouclés, ébouriffés et hérissés sur toute la tête. Il avait toujours l'air de sortir du lit. Il a regardé vers la porte.

— Je suis quand même pas content que tu sois venu ici, mec.

— J'ai besoin de te poser une question.

— Alors, pose-la et casse-toi.

— Ce gangster croate à qui tu vendais des trucs, tu lui en vends toujours ?

Stan m'a dévisagé. Il a levé sa cigarette et a tiré une longue bouffée.

Quand il a gardé le silence, je lui ai dit :

— Il faut que je lui parle.

Il a pris une autre bouffée, en me dévisageant comme si j'étais un flic des stups.

— Et si t'allais te faire enculer, plutôt ? Je ne vends rien à personne.

Puis il a laissé tomber sa cigarette et s'est tourné vers la porte. Elle s'est refermée en claquant et je suis resté seul derrière le CVS.

Cette nuit-là, je l'ai chopé alors qu'il descendait à la station de métro près de son boulot. Il avait un sac à dos sur une épaule, et un gros casque antibruit Bose sur les oreilles.

Je lui ai tapoté l'épaule.

— Stan…

Il a bondi mais quand il m'a vu, il a descendu le casque autour de son cou.

— Putain, mais qu'est-ce que tu fous ? Je t'ai dit d'aller te faire foutre.

Je l'ai suivi dans l'escalier du métro, jusqu'au quai. Stan se tenait éloigné des autres personnes qui attendaient le train suivant.

— Il faut que je parle à ce mec, ai-je dit.

— Tu te pointes sur mon lieu de travail pour parler de trucs illégaux. Tu sais à quel point c'est dangereux ? Tu as un micro sur toi ou quoi ?

— Bien sûr que non. Il faut juste que…

— Pourquoi tu dois parler à Ivo ?

— Ivo, d'accord. Ivo. J'ai besoin de voir s'il peut me mettre en contact avec quelqu'un.

— Qui ?

— C'est important ? Tu veux vraiment savoir ? Tu m'as dit que cet Ivo était en contact avec des gens. Je veux savoir s'il connaît une certaine personne.

— Qui ? Allez, mec. Ne me fais pas le coup de “t’as pas besoin de connaître les détails”. Tu veux mon aide, il faut que je sache de quoi il est question.

— Josip Vukov. Je veux savoir si ton gars connaît quelqu’un qui s’appelle Josip Vukov.

Stan a secoué la tête et a regardé les voies qui s’enfonçaient dans le tunnel.

— Et qu’est-ce que tu veux à ce putain de Josip Vukov ?

— Tu le connais ?

— Je t’ai demandé ce que tu lui veux.

— Je veux lui parler.

— Lui parler de quoi ? Grouille-toi, mec, mon train arrive dans deux minutes.

— J’ai des informations sur un détective privé qui l’a peut-être pris en filature.

— T’as prévu ma part ?

— Ta part de quoi ?

— Eh bien, tu prévois de lui vendre cette information, non ? Combien j’en tire, moi ?

Je l’ai dévisagé. Je suis toujours choqué par l’avidité. Je n’arrive pas à concevoir qu’on essaie autant de se cramponner aux choses de ce monde.

— Je ne vais pas lui vendre l’information, Stan. Je vais lui parler de ce type juste pour qu’il sache. Pour moi, il s’agit surtout de baiser le détective. Mais je vais te dire ce que je vais faire, je ferai en sorte qu’il sache que c’est toi qui m’as mis en contact avec lui. Du coup, il te devra un service. Ça te va ?

Cette nuit-là, à une heure du matin, j’ai rencontré Josip Vukov dans un parking derrière un magasin d’électronique définitivement fermé sur W Devon. Je suis entré sur le parking et je me suis garé à côté d'un SUV Lexus gris métallisé, le seul véhicule visible. Deux hommes m'y attendaient. Le grand assis à la place passager m'a fait signe de descendre de mon pick-up.

Quand je suis sorti, il est sorti de son SUV et il a ouvert la portière arrière.

— Je veux te voir poser ton portable dans ton pick-up, a-t-il dit. Ensuite, monte là avec moi.

J'ai obéi et il s'est glissé sur la banquette arrière à ma suite ; il a posé ses mains sur moi, m'a tapoté de haut en bas. Je ne disais rien, je me suis contenté de lever les bras et de le laisser me fouiller à son aise.

Une fois qu'il a été satisfait de constater que je ne portais pas de micro, il a sorti mon portefeuille de ma poche. Il l'a tendu au conducteur.

— Prends une photo de son permis de conduire et de toutes les autres pièces d'identité que tu trouveras.

Pendant que l'autre s'exécutait, le grand bonhomme m'a dévisagé.

J'ai dit :

— Vous êtes Vukov ?

Il a tapoté ses doigts repliés sur son genou.

— Pourquoi tu veux me parler ?

— J'ai des informations.

Il a attendu.

J'ai repris :

— Le type que vous avez surpris derrière votre voiture jeudi, le gars que vous étiez en train de tabasser au moment où les flics se sont pointés. C'est un détective privé. Il a une boîte appelée Solutions de Sécurité sur Irving Park. Il essayait de mettre un traceur GPS sur votre voiture. Il travaille pour votre femme.

Vukov n'a réagi à aucune de ces informations, mais il m'a dévisagé tout le temps où j'ai parlé.

— Comment tu sais ça ? a-t-il demandé.

Je ne voulais pas mentionner les flics.

— J'ai suivi le détective un certain temps. Je le suivais pendant qu'il vous suivait.

— Pourquoi ?

— C'est mon affaire.

Il s'est penché plus près de moi.

— Comment ça, c'est ton affaire, bordel ? Je ne te connais pas. Qu'est-ce que tu veux que je fasse de ces informations que tu me donnes ? Pourquoi je devrais écouter un inconnu qui débarque comme ça de nulle part ?

J'ai désigné le conducteur à l'avant qui prenait des photos de mes papiers avec son portable.

— Eh bien, maintenant, vous savez qui je suis. Vous avez toutes les infos sur moi. Mais peu importe. Je suis juste un type qui n'aime pas ce détective. Et je me suis dit que vous seriez peut-être content de savoir qu'il avait été engagé par votre femme pour vous suivre.

— Tu connais ma femme ?

— Non.

— Alors quoi, tu veux juste foutre en l'air la vie de ce mec ?

— Ouais, c'est ça. C'est pour ça que je viens vous parler, juste pour foutre en l'air ce mec. Ce que vous faites de ces infos, c'est vous qui voyez. Mais si j'étais vous, je ne serais pas content qu'un type pense qu'il peut vous mettre sous surveillance, vous suivre partout, vous épier et ne pas payer pour ça. Qui sait quelles informations il a peut-être déjà rassemblées sur vous, juste par hasard ? Qui sait à qui il pourrait les donner ?

Le conducteur a rendu mon portefeuille à Vukov.

Vukov me l'a rendu.

— Alors, a-t-il fait. Comment s'appelle ce salopard ?

— Owen Pall. P-A-L-L.

32

Quand je les ai vus sortir par la porte de service de Solutions de Sécurité le lendemain, Vukov haletait et son chauffeur tenait une batte de base-ball en aluminium pleine de traces de sang. Après avoir jeté un coup d'œil alentour, ils se sont empressés de rejoindre leur SUV, y sont montés et sont partis.

Puis tout est redevenu normal. Les voitures défilaient sur Irving Park. J'ai perçu un mouvement dans mon rétroviseur et je l'ai incliné pour mieux voir ; une femme et une petite fille traversaient la rue environ un bloc derrière moi.

J'ai repris ma surveillance de la porte d'entrée de l'agence du détective. J'étais garé plus loin sur la rue, depuis deux bonnes heures, et sur le point de partir quand j'avais vu Pall arriver en voiture et entrer. Il avait été suivi de Vukov environ dix minutes plus tard.

Maintenant, je me demandais s'ils l'avaient tué. Ce serait une bonne chose pour moi, bien sûr, et si tous les flics de Chicago détestaient vraiment Pall autant que Whitney me l'avait dit, il n'y aurait peut-être même pas de véritable enquête. Mais je ne pouvais pas prendre le risque. Il fallait que je sache ce que Pall avait découvert sur Ronnie, et il me semblait raisonnable d'aller voir dans l'agence.

Je suis sorti de mon pick-up. Les voitures se sont arrêtées au carrefour quand le feu est passé au rouge et une fois que le feu pour les piétons s'est allumé, j'ai traversé la rue, je suis allé d'un pas tranquille jusqu'à Solutions de Sécurité. Je suis entré.

Les lumières étaient éteintes mais les rayons de soleil entrant par les fenêtres éclairaient suffisamment l'endroit pour que je puisse m'orienter. Il y avait une porte menant à un bureau au fond, et un rai de lumière filtrait au ras du sol. J'ai pris des gants en latex violets dans ma poche arrière et je les ai enfilés.

J'ai ouvert la porte.

Owen Pall était étendu au milieu de la pièce. Son visage était un entonnoir ensanglanté, mais sa poitrine se soulevait toujours et ses mains frémissaient. Le sol, le plafond et les murs étaient constellés de taches de sang et sa respiration était irrégulière, mais il était encore vivant.

Le bureau était sens dessus dessous. Un ordinateur gisait par terre sur le flanc à côté d'un portable en morceaux. Je suis allé jusqu'à l'ordinateur et je l'ai ramassé. Il avait été très malmené et l'écran était fendu, mais c'était un portable robuste, du genre à résister à un coup de parpaing, et il fonctionnait encore. Je me suis demandé pourquoi Vukov ne l'avait pas pris, mais je savais pourquoi. C'était la raison pour laquelle ils avaient laissé Pall en vie. Ce tabassage était simplement un message pour lui dire de se tenir à distance – très grande distance – de Josip Vukov et ses affaires.

C'est là que quelque chose m'a attiré l'œil. Mon nom sur l'écran de l'ordinateur. Je me suis assis avec l'appareil pour farfouiller dans son disque.

Je n'avais pas beaucoup de temps, bien entendu. Il fallait que je me tire d'ici. Mais j'en ai vu assez. Il avait Ronnie sur une vidéo en train d'agresser une femme dans une ruelle. Il avait aussi des images de la femme, en train de se cacher de la police et de s'enfuir.

Pire que tout, il m'avait, moi.

Pendant que je faisais le pied de grue devant sa boutique, il était allé chez moi. Il était entré. Il avait une vidéo de mon sous-sol. De l'atelier de boucherie.

Mon sang s'est glacé dans mes veines. Il avait bien failli me coincer.

J'ai essayé d'ignorer la chose, d'ignorer la décharge d'adrénaline que je ressentais. Il fallait que je réfléchisse rapidement et clairement sur ce que je devais faire ensuite. Prendre l'ordinateur – et son portable aussi, au cas où. Je les détruirais, mais pas avant d'avoir bien examiné tous ses fichiers.

En particulier, je voulais étudier le dossier qu'il avait sur elle. Hardy, Alice, quarante ans. La femme sur la vidéo. Je pouvais voir ce que Ronnie lui avait trouvé. Un seul regard suffisait, et je savais qu'elle était tout ce que nous haïssions tous les deux. Dommage que je ne puisse pas finir ce qu'il avait commencé…

Ensuite, comme pour me rappeler que j'avais d'autres choses à régler d'abord, Owen Pall a commencé à s'étouffer et à cracher du sang.

PARTIE 9 : LUNDI

OWEN PALL

33

Le cliquetis du clavier au-dessus de moi. Le grincement de ma chaise de bureau.

Je ne vois rien. Quand j'essaie de bouger, je me sens comme plongé dans un bloc d'ambre, collant et dur. Je tousse et je manque m'étouffer.

Mon pouce gauche peut encore bouger, alors je m'en sers pour enlever le sang de mes yeux. Un seul œil fonctionne. Je prends une inspiration et j'ai l'impression que mon visage est un magma de morceaux disjoints.

J'entends des pas, je sens leur vibration dans le plancher.

Erik Reid se penche sur moi.

— Tu m'entends, Owen ?

J'essaie de répondre, mais tout ce qui sort est une bouillie sanguinolente.

— Je viens de lire tes notes. Une recherche fouillée, dis-moi. Je te félicite. Tu as bien travaillé.

Je ferme les yeux. Je sens le sol, dur, vaste, qui se dilate sous moi.

Il est juste au-dessus de moi maintenant, son visage à quelques centimètres du mien.

— Je me demande ce que tu comptais tirer de tout ça. Au départ, c'était de l'argent ? Peut-être que tu avais l'intention de vendre cette vidéo aux chaînes d'information ? Tu devais savoir que tu pourrais en tirer un bon prix. Mais ensuite, quoi, il s'est passé quelque chose ? Tu es tombé amoureux d'elle ? Tu t'es découvert un sens moral ? (Je ne réponds pas, alors il soupire.) Je suppose qu'on ne saura jamais, c'est ça ?

J'ouvre mon œil opérationnel.

Il me sourit, de ce sourire haineux et joyeux dont on m'a parlé. Il tapote mon torse éclaté.

— Merci de me l'avoir livrée. Alice Hardy. Je ne l'aurais jamais retrouvée seul.

Il continue à parler, mais je n'entendrai pas le reste de ce qu'il dit. Je n'entendrai pas un autre mot humain. Quand il est prêt, il appuie sa main sur mon visage écrasé et je m'enfonce dans le sol. Ce qui reste de moi, ce tas informe d'os brisés et de muscles déchirés s'agite et se bat pour survivre, mais il appuie plus fort et m'enfonce plus encore dans le sol en expansion jusqu'à ce que je me libère de sa main, jusqu'à ce que je sois enfoncé si profondément qu'il ne peut plus me toucher. Je glisse, je m'éloigne de lui, des gangsters et des flics, des ombres et des murmures, de tout ce théâtre de souffrance. Je m'éloigne pour de bon, et en partant, j'envoie un dernier message vers le ciel, une dernière prière, espérant qu'elle l'entendra.

Je suis désolé, Alice. Je suis tellement désolé.

PARTIE 10 : LUNDI

ALICE HARDY

34

QUAND je me suis réveillée lundi matin, je me demandais encore comment j'allais trouver mon assaillant et les deux autres hommes de la ruelle. Ce n'est qu'une fois que je suis allée dans la salle de bains et que je me suis assise pour faire pipi que j'ai remarqué que mon genou allait mieux. Les hématomes avaient viré au jaune rouille, et la douleur n'était plus qu'un écho de ce qu'elle avait été.

Après avoir pris ma douche et avoir mis une serviette en turban sur mes cheveux, j'ai enfilé un peignoir et je suis descendue me servir une tasse de café. Greg et Tuck étaient tous les deux prêts à partir.

— Hé, comment vous allez ? ai-je dit en m'efforçant d'avoir un ton enjoué.

— Le devoir m'appelle, a dit Greg.

— Et toi ? ai-je demandé en donnant une petite tape à mon fils.

Il a désigné la voiture qui attendait devant la maison.

— Julia m'appelle.

Je lui ai tapoté le dos.

— Ah, eh bien, ne la fais pas attendre.

Il a acquiescé et jeté son sac à dos sur son épaule.

Je l'ai brièvement serré contre moi.

— Passe une bonne journée.

Il a marmonné un rapide :

— Toi aussi, et s'est empressé d'aller rejoindre sa petite amie.

J'ai passé la tête dehors tandis que Tuck dévalait les marches. Dans sa voiture, Julia était penchée sur son portable et elle n'a pas levé les yeux.

J'ai demandé à Greg :

— Tu penses qu'ils vont continuer à se voir quand ils iront dans des facs différentes ?

Il a regardé notre fils monter dans la voiture et l'a suivie des yeux jusqu'au bout de la rue.

— Il y a des chances qu'ils poursuivent à distance pendant un moment, puis qu'ils se lassent et se séparent.

Je me suis tournée vers lui.

— Tu es tellement romantique, Greg.

Il a haussé les épaules et a inspecté le contenu de son sac pour s'assurer qu'il n'avait rien oublié.

— Tu ne m'as pas demandé un poème d'amour, tu m'as demandé mon avis. Toi, qu'est-ce que tu en penses ?

J'ai soufflé sur mon café, bu une gorgée et j'ai dit :

— Il y a des chances qu'ils poursuivent à distance pendant un moment, puis qu'ils se lassent et se séparent.

— Tu vois ?

J'ai souri.

— OK, mais est-ce que je peux avoir le poème d'amour maintenant ?

Il a souri avant de jeter un coup d'œil à son portable.

— Malheureusement, il faut que j'y aille. Le poème devra attendre.

Tandis qu'il sortait sa voiture, j'ai pris mon portable dans la poche de mon peignoir et j'ai parcouru les informations locales. Toujours rien. Pas d'homme avec la gorge tranchée. Si les deux autres hommes que Glen Samuels avait vus étaient des amis de mon agresseur, ils avaient dû trouver un moyen de lui fournir une aide médicale d'urgence sans que la police en soit informée.

Je suis montée me préparer pour ma journée de boulot. J'ai pris un petit déjeuner léger – juste une autre tasse de café avec des toasts et des fruits, mais au moins, j'avais retrouvé de l'appétit – et je me suis précipitée dehors. En allant à la fac, je ne cessais de repenser à la nuit de l'agression. J'étais certaine de l'avoir coupé au niveau de la gorge. Le coup avait été tellement grave qu'il s'était écroulé à mes pieds, les mains serrées autour du cou. J'avais même cru qu'il allait mourir sous mes yeux.

Peut-être que ça a bien été le cas ? Et si l'autre homme de la ruelle, celui de la voiture, avait emporté son corps sans vie quelque part ?

Arrivée sur le campus, je me suis garée et je suis allée jusqu'à ma salle pour mon cours de Sémiotique et interprétation biblique. Je me sentais plus solide que vendredi, à la fois physiquement et mentalement. Temporairement, j'allais ranger les questions sur mon agression dans un coin de ma tête, et me concentrer sur la tâche à accomplir dans l'immédiat, à savoir donner mon cours. Dans cet état d'esprit, je suis entrée dans ma salle, j'ai salué mes étudiants et je leur ai parlé de l'Évangile selon Marc pendant cinquante minutes. Lorsque le cours a touché à sa fin, tout bien considéré, je me sentais presque bien pour la première fois depuis des jours.

Tandis que les étudiants se dispersaient et que je rassemblais mes affaires, une fille appelée Brianna Kizmya s'est approchée de mon bureau.

— Professeur Hardy, pourrais-je vous parler ?

C'était une grande fille aux épaules un peu voûtées, dont la posture courbée essayait de faire oublier sa haute taille ; elle arrivait généralement en retard en cours dans un volumineux manteau d'hiver passé par-dessus un T-shirt et un pantalon de survêtement. Elle avait échoué à la plupart des interrogations quotidiennes, lutté tout le semestre pour être à jour de ses lectures, et elle n'avait apporté absolument aucune contribution à nos discussions. J'étais certaine de savoir ce dont elle voulait parler.

— Bien sûr, Brianna, ai-je dit en glissant la bandoulière de mon sac sur mon épaule.

— Je suis venue vous voir pendant votre permanence vendredi, mais vous n'étiez pas là.

Le jour où j'étais partie tôt pour aller voir Jason. Merde.

— Je suis désolée. J'ai eu une urgence familiale. J'avais l'intention d'envoyer un e-mail à tout le monde pour prévenir que je ne serais pas là, mais j'ai dû oublier.

— Vous avez votre permanence maintenant, c'est ça ? Est-ce qu'on peut se parler ?

— Bien sûr.

Nous avons marché en silence jusqu'à mon bureau. J'ai énoncé quelques banalités, essayé de lui demander comment elle allait, mais elle ne marmonnait que des réponses à moitié finies. Quand nous sommes arrivées à mon bureau, j'ai ouvert la porte et je l'ai invitée à s'asseoir.

Nous nous sommes installées et je lui ai demandé :

— Alors, qu'est-ce que je peux faire pour vous, Brianna ?

L'entrée en matière était vague, et j'espérais qu'elle se jetterait à l'eau. Comme elle n'avait jamais manifesté le moindre intérêt pour le sujet de notre cours, je supposais que ce rendez-vous allait porter sur la seule autre préoccupation des étudiants : leurs notes. Je redoutais l'inévitable appel à ma pitié.

Elle a pris une grande inspiration. Elle évitait soigneusement mon regard.

— Je ne sais pas..., a-t-elle commencé. Je ne sais pas à qui parler.

Je l'ai dévisagée. Ou plutôt, comme elle avait les yeux rivés sur la moquette, j'ai regardé fixement son front.

— Quelque chose ne va pas ?

— Ouais, c'est un peu ça. Ouais, il y a quelque chose qui ne va pas.

Elle a levé la tête et a essayé, visiblement avec beaucoup d'efforts, de rassembler ses forces. J'ai regardé son jeune visage lisse. Elle ne portait pas de maquillage, et sa lèvre inférieure était gercée. Elle l'a pincée entre ses dents et s'est mise à la mordiller. Ses yeux bruns se sont levés et elle a surpris mon regard ; elle a lâché sa lèvre.

— Brianna, ai-je dit, voulez-vous me dire ce qui ne va pas ? J'ai l'impression qu'il ne s'agit pas de vos notes en cours.

— Ouais, je suis désolée pour mes notes en cours, s'est-elle empressée de dire. Vous devez penser que je suis complètement débile. Ou seulement paresseuse.

J'ai balayé la question d'un revers de main.

— Si ce qui vous tracasse est plus important, je me fiche du cours, ai-je répondu.

Je me suis penchée en avant, les coudes calés sur le bord de mon bureau.

— Si vous êtes plus à l'aise à l'idée de parler à quelqu'un d'autre, un psychologue, nous avons des gens bien sur le campus. Je peux tout à fait…

— Non, a-t-elle dit en prenant une nouvelle inspiration pour se donner du courage, je voulais en parler à quelqu'un que je connais. Je ne peux pas parler à mes amis du lycée, de mon quartier, parce que tout le monde se connaît. Et je n'ai pas encore d'amis ici. Et mes parents… (Elle a haussé les épaules.) Je voulais vous dire qu'il s'était passé un truc pendant les vacances de Noël. Je traînais avec un gars que je connais du lycée. On picolait.

Soudain, anticipant ce qui allait suivre, j'ai senti s'écrouler à l'intérieur de moi la barrière derrière laquelle je protégeais tout ce que je refoulais. J'ai cru que j'allais éclater en sanglots devant cette pauvre fille avant qu'elle ait le temps de me livrer ses tourments – à *moi*, qui lui étais pour ainsi dire étrangère.

— Je flirtais avec lui, a-t-elle dit, et je suppose qu'il s'est fait des idées.

— Vous n'êtes pas responsable des idées que les gens se font. Vous n'êtes certainement pas responsable des actes de quelqu'un d'autre.

Elle s'est mise à tirer sur un fil de son manteau.

— Je sais. Mais il s'est fait l'idée qu'il s'est faite et quelques instants plus tard, il se jetait sur moi. J'ai dit non, mais j'essayais de le prendre en rigolant, genre, comme si c'était bête. Parce qu'au début c'était comme si on déconnait. Mais il ne s'est pas arrêté. Et là, je me suis dit que j'avais plus qu'à lâcher l'affaire. C'est ce que j'ai fait. Mais après… quelque chose avait changé. Je ne sais pas comment l'expliquer.

Je me suis penchée plus près d'elle.

— Je suis tellement désolée, Brianna.

Sans me regarder, elle a écarté mon empathie d'un revers de main comme si elle refusait d'être servie une deuxième fois en glace, parce que ce n'était pas bon pour elle.

— Ce n'est pas tellement important. Je suis stupide. J'ai déjà couché avec des mecs.

— Ce n'est pas le propos, que vous ayez couché. Ce qui importe, c'est que vous ne vouliez pas le faire.

Elle s'est remise à se mordiller la lèvre.

— Depuis, je me sens bizarre. Vous voyez ? C'est comme si… je m'étais retrouvée dehors, sans pouvoir re-rentrer chez moi.

Une grosse boule s'est formée dans ma gorge. J'avais envie de lui raconter, à cette pauvre jeune fille de dix-neuf ans, ce qui m'était arrivé. Je voulais à la fois confesser mes péchés et révéler mon traumatisme comme si elle était un prêtre et un psy à la fois.

J'ai pris une grande inspiration, puis je lui ai dit que nous devrions aller voir le psychologue pour qu'elle puisse parler à quelqu'un qui était formé à gérer les problèmes de ce genre. Je lui ai dit qu'elle n'était pas seule. Je lui ai dit qu'il existait de l'aide. J'ai dit, je crois, tout ce qu'on est censé dire dans ces cas-là.

Ensuite, je l'ai accompagnée au centre de santé de l'université et je lui ai pris un rendez-vous pour parler à un psychologue. Nous avons eu de la chance. Il y avait une consultation disponible quinze minutes plus tard.

Je me suis assise pour attendre avec elle. Le silence était lourd. Nous n'avions pas grand-chose à nous dire. Pendant que Brianna regardait son portable, j'ai remarqué que la fille au comptoir d'accueil remplissait des papiers et soudain, j'ai eu une idée.

Je me suis tournée vers Brianna.

— Il faut que je vous dise quelque chose, Brianna.

Elle a levé les yeux.

— OK.

— Vous savez ce qu'est un "rapporteur mandaté" ?

— Je ne crois pas.

— Cela signifie que si un étudiant me dit qu'il est en situation de détresse ou qu'un crime a peut-être été commis, j'ai l'obligation légale d'en informer quelqu'un.

Son front lisse s'est plissé.

— Comme la police ?

— Non, comme des gens de la fac. Je dois fournir un rapport auprès du Centre d'assistance. Ça s'appelle un rapport sur les intérêts personnels.

Je me suis penchée plus près, et je l'ai regardée droit dans les yeux.

— Vous n'aurez pas d'ennuis, rassurez-vous. Le rapport n'est pas intégré à votre livret scolaire. Ce n'est pas négatif. C'est juste une manière de nous assurer que vous recevez l'aide dont vous avez besoin.

Elle a évité mon regard et a baissé les yeux vers ses mains.

— Vous êtes obligée de faire ça ? Je préférerais que toute la fac ne soit pas dans la boucle.

— Oui, je suis désolée. Mais vraiment, je vous assure que tout va bien se passer. C'est confidentiel. Un responsable vous contactera, probablement dans les vingt-quatre heures après la remise de mon signalement. Juste pour s'assurer que vous faites bien ce que vous êtes en train de faire maintenant, à savoir parler à quelqu'un qui peut vous aider.

La psychologue est sortie et a appelé Brianna.

Elle s'est levée.

Je lui ai dit :

— Tout se passera bien.

Elle s'est tournée vers moi.

— Je suis désolée de vous avoir embêtée avec ça. Merci d'avoir essayé de m'aider.

— Vous ne m'avez pas embêtée du tout. Je suis contente que vous m'ayez parlé. Si vous voulez qu'on se reparle, à n'importe quel moment, dites-le-moi. OK ?

Elle a répondu par un hochement de tête, à peine esquissé, et a tourné les talons.

Je me suis levée.

— Brianna ?

Elle s'est retournée :

— Ouais ?

— Est-ce que je peux vous poser une question ? Pourquoi moi ? Pourquoi avez-vous choisi de me parler, à moi ?

Elle a haussé les épaules.

— Je ne sais pas. Je suppose que c'est parce que vous êtes le seul professeur que j'ai ce semestre qui ne soit pas un mec.

35

St Ignatius est au bord du lac Michigan et, après avoir quitté Brianna, je suis allée me promener jusqu'à la rive. Le soleil brillait, et j'étais obligée de plisser les yeux pour me protéger des reflets blancs sur l'eau. Comme à l'origine je suis des Sandhills de l'ouest du Nebraska, je n'étais pas prête au choc de la vaste étendue des Grands Lacs quand je les ai vus la première fois. Là d'où je viens, un lac est quelque chose dont on peut voir la berge opposée. Le lac Michigan, lui, ressemble à un océan, avec des vagues incessantes qui lèchent le rivage et un horizon qui va jusqu'au ciel. Comme il imite si bien l'océan, la plupart des gens le traitent comme tel. Il a des plages de sable, des personnes qui prennent des bains de soleil, des surfeurs. Dans un genre d'illusion de masse, tout le monde ici fait un peu semblant que c'est l'océan. Dans le genre hallucination de masse, celle-ci est jolie.

Tandis que je restais là sur le chemin piétonnier qui suivait la rive en longeant le campus, un couple de filles tatouées en débardeur et short sont passées, main dans la main. Un type torse nu sur un vélo est arrivé dans le sens inverse, en hochant la tête au rythme de *Blinding Lights* émis par le portable qui dépassait de sa poche.

C'était une belle journée, la plus chaude journée du printemps jusque-là, et elle semblait annoncer des jours encore plus chauds.

J'ai cru que j'allais pleurer.

Sans en avoir conscience, Brianna, la pauvre, m'avait tendu un miroir. Je m'étais vue en pied pour la première fois depuis l'agression. Pour la première fois, je voyais ce que j'avais fait. J'ai cru que j'allais m'étrangler avec ma propre hypocrisie.

Je l'avais laissé s'en sortir. Oui, peut-être qu'il était mort, mais peut-être que non. Pour ce que j'en savais, il était quelque part en train de récupérer, de reprendre des forces jour après jour. Pour ce que j'en savais, ses amis et lui étaient déjà dans la nature, en train de recommencer, de chasser d'autres femmes comme des proies.

J'avais essayé de protéger ma famille en gardant l'agression secrète. J'essayais de me protéger. Je ne voulais pas que mon mari demande le divorce. Et je ne voulais désespérément pas que mon fils me déteste. Je ne voulais pas que mes amis et mes collègues cancanent, et je ne voulais pas que ma vie soit réduite à une histoire dans les journaux. J'avais cru que je pourrais simplement tout supporter seule.

Ce que je voyais maintenant, avec une clarté absolue, c'était que je ne pouvais pas le supporter seule. Je n'en avais pas le droit, cela n'avait jamais été le cas, pas s'il y avait la moindre chance qu'il puisse agresser quelqu'un d'autre.

Brianna, une jeune femme qui me connaissait à peine, avait trouvé la force de venir me voir et de me révéler un secret qui la noyait de honte. Et moi, que faisais-je ? Je me cachais entre les étagères de la bibliothèque, pour relire mes notes. Je me cachais, pendant que mon agresseur était encore dans la nature.

Mes cheveux voletaient dans le vent frais qui soufflait du lac. Je les ai rassemblés, les ai entortillés bien serré et je les ai maintenus contre ma poitrine.

J'ai pris une longue, une profonde inspiration. Si cet homme agressait une autre femme, la violait, la blessait ou pire, pendant que je me rassérénais avec des fantasmes sur le fait que j'allais *peut-être* le retrouver…

J'ai lâché mes cheveux.

J'étais sur le point de faire exploser ma vie. Comme c'était bizarre de le réaliser avec autant de clairvoyance. J'avais eu un moment de clairvoyance similaire la première fois que j'étais allée à l'appartement de Jason. J'avais su à ce moment-là ce que je faisais. *Je suis sur le point de m'envoyer en l'air avec ce mec*, m'étais-je dit. *Je suis sur le point de tromper Greg*. Mais j'avais foncé, dopée par cette lucidité.

Là, c'était pire, bien pire. Je ne savais pas ce qui allait arriver avec Greg et Tuck, encore moins avec la police et la presse et les gens à la fac. Mais j'avais passé les derniers jours à vivre comme si j'étais déjà morte, comme si j'avais été tuée dans cette ruelle. Il était temps de sortir de l'ombre, peu importait ce qui me suivrait au grand jour.

36

QUAND j'ai vu la voiture de Greg arriver, je suis montée au premier. Je voulais lui parler seule avant le retour de Tuck, et je ne voulais pas que Tuck arrive et nous trouve en train de pleurer dans le salon, alors je suis montée et je me suis assise sur le lit.

Je l'ai entendu entrer dans la maison. En écoutant ses pas dans l'escalier et en attendant qu'il vienne me rejoindre, j'ai pris de longues respirations lentes.

Dès qu'il est entré dans notre chambre, avant que je dise un mot, il a su qu'il se passait quelque chose. Je ne sais pas si j'avais l'air coupable, fâchée, ou émue. Mais je devais offrir un drôle de tableau, assise là à l'attendre.

— S'il te plaît, assieds-toi.

Il a levé le menton et à son tour, a pris une longue, lente inspiration. Sous son blazer noir froissé, sa chemise beige était sortie de son pantalon, ce qui était normal quand il rentrait de la fac. Il aimait bien se mettre à l'aise quand il se dirigeait vers la voiture à la fin de sa journée. Il avait toujours sa sacoche pleine de livres et de papiers sur l'épaule ; il a soulevé la bandoulière pour la passer par-dessus sa tête et l'a posée au pied du lit. Après s'être assis dans le fauteuil à côté de la fenêtre, il a lentement croisé une jambe sur l'autre et m'a regardée fixement.

— Il faut que je te parle.

Ses sourcils se sont arqués. Je pouvais presque l'entendre penser, *Eh bien, je n'aime pas ce qui s'annonce.* Mais il s'est retenu de l'énoncer à haute voix. Il a baissé la tête, les mains sur les genoux, et a fait tourner son alliance autour de son doigt.

— OK.

J'ai pris une inspiration comme si j'étais sur le point de sauter du haut d'une falaise.

— D'abord, il faut que je te dise… Depuis un certain temps, je vois quelqu'un.

Il a cessé de tripoter son alliance et m'a dévisagée.

— Je vois quelqu'un, ai-je répété. Pas un de nos amis. Pas un collègue. Pas quelqu'un comme ça. Ça dure depuis quelques mois.

Son regard était vide. Il attendait la suite, sachant qu'il y en avait une.

— Je suis allée le voir l'autre soir, ai-je dit. Et il s'est passé quelque chose. Que je dois te dire. Quelque chose de terrible.

— Le soir où tu es tombée.

— Oui.

Il a hoché la tête et a regardé ses mains.

— Que s'est-il passé ?

— Je partais de chez lui. Je me dirigeais vers ma voiture. Et j'ai été agressée. Un homme armé d'un couteau m'a entraînée dans une ruelle. J'ai cru qu'il allait me tuer, Greg. La manière dont il m'a regardée. Il a déchiré mon chemisier, il a collé le couteau contre ma gorge.

Quand j'avais pensé au moment où je parlerais à mon mari de l'agression, j'avais imaginé que je serais en pleurs. Mais quand Greg m'a regardée, son visage était si impassible que je ne ressentais rien du tout. Il n'avait pas l'air furieux, et il n'avait certainement pas l'air empathique. Il n'allait pas montrer la moindre émotion tant qu'il ne saurait pas tout. Il ne savait jamais quoi ressentir à propos de quoi que ce soit avant de savoir quoi en penser, et il ne pourrait pas savoir quoi en penser avant d'avoir l'information. Si mes émotions étaient un vent qui me poussait dans le dos jusqu'à ce que je le contrôle et que je l'oriente vers un but utile, ses émotions à lui étaient un endroit où il arrivait, la solution à un problème qu'il avait fini par résoudre.

— Qu'est-ce qui s'est passé ensuite ? a-t-il demandé.

— On s'est battu et j'ai réussi à lui prendre le couteau et à lui entailler la gorge.

Il a écarquillé les yeux.

— Tu lui as entaillé la gorge…

— Il n'est pas mort. Mais j'ai eu peur que ça arrive, oui. J'ai couru… couru jusqu'à l'appartement d'où je venais. Quand on est ressortis pour voir dans quel état il était, il avait disparu. On a décidé de ne pas appeler la police.

— "On" a décidé.

— Oui, moi et… l'homme que je voyais.

— Qui est-ce ?

— Greg… est-ce que tu as entendu ce que j'ai dit ? Quelqu'un a essayé de me tuer.

— Je trouve seulement bizarre que tu ne dises pas le nom de ton amant. Il me semble que si tu peux baiser avec lui, et si tu peux prendre des décisions d'une importance vitale avec lui, tu devrais pouvoir énoncer son nom.

Bien que sa voix et son visage n'aient pas changé, au moins, maintenant, il était furieux. Au moins, maintenant, il *savait* qu'il était furieux.

— C'est Jason Brennan.

Il a cligné des yeux plusieurs fois.

— Le type qui a carrelé notre cuisine. Tu t'es envoyée en l'air avec le type qui a refait le carrelage de la cuisine.

Il a hoché la tête. A fait un vilain sourire. A penché la tête avec ironie.

— Mon Dieu, toi et le stéréotype du vrai mâle… Alice… ça doit avoir un lien avec tes origines du rude Nebraska. Tu sais ce que ça me rappelle, hein ? Ce marine pour qui tu avais le béguin. Comment il s'appelait, déjà ?

Un an après notre mariage, juste après avoir découvert que j'étais enceinte de Tuck, j'avais rencontré un marine à la salle de sport où j'allais régulièrement. Je n'avais pas couché avec lui, mais la situation était devenue compliquée.

— Greg…

— Non, ça c'est mon nom. Comment s'appelait-il, lui ?

— Greg, quelle importance ? Est-ce que tu m'écoutes ?

Il a ajusté sa position dans son fauteuil, a décroisé les jambes et s'est assis très droit, les mains posées sur les genoux.

— Son nom doit avoir une certaine importance pour moi. Je l'ai demandé.

— Tu te rappelles son nom, Greg.

— Non, Alice, en fait non. Je l'ai oublié exprès, je suppose, parce que je pensais que ça n'avait pas d'importance.

J'ai pris une grande inspiration.

— Chuck.

Il a acquiescé.

— Chuck, c'est ça. Comment ai-je pu l'oublier ? Chuck. Et maintenant Jason. De *vrais* hommes. Je suis assez fan de sport pour comprendre leur attrait. Non, sérieusement. Le type physique qui est à l'aise dans son corps. Tu as toujours été attirée par ce genre d'hommes. Tu sais pourquoi, hein ? C'est parce que tu as toujours été une intellectuelle coupable. Tu passes tes journées le nez plongé dans ces vieux bouquins, à lire sur les gnostiques et les ébionites ou je ne sais qui, mais il y a une partie de toi, tout au fond, qui a peur d'être en train de gâcher sa vie. Ce qui, au fait, est le cas. C'est notre cas à tous. D'une manière ou d'une autre, on gâche tous notre vie. C'est ça que tu n'arrives pas à accepter.

Mon visage est devenu chaud. Je me suis posée sur le bord du lit et je me suis penchée en avant, essayant de contenir ma fureur.

— Je sais que tu es blessé. Et je suis *sincèrement* désolée de t'avoir blessé. Mais j'ai été *agressée*. Un homme m'a *entraînée* dans une ruelle et a essayé de m'assassiner.

— Mais quand toi et Jason le carreleur, vous y êtes retournés, l'agresseur était parti.

— Oui.

— Et donc, tu es partie. Et tu n'as pas appelé la police.

— Non.

— Et tu ne m'en as pas parlé, non plus.

— Non. J'étais en état de choc. J'étais traumatisée. Et j'étais tellement embrouillée après ce qui s'était passé. Il a essayé de me tuer, et j'ai cru que je l'avais tué. Ensuite, il a tout simplement disparu. Quand je suis rentrée à la maison, je voulais juste que tout disparaisse. Jason. L'agression. Tout.

— Alors pourquoi tu m'en parles maintenant ?

— Parce que… (J'ai passé mes doigts dans mes cheveux.) Parce qu'aujourd'hui, j'ai compris que je ne peux pas laisser tomber. Il faut que j'aille voir la police. Au départ, j'ai cru que le type avait réussi à s'éloigner et qu'il était mort. Peut-être que j'espérais même qu'il était mort, pour ne pas avoir à gérer. Mais j'ai surveillé les informations et il n'y a rien. Ce qui signifie qu'il est probablement encore dans la nature. Je suis retournée sur les lieux et j'ai parlé à un homme qui a vu une voiture garée là. Il pourra peut-être identifier mon agresseur. Il faut que je raconte à la police ce qui s'est passé, pour qu'ils essaient de l'attraper. Je ne pourrais pas me regarder dans une glace s'il faisait une autre victime.

L'infidélité, l'agression, et maintenant ça. Greg me regardait fixement.

J'avais envie de me lever et d'aller le rejoindre. Mais ce n'était pas le bon moment. Je le savais, tout en restant au bord du lit pour être prête.

Greg a dit :

— Et maintenant ? Tu appelles la police ? Tu vas au commissariat ?

— J'y ai réfléchi. Je ne sais pas quel genre d'ennuis je peux avoir pour ne pas avoir signalé l'agression. Je crois qu'il vaut mieux y aller avec un avocat. Peut-être qu'on devrait parler à Ben Powell ce soir avant d'aller à la police demain.

— Powell s'occupe de testaments et de fiducie.

— Oui, mais peut-être qu'il peut recommander quelqu'un à qui on peut parler.

— *On*. Maintenant, c'est toi et moi qui prenons des décisions.

— Oui. (J'ai pincé les lèvres.) Je sais que je t'ai blessé…

Il a fait une grimace comme si un cri aigu venait de lui percer les oreilles.

— *Arrête* de dire que tu sais que tu m'as blessé. Ça ne me fait aucun bien que tu reconnaisses que tu m'as fait du mal. C'est en réalité une manière de tout ramener à toi.

J'ai fermé la bouche. Greg a regardé par terre.

Au bout d'un moment, il a dit :

— Et Tuck ?

J'ai enfoui mon visage dans mes mains, les paumes sur mes yeux.

— Une fois qu'on aura mêlé la police à ça, je ne vois pas comment on peut le lui cacher. S'ils attrapent le type, je risque de devoir témoigner. Je risque de me retrouver dans les journaux. Alors, je pense qu'on devrait lui en parler maintenant.

J'ai enlevé mes mains et levé la tête pour le regarder.

— Et je pense qu'on devrait le lui dire ensemble.

Pendant un moment, Greg est resté silencieux. Il s'est contenté de me dévisager avec une fureur glaciale.

Finalement, il a dit :

— Tu veux que je me présente avec toi devant mon fils pour lui dire que tu t'es envoyée en l'air avec le carreleur. Et que tu as poignardé quelqu'un dans une ruelle avant de t'enfuir sans le signaler à la police. Et que tout le monde va être au courant maintenant parce qu'on va probablement tous apparaître aux infos du soir.

Il n'y avait rien à répondre parce que c'était exactement ce que je voulais qu'il fasse. Je savais qu'il me détesterait pour ça, et que Tuck me détesterait probablement aussi, mais je savais aussi que ce serait mieux pour eux deux, pour nous tous, si on affrontait la chose en famille. Je n'étais pas en position d'insister, mais il n'y avait en réalité pas d'autre moyen. Si contrariée que je sois, je comprenais cela avec une clarté parfaite. Soit nous formions une famille soudée pour traverser cette épreuve, soit l'épreuve anéantirait notre famille. Et je n'allais pas la laisser nous anéantir.

— Je le crains, ai-je dit.

— Pourquoi tu n'appelles pas le carreleur pour lui demander de venir te tenir la main pendant que tu expliques la situation à notre fils ?

— Greg…

— Où est-il ? Où est *Jason* ?

— C'est terminé entre nous. Je te le promets.

— Super. Il te baise et il part, et moi, je suis là pour gérer le traumatisme et le scandale ?

Il s'est tourné pour regarder par la fenêtre, sans voir le toit du voisin ni le ciel au-dessus.

J'ai attendu. Après un long silence, j'ai dit :

— Je veux juste que tu saches, je me sentais tellement coupable pendant…

Sans un mot, Greg s'est levé et il est sorti de la chambre. Je l'ai entendu descendre, puis la porte de la maison s'est ouverte. Je me suis levée et j'ai couru à la fenêtre juste à temps pour voir sa voiture descendre l'allée en marche arrière et partir dans la rue.

Secouant la tête, me maudissant, je suis sortie dans le couloir et j'ai découvert mon fils qui essayait de regagner sa chambre en douce.

Il s'est retourné et son regard m'a tout dit. Il était rentré tôt. Il avait tout entendu.

Je me suis avancée vers lui.

— Tuck…

L'air soudain d'un petit enfant, il avait le visage rouge de honte, comme s'il était entré innocemment dans ma chambre et m'avait surprise nue au milieu de la pièce. En se précipitant dans sa chambre, il a secoué la tête et m'a fait signe de m'éloigner, sans colère ni détestation, mais avec une espèce d'humiliation terrible.

— Je suis désolé, a-t-il marmonné en fermant sa porte avant que je puisse l'atteindre.

Et pendant un moment, je suis restée dans le couloir seule, hébétée, entre les chambres de ma maison, vacillant sur mes jambes, sans savoir où aller ni quoi faire de ma peau.

37

Je me suis plantée devant sa porte.

— Tuck, il faut qu'on parle. S'il te plaît.

Sa porte s'est ouverte. Il devait être collé de l'autre côté sans savoir quoi faire. Incapable de me regarder, il gardait les yeux fixés sur le sol comme s'il était sur le point de se faire disputer.

Je me suis soudain sentie claustrophobe dans le couloir. En même temps, sa chambre paraissait petite au point d'être étouffante. Il fallait que je sorte de la maison.

— Est-ce qu'on peut aller dehors ? ai-je demandé.

— Dehors, pourquoi ?

J'ai fermé les yeux et posé ma main sur ma gorge.

— S'il te plaît... J'ai besoin d'air.

— OK.

Il m'a suivie en bas et nous sommes sortis sur la terrasse derrière. J'ai tiré deux fauteuils de jardin côte à côte et je me suis assise. Il s'est installé dans l'autre.

J'ai essayé de trouver par quoi j'allais commencer, mais avant que j'aie pu dire un mot, il a dit :

— Tu t'es fait agresser ?

— Oui.

Sa pomme d'Adam a fait un bond dans sa gorge.

— Est-ce que ça va ?

J'ai fermé les yeux. J'ai pris sa main dans la mienne, senti sa chaleur et j'ai essayé de ne pas m'effondrer.

— Oui.

— Où est-ce que ça s'est passé ?

— Près de Humboldt Park. Je marchais sur le trottoir, le soir où papa et toi vous êtes allés au match. Un homme m'a attrapée et tirée dans une ruelle.

Il a regardé mon genou. Je portais une jupe longue, alors il n'était pas visible, mais j'ai mis ma main dessus pour répondre à la question qu'il n'avait pas posée.

— Ouais, c'est comme ça que je me suis blessée au genou. Il m'a fait tomber.

Le visage de Tuck s'est empourpré.

— Un salopard t'a *agressée*…, a-t-il dit, la voix chevrotante.

J'ai serré sa main très fort.

— Je vais bien, Tuck. Je vais bien.

Ses yeux se sont embués de larmes.

— J'espère qu'il est mort. Il vaudrait mieux pour lui. S'il ne l'est pas, maman, je jure devant Dieu que je vais le retrouver, putain, et je vais le tuer.

J'ai serré sa main entre les miennes.

La grossièreté, l'engagement à des représailles violentes contre mon agresseur, je savais que c'était sa manière de gérer le choc de ce qu'il éprouvait, la soudaine idée que sa mère pouvait mourir, et pas juste un jour, mais n'importe quel jour, à n'importe quel moment, sans aucune raison. Mon pauvre fils.

— Ça va aller, lui ai-je dit.

— Tu l'as poignardé ?

— Oui. J'ai attrapé le couteau qu'il tenait.

Quand j'ai prononcé le mot *couteau*, il a serré ma main.

— Mais il est parti ?

J'ai hoché la tête.

— Je ne sais pas comment. J'imagine qu'il a réussi à s'éloigner. Comme je l'ai dit à ton père, c'est la raison pour laquelle je dois en parler à la police. J'aurais dû le faire la semaine dernière, quand c'est arrivé. J'ai honte de ne pas l'avoir fait.

— Tu avais peur. Tu étais choquée. N'importe qui l'aurait été.

J'ai baissé la tête.

— Ouais… Mais ce n'est pas la raison pour laquelle je ne suis pas allée voir la police.

Il a retiré sa main. Pas rapidement. Pas ostensiblement. Mais il l'a retirée et il a gardé ses paumes bien à plat sur ses genoux.

— Tu n'es pas allée voir la police parce que tu voulais que personne ne sache, pour l'autre truc.

J'ai pris une grande inspiration.

— Tu as entendu ce que j'ai dit à ton père. Sur l'endroit où j'étais, avec qui j'étais ?

— M. Brennan. Le gars qui a refait le carrelage de la cuisine.

J'ai détesté l'entendre dire le nom de Jason, mais mon cœur s'est serré très fort à la mention de notre cuisine. Toutes les familles ont une pièce où ils se réunissent naturellement, habituellement. Chez nous, c'était toujours la cuisine. Pendant que je préparais le repas – et c'était moi qui cuisinais, le plus souvent – mes gars tournaient autour de moi comme des satellites. Tuck qui fouillait dans le réfrigérateur, piochant dans les restes tout en nous parlant du nouveau film qu'il avait découvert grâce à son cours d'histoire du cinéma. Greg assis à table, nous lisant un extrait d'une rubrique de sport, en général quelque chose avec quoi il était en désaccord. Et après qu'on avait mangé et qu'ils avaient débarrassé – et c'étaient eux qui débarrassaient – je me détendais avec un verre de vin, les pieds calés sur une chaise, et je les regardais, le père et le fils, rincer les assiettes avant de les ranger dans le lave-vaisselle. Moi avec mes gars, mes hommes, avec leur enthousiasme débridé, leur ego fragile caché sous leur austérité du Midwest, et dans ces moments-là, je me sentais véritablement chez moi.

Maintenant, cette cuisine serait toujours la pièce où s'était trouvé Jason Brennan. Ils se souviendraient de lui dans son jean et son T-shirt trempé de sueur, avec sa ceinture à outils, et ils se demanderaient ce que j'avais fait dans cette pièce quand ils n'étaient pas là.

— Oui, ai-je dit. Jason Brennan.

— Est-ce que tu es amoureuse de lui ?

— Non.

Il a écarquillé les yeux.

— Alors…, a-t-il ajouté, l'air interrogateur.

Je n'étais pas certaine de comprendre ce qu'il voulait que je dise. Comme de bons parents progressistes, Greg et moi avions été factuels sur les sujets du sexe, de l'amour, et de la procréation quand Tuck était petit. Quand Julia et lui avaient commencé à sortir ensemble, nous avions repris le sujet pour les encourager à avoir des rapports protégés, ce qui l'avait considérablement gêné. Mais mon fils et moi n'avions jamais discuté de *ma* vie sexuelle. Je ne voulais pas en parler maintenant, mais ne pas en parler n'était plus une option.

— Je ne sais pas quoi dire, Tuck. Je veux être honnête avec toi, mais je ne sais pas trop quoi dire. Il n'y a pas grand-chose à savoir, en réalité, en dehors du fait que Jason – M. Brennan – et moi avons eu une brève liaison.

— Est-ce que tu vas quitter papa ?

— Non.

— Est-ce qu'il va te quitter ?

J'ai dégluti avec peine.

— J'espère que non. Mais ça dépend de lui. Je l'ai blessé, alors la balle est dans son camp.

Comme si la mention de son nom l'avait fait apparaître, nous avons entendu la porte du garage et Greg est entré dans la cuisine. Il a ouvert la porte donnant sur la terrasse et s'est arrêté sur le seuil.

Il nous a regardés tous les deux, assis là, les genoux tout proches, et ses lèvres se sont pincées. Avec Greg, la preuve la plus claire de ses émotions était l'effort visible qu'il faisait pour les réprimer. Quand il s'est avancé vers moi, sa bouche avait l'air tellement contractée que ses dents auraient pu se fendre.

Il a posé la main sur mon épaule. Je l'ai serrée. Je me suis levée et il m'a prise dans ses bras. Il a tendu la main vers notre fils et l'a invité à se lever. La dernière fois que nous nous étions étreints tous les trois, je pouvais encore porter Tuck calé sur ma hanche. Maintenant, Greg nous serrait tous les deux.

— Nous avons failli la perdre, a-t-il dit à notre fils en déposant un baiser sur mon front.

Sa voix s'est brisée.

— Nous avons failli la perdre.

38

En dehors de contraventions pour excès de vitesse, je n'avais jamais eu affaire à un agent de police. Dana Schweickart était loin de ce à quoi je m'attendais. J'ai honte d'avouer que lorsque notre avocat Ben Powell a dit qu'il pouvait amener un pote flic chez nous pour nous parler ce soir-là, pour un genre d'entretien préliminaire avant que je fasse une déposition officielle à la police le lendemain, j'attendais un homme, un genre de pilier bien charpenté incarnant la loi et l'ordre. Dana Schweickart était une femme, plus petite et plus trapue que moi, avec des cheveux blonds en queue de cheval. Elle était habillée comme une experte en sinistres d'une compagnie d'assurances, en pantalon et chemisier, avec des chaussures noires plates éraflées.

Quand on avait contacté Ben pour lui expliquer la situation, il avait suggéré qu'on parle à son amie de la police de Chicago avant tout. Mieux valait commencer avec quelqu'un d'amical plutôt qu'un étranger portant un insigne, avait-il dit. Mais quand l'inspectrice Schweickart a posé ses yeux bleus dénués d'humour sur moi, elle ne paraissait pas particulièrement amicale. Elle avait un visage large et plat, avec une bouche sans lèvres qui restait obstinément fermée quand elle ne parlait pas. Assise à une extrémité du canapé de mon salon, un gros carnet à spirale sur son genou épais, elle y jetait des notes pendant qu'assise à l'autre bout, je lui racontais tout ce qui s'était passé. Pendant que je parlais, elle me regardait fixement tel un artisan évaluant le coût d'une réparation.

J'ai détaillé tout ce qui s'est passé dans la ruelle, ce à quoi ressemblait l'homme, ce qu'il avait dit, et comment nous nous étions battus ensuite. J'ai dit à l'inspectrice Schweickart que je m'étais cachée quand j'avais aperçu la voiture de patrouille, que j'étais retournée à l'appartement en courant, et qu'ensuite, nous avions décidé d'aller voir dans quel état était l'homme dans la ruelle. Quand nous avions découvert qu'il avait disparu, nous avions décidé de ne pas informer les autorités. J'ai fini par lui avouer que j'étais retournée à la ruelle dimanche et que j'avais parlé au voisin, Glen Samuels, qui avait vu trois hommes différents et une voiture garée devant son garage.

Greg, Tuck et Ben étaient assis avec nous. Ben était sur une chaise que nous avions amenée de la cuisine, penché en avant, les coudes calés sur les genoux, le regard rivé sur moi avec une concentration digne d'un procureur, et me dévisageait, les sourcils froncés, secouant lentement la tête, pétrifié par l'horreur, tandis que je décrivais l'agression. Nous nous étions demandé s'il ne valait pas mieux envoyer notre fils à l'étage, mais Tuck avait insisté pour rester. Pendant que je décrivais ce qui m'était arrivé dans la ruelle, il était assis sur une autre chaise de cuisine, les yeux fixés sur ses mains, incapable de nous regarder.

Quand mon récit a pris fin, Ben a demandé à l'inspectrice :

— Dana, ce qu'il nous faut savoir, d'abord, c'est si Alice a contrevenu à des lois en n'informant pas la police de l'agression avant aujourd'hui.

— J'en doute, a-t-elle dit d'une voix monocorde. Dans certaines circonstances, on a l'obligation de rapporter un crime, surtout si en ne le faisant pas, on aide et on encourage le criminel à commettre son crime, mais dans un cas comme celui-ci, il n'y a aucune chance que le bureau du procureur porte une accusation de manquement à l'obligation de déclaration contre la victime.

— Dieu merci, ai-je dit.

— En supposant que votre agresseur ne soit pas décédé des suites de ses blessures, bien sûr. Cela pourrait compliquer la situation.

— D'accord, ai-je fait. Bien sûr.

L'inspectrice Schweickart a relu ses notes et a levé les sourcils.

— Je me demande… vous décrivez une agression assez violente. Vos vêtements ont-ils été déchirés ?

Sachant où elle voulait en venir, j'ai pris une grande inspiration.

— Oui.

— Chemisiers, bas, ce genre de choses.

— Oui. Mon chemisier, mes bas et la jupe que je portais.

— Des taches de sang ?

— Oui.

— Est-ce que je peux voir les vêtements ?

J'ai pris une autre inspiration.

— Je les ai jetés.

J'ai senti que tout le monde me regardait.

L'inspectrice semblait se faire leur porte-parole quand elle a demandé :

— Et pourquoi avez-vous fait ça ?

— Comme je l'ai dit, j'avais… j'avais peur. Je sais que c'était idiot, de faire ça, mais sur le moment, j'ai été prise de panique. Je voulais juste faire comme si l'agression n'était jamais arrivée. Je voulais la repousser aussi loin que possible de moi.

— Vous avez jeté vos vêtements qui portaient des traces de votre sang et du sang de votre assaillant ?

J'ai hoché la tête.

— Dans votre poubelle dehors ou…

— Dehors. Les poubelles devaient être ramassées le lendemain.

Elle a cessé de me regarder pour pouvoir prendre quelques notes. Ce faisant, elle secouait la tête.

Je lui ai dit :

— J'étais tellement paniquée. En état de choc. Je ne savais pas quoi faire.

Elle a levé les yeux de son bloc-notes avec le même regard vide que précédemment, dénué de la moindre empathie.

— Ce que vous auriez dû faire, c'est appeler la police de Chicago immédiatement, a-t-elle répondu. Vous auriez dû arrêter cette voiture de patrouille quand l'occasion s'est présentée. Nous aurions le gars en garde à vue, maintenant. Vous ne seriez pas obligée de passer par tout ceci. La police ne serait pas obligée de le chercher partout. Et puisque vous avez jeté vos vêtements, même si on les retrouve, les chances pour qu'il y ait des preuves physiques qui le relient à l'agression sont très faibles. Vous avez en gros fait tout ce que vous pouviez pour nous rendre la tâche très difficile.

Ben s'est éclairci la voix.

— Mais juste pour confirmer, Dana, selon toi, Alice ne court aucun danger sur le plan légal concernant la destruction des vêtements ?

— Détruire les preuves d'un délit, c'est plus grave qu'un simple manquement à l'obligation de déclaration. Ça, c'est de l'obstruction. Nous parlons là d'une peine de un à trois ans de prison, d'une amende de cent mille dollars.

L'inspectrice a vu nos visages choqués et a haussé les épaules.

— Mais bon, a-t-elle poursuivi. Disons les choses franchement. Le procureur ne va pas porter des accusations contre la victime d'une agression violente, surtout pas une femme blanche de quartier résidentiel.

J'ai vu mon fils frémir en entendant cela, son visage exprimant un mélange de soulagement et de dégoût.

— Alors, qu'est-ce qu'on fait maintenant ? ai-je demandé à l'inspectrice, voulant qu'elle sorte de chez moi aussi vite que possible.

— Eh bien, les événements se sont produits dans la zone de compétence du commissariat central. Vous devez vous rendre à Wentworth et parler à l'inspecteur Andrew Kantzavelos au département des crimes violents. C'est à lui que vous devez parler, si vous pouvez. Je vais l'appeler et l'informer de votre venue.

Elle a dicté son nom rapidement, comme si elle l'avait bien en mémoire.

J'ai tourné mes mains vers le plafond dans un geste d'impuissance, déjà submergée par tous ces détails.

— Il faudrait que… que j'écrive tout ça.

— J'ai tout noté, Alice, a dit Greg.

Il avait son portable dans la main et tapait.

L'inspectrice Schweickart a relu ses notes et tapoté le bloc avec son stylo.

— Eh bien, docteur Hardy, je crois que c'est tout. Je vais transmettre ces informations à l'inspecteur Kantzavelos. Est-ce que vous pensez à autre chose avant que je parte ?

— Non, je crois que c'est tout.

L'inspectrice Schweickart m'a dévisagée un moment. Puis elle a regardé Tuck, qui grimaçait à nouveau. Elle s'est tournée vers moi.

— Est-ce que je peux avoir un verre d'eau ? m'a-t-elle demandé.

— Un verre… Oui, bien sûr. Tuck, mon grand, tu veux bien aller chercher un verre d'eau pour l'inspectrice ?

Il s'est frotté la nuque.

— J'y vais, a-t-il dit.

L'inspectrice l'a regardé partir, et une fois qu'il est sorti, elle s'est penchée vers moi et m'a dit :

— Cet ami que vous fréquentiez à Humboldt Park, nous allons probablement devoir lui parler aussi.

— Oh, oui, je comprends. Son nom est Brennan, Jason Brennan.

Je me suis éclairci la voix et je lui ai donné son numéro de téléphone. J'ai jeté un coup d'œil à Greg, qui fixait le sol.

L'inspectrice a noté le nom et le numéro et a refermé son stylo.

— OK, a-t-elle dit, je crois que c'est tout.

Tuck est revenu et lui a tendu le verre d'eau. Elle l'a posé sur la table basse sans le boire et s'est levée.

— J'ai tout ce dont j'ai besoin, docteur Hardy. J'appellerai Kantzavelos et je le préviendrai que vous allez vous adresser à lui. Je suggère que vous le contactiez à la première heure demain matin pour convenir d'un rendez-vous pour votre interrogatoire. Il voudra probablement que vous regardiez des photos. Si le dessinateur est là, Kantzavelos vous demandera peut-être de lui parler aussi. Mais nous n'avons plus qu'un seul dessinateur dans tout le département, et il navigue d'un commissariat à l'autre, alors peut-être que vous serez convoquée à un autre moment pour le voir.

Je me suis sentie un peu impressionnée à l'idée de parler à un ou deux ou peut-être plus d'agents de police, mais je me suis levée et j'ai tendu la main.

— Merci d'être venue, inspectrice Schweickart. J'apprécie que vous ayez pris le temps de nous parler. Vous nous avez beaucoup aidés.

Sa poignée de main a été rapide et sèche.

— Bon courage, docteur Hardy.

Elle est allée serrer la main de la même manière à Greg et Tuck. Puis elle s'est tournée vers Ben.

— Maintenant, tu me dois un dîner.

— Effectivement, ma chère, a-t-il dit avec un sourire.

Greg et moi les avons raccompagnés. L'inspectrice est partie vers la voiture de Ben, mais Ben a marqué un temps d'arrêt avant de sortir.

— Dana va contacter Kantzavelos ce soir. Tenez-moi au courant quand vous lui aurez parlé demain matin.

Après leur départ, je me suis sentie un peu vaseuse. Je n'arrivais pas vraiment à me rappeler quoi que ce soit de ce qu'avait dit l'inspectrice. Je me souvenais seulement de sa bouche pincée, moralisatrice, tandis qu'elle écoutait mon histoire et gribouillait ses notes. Je me suis écroulée sur le canapé, et suis restée les mains jointes.

Tuck et Greg se sont assis près de moi.

— Ça va ? a demandé Greg.

J'ai levé les sourcils.

— Elle était assez raide, a-t-il dit.

J'ai haussé les épaules.

— Je l'ai bien mérité, je suppose.

Tuck a détourné le regard.

— Y a que les bourges blancs qui s'attendent à ce que les flics soient gentils.

Greg a dit :

— Eh bien, je ne sais pas trop comment te l'annoncer, mais nous sommes des bourges blancs.

Tuck s'est levé.

— Je vais me coucher.

J'ai cherché à attraper sa main.

— Ça va, mon grand ?

— Non, a-t-il fait avec un mouvement de recul. Pas vraiment. Quel bordel, cette histoire.

— Tuck…, a commencé Greg, mais notre fils était déjà dans l'escalier.

— Laisse-le, ai-je dit. Il est contrarié, c'est tout, il se défoule. Laisse-le faire. Il faut qu'il intègre tout ça.

Greg s'est frotté le visage.

— Comme nous tous.

Il a baissé les mains et m'a regardée.

J'ai juste soutenu son regard.

Il a secoué la tête.

— Et toi, comment tu vas ?

Il a été obligé de réfléchir, comme il le faisait toujours, comme si ses émotions étaient un compte bancaire dont il avait besoin de vérifier le solde.

— Je suis furieux contre toi, a-t-il décidé.

J'ai acquiescé.

— Tu m'as blessé.

— Je sais. Je suis désolée, Greg. Je suis tellement désolée.

Il a hoché la tête.

— Ouais, je sais. (Avec un soupir, il a ajouté :) Ce soir, franchement, je suis surtout soulagé que tu ailles bien. (Il s'est levé.) Bon sang, je suis épuisé. Je suis sûr que toi aussi. Allons nous coucher.

— Je monterai dans un petit moment. J'ai juste besoin de rester là dans le calme quelques minutes.

Il a compris. Il ne m'a pas embrassée mais il m'a tapoté l'épaule. J'ai effleuré sa main et il est parti.

Pendant que mes hommes se préparaient là-haut, je suis restée sur le canapé et j'ai senti la pièce tourner autour de moi. Sous l'effet du soulagement, en partie. Je m'étais débarrassée d'un tel poids que je vacillais. Mais je continuais à redouter ce qui se profilait. Demain, j'appellerais ce policier, dont j'avais oublié le nom. Je serais obligée de me présenter, de regarder des photos d'hommes violents – de violeurs, de voleurs, de tueurs. Je serais obligée de parler à d'autres policiers, raconter l'agression en détail, expliquer que je n'avais pas arrêté la voiture de patrouille quand j'en avais eu l'occasion parce que je voulais cacher le fait que je trompais mon mari. Je devrais assumer d'avoir détruit des preuves. On me regarderait d'un air condescendant. Peut-être que j'aurais droit à d'autres sermons sur ce que j'aurais dû faire.

Je me suis levée et j'ai emporté le verre de l'agent Schweickart dans la cuisine. Je l'ai vidé avant de le ranger dans le lave-vaisselle.

J'ai vérifié que les fenêtres et les portes étaient bien fermées et j'ai remis l'alarme. Greg l'avait déjà fait, mais depuis la nuit de l'agression, j'éprouvais le besoin de remettre l'alarme moi-même deux ou trois fois avant de pouvoir aller me coucher.

En montant l'escalier vers ma chambre, j'ai tendu l'oreille, à l'affût de bruits provenant de la chambre de Tuck, en particulier les chuchotements révélateurs qui signifiaient qu'il était sur WhatsApp avec Julia. J'ai entendu une douce musique de film et un dialogue en japonais.

J'ai souri. Il avait déjà vu la plus grande partie de la filmographie de Kurosawa et Suzuki. Sa passion actuelle se portait sur Ozu. J'imaginais mon fils sur son lit, son iPad calé sur sa poitrine, en train de regarder un film sur l'application Criterion, son visage illuminé dans la pénombre. J'ai effleuré sa porte avec autant de douceur que si je caressais une brûlure et je l'ai laissé à son film.

Greg dormait déjà dans notre lit. Il ne faisait pas semblant. Il s'était déshabillé, s'était glissé entre les draps et s'était endormi, épuisé par l'épreuve émotionnelle des six ou sept dernières heures.

Je me suis préparée aussi discrètement que possible puis je me suis couchée à côté de lui.

La maison était silencieuse, mon fils avec ses films, mon mari avec ses rêves. J'ai fermé les yeux et essayé de ne pas m'appesantir sur ce qui pourrait advenir demain.

Et j'ai réussi. Avant que j'aie le temps de comprendre ce qui se passait, j'avais glissé en silence, apaisée, dans le sommeil.

Cette nuit-là, pour la première fois depuis longtemps, je n'ai pas fait de cauchemars.

PARTIE II : LUNDI-MARDI

ERIK REID

39

Je crois que personne ne m'a vu quitter Solutions de Sécurité, mais étant donné ce que j'avais trouvé sur l'ordinateur de Pall, je n'étais plus sûr de rien. On ne savait jamais qui vous épiait. Je suis sorti de là précipitamment, avec son ordinateur, son portable, ses clés USB et un disque dur externe fourrés dans mes poches. Quand je suis arrivé chez moi, j'ai vérifié toutes mes serrures et mes scellés. J'ai bien vu l'endroit où quelqu'un – Pall, bien sûr – s'était introduit pendant mon absence. Je suis descendu dans le sous-sol et j'ai branché son ordinateur.

J'ai passé le reste de la soirée de lundi à examiner toutes les données qu'il avait rassemblées. Quand j'ai eu fini, je suis remonté, je me suis préparé à me coucher et j'ai dormi.

Le lendemain matin, j'étais en train de m'habiller quand on a sonné à la porte. J'ai attrapé mon Mossberg et je suis allé dans la pièce de devant pour regarder entre les rideaux.

Il y avait deux flics en civil dehors. Je savais qu'ils étaient flics avant même de repérer les insignes et les armes accrochés à leur ceinturon. J'ai un flair infaillible.

J'ai fourré le Mossberg sous le coussin du fauteuil, où je pouvais m'en emparer facilement si la situation dégénérait. Puis je suis sorti dans le couloir et j'ai ouvert la porte.

Les agents étaient tous les deux quadragénaires, en chemise bleue repassée et pantalon noir. L'un des deux était plus grand et plus athlétique. Son équipier était plus foncé de teint, plus petit et moins sportif.

Une fois qu'ils ont eu mon nom, le plus grand s'est présenté.

— Inspecteur Heller. (Il a désigné son équipier.) Voici l'inspecteur Alvarez. Vous travaillez avec Ronnie Dunlap ?

— Oh mon Dieu, qu'est-ce qu'il a fait ?

— Est-ce qu'il est là ?

— Ici ? Non.

— Est-ce qu'on peut entrer pour parler ? a demandé Heller.

— Ouais, bien sûr, ai-je répondu.

Je les ai invités à entrer. Ils se sont avancés lentement, tranquilles, mais très attentifs à leur environnement. Ensuite, nous sommes restés tous les trois, les bras ballants dans mon salon, à quelques mètres de la porte.

Heller m'a demandé :

— Quand avez-vous vu M. Dunlap pour la dernière fois ?

Pendant ce temps-là, son partenaire penchait la tête pour apercevoir ma chambre.

— La dernière fois que je l'ai vu ? Je ne sais pas. Vendredi après-midi, vers trois heures ? Il était dans un sale état. Quelqu'un lui a entaillé la gorge jeudi soir. Est-ce de cela qu'il s'agit ?

J'ai promené mon regard de l'un à l'autre.

— Allez, les gars. Dites-moi. Il s'est passé quelque chose ?

— Sa femme a trouvé un message écrit par lui chez eux, tôt ce matin. Un message qui ressemble bien à une lettre de suicide. Il a aussi laissé son portable et son portefeuille. Aucun signe de lui ni de sa voiture.

— Oh mon Dieu, non… (J'ai secoué la tête.) Il a fini par le faire…

— Sa femme dit qu'il a déjà fait des tentatives par le passé. Elle a déclaré que vous étiez présent lors de l'une d'elles.

— Ouais, c'était il y a quelques mois. Il avait avalé des cachets.

— Il avait laissé une lettre cette fois-là ?

— Pas que je sache. Ça m'a semblé être un coup de tête. Comme s'il avait juste pété un câble un soir et qu'il avait essayé de… vous voyez. De mettre fin à ses jours.

Heller a jeté un coup d'œil à ses notes.

— Cette blessure à la gorge, elle a eu lieu jeudi soir ?

— Oui. Incroyable. Je lui ai posé des questions, vous savez, mais il a refusé de me raconter. Il a juste dit que c'était un accident et qu'il ne voulait pas en parler.

— Est-ce que vous avez eu l'impression qu'il s'était infligé cette blessure ?

— Eh bien, c'est l'impression que j'ai eue. En plus, qu'est-ce que ça veut dire "J'ai eu un accident" ? Alors, ouais, je me suis dit qu'il se l'était faite tout seul. (J'ai secoué la tête.) Je crois qu'un type l'a trouvé dans une ruelle et l'a ramené chez lui ce soir-là. Vous devriez interroger Heidi là-dessus. Je n'ai pas saisi le nom du type. Et je ne sais pas trop pourquoi elle n'a pas emmené Ronnie à l'hôpital.

— Vous n'avez pas envisagé de l'y emmener vous-même ?

— Eh bien, disons, je leur ai dit à tous les deux qu'il faudrait qu'il aille à l'hôpital pour montrer la blessure, mais Ronnie est adulte. Heidi est sa femme. Qui je suis, moi ? C'est à eux de prendre ce genre de décisions. Je ne peux pas obliger Ronnie à faire des choses qu'il ne veut pas faire. La blessure avait été nettoyée et pansée, alors il ne m'a pas semblé en danger immédiat.

— Vous n'êtes pas retourné voir comment il allait depuis ? Depuis vendredi ?

— Oh, je lui ai envoyé quelques messages pendant le week-end, histoire de prendre des nouvelles. Je n'ai pas eu de réponse, mais c'est pas étonnant de la part de Ronnie. Comme j'ai dit, il était un peu mystérieux. Je me disais que j'irais faire un tour aujourd'hui.

— Vous savez que sa femme l'avait quitté ? a demandé Alvarez.

C'était la première fois qu'il parlait, et sa voix était tellement forte qu'elle m'a presque fait sursauter.

— Ouais. Je l'ai même vue partir.

— Vous savez pourquoi elle est partie ? a demandé Heller.

— Pas vraiment.

— Vous n'avez pas demandé à Ronnie ?

— Si, mais il ne voulait pas en parler non plus.

— Savez-vous si Ronnie avait déjà été violent ? Envers elle, ou envers quelqu'un d'autre ?

— Non.

— Est-ce qu'il vous a dit quel genre de trucs il aimait regarder sur Internet ?

— Sur Internet ? Non, pourquoi ?

— Elle a dit qu'il aimait regarder des trucs assez dérangeants.

J'ai haussé les épaules.

— Nous n'avons jamais parlé de ce genre de choses. On parlait surtout de travail.

— Pourquoi vous n'êtes pas resté avec lui ? a demandé Alvarez.

Sa voix était aussi puissante et tranchante qu'avant.

— Il est blessé, sa femme le quitte, pourquoi vous n'êtes pas resté avec lui ?

— Ben, c'est mon pote, mais je suis pas sa mère. On ne travaille même plus ensemble. J'ai d'autres responsabilités que de servir de baby-sitter à Ronnie. Je suis l'auxiliaire de vie de Mme Holding, la vieille dame au-dessus. Je suis obligé d'être dans le coin la plupart du temps. Alors, vous savez, je me suis assuré que Ronnie avait ce qu'il faut, qu'il avait de la soupe et des trucs à boire, et je lui ai dit de m'envoyer un SMS s'il avait besoin de quelque chose. J'étais inquiet pour lui mais je n'ai pas que ça à faire.

— Alors, vous étiez ici avec la vieille dame tout le week-end ? a demandé Heller

— Ouais, en gros. Je sors faire une course de temps en temps, mais ouais, j'ai passé le plus clair de mon temps à m'occuper d'elle. Pourquoi est-ce important ?

Heller a haussé les épaules comme si ce n'était pas crucial.

— On essaie juste d'établir qui a vu M. Dunlap en dernier et quand.

Je n'arrivais pas à savoir si cette attitude presque désinvolte était sincère ou une manière d'endormir les soupçons de la personne interrogée. Il a ajouté :

— Elle est chez elle, la dame ?

— Oui. Elle ne sort jamais.

Heller s'est tourné vers Alvarez.

— Tu vas lui parler ?

L'autre flic s'est contenté d'acquiescer et s'est dirigé vers la porte. En le regardant partir, j'ai demandé à Heller :

— Pourquoi vous avez besoin de parler à Mme Holding ? Elle ne sait rien de Ronnie.

Heller a haussé les épaules, presque désinvolte.

— Juste pour être sûr d'avoir fait le tour.

J'ai essayé d'avoir l'air indifférent. Je suis repassé au personnage de l'ami inquiet.

— Pauvre Ronnie, ai-je dit tristement. Pauvre vieux.

Nous avons écouté Alvarez monter l'escalier et frapper chez Mme Holding. À travers le plafond, on a entendu ses pas lourds sur le sol pour aller à la porte, suivis du son étouffé de sa discussion avec le policier faisant les cent pas. Il ne parlait pas aussi fort avec elle qu'avec moi.

Heller m'a demandé :

— Alors M. Dunlap et vous, vous étiez coéquipiers dans quelle ambulance ?

— L'ambulance 43. Caserne 83. Sur Wilson.

Heller a jeté un coup d'œil à ses notes.

— Mais vous n'y travaillez plus, n'est-ce pas ? Mme Dunlap a dit que vous avez quitté votre emploi récemment.

— C'est exact.

— Une raison pour laquelle vous avez démissionné avant l'âge légal de la retraite ?

— C'est juste que c'est devenu trop lourd. Trop de sales trucs.

— Hé, je vous comprends, a-t-il dit.

— Le truc, c'est que Ronnie et moi, on était tous les deux en burn out. Je suis parti et j'ai décidé de travailler pour Mme Holding. Auxiliaire de vie à plein temps. C'est assez sympa, comme situation. Calme, le plus souvent. Je sais que Ronnie voulait quitter l'ambulance, lui aussi, mais il n'a pas de plan de repli comme moi. Plus, il a une femme et un enfant. Il est un peu coincé là où il est.

Heller a hoché la tête et a consulté ses notes.

— Sa blessure à la gorge, a-t-il dit. Quelqu'un lui avait donné les premiers soins, d'après sa femme.

— Ouais. Un boulot de pro, d'ailleurs. Les points de suture étaient serrés, mais pas trop. La blessure avait été nettoyée et pansée. Il a dû voir un médecin quelque part.

J'ai regardé le flic noter ça.

— Vous devriez peut-être parler au type qui l'a trouvé.

Heller a levé les sourcils.

— Ouais, on est sur le coup. Owen Pall. Vous le connaissez ?

— Je l'ai croisé rapidement vendredi quand je l'ai vu avec Heidi.

— Eh bien, entre vous et moi, c'est un voyou. Dans le genre sordide. Il faisait un boulot de "détective", si on veut. Spécialisé dans les affaires d'adultères. Mme Dunlap l'avait embauché pour suivre son mari. J'ai l'impression que Pall suivait votre équipier, qu'il l'a vu soit être blessé soit en train de se blesser lui-même, l'a emmené se faire soigner, et l'a ramené chez lui. Maintenant, la manière exacte dont il prévoyait de tirer de l'argent de ça, on ne sait pas. Mais Ronnie et lui essayaient de cacher quelque chose.

— Eh bien, si vous me permettez, qu'est-ce que Pall dit de tout ça ?

— Rien. Il est mort.

Je l'ai dévisagé.

— Qu'est-ce que vous voulez dire ? ai-je fini par lâcher.

— Il a été trouvé mort dans sa boutique hier soir. Il avait un petit "musée du détective" là-bas. Un couple est entré par curiosité et ils l'ont découvert.

Je me suis appliqué à avoir l'air choqué.

— Mon Dieu, comment est-il mort ?

— Frappé à mort. Vous pensez que Ronnie pourrait avoir quelque chose à voir avec ça ? Vous avez dit qu'il pouvait se lever et se déplacer.

— Ronnie ? Non, je ne pense pas. Il pouvait se lever et bouger, mais il était trop faible pour se battre, a fortiori pour l'emporter.

Tandis qu'il notait mes impressions sur l'état physique de Ronnie, j'ai demandé :

— Vous pensez vraiment que Ronnie a quelque chose à voir avec ça ?

Heller a levé les sourcils.

— Il laisse une lettre de suicide et disparaît le week-end où ce Pall se fait tuer – le gars qui l'a trouvé avec la gorge entaillée dans une ruelle –, c'est une putain d'incroyable coïncidence. Une coïncidence trop grande pour qu'on n'enquête pas.

— Bien sûr, je comprends.

— Mais bon, a-t-il ajouté, je sais que Ronnie est votre collègue et que vous vous inquiétez pour lui, alors je dirais juste qu'étant donné la nature de la scène de crime là-bas, et la nature du travail de Pall, il y a d'autres personnes dignes d'intérêt à qui ça vaut le coup de parler…

— Ah ouais ?

Heller s'est penché vers moi comme pour me confier un secret.

— Alvarez et moi, on ne peut pas en parler. C'est quelqu'un d'autre qui est chargé de l'enquête. Mais… disons simplement que votre équipier n'est pas le seul qu'Owen Pall suivait partout.

— Sans déconner…

Heller a levé les sourcils à nouveau.

Alvarez est descendu du premier. Heller s'est avancé pour discuter avec lui dans le couloir pendant un moment. Puis ils sont revenus.

— Merci de nous avoir parlé, a dit Heller en me tendant une carte de visite.

Elle comportait son nom, ses numéros de téléphone, professionnel et portable, et son e-mail.

— On est désolés de vous annoncer une nouvelle pareille. J'espère vraiment que votre coéquipier va bien. À l'évidence, si vous avez des nouvelles de lui, ou si vous pensez à quelque chose qui pourrait nous aider, contactez-nous.

Je les ai assurés que je le ferais, puis je leur ai serré la main à tous les deux et les ai raccompagnés.

40

Dès que les flics sont partis, je suis descendu au sous-sol et j'ai démonté l'ordinateur de Pall. Il fallait que je me débarrasse le plus vite possible de tout ce qui venait de lui, et le plus loin possible. J'avais déjà fait l'inventaire de ce qu'il avait, et ce fils de pute avait tout. Une vidéo, et de bonne qualité, de l'agression de Ronnie contre la femme dans la ruelle. Et il avait des informations sur nous tous. Ronnie. La femme. Et moi.

Ses notes sur moi étaient même plus détaillées que les notes sur Ronnie. Il avait vu mon dossier militaire, ou il avait parlé à des gens qui l'avaient vu. Il avait parlé à Rusnok. Il avait parlé à ma putain de belle-mère. Mon profil psychologique était assez complet.

Et bien sûr, il était venu dans mon appartement. Je me serais senti violé si je ne l'avais pas déjà tué.

J'ai rempli l'évier et j'ai plongé dans l'eau tous ses appareils. Une fois qu'ils ont été endommagés, je les ai sortis et je les ai fracassés avec un marteau et un tournevis. L'ordinateur m'a donné du fil à retordre, mais j'ai fini par réussir à le mettre en pièces. Quand tout a été en morceaux, je m'en suis débarrassé dans une benne à ordures derrière un resto de tacos à deux kilomètres.

Je savais, bien sûr, que Pall pouvait avoir des sauvegardes de tout sur un cloud quelque part, mais je ne pouvais rien y faire. Je savais aussi, d'après ses notes, qu'il avait récupéré le couteau et le sac mortuaire dans la voiture, et puisque j'avais vu un coffre dans son bureau, je soupçonnais que c'était là qu'il les avait planqués, avec le chemisier déchiré de la femme, celui qu'elle avait essayé de jeter à la poubelle. Il n'y avait pas grand-chose que je pouvais faire à ce propos non plus. J'avais éliminé Ronnie et Pall, et je m'étais débarrassé de toutes les preuves et de tout ce que j'avais pu trouver qui pouvait me rattacher à l'un ou l'autre ou aux événements dans la ruelle. Ce qui se passerait quand les flics ouvriraient le coffre de Pall n'était pas à ma portée.

Après avoir jeté les appareils, je suis allé voir l'endroit où j'avais laissé la voiture de Ronnie. Comme je m'y attendais, elle avait disparu, remorquée et balancée dans une des décharges où toutes les voitures anonymes de ce genre allaient mourir. Cette bonne vieille ville de Chicago. Les bus n'étaient peut-être jamais à l'heure et les hommes politiques étaient peut-être tous des menteurs, mais les dépanneuses de la fourrière faisaient toujours leur boulot.

En rentrant à la maison, j'ai repensé à ma conversation avec les flics. Jusque-là, l'histoire tenait. Ronnie s'était suicidé. Il avait laissé une lettre et disparu. La blessure au cou ne contribuait qu'à nourrir cette histoire, comme la précédente tentative de suicide.

Je ne pouvais pas être certain que l'histoire sur Pall tiendrait aussi bien. Tout désignait Vukov, et il nierait toute implication ; si les flics lui mettaient assez la pression, il pouvait les orienter directement sur moi, leur dire que c'était moi qui l'avais conduit à Pall. Si cela arrivait, il me restait en gros une seule carte à jouer : je pouvais renvoyer la balle aux flics, leur dire que oui, j'avais voulu débarrasser mon pote du sordide détective spécialisé en adultères, bien entendu, mais où avais-je dégotté le nom de Vukov, pour commencer ? Je l'avais eu par mon pote, l'agent de la police de Chicago Carl Whitney. J'étais prêt à parier que les flics n'enquêteraient pas vraiment sur le meurtre d'un bon à rien comme Owen Pall, quelqu'un qu'ils n'aimaient pas, si tout à coup ils étaient mis en cause.

Bien sûr, si cette tactique ne fonctionnait pas, et s'ils venaient quand même m'arrêter, alors je sortirais le Mossberg et on pourrait régler le problème entre nous. Une partie de moi était excitée à cette perspective, mourir dans un échange de coups de feu avec les flics, mais on allait devoir attendre et voir comment l'enquête tournait.

Quand je suis rentré à la maison, j'ai ouvert une bière et je l'ai emportée jusqu'au canapé.

J'ai réalisé que je ne m'étais jamais senti aussi bien de toute ma vie.

Je devrais fêter ça…

J'ai pensé à la femme dans la ruelle.

Alice Hardy, professeur à St Ignatius. Pall avait rassemblé beaucoup d'informations sur elle. Mariée, un fils et une maison à Evanston. Il avait enregistré des photos d'elle. Un portrait provenant du site web de l'université montrait une femme d'une quarantaine d'années avec de longs cheveux raides, en tailleur-pantalon, les bras croisés, essayant d'avoir l'air intelligente et professionnelle. Apparemment, elle sortait de chez son amant quand Ronnie lui avait sauté dessus.

Je comprenais que c'était la raison pour laquelle elle essayait de cacher ce qui s'était passé dans la ruelle. Tout faire pour sauvegarder les apparences, un trait typiquement féminin.

Que se passerait-il si elle décidait qu'elle ne voulait plus garder le secret ? La disparition et le suicide d'un ambulancier qui avait été appelé un "héros de Chicago" par le maire il y a encore peu de temps allait clairement sortir aux infos. Que se passerait-il si elle voyait la photo de Ronnie aux infos de six heures ce soir, le reconnaissait, et décidait de cracher le morceau ? On ne peut pas faire confiance à une femme pour être constante. Il y avait aussi ce chemisier taché de sang dans le coffre-fort de Pall. Peut-être qu'il permettrait de remonter jusqu'à elle.

Je me suis moqué de moi-même. J'essayais juste de justifier mon envie dévorante. Je n'avais pas vraiment peur d'elle. Putain, si elle découvrait que Ronnie était mort, peut-être qu'elle serait contente. Peut-être qu'elle continuerait à la fermer. Et si elle l'ouvrait ? Et alors ? Même si elle parlait, ou même si ce que contenait le coffre de Pall la reliait à Ronnie, rien ne m'incriminait, moi. J'ai examiné les choses sous tous les angles possibles, et ce faisant, je n'ai pas vu comment quelque élément que ce soit puisse être relié à moi.

Alors pourquoi avais-je toujours une envie irrésistible d'aller tuer Alice Hardy ? Était-ce parce que j'étais si près de l'avoir le soir où Ronnie s'était jetée sur elle dans la ruelle ? Était-ce parce qu'il y avait peut-être encore une chance minuscule pour qu'elle dise aux flics quelque chose qui les conduirait à penser qu'il avait un partenaire ? Peut-être. Ou peut-être que je n'aimais pas sa gueule. Peut-être qu'elle était juste le genre de femme imbue d'elle-même que je déteste le plus.

Qui sait ? Peut-être que ce qu'on avait toujours dit de moi à l'école et à l'armée était vrai ? Peut-être que je manque tout simplement de contrôle sur mes pulsions. Peut-être que toutes mes envies sont irrésistibles.

Tout ce que je savais, c'était que mon sous-sol n'avait pas encore été utilisé comme prévu. Ronnie avait juste été un coup d'essai.

Je l'avais aménagé pour quelqu'un exactement comme Alice Hardy.

41

QUAND j'ai eu tout fini dans le sous-sol, je suis remonté et j'ai attrapé les clés du pick-up. J'étais sur le point de sortir par la porte de derrière quand la vieille m'a sonné. J'avais été tellement occupé par tout le reste que je l'avais oubliée. Elle était facile à oublier. Même si j'aurais préféré l'ignorer, il fallait que je lui parle et que je sache ce qu'elle avait raconté aux flics. En plus, je serais obligé de l'assommer de médocs si je voulais ramener Alice Hardy dans mon appartement sans être vu. Il faudrait que je persuade la vieille de faire une sieste, que je lui glisse deux cachets de Lunesta avant de partir.

Je suis monté quatre à quatre.

Quand je suis entré, j'ai commencé :

— J'ai plein de choses à faire après mais…

— Il faut que je te parle, a-t-elle dit.

Elle était sur le pas de sa porte, visiblement plus inquiète que je ne l'avais jamais vue.

— De ce qui se passe ici depuis un certain temps.

J'ai soupiré. À peine avait-elle fini sa phrase que j'ai réalisé que je serais probablement obligé de la tuer, elle aussi.

Ça ne faisait pas vraiment partie du plan – du moins, pas du plan à court terme – mais maintenant, ça paraissait inévitable. La question était *quand*. Il faudrait que j'y réfléchisse.

— OK. (Je suis entré et j'ai fermé la porte de l'appartement derrière moi.) Pourquoi pas ? Parlons.

Elle a acquiescé et elle est allée dans la cuisine. Je l'ai suivie.

— Qu'est-ce que vous faites ?

— Je m'apprêtais à boire un café, a-t-elle dit. Je t'en sers une tasse et on parlera. Mon Dieu, cela fait bien longtemps qu'on n'a pas pris le temps de boire un café. On le faisait tout le temps, quand tu t'es installé ici.

— Je vous ai dit que j'avais des choses à faire.

— Je sais, Erik, a-t-elle dit en se remplissant une tasse, mais si tu veux que je continue à mentir à la police pour toi, alors peut-être qu'on devrait s'asseoir et tranquillement et parler.

Elle s'est retournée et a levé le menton, et j'ai juste fixé ses grands yeux mouillés pendant un moment. Je n'arrivais pas à éprouver de la pitié pour elle, bien sûr, mais il y avait *presque* quelque chose de triste à regarder une personne si impuissante essayer de se montrer courageuse, essayer de prendre des initiatives. *Peut-être que je devrais la tuer maintenant,* me suis-je dit.

Mais je me suis retenu. Ce n'était pas le bon moment. J'avais trop de choses à faire avant. En plus, il fallait que je sache ce qu'elle avait raconté à la police.

Je suis entré et je me suis assis à la table de la cuisine.

Avec mon sourire le plus bienveillant, j'ai dit :

— OK, asseyons-nous tranquillement et parlons, madame Holding.

Elle m'a servi une tasse de café et l'a posée devant moi comme si nous étions un vieux couple marié.

— Exactement comme tu l'aimes, a-t-elle dit avec un sourire crispé.

Deux secondes auparavant, elle essayait de jouer les dures, maintenant elle faisait la gentille.

J'ai bu une gorgée de son café merdique et lui ai dit qu'il était bon.

— Cela fait si longtemps qu'on ne s'est pas assis pour prendre un café ensemble.

— Vous l'avez déjà dit, lui ai-je fait remarquer.

— Ah oui, c'est exact.

— Alors, qu'est-ce qui s'est passé avec le flic ?

— Il m'a interrogée sur ton ami.

— Ronnie.

— Oui. Il m'a demandé si je l'avais vu. Est-ce qu'il lui est arrivé quelque chose ?

J'ai bu mon café. Il était vraiment épouvantable, encore plus que ce qu'elle m'offrait d'habitude.

— Je ne sais pas, ai-je dit. Je ne l'ai pas vu depuis quelques jours.

— Oh.

— Qu'est-ce que vous avez dit au flic ?

— Juste ce que tu m'as dit de dire. Que tu étais avec moi tout le week-end.

— Bien. Parce que c'est vrai.

Elle n'a rien répondu à ça. J'ai hoché la tête. Bien.

— Autre chose ? ai-je repris.

— Oh Erik, ne pars pas déjà… Tu ne peux pas rester un peu avec moi pour parler ?

— Non. Je suis très occupé.

— Tu es vraiment obligé de ressortir ?

— Ne vous inquiétez pas de ce que j'ai à faire.

Elle a secoué la tête.

— S'il te plaît, Erik, a-t-elle supplié. Est-ce qu'on ne peut pas d'abord finir notre café ? Je ne te demande pas grand-chose. Est-ce qu'on ne peut pas boire une tasse ensemble comme autrefois ?

Je n'ai pas pu en supporter davantage. J'ai pris la tasse qu'elle m'avait donnée et je l'ai avalée en une gorgée. Puis je l'ai reposée et j'ai répété, plus méchamment cette fois :

— Qu'est-ce que vous voulez d'autre, madame Holding ? Je n'ai pas des masses de temps.

Elle avait l'air triste, encore plus triste que d'habitude.

— Je suis inquiète.

— À propos de quoi ?

— Tellement de choses…

Bon Dieu. Je me suis frotté les yeux. J'étais épuisé. D'abord Ronnie, puis Owen Pall, puis les flics, maintenant ça. Comment je faisais pour tenir ?

— Écoutez, je n'ai pas beaucoup dormi ce week-end, alors est-ce qu'on peut en venir à la cause principale de votre inquiétude ?

Elle a regardé par la fenêtre de la cuisine et a bu une gorgée de café.

— Est-ce que je t'ai déjà parlé de mon premier mari, Erik ?

J'ai soupiré, me suis avachi sur ma chaise et je me suis comme déconnecté pendant un moment. La vieille marinait dans ses regrets depuis si longtemps qu'il ne lui était jamais venu à l'idée que les autres s'en fichaient, de ses regrets. Pendant qu'elle parlait de son mari, je soupirais et je réfléchissais à la manière dont j'allais embarquer Alice Hardy de manière à la faire taire suffisamment longtemps pour l'amener dans mon appartement. Un bâillon avec du scotch sur la bouche ?

— Il est mort ici, tu sais, dans cet appartement, disait Mme Holding.

— Hein ?

— Dans cette pièce, en fait.

Quand je me suis tourné vers elle, je me suis rendu compte qu'elle était devenue floue. Autour d'elle, tout paraissait ramolli. Moi aussi, je me sentais ramolli.

— Ça va, Erik ?

Mais putain… ?

Je me suis levé et ma tête tournait. J'ai entendu ma chaise se renverser, mais quand j'ai essayé de dire quelque chose, ma langue était devenue épaisse.

— S'il te plaît, rassieds-toi, a-t-elle dit. Tu vas tomber.

J'ai attrapé la table et fermé les yeux. J'avais l'impression que ma tête allait se détacher de mes épaules.

— Erik…

J'ai ouvert les yeux et elle était plantée là, en train de me fixer. De me fixer droit dans les yeux.

— Mais putain… Qu'est-ce que vous avez…

Je suis parti vers la porte, mais c'était comme si je marchais dans la boue, dans la boue profonde et épaisse dans laquelle j'avais jeté les bidons de Ronnie.

— Espèce de saaaaalope… je vais vous *tuer*. Qu'esssse que…

Je me suis mordu la langue mais je ne l'ai pas senti du tout.

— J'essaie juste de te protéger, Erik…

Je suis arrivé à la porte, je l'ai ouverte, mais mes doigts étaient gourds et j'ai trébuché jusqu'en haut de l'escalier.

— Erik…, a-t-elle répété.

Je me suis retourné pour lui mettre mon poing dans la figure, mais elle était déjà là. Elle a posé ses deux mains sur mon torse et elle a poussé.

PARTIE 12 : AUTREFOIS, AUJOURD'HUI

MARY MARGARET HOLDING

42

J'AI toujours été malchanceuse avec les hommes. Comme la plupart des aspects de ma vie, ça a commencé avec mon père. Quand j'étais petite, il travaillait dans une maison de courtage dans le quartier du Loop, jusqu'à ce qu'un jour, soudain, il arrête. On ne m'a jamais dit ce qui s'était passé. Je n'ai jamais compris comment nous étions devenus riches, et je n'ai jamais compris ce qui s'était passé pour qu'on devienne pauvres. Tout ce que j'ai su, c'est qu'un jour, on a été obligés de quitter notre maison couverte de lierre à Hyde Park et on s'est installés à Bridgeport dans un grand immeuble. Après ça, je n'ai plus eu de nouvelles robes quand j'en voulais. Mon père s'est mis à travailler comme comptable pour la briqueterie Carey et ma mère était tout le temps triste. Quand j'étais enfant, je pensais qu'être triste était une conséquence naturelle du vieillissement. Je le pense toujours, en vérité.

J'étais assez jolie à cette époque. C'est difficile à imaginer maintenant, je suppose, mais c'est vrai. Je l'étais. J'avais des cheveux auburn et une belle silhouette. C'est comme ça qu'on disait, dans le temps. Une belle silhouette. Même si je n'étais pas très intelligente, j'avais bon caractère, et tout le monde m'aimait bien. À dix-neuf ans, j'étais mariée.

Quand Roy et moi, on s'est mariés, j'ai cru qu'il était timide, mais progressivement j'ai compris qu'il n'était pas vraiment timide, c'était juste qu'il n'avait rien de bien à dire. Il était employé dans une banque, et chaque matin il enfilait un costume et se plaquait un sourire sur le visage avant d'aller travailler. Quand il rentrait, il se débarrassait des deux. Son père avait été très sévère et avait frappé Roy et ses frères trop souvent quand ils étaient enfants, ce qui avait rendu Roy sombre et lunatique. On avait l'impression qu'il était toujours furieux contre quelqu'un – ses patrons, ses clients, les gens à la télévision – mais il ne se vengeait pas sur eux. Il se vengeait sur moi. Cet homme me rendait responsable des problèmes du monde entier.

Bien sûr, ça n'a pas aidé qu'on ne puisse pas avoir d'enfant. On a essayé les premières années de notre mariage, mais il ne s'est rien passé. Ma mère avait réussi à n'avoir qu'un seul bébé, alors les médecins se sont juste gratté la tête et m'ont dit qu'il y avait peut-être quelque chose qui clochait chez les femmes dans notre famille.

Tout ce que je sais, c'est qu'une fois qu'il est devenu clair que nous n'aurions pas d'enfant et que sa position à la banque n'allait pas vraiment beaucoup s'améliorer, Roy a commencé à boire. Et quand il buvait, de méchant il devenait cruel. Ça n'est pas arrivé de manière progressive. Pour Roy, l'alcool a été comme un virus. Une fois qu'il l'a eu en lui, le virus a détruit l'homme que j'avais épousé. Il me mettait des claques et me brûlait les bras avec des cigarettes, avant de hurler contre moi parce que je pleurais.

Ces années-là ont été les plus dures pour moi, les années où j'ai vécu dans l'ombre glaciale de la rancœur et la cruauté de Roy. C'est là que j'ai commencé à manger, aux environs de 1965. Après des années où j'étais restée mince, c'était comme si je découvrais la nourriture. Je ne pouvais pas m'en empêcher. Roy avait cessé de me toucher, sauf pour me tabasser ou me brûler avec ses cigarettes. Alors je mangeais toute la journée. Bien sûr, une fois que ma jolie silhouette a disparu et que j'ai commencé à vraiment prendre du poids, il n'a fait que me haïr davantage. Il aurait dû se regarder. À ce stade, il avait le teint rougeaud et un gros ventre. C'était admissible pour un homme, mais les femmes n'étaient pas censées devenir grosses, surtout à l'époque. C'était comme si on avait rompu un contrat qu'on avait signé avec son mari.

En 1971, on a acheté la maison à Lakeview. À l'époque, ce quartier n'était pas si bien, mais Roy était doué pour faire des économies et il a dit que la maison était un investissement malin à long terme. Nous nous sommes installés au premier pour n'avoir personne au-dessus de nous, et nous avons loué le rez-de-chaussée à un autre couple avec un petit garçon. Les Sullivan. Ils nous payaient un loyer, mais Roy ne cessait de les comparer à nous. Jamais en notre faveur, bien entendu. Kathy Sullivan n'était pas particulièrement belle. Elle était pâle, avec des taches de rousseur et les cheveux roux. Mais elle était mince et elle avait un bébé, alors Roy n'arrêtait pas de me demander comment il avait fait pour se retrouver coincé avec la grosse épouse qui ne pouvait même pas lui donner un enfant.

J'ai fini par trouver un emploi. Roy n'avait jamais voulu que je travaille parce qu'il pensait que cela donnait une mauvaise image de lui, comme s'il n'était pas capable de subvenir à mes besoins. Sa mère avait été femme au foyer. Mais il m'a dit que puisque je ne lui donnerais pas d'enfant, je pouvais bien me rendre utile. Alors j'ai commencé à travailler cinq jours par semaine. Bien entendu, il s'attendait malgré tout à ce que je rentre tous les soirs et que je lui prépare son dîner.

J'étais contente de travailler. J'étais employée au magasin du musée de l'Art Institute. Pendant mes pauses, j'aimais bien descendre dans les salles où des dizaines de minuscules maquettes étaient exposées dans des vitrines. On aurait dit des maisons de poupées de différentes époques et différents pays, de palais français à des fermes américaines. Je contemplais ces petites pièces parfaites et j'imaginais la vie des gens qui y vivaient.

Un soir, il neigeait fort et les bus roulaient au ralenti. Je suis arrivée à la maison avec presque une heure de retard. Quand je suis rentrée, Roy était assis à la table de la cuisine, en train de siroter du bourbon. Il avait encore son costume. Il était assis là depuis son retour, et je savais que cela ne présageait rien de bon pour moi. Chaque fois qu'il commençait à boire avant le dîner, c'était ma fête. Je lui ai dit que je n'avais aucune prise sur la météo ni sur les bus, mais il m'a engueulée quand même. Je n'ai pas répondu grand-chose. Je me suis dépêchée et j'ai fait griller un steak, bouillir des pommes de terre et j'ai mis la table. Pendant tout le temps où j'ai cuisiné, il est resté là en silence à boire du bourbon, les yeux rivés sur moi.

Il neigeait encore et il y avait déjà une trentaine de centimètres de neige sur le sol. Nos fenêtres étaient opacifiées par une couche de neige et de givre. Nous avions toujours la télévision en marche, et Tony Orlando chantait dans le salon. Quand j'ai mis le repas sur la table, Roy a posé son verre et s'est jeté sur la nourriture comme s'il n'avait pas mangé depuis trois jours.

Je chipotais mes pommes de terre. Je me servais toujours une portion très petite quand nous mangions ensemble parce que sinon, il commentait la taille de mon assiette. J'essayais de garder la tête baissée et de ne pas ouvrir la bouche, mais quand j'ai levé les yeux, Roy me dévisageait comme si je venais de l'insulter.

— Apporte-moi mes cigarettes.

— Tes cigarettes ?

Il a enfourné des pommes de terre dans sa bouche et a acquiescé.

— Ouais, elles sont dans mon manteau.

Je me suis levée, je suis allée jusqu'au porte-manteau et j'ai fouillé dans ses poches. J'ai trouvé un paquet à moitié vide de Chesterfield. Je le lui ai donné. Je portais une robe à fleurs avec des manches trois-quarts. Quand je me suis rassise, j'ai essayé de tirer les manches en polyester pour qu'elles descendent jusqu'à mes poignets.

Il a sorti une cigarette du paquet.

— Avec quoi je suis censé les allumer ? Une étincelle de génie ?

— Désolée.

J'ai bondi et je suis allée chercher les allumettes dans le tiroir de la cuisine.

Il l'a allumée et l'a enfoncée au coin de ses lèvres. Puis il a coupé un gros morceau de steak et l'a fourré dans sa bouche de l'autre côté. Tout en mâchant et en avalant, il m'a dit :

— Laisse-moi te dire un truc.

Puis il a toussé, fort, et la cigarette est tombée. Elle a constellé sa chemise blanche d'étincelles et de cendres, mais il a ignoré la chose.

Il a cogné sa poitrine avec son poing et a essayé de tousser à nouveau.

— Roy… ? ai-je fait en me levant.

Il m'a chassée d'un geste, alors je me suis rassise. Il a toussé à nouveau, ou du moins, il a essayé, mais il n'y arrivait pas bien. Puis il a essayé de vomir, on aurait dit un chat. Constatant que ça ne fonctionnait pas, il a tapé sa poitrine avec la paume de sa main pour essayer de décoincer le morceau de viande. En vain. C'est là qu'il s'est mis à agiter le bras pour que je l'aide.

Je suis restée assise. Je me demande quelle expression s'était peinte sur mon visage. Il m'a attrapé le bras, mais je l'ai retiré. Il a tapé du poing sur la table. Il a essayé de me frapper, peut-être pour me rappeler à la réalité. Je suis certaine qu'il voulait me mettre une trempe, mais il commençait à paniquer. Son regard est passé de la colère à la terreur. Il a agité les mains comme s'il essayait d'appeler à l'aide des passants. Quand il est tombé de sa chaise, il est tombé tellement fort que ça a fait trembler la maison, et j'étais sûre que les Sullivan avaient entendu.

Je me suis levée et j'ai reculé. Il a mis des coups de pied dans la table de la cuisine. J'ai reculé jusqu'au mur et je me suis laissée glisser à genoux. Je ne sais pas combien de temps je l'ai regardé s'étouffer, peut-être seulement quelques secondes, mais c'était suffisant pour me faire prendre conscience de ce qui était en train de se passer. C'était plus que suffisant pour comprendre que Roy était sur le point de mourir étouffé juste là, sur le sol de la cuisine. Je savais que malgré tout le bruit qu'il faisait, les Sullivan ne monteraient pas. Ils écoutaient Roy me frapper depuis des années et ils n'avaient jamais dit un mot. J'étais seule avec lui et j'ai eu plus qu'assez de temps pour me rendre compte que si je ne faisais rien, peut-être que ma vie changerait.

Mais là, il s'est mis debout. Il était maintenant dans une panique totale. Il avait dû comprendre que j'allais me contenter de rester là et de regarder, alors il a bondi vers la porte, peut-être pour descendre en courant et demander de l'aide aux Sullivan.

Voilà ce que vous impose la vie. À un moment, vous vous dites que vous pouvez rester là et ne rien faire et que la situation va changer d'elle-même. Puis soudain, vous devez vous engager. Au moment où Roy s'est jeté sur la porte, je lui ai attrapé la cheville et je l'ai tiré en arrière aussi fort que je pouvais.

Quand il s'est retourné, il a eu l'air surpris. Il n'avait jamais été surpris par quelque chose venant de moi depuis que je l'avais épousé. Peut-être qu'il n'avait même pas été surpris ce jour-là. Mais ce soir-là, sur le sol de la cuisine, il a été très surpris.

Je me suis mise à califourchon sur son dos pour l'empêcher de se lever. Sa terreur décuplait ses forces, il ruait et donnait des coups de pied, mais j'ai pesé de tout mon poids sur ses reins et maintenu ses épaules contre le plancher. J'entendais le bruit de succion mouillé dans sa gorge qui se serrait de plus en plus, jusqu'à ce que finalement plus aucun son ne sorte parce qu'elle était hermétiquement fermée. Les veines de son cou étaient saillantes comme des câbles électriques, et sa peau virait au violet. La fureur l'a maintenu en mouvement après qu'il n'a plus eu d'air, mais ensuite, même la fureur s'est épuisée. Les ruades ont cessé. Il a arrêté d'essayer de se lever, et ses mains se sont posées sur sa gorge.

Il s'est contorsionné quelques fois, des tremblements terribles qui ont parcouru tout son corps. Ses yeux sortaient de leurs orbites, gros comme des œufs. Il est mort comme ça, les mains serrées sur sa gorge, essayant toujours de décoincer le morceau de viande.

J'ai retourné Roy et j'ai posé l'oreille sur sa poitrine sans vie pendant quelques minutes. J'ai fini par me mettre debout. J'ai ramassé ce qui restait de sa cigarette et l'ai jeté sur son assiette à côté du reste de son steak. Puis je suis allée à la porte, j'ai pris une grande inspiration, ouvert la porte et crié au secours.

43

Roy avait une très bonne assurance-vie, et son père m'a aidée à bien l'investir. Ça, et le loyer de l'appartement d'en dessous m'assuraient un certain confort. Même le quartier a fini par changer. L'embourgeoisement, ils appellent ça. J'ai continué à travailler juste pour avoir quelque chose à faire, et mon emploi me donnait un revenu supplémentaire. Mais je ne savais pas quoi faire de mon argent, ce qui est une autre manière de dire que je ne savais pas quoi faire de ma peau. Je le mettais de côté, surtout, mais je n'avais pas un grand rêve de ce que j'en ferais un jour. Je suis une romantique par nature, je crois, mais les mauvais traitements de Roy avaient tué tous les rêves que j'aurais pu avoir quand est venu le temps où j'avais de l'argent à dépenser.

Alors je suis devenue accro au confort. J'ai fermé ma porte à double tour pour m'isoler du monde, et je suis devenue très sélective sur ceux qui étaient autorisés à la franchir. Pour me venger de leurs années de silence, je me suis immédiatement débarrassée des Sullivan en augmentant leur loyer bien au-delà de leur budget, avant de le baisser à nouveau après leur départ. À partir de là, je n'ai loué le rez-de-chaussée qu'à des gens qui m'intéressaient. Ce qui généralement signifiait des garçons célibataires d'une vingtaine ou d'une trentaine d'années qui avaient besoin de quelqu'un qui veille sur eux. La plupart d'entre eux restaient quelques années et repartaient. Un garçon est devenu tellement furieux que je m'immisce dans sa vie qu'il est parti au bout de trois mois. Un autre est resté onze ans. On est devenus proches, mais il s'est marié et il a installé sa nouvelle femme avec lui. J'ai immédiatement cessé de lui parler et j'ai augmenté le loyer jusqu'à ce qu'ils soient obligés de partir.

Puis un jour Erik est arrivé. J'étais déjà âgée, trop âgée pour faire croire que j'étais autre chose qu'arrivée à un âge où il n'y a plus d'illusions disponibles. La première fois qu'on s'est parlé j'ai su qu'il serait une source d'ennuis. Il avait la même gentillesse désincarnée qui avait été le fonds de commerce de Roy quand on avait commencé à se fréquenter. Il m'a même dit qu'il aimait bien que j'aie fait peindre tout l'appartement en bleu ciel et rose layette, ce qui était un mensonge tellement éhonté que j'ai ri quand il a dit ça. Il a cru que je gloussais parce qu'il m'avait charmée. L'orgueil a toujours été le plus grand défaut d'Erik.

Il était différent de tous les autres. Dès qu'il a emménagé, il a immédiatement commencé à me courtiser. Je l'ai laissé faire. Je n'avais pas reçu beaucoup d'attentions de la part d'un homme depuis des dizaines d'années. Il montait tous les jours, et on s'asseyait pour boire une tasse de café. Il faisait des petits travaux de bricolage à la maison. Pendant des mois, il a été flatteur, serviable, attentif. Mais sa méchanceté affleurait toujours sous la surface. Je la sentais comme on sent le pouls de quelqu'un juste sous la peau.

Je l'ai laissé pénétrer de plus en plus dans mon monde, plus que je n'avais jamais laissé faire personne. Je l'ai laissé penser ce qu'il voulait de moi – que j'étais une vieille idiote, seule et abandonnée, facile à dorloter. Il ne savait pas que j'avais rejeté le monde. Il pensait que le monde m'avait rejetée, et il me méprisait pour cela. Bientôt, il a commencé à verser son loyer en retard. Au début, c'était juste quelques jours. Puis une semaine ou deux, un mois ou deux. Avec son salaire, cet homme avait tout à fait les moyens de me payer mais il ne le voulait pas. C'était un jeu auquel il jouait, pour voir jusqu'où il pouvait embobiner la vieille propriétaire du dessus. Il a même commencé à passer la nuit avec moi parfois, partageant mon lit, me mettant presque au défi de lui réclamer le loyer après qu'il s'était abaissé à ce point.

Bien sûr, je savais que son orgueil l'aveuglait, et qu'il ne pouvait pas voir ce qui se passait vraiment. Sans qu'il s'en rende compte, Erik devenait de plus en plus dépendant de moi, et non le contraire. Il pensait que plus il m'utilisait, plus il avait de contrôle sur moi, mais la vérité était qu'il devenait dépendant de son propre confort. J'avais vu une émission d'Oprah un jour sur "Comment repérer le narcissique dans votre vie", et bon sang, Erik cochait toutes les cases. L'ego, la colère. Oprah disait qu'un narcissique pense que le monde devrait lui appartenir et qu'il vit sa vie dans une rage immense parce que ce n'est pas le cas. Le portrait craché d'Erik.

Ensuite se posait la question des filles. Les garçons en bas avaient toujours eu une petite amie, bien sûr. Celle qu'ils ramenaient à la maison ivre, tard le soir. Celle qu'ils ramenaient sobre à des heures plus raisonnables. Celle qu'ils finissaient par épouser. Je finissais toujours par en être jalouse, et par leur rendre la vie impossible. Au milieu des années 1980, j'ai essayé d'installer en bas un garçon qui clairement ne s'intéressait pas aux filles. C'était un jeune bibliothécaire discret doté de manières douces, délicates. Mais j'ai compris assez vite que j'étais tout aussi jalouse des beaux amis garçons qu'il ramenait chez lui. Un homosexuel, ai-je appris, vous brise le cœur aussi vite que n'importe quel autre homme.

Erik était différent, là aussi. Quand j'ai fait sa connaissance, j'ai supposé que le mépris que je sentais chez lui était spécifiquement dirigé contre moi. Mais il vivait là depuis quelques mois à peine quand j'ai pris conscience que celui-ci s'étendait à toutes les femmes de la Terre. Il n'avait même pas le désir sexuel courant chez les hommes. Il n'allait pas chercher des filles et il n'en a jamais ramené ici.

La seule personne qu'il ait jamais amenée, c'était son équipier dans l'ambulance, ce Ronnie. Erik me l'a présenté un jour alors qu'ils entraient. Je voyais bien qu'Erik voulait me montrer Ronnie. À les voir ensemble, j'ai compris pourquoi. Ronnie était amoureux de lui, et Erik aimait ça. Il n'était pas amoureux de Ronnie, bien entendu. Je ne sais pas grand-chose sur ces questions, mais je suis sûre qu'Erik ne pouvait aimer personne. Ce n'est pas dans son ADN, tout simplement. Ronnie le suivait partout comme un chien, et Erik adorait exhiber son chien devant moi. Il amenait Ronnie parce qu'il voulait que je sache qu'il avait une vie dans laquelle je ne prenais pas part. C'était sa manière de montrer que je n'avais pas d'existence en dehors de lui. C'était un de ses petits jeux mesquins.

Mais la situation est devenue sérieuse le soir où il a permuté mes cachets. Il m'a donné deux Lunesta pour me faire dormir et pouvoir fouiller mon appartement pendant que j'étais inconsciente. Il était trop orgueilleux, trop méprisant, pour se demander pourquoi je le laissais gérer mes médicaments. Il avait toujours présupposé que j'étais en manque d'affection et idiote, et cela le rendait imprudent. Je savais qu'il me donnait les mauvais cachets, mais je n'ai rien dit et je les ai fourrés sous mon oreiller juste pour voir ce qu'il allait faire. Effectivement, il a attendu jusqu'à ce que je sois censée être endormie, puis il a fouillé toutes mes affaires. Il était possible qu'il cherche de l'argent, mais en réalité je pense qu'il le faisait simplement pour le faire. Ne trouvant rien, il est venu s'asseoir à côté de mon lit et il m'a fixée. Il a dit mon nom plusieurs fois, de plus en plus fort, comme quand on tire sur la poignée d'une porte pour s'assurer qu'elle est bien fermée à clé.

Quand il a conclu avec satisfaction que j'étais dans les choux, il a ri et il s'est mis à parler. Il a commencé par m'insulter, me disant à quel point il me détestait, à quel point je le dégoûtais. Et il a continué à parler, pendant un long moment, et plus il parlait, plus il se livrait. C'était la première fois qu'il était vraiment sincère avec moi. Ce qui s'est déversé de sa bouche ce soir-là était une cascade de sévices atroces. Il me haïssait – il haïssait toutes les femmes, mais *surtout* moi. Il a dit qu'il me découperait en morceaux et me mangerait un jour. Il a dit qu'il voulait me manger, qu'il me terroriserait et qu'il se débarrasserait de moi dans les toilettes. Puis il m'a embrassée sur le nez et il est parti.

Je n'ai pas bougé, mais mon cœur battait si fort que j'ai cru que j'allais faire une crise cardiaque.

C'était grisant.

Je n'avais pas ressenti une haine aussi brûlante de la part d'un homme depuis Roy. Les autres fluctuaient. Certains avaient fait semblant de tenir à moi, d'autres m'avaient tout juste tolérée. Quelques-uns m'avaient dit que la narcissique, c'était moi, que j'étais possessive, que je ne valais pas mieux qu'un harceleur. L'un d'eux a même menacé de me dénoncer à la police si je ne cessais pas de les persécuter, lui et sa petite amie. Mais c'était il y a longtemps. Une fois que vous aurez mon âge, vous verrez que tout se divise en deux, se répartit entre maintenant et il y a longtemps, séparés par un grand espace vide. Et j'étais grisée de vivre dans le maintenant. Ma relation avec Erik était la plus intense que j'aie jamais connue. Qui a la chance de vivre ça à un âge avancé ?

Malgré tout, je suppose que les gens diront que j'aurais dû le mettre à la porte, que j'aurais dû le virer dès le jour où il a bricolé avec mes médicaments. Mais on ne fait pas toujours ce qu'on est censé faire. Le plus souvent, on ne fait ce qu'on est censé faire que parce qu'on pense qu'on sera jugé ensuite. J'ai renoncé à me préoccuper de ça il y a longtemps. Si j'avais fait tout ce que j'étais censée faire, je serais toujours mariée à Roy.

Non pas que j'aie des doutes sur le fait qu'Erik soit capable de commettre un meurtre. C'était précisément ce qui rendait la chose excitante. J'étais bien placée pour savoir que n'importe qui est capable de commettre un meurtre. Et Erik, je n'avais aucun doute là-dessus, était plus capable que d'autres.

Ce n'est pas que je voulais qu'il me fasse du mal, bien sûr. Juste, je ne voulais pas qu'il me soit retiré. Voilà la partie la plus difficile à admettre de toute cette affaire. Je me servais d'Erik et je lui mentais, mais je ne mentais pas quand je disais que je l'aimais. Tout ce que j'avais fait, je l'avais fait pour le garder auprès de moi. Il était vraiment tout pour moi. S'il commettait un gros délit et que la police venait et l'embarquait, je me retrouverais seule, peut-être encore plus seule que je ne l'avais jamais été.

Je ne pensais pas pouvoir vivre comme ça.

44

VENDREDI dernier il est rentré très tard. Il conduisait la voiture de Ronnie. Il a essayé d'être silencieux, mais je surveillais l'extérieur par la fenêtre depuis des heures, attendant son retour. Ronnie était avec lui, mais quelque chose clochait. Ma lumière était éteinte et je les ai regardés traverser le jardin. Ronnie avait un gros pansement autour du cou et il arrivait à peine à marcher. Erik était presque obligé de le porter. Ils ont monté les marches, sont entrés et la porte s'est refermée.

Je me demandais ce qui se passait. Je les ai entendus se déplacer en bas, puis, peut-être un quart d'heure après, Erik est allé dans le garage, est monté seul dans la voiture de Ronnie et il est parti. Il s'est absenté peut-être quarante-cinq minutes. J'ai guetté le retour de la voiture, mais il est revenu à pied. C'est là qu'il a déplacé son pick-up. Il avait été garé devant toute la nuit. Il l'a mis dans le garage avant de rentrer en catimini dans son appartement. Il y a eu encore des mouvements, plus lourds, comme s'il déplaçait Ronnie. Puis j'ai entendu s'ouvrir la porte du sous-sol. Erik ne savait pas que j'entendais toujours quand il descendait dans le sous-sol.

Puis tout est resté silencieux. Pendant des heures. Il régnait un tel silence que j'ai failli m'endormir. Puis j'ai enfin entendu la porte du sous-sol. Après avoir passé toute la nuit en bas, Erik remontait.

J'ai entendu le bruit de sa douche, puis je l'ai entendu dans sa cuisine. Je voulais le voir de plus près, pour voir ce qu'il avait trafiqué, alors je l'ai sonné. Quelques minutes plus tard, il est arrivé en tapant des pieds.

— Qu'est-ce que vous voulez si tôt le matin ?

J'étais dans mon fauteuil dans le salon. J'aimais bien quand le soleil inondait cette pièce le matin. Erik était là, baigné de toute cette lumière blanche, resplendissant de culpabilité.

— J'ai entendu que tu étais levé.

— Et alors ? Ça ne veut pas dire que vous devez actionner cette putain de sonnette à cinq heures du matin.

J'ai dû me retenir de sourire en entendant ça. Il avait installé la sonnette pour me rendre plus dépendante de lui, mais elle avait toujours été une chaîne à son pied.

— Est-ce que tu vas pouvoir être disponible pour moi aujourd'hui ? ai-je demandé.

Il m'a dit que le sous-sol était inondé et qu'il avait passé la nuit à éponger. Je savais que c'était un mensonge, bien sûr. J'ai un spécialiste des sous-sols qui travaille chez All Seasons Plumbing qui vient vérifier l'état des canalisations chaque automne. Par ailleurs, bien que le sous-sol n'ait pas été inondé depuis une bonne dizaine d'années, il l'a été suffisamment de fois dans le passé ; j'aurais reconnu l'odeur immédiatement. Ça pue dans toute la maison. Et l'idée que le pauvre Erik, si arrogant et trop sûr de lui, puisse réparer les dégâts lui-même était ridicule. Je n'en ai rien dit, évidemment. Je l'ai laissé me mentir pendant que j'essayais de comprendre pourquoi il mentait. Pourquoi ne disait-il pas tout simplement qu'il était avec Ronnie ? Pourquoi inventer une histoire sur le sous-sol ?

Après qu'il est redescendu, je suis allée m'installer dans ma chambre. J'ai envisagé de dormir un peu, mais là, Erik est reparti au sous-sol et a commencé à transporter des bidons vers le garage.

Il a sorti deux bidons, est rentré pour en emporter deux autres, puis il a sorti une grosse poubelle Rubbermaid à roulettes.

Il m'a vue le regarder et m'a envoyé un baiser avec le même état d'esprit que ceux qui vous font un doigt.

Puis, il est parti. Seul.

Pendant un long moment, je suis restée près de la fenêtre à contempler le jardin désert.

Finalement, je me suis levée, j'ai pris mes clés et je suis descendue. Je ne descends pas souvent parce que je suis une épave, physiquement. Mes médecins me reprochent tous de ne pas assez prendre soin de moi. Mais je ne suis pas la grabataire qu'Erik croit. Il ne comprend pas que toute ma vie a été un entraînement pour supporter la douleur.

Alors je me suis traînée en bas, la respiration sifflante et les os craquants, et j'ai frappé à sa porte. J'ai frappé fort, pendant deux ou trois minutes. Puis j'ai ouvert la porte avec ma clé.

— Y a quelqu'un ?

N'obtenant pas de réponse, je suis entrée. Je n'étais pas allée dans l'appartement d'Erik depuis des années. Il n'en avait pas fait grand-chose. Ce garçon n'avait jamais eu beaucoup de style. J'ai parcouru toutes les pièces. Pas de Ronnie. Je suis allée à la porte de la cave. Je l'ai ouverte.

On aurait dit une grotte. Tout était noir. Je suis descendue en me tenant au mur. Il était floconneux, épais et noir. Dans le sous-sol, tout était normal. Il n'y avait certainement pas eu d'inondation.

La porte donnant sur la petite pièce était ouverte. Elle comportait des serrures, mais j'imagine qu'il n'avait pas fini de faire ce qu'il faisait là et n'avait pas fermé à clé. Il y avait des couteaux et des scies accrochés au mur. Tout était propre.

J'ai senti un frisson me parcourir. Je n'ai touché à rien. J'ai fait demi-tour et je suis remontée. J'ai fermé à clé la porte du sous-sol. J'ai refermé la porte de l'appartement d'Erik. Je suis rentrée chez moi et je me suis allongée sur mon lit. J'avais mal partout et j'avais la respiration haletante après avoir monté tous ces escaliers.

Je suis restée longtemps à réfléchir à tout ce que j'avais vu et entendu. Il avait amené Ronnie ici, avait passé la nuit dans le sous-sol avec ces couteaux et ces scies, puis il avait emporté des bidons qu'il avait chargés dans son pick-up avant de partir. Il s'était débarrassé de la voiture de Ronnie, et il avait menti sur l'inondation du sous-sol pour expliquer pourquoi il y avait passé la nuit. Et maintenant, Ronnie avait disparu. Pas besoin d'être Miss Marple pour comprendre ce qui s'était passé là en bas, même si le comprendre n'aidait pas à l'accepter.

La véritable question était de savoir ce que j'allais faire. Bien entendu, je me fichais pas mal de Ronnie. Je ne le connaissais même pas. Peut-être qu'il s'était mal comporté avec Erik. En plus, maintenant qu'il n'était plus dans le paysage, Erik était encore plus à moi que jamais.

Mais je m'inquiétais du temps qu'il faudrait à quelqu'un pour coincer Erik. Il était tellement impuissant et arrogant, tellement sûr de lui, que cela l'aveuglait. Devais-je essayer de le protéger d'une manière ou d'une autre ? Le pouvais-je ? Pouvais-je trouver une manière de le garder avec moi ? Comment protéger quelqu'un de lui-même ?

Le lendemain matin, il est monté et a pris le petit déjeuner avec moi. Il paraissait agité, encore plus que d'habitude, mais il faisait de son mieux pour se contrôler. Quand il a eu terminé de manger, il a fait la vaisselle et m'a mise au lit. C'est là que j'ai su qu'il devait vraiment être aux abois. Il n'avait pas été aussi gentil avec moi depuis des mois. Quand il a essayé de partir, je me suis montrée irritable. Je savais que ça le rendrait furieux.

— Je te donne ma maison, ai-je dit, tout mon argent et tu pars tout le temps.

Il s'est arrêté à la porte. Il l'a fermée. Puis il s'est retourné, il est revenu près du lit et a grimpé sur moi.

Son poids sur moi était terrifiant et excitant. Ses hanches pesaient sur les miennes. La haine était la seule passion qui l'animait, et il me haïssait plus que tout au monde, je crois.

— Vous aurez ce que je vous donnerai, madame Holding, a-t-il dit.

Son visage grêlé était à quelques centimètres du mien.

— Regardez-vous. Vous êtes vieille, invalide et oubliée de tous ceux qui vous ont connue. Sauf moi. Si vous regardez la situation sous cet angle, je dirais que vous vous en sortez plutôt bien. Vous n'êtes pas d'accord ?

J'ai battu des cils.

— S'il te plaît, Erik. Je sais tout ce que tu fais pour moi. C'est pour ça que j'ai besoin de toi. C'est pour ça que je t'aime.

Puis j'ai amorcé le piège. J'ai ajouté :

— Je veux juste te montrer que je t'aime.

Il était tellement satisfait – pauvre garçon, arrogant, stupide.

— Vous voulez me le montrer ? a-t-il dit.

— Oui.

— Alors, si quelqu'un vous pose la question, vous lui direz que j'ai passé les deux derniers jours avec vous. Vous comprenez ? Depuis vendredi après-midi jusqu'à ce matin.

— Mais pourquoi, Erik ? ai-je demandé, aussi innocente qu'un agneau.

Il s'est penché assez près pour m'embrasser.

— Ne me demandez pas pourquoi. Si vous voulez me montrer que vous avez besoin de moi, vous ferez ça pour moi. Depuis vendredi après-midi, environ quatre heures, jusqu'à ce matin, j'étais avec vous. Je ne suis pas parti, je ne suis allé nulle part.

— Oui. Tu étais ici avec moi.

— Bien, a-t-il dit.

J'ai levé la main et touché son flanc. Il est descendu comme si un serpent l'avait mordu. Quand il a été parti, je suis restée dans mon lit, à savourer mon triomphe.

Il avait besoin de moi maintenant, plus qu'il n'avait jamais eu besoin de personne.

45

ILS sont venus quelques jours plus tard.

Je les ai vus se garer devant la maison, sortir de leur voiture et marcher jusqu'à notre porte. Deux hommes en chemise et cravate avec des armes à la ceinture. Ils ressemblaient aux enquêteurs de la police qu'on voit à la télévision, sauf qu'ils étaient plus âgés et plus mollassons. Erik leur a ouvert et les a fait entrer. Je ne pouvais pas bouger. J'avais peur comme jamais de ma vie. Plus encore que la nuit où Roy était mort ou que celle où Erik m'avait dit pour la première fois ce qu'il voulait me faire.

J'étais terrifiée à l'idée qu'ils l'emmènent tout de suite. Il était tellement idiot et il avait commis tellement d'erreurs. Peut-être qu'ils avaient déjà compris ce qu'il avait fait à Ronnie, et ils venaient l'arrêter. J'étais épouvantée à l'idée de ne plus jamais le voir.

Puis j'ai entendu des pas dans l'escalier et un des policiers a frappé à ma porte.

Je suis allée ouvrir et je l'ai invité à entrer. Nous nous sommes assis dans le salon, à la lumière, et il m'a posé des questions. Il était mexicain, je crois. Très poli, très professionnel. Il avait un stylo et prenait des notes sur un petit bloc-notes posé sur son genou.

Il m'a demandé si je connaissais Ronnie Dunlap. J'ai dit que je l'avais rencontré. Il a demandé quand je l'avais vu la dernière fois. Je lui ai répondu que je ne me souvenais pas bien. Quelques semaines auparavant, peut-être ? Il y a plus longtemps encore, peut-être ? Il m'a demandé si Erik veillait sur moi. J'ai dit que oui. Il m'a interrogé sur le caractère d'Erik. J'ai répondu que j'avais toujours trouvé que ce garçon avait la tête sur les épaules. Il a demandé si Erik avait passé tout le week-end avec moi. J'ai confirmé. Il a demandé si je faisais attention à ce qui se passait en bas, si j'avais remarqué quoi que ce soit qui pourrait indiquer un problème entre Erik et Ronnie. J'ai dit que pour autant que je sache, ils étaient bons amis.

Il m'a remerciée, m'a donné sa carte et il est parti.

J'avais envie de pleurer.

Je ne savais pas du tout si ce policier me croyait ou non, mais j'étais certaine qu'il ne croyait pas Erik. La manière dont il m'interrogeait sur lui, comme s'il m'invitait subtilement à lui dire qu'Erik était un menteur et peut-être pire, bien pire. Quand j'ai entendu les policiers sortir, je les ai regardés retourner à leur voiture. Ils y sont montés et sont restés là un moment, à parler. Finalement, ils sont partis.

Ils ne mettraient plus beaucoup de temps maintenant. Ils reviendraient, j'en étais sûre, et quand ils reviendraient ils emmèneraient Erik.

Peut-être qu'il le sentait, lui aussi. Je l'ai entendu descendre au sous-sol, y rester un moment, puis quand il est remonté, il s'est précipité vers son pick-up avec un autre bidon. Puis il est parti, en trombe.

Tandis que je le regardais tourner au coin et disparaître, je suis restée là, assise au soleil dans mon salon, à penser à ma vie. J'avais enterré mes deux parents et mon mari longtemps auparavant. J'avais vu la ville prospérer, s'effondrer et renaître. Je vivais dans cet appartement au premier étage depuis presque cinquante ans, à regarder la neige s'entasser, fondre, et s'entasser de nouveau. Les garçons au rez-de-chaussée s'étaient succédé, mais je ne m'étais jamais autant impliquée que dans cette situation avec Erik, et maintenant, celle-ci allait prendre fin, elle aussi. Ils l'emmèneraient bientôt. J'en étais absolument certaine.

Je n'arrivais même pas à m'imaginer comment se passerait le jour suivant son départ. Je serais seule, au milieu du ballet de la police et des journalistes, avec des gens qui circuleraient dans ma maison. Une fois que ce serait terminé, je serais obligée de prendre des déménageurs pour venir chercher les affaires d'Erik. Je serais obligée de repasser par tout le cirque pour trouver un autre locataire. Penser à tout cela non seulement m'épuisait, mais me remplissait d'effroi. J'étais trop vieille, trop épuisée, trop seule, pour gérer une situation de ce genre.

C'était au-dessus de mes forces.

Alors je suis allée à la salle de bains et j'ai fait ma toilette. Je me suis lavé les cheveux, puis j'ai mis les plus beaux vêtements qui m'allaient encore. J'ai écrasé des cachets sur la planche en utilisant un rouleau à pâtisserie, puis j'ai mis la poudre dans une tasse à café vide et j'ai remis la tasse sur l'étagère. Puis j'ai lavé la planche et le rouleau à pâtisserie, les ai essuyés et rangés. Au moment où tout était prêt comme je le voulais, j'ai entendu Erik rentrer.

46

JE l'ai sonné. Il lui a fallu un moment pour monter. Quand il est arrivé, il a juste ouvert la porte et passé la tête pour me dire qu'il ne pouvait pas rester.

— J'ai plein de choses à faire, a-t-il dit.

— Il faut que je te parle, ai-je dit, plantée sur le seuil de ma chambre. De ce qui se passe ici depuis un certain temps.

Il m'a fixée puis il a soupiré, résigné.

— OK. (Il est entré et a fermé la porte derrière lui.) Pourquoi pas ? Parlons, a-t-il marmonné, pour lui autant que pour moi.

Je suis allée dans la cuisine.

— Qu'est-ce que vous faites ? a-t-il demandé.

— Je m'apprêtais à boire un café. Je t'en sers une tasse et on parlera. Mon Dieu, cela fait bien longtemps qu'on n'a pas pris le temps de boire un café. On le faisait tout le temps, quand tu t'es installé ici.

Il s'est contenté de croiser les bras et de me regarder, les sourcils froncés.

— Je vous ai dit que j'avais des choses à faire.

— Je sais, Erik, ai-je dit en me remplissant une tasse, mais si tu veux que je continue à mentir à la police pour toi, alors peut-être qu'on devrait s'asseoir tranquillement et parler.

Ma remarque a retenu son attention. Il est entré et s'est assis à la table de la cuisine.

Tout en me fixant avec haine, il s'est contraint à sourire.

— OK, a-t-il dit. Asseyons-nous tranquillement et parlons.

J'ai pris sur l'étagère la tasse que j'avais préparée pour lui et j'y ai versé du café. J'y ai ajouté plein de lait et de sucre et je l'ai posée devant lui. Il ne l'aimait ni trop chaud ni trop fort.

— Exactement comme tu l'aimes, ai-je dit.

Il a bu une gorgée. Il a hoché la tête comme pour dire, *Parfait.*

Je me suis assise en face de lui et j'ai bu moi aussi. Je le prends noir.

— Cela fait si longtemps qu'on ne s'est pas assis pour prendre un café ensemble, lui ai-je dit, essayant d'être aimable.

— Vous l'avez déjà dit.

— Ah oui, c'est exact.

Il a croisé les bras à nouveau. Il m'a interrogée sur la visite du policier. Je lui ai raconté ce qui s'était passé. Rien dans mon récit n'a paru l'inquiéter, ou du moins, il ne voulait pas paraître inquiet. Mais je sentais qu'il était agité. Il a dit qu'il fallait qu'il y aille.

J'ai pris ma tasse entre mes deux mains et fait la grimace.

— S'il te plaît, Erik. Est-ce qu'on ne peut pas agir normalement, juste une minute ? Comme autrefois. Je ne t'en demande pas beaucoup. Le temps de prendre une tasse de café ensemble.

Sa bouche s'est déformée en un sourire méchant. Il a pris sa tasse et a avalé le café comme un enfant grognon essayant de prouver quelque chose. Puis il a reposé brusquement la tasse sur la table.

— Qu'est-ce que vous voulez *d'autre*, madame Holding ?

J'ai soupiré une nouvelle fois.

— Je suis inquiète.

— À propos de quoi ?

— Tellement de choses…

Il s'est frotté les yeux.

— Écoutez, je n'ai pas beaucoup dormi ce week-end, alors est-ce qu'on peut en venir à la cause principale de votre inquiétude ?

J'ai regardé dehors par la fenêtre de la cuisine. J'ai bu une gorgée de café.

— Est-ce que je t'ai déjà parlé de mon premier mari, Erik ?

— Quel est le rapport ?

— S'il te plaît, fais-moi plaisir.

Il s'est de nouveau frotté les yeux.

— Vous en avez parlé. Ray.

J'ai souri.

— Roy.

Il a hoché la tête.

— Exact. Roy. Et alors ?

— Tu me rappelles Roy.

— Ah bon ?

— Oui.

J'ai essayé de lui parler de Roy. J'ai essayé d'expliquer. Je ne sais pas trop pourquoi. Je ne sais pas trop quelle différence ça faisait, ou quelle différence ça aurait pu faire. Peut-être que je voulais qu'il sache que j'avais eu une vie, que ma vie m'avait amenée ici tout comme sa vie l'avait amené ici.

Il n'écoutait pas vraiment, bien sûr. Qui sait ce qu'il avait en tête, mais ce n'était pas moi.

J'ai dit :

— Il est mort ici, tu sais.

— Ah ouais ?

— Dans cet appartement.

— Ah…

— Dans cette pièce, en fait.

Erik a entendu mais il secouait la tête à nouveau, plus vite cette fois. Il a fermé les yeux fort avant de les rouvrir, comme s'il essayait de se débarrasser d'un vertige. Quand il a levé les yeux vers moi, il a dû voir la même chose que ce qu'avait vu Roy.

— Est-ce que ça va, Erik ?

Il s'est levé, tellement brusquement qu'il a renversé sa chaise, mais il chancelait sur ses jambes.

— S'il te plaît, rassieds-toi, ai-je dit. Tu vas tomber.

Il m'a regardée en clignant des yeux, plusieurs fois, très fort, jusqu'à les écarquiller.

— Erik…

— Mais… putain ? Qu'est-ce que vous avez…

Il est parti en vacillant vers la porte, en secouant la tête comme s'il essayait de se débarrasser de quelque chose.

Il a essayé de m'insulter, de me menacer. Mais ce qui est sorti était une bouillie incompréhensible.

— J'essaie de te protéger, Erik…

Il a ouvert en grand la porte de l'appartement et est parti en trébuchant vers l'escalier. J'étais juste derrière lui, boitillant avec ma canne.

— Erik…, ai-je dit.

J'étais assez près pour le toucher.

Il s'est retourné au sommet de l'escalier. Peut-être pour m'injurier à nouveau, peut-être pour me tabasser à mort. Je l'ignore. Mais quand il s'est retourné, j'ai posé les deux mains sur son torse et j'ai poussé.

Sa chute a produit un fracas terrible. Il a essayé de se retenir au mur, mais il n'a réussi qu'à faire tomber un tableau encadré accroché là. Le sous-verre a éclaté sur le plancher tandis qu'Erik dégringolait l'escalier comme un rocher. Quand il a atterri sur le sol du rez-de-chaussée, il est resté immobile.

Je me suis maudite de l'avoir poussé. Je n'avais pas réfléchi. Je voulais qu'il soit en haut avec moi, pas en bas, par terre.

Je suis descendue aussi vite que possible, ce qui n'était pas très vite. Il valait mieux éviter de glisser et d'atterrir par terre moi aussi. Quand je suis enfin arrivée en bas, j'ai constaté avec soulagement qu'il respirait encore.

— Erik… Chéri, il faut te lever.

Son visage saignait. Je suppose qu'il s'était cogné violemment sur une des marches dans sa chute. Le sang coulait de son nez et de ses lèvres.

Ses yeux tournaient dans leurs orbites comme s'il ne pouvait pas les contrôler, comme s'il ne pouvait pas les fixer sur quoi que ce soit.

Je me suis penchée et je l'ai tiré par le bras.

— Il faut que tu te lèves et que tu remontes avec moi avant de perdre connaissance. Sinon, la police te trouvera. Tu m'entends, Erik ? Ils vont t'arrêter, mon garçon. Ça ne va pas tarder.

— Qu'est-ce…

Sa bouche essayait de former des mots mais il avait perdu le contrôle de sa langue.

— Viens, tout de suite. Il faut te cacher, à cause de la police.

J'ai continué à le tirer par le bras et à lui répéter que la police allait arriver. Il a fallu pas mal d'encouragements parce qu'il perdait connaissance par moments, mais il a essayé de se mettre debout. C'était trop pour lui, mais il est parvenu à rouler sur le côté et à se mettre à quatre pattes. Je l'ai poussé vers l'escalier, lui ai répété qu'il fallait qu'on monte.

Personne ne pouvait nous voir, mais on devait offrir un drôle de spectacle – Erik qui escaladait lentement les marches à quatre pattes, son visage laissant des flaques de sang sur chaque marche, moi derrière avec ma canne, qui ne cessais de l'encourager et lui rappeler qu'il ne fallait pas qu'il s'arrête.

Le pauvre garçon ne savait pas où il était ni ce qu'il faisait. Je n'arrêtais pas de lui répéter que j'allais le cacher pour ne pas que la police le trouve. Peut-être que dans son délire, il y a cru. Ou peut-être se disait-il simplement qu'il obéirait à tout ce que je lui ordonnais jusqu'à ce qu'il récupère et se venge de moi. Peu importait, de toute façon. Il n'avait pas toute sa tête, sinon, il ne m'aurait jamais écoutée. Même après ce que j'avais fait, il était incapable d'avoir peur de moi. Il a continué à monter les marches à quatre pattes jusqu'à mon appartement, se donnant à fond jusqu'au moment où il pourrait lâcher.

Je l'ai emmené jusqu'à ma chambre, mais quand j'ai essayé de le monter sur le lit, il a renoncé. Les médicaments avaient finalement eu raison de lui. Il est resté étalé sur le sol comme une carpette.

J'ai dû le hisser sur le lit moi-même. Je me suis assise sur le matelas, je me suis penchée et j'ai essayé de le soulever. J'ai réussi à le mettre en position assise, mais pas plus. Je n'arrivais pas à le soulever du sol.

J'ai réfléchi quelques instants. Puis je suis allée dans la salle de bains chercher la ceinture de mon peignoir. Je l'ai attachée à sa main droite, j'ai contourné le lit et je l'ai glissée sous le cadre de lit. Je suis retournée de l'autre côté, j'ai passé mes bras sous ses aisselles et je me suis servie de mon poids pour tirer sur la ceinture et le tirer par le bras en même temps que je le soulevais.

C'était comme ces histoires qu'on entend sur une mère qui soulève une voiture pour dégager un bébé. J'ai hurlé comme si on me poignardait, mais j'ai tenu bon, hissant et tirant, et j'ai fini par réussir à le monter sur le lit.

J'ai essuyé mes larmes, je l'ai allongé et je me suis couchée à côté de lui. J'ai dû me reposer un long moment, pour laisser le temps à mon souffle de revenir à la normale. J'ai essayé de caler ma respiration sur la sienne, lente, régulière, mais il m'était difficile de me concentrer, avec la douleur que j'éprouvais. Je savais que j'avais causé des dégâts définitifs à mes hanches et à mon dos, mais au moins, je savais que *définitif* signifiait peu de temps.

J'ai ouvert le tiroir de ma table de nuit et j'ai sorti mes médicaments. J'avais déjà préparé un verre d'eau. Quand on arrive à mon âge, on est obligé de tout organiser à l'avance. J'ai ouvert le flacon et j'ai avalé les pilules, trois par trois. Il m'a fallu du temps pour avaler le flacon entier mais j'y suis arrivée.

Puis j'ai sorti le cutter. Il était vieux et la lame était émoussée, mais quand j'ai entaillé le poignet d'Erik, il a incisé la peau comme si c'était du scotch d'emballage. Tandis que son sang coulait, il a grogné, bougé, essayé de retirer son bras, mais il n'est pas sorti de son sommeil et je l'ai serré fort, très fort dans mes bras.

J'ai passé ma jambe par-dessus la sienne et j'ai tiré les couvertures. Bientôt, mes cachets ont commencé à faire effet et j'ai senti la première vague de décontraction parcourir mon corps. La vague suivante a détendu les muscles de mon dos. Avec la troisième je me suis vidé la vessie, j'ai souri et j'ai serré Erik plus fort contre moi dans la chaleur.

Finalement, il est devenu froid, mais cela n'avait plus d'importance. Je l'ai tenu tout contre moi pendant que mon corps s'engourdissait. J'avais laissé les rideaux ouverts exprès, et le soleil entrait par la fenêtre exactement comme je l'avais espéré et il remplissait la chambre de lumière. J'ai entendu un insecte faire *bzzz bzzz bzzz* contre la vitre. Dans la rue, une voiture est passée. Je ne me suis pas demandé de qui il s'agissait, où elle allait. Peu m'importait désormais. Je me suis laissée aller, j'ai laissé partir mon corps, le monde entier. Tout sauf Erik. Mon garçon. À moi pour toujours. Je l'ai serré plus fort, plus fort, plus fort.

PARTIE 13 : MAINTENANT

ALICE HARDY

47

BETTE Davis danse sur la plage, tournoie en noir et blanc. La foule se masse autour d'elle en un cercle flou. Deux flics en marge de la foule repèrent soudain le corps de Joan Crawford dans le sable et se précipitent. La musique et les vagues résonnent et l'écran devient noir.

Tandis que le rideau descend, les lumières s'allument. On entend quelques applaudissements dans la salle et Tuck et moi échangeons un sourire avant de nous lever.

Dehors, nous nous arrêtons sous la marquise du Music Box le temps que nos yeux s'habituent à la lumière et Tuck dit :

— Mon Dieu.

— Quoi ? Le soleil ou le film ? dis-je.

— Les deux.

J'acquiesce.

— Sushi ?

— Oui, fait Tuck. J'ai une faim de loup.

Nous remontons Southport jusqu'au restaurant de sushis en face de l'épicerie, en discutant de la folie de Baby Jane. Je sens mon portable vibrer dans la poche arrière de mon jean.

Je l'ignore jusqu'à ce qu'on arrive au restaurant, et ensuite, je vais aux toilettes.

Je ferme la porte du box et je sors mon téléphone.

C'est un SMS de l'inspecteur Kantzavelos. Deux bonnes semaines se sont écoulées depuis que je suis allée le voir, que j'ai passé la journée à regarder des photos d'identité judiciaire et à parler au dessinateur. Depuis, nous échangeons des messages tous les trois ou quatre jours. Il s'agit essentiellement de demandes de ma part sur les progrès de l'enquête. La plupart de ses réponses sont équivalentes à un haussement d'épaules.

Celui-ci est différent.

“À tout hasard, écrit-il. Avez-vous vu le reportage à la télévision sur les deux secouristes ?”

“J'en ai entendu parler”, réponds-je.

Tout le monde en a entendu parler. Un type a disparu et l'autre a été assassiné par sa propriétaire dans un genre de pacte suicidaire. La police est encore en train de démêler l'affaire. Je n'ai pas vraiment suivi, mais en même temps, il était impossible de passer complètement à côté.

“Le type qui a disparu s'appelait Ronnie Dunlap”, m'écrit l'inspecteur.

“OK…” réponds-je. Le nom m'est vaguement familier, j'ai dû le voir passer aux informations.

Il m'envoie une photo de l'homme qui m'a agressée dans la ruelle.

Je plaque ma main sur ma bouche. Je manque lâcher mon portable tandis que j'appelle Kantzavelos.

— C'est lui, dis-je à peine a-t-il décroché. C'est l'homme qui m'a agressée.

— Je le savais, putain. (Je peux presque l'entendre sourire.) Si vous voulez bien excuser mon langage… Je le savais, putain.

— Comment ?

— J'ai rencontré par hasard Danny Heller, l'inspecteur qui travaille sur l'affaire Reid-Dunlap. Il m'a dit que la femme de Dunlap avait déclaré que son mari s'était pointé un soir avec la gorge entaillée. Ce détail n'est pas encore sorti aux informations. Forcément, ça a attiré mon attention. Pendant qu'on en parlait, je me suis rendu compte que c'était justement le soir où vous aviez été agressée.

— Mon Dieu.

— Voilà ce qu'on sait : quelques jours après vous avoir agressée, Dunlap disparaît. Sa femme contacte la police, et ils interrogent Reid pour savoir s'il sait où est son copain. Le jour suivant, Reid et sa propriétaire se suicident. La police entre et découvre que le sous-sol de Reid est une chambre de torture. Des couteaux, une scie à os chirurgicale, des cordes. La scientifique a trouvé du sang et de la peau de Dunlap dans les fibres des cordes et d'autres traces de sang autour de l'évier en fonte. Donc, à l'heure qu'il est, l'hypothèse est que Reid a tué Dunlap, qu'il l'a coupé en morceaux et qu'il s'est débarrassé des morceaux quelque part. Ensuite, la propriétaire et Reid se tuent. Ou peut-être qu'elle l'a tué. Nous ne sommes pas encore sûrs.

— Mon Dieu, dis-je à nouveau.

— Oh, encore une chose. Nous pensons qu'un détective privé appelé Owen Pall – qui avait été engagé par la femme de Dunlap – a peut-être été témoin de l'agression sur vous et a essayé de faire chanter Reid et Dunlap. Pour la peine, il a été tué. C'est peut-être aussi la raison pour laquelle Reid a décidé de tuer Dunlap.

Je décolle le portable de mon oreille et je regarde à nouveau la photo de Ronnie Dunlap.

— C'est lui, dis-je. Je suis sûre que c'est l'homme qui m'a agressée.

— Écoutez, quand la presse découvrira votre existence – et ça va arriver – les journalistes vont camper devant chez vous. Pendant un moment. Ils adorent déjà cette histoire sur Dunlap et elle était sur le point de se tasser. Maintenant, ils vont avoir du nouveau à se mettre sous la dent. Vous devriez venir demain pour qu'on parle avec Heller.

Après avoir donné mon accord pour parler aux enquêteurs demain, je raccroche. J'envisage d'appeler Greg pour lui raconter, mais je me ravise. Il est à la maison, en train de courir après ses équations. Je vais le laisser continuer encore quelques heures.

Je sors rejoindre mon fils.

Je m'apprête à lui parler du coup de fil, mais avant que j'aie le temps de le faire, il lève les yeux de son portable où il lisait IMDB et demande :

— Est-ce que Joan Crawford est morte à la fin du film ?

— Quoi ?

— Sur la plage. Elle est morte ? Je n'arrive pas à savoir si c'est une fin heureuse ou pas.

Avant que je puisse répondre, la serveuse arrive, dépose deux verres d'eau et nous commandons l'assortiment de makis à partager.

Après son départ, je sors mon portable, je l'éteins et je le pose retourné sur la table.

— Donc, c'est une fin heureuse si elle est vivante, et triste si elle meurt ? je demande.

— Eh bien, pas exactement, dit mon fils. Les deux issues sont assez sombres. Mais si elle survit, est-ce que ça ne l'est pas moins ?

Je me reprends avant de dire la première chose qui me vient à l'esprit – qu'aucun de nous ne survit, vraiment, à la fin. Je souris. Je lève mon verre d'eau comme s'il était plein de vin.

— Eh bien, dis-je à mon fils, décidons que c'est la moins sombre des deux fins.

DERNIÈRES PARUTIONS

Peter Benchley, *Les Dents de la mer*
John Gierach, *Nous avons tant pêché*
Craig Johnson, *Le Dernier Combat*
Piergiorgio Pulixi, *La Librairie des chats noirs*
Jaap Robben, *Au crépuscule*
Ayana Mathis, *Les Égarés*
Vera Buck, *Les Enfants loups*
Maren Uthaug, *11 %*
Mark Haskell Smith, *Mémoires*
Andrew J. Graff, *Plein nord*
Ferran Guallar, *La Part sauvage*
Peter Swanson, *Ceux qu'on tue*
Lars Elling, *Les Princes de l'étang aux Finnois*
Lily Brooks-Dalton, *Pirate de lumière*
Elliot Ackerman et James Stavridis, *2054*
Benjamin Whitmer, *Dead Stars*
Piergiorgio Pulixi, *La Septième Lune*
Melinda Moustakis, *La Clairière*
Tiffany McDaniel, *Du côté sauvage*
Keith McCafferty, *Buffalo Blues*
Trevanian, *Nuit torride en ville*
Helene Bukowski, *La Guerrière*
Michael Farris Smith, *Sauver cette terre*
Chris Offutt, *Les Fils de Shifty*
Giulia Caminito, *La Grande A*
Peter Swanson, *Neuf Vies*
John Gierach, *Le Paradis d'un fou*
Craig Johnson, *Le Pays des loups*
James Crumley, *Folie Douce*
Blake Crouch, *Upgrade*
Pekka Juntti, *Chien sauvage*
David Vann, *La Contrée obscure*
Sarai Walker, *Les Voleurs d'innocence*

Cet ouvrage a été imprimé sur du papier
dont les fibres de bois proviennent
de forêts durablement gérées

IMPRIM'VERT®

CET OUVRAGE A ÉTÉ COMPOSÉ PAR ATLANT'COMMUNICATION (VENDÉE)

ACHEVÉ D'IMPRIMER SUR ROTO-PAGE
PAR L'IMPRIMERIE FLOCH À MAYENNE
EN SEPTEMBRE 2024
POUR LE COMPTE DES ÉDITIONS GALLMEISTER
13, RUE DE NESLE
75006 PARIS

DÉPÔT LÉGAL : OCTOBRE 2024
1re ÉDITION
N° D'IMPRESSION : 105604
IMPRIMÉ EN FRANCE